btb

Buch

Vor beinahe einem Jahrzehnt verzauberte Gregor von Rezzori seine Leser mit Porträts jener Menschen, die ihn in Kindheit und Jugend prägten. Damals schwor er, niemals eine Autobiographie zu schreiben. Mit 83 Jahren machte er sich dann doch auf zu einer Wanderung durch sein Jahrhundert. Wer den grandiosen Sprachkünstler, den sanften Spötter, indiskreten Beobachter und leidenschaftlichen Weltbürger kennt, weiß, daß hier kein trockenes Geschichtsbuch zu erwarten ist. Es ist ein Buch der Geschichten und Gesichter. Vor den Augen des Lesers erwacht ein knappes Jahrhundert zum Leben. Der Kosmopolit Rezzori, dessen Wurzeln in der alten Bukowina liegen, wo sich ein Dutzend Völker, Glaubensbekenntnisse, Sprachen und historische Überlieferungen zu einer wahrlich multikulturellen Gesellschaft verbanden, erinnert sich für die kommenden Generationen. In diesem Sinne sind seine Erinnerungen richtungsweisend für das neue Jahrtausend – sie bewahren Vergangenes und stiften Zukünftiges. Und sie sind ein Denkmal für den Grandseigneur der europäischen Literatur, der 1998 im Alter von 84 Jahren verstarb.

Autor

Gregor von Rezzori (1914 bis 1998), in Czernowitz/Bukowina geboren, wuchs in Rumänien und Österreich auf. Seine letzten Lebensjahre verbrachte er in der Toskana. Rezzoris »Maghrebinischen Geschichten« oder die »Denkwürdigkeiten eines Antisemiten« gehören zu den bedeutenden Werken der europäischen Literatur.

Gregor von Rezzori bei btb

Greisengemurmel. Ein Rechenschaftsbericht (72022)

Aus Freude am Lesen

Gregor von Rezzori

Mir auf der Spur

btb

Umwelthinweis:
Alle bedruckten Materialien dieses Taschenbuches sind chlorfrei und umweltschonend.

btb Taschenbücher erscheinen im Goldmann Verlag, einem Unternehmen der Verlagsgruppe Bertelsmann.

1. Auflage
Genehmigte Taschenbuchausgabe Juni 1999

Umschlaggestaltung: Design Team München
Umschlagfoto: privat
Satz: Uhl + Massopust, Aalen
KR · Herstellung: Augustin Wiesbeck
Made in Germany
ISBN 3-442-72494-5

Was ich hier betreibe, ist Paläontologie. Urzeitforschung. Schon was gestern geschehen ist, entzieht sich ins Geschichtliche. Vorgestern ist blasse Vorgeschichte. Vorvorgestern ist Mythenland.

Das Jahrhundert rast seinem Ende zu. Wer es durchlebt hat, fand es schwierig, mit dem Wechsel des Epochengeists Schritt zu halten. Erzählt er davon, so begibt er sich ins Reich der Schamanen. Er beschwört den Spuk von Wirklichkeiten, die unwirklich geworden sind.

Zeit ist das Verrieseln des Lebendigen. Aus ihr herauszuhören ist allein das Murmeln der Nornen. Wir stammeln dem nach, was davon in unserem Blut mitrauscht. Wir lauschen ins Blut, das mit unserer Zeit verflossen ist.

Wehmütig grüßt der, der ich bin, den, der ich hätte sein können.

Kollege Kierkegaard,
ein wenig abgewandelt

Es war einmal ein Tag, da wollte ich einen Blick in die Zukunft tun. Einen winzigen nur, allerdings. Nach einigen vorangegangenen Einblicken in das, was doch demnächst Vergangenheit sein sollte, bin ich nicht mehr neugierig auf morgen. Das Kommende kommt, habe ich gelernt. Das Geschehende geschieht. Es geschieht mit mir über mich hinweg. Es läßt mir kaum Entscheidung über den nächsten Augenblick. Ich weiß: Dieser nächste Augenblick – jeder nächste Augenblick – birst vor Fatalität. Was immer ich nach Gutdünken wähle, wird Folgen haben, deren Wendungen ich nicht voraussehe. Sie werden mitbestimmt von der Zeit. Sie verlaufen darin, wie alles sich in der Zeit verläuft. Daß es gewesen ist, davon zeugt allein, was sich davon erzählen läßt. Die Welt ist ein ungeheuerlicher Speicher von erzähltem Wiedererzählbarem. Alles Gewesene ist gewesen wie die Saurier. Es war einmal.

An jenem fernen Tag war ich bedrängt von einem Wunsch und mußte wissen, ob er in Erfüllung gehen würde. Es war der Wunsch, einen Schritt aus Deutschland hinauszutun. Nach Deutschland war ich geraten wie in eine Falle. Das Zeitgeschehen hatte mich hingeschwemmt. Gestrandet war ich in Hamburg an der Elbe. Dort gehörte ich nicht hin. Ich war's nicht, der dort unter meinem Namen, mit meiner Nase, meinem blauen Blick, meinen besonderen unvermerkten Merkmalen und in meinen Kleidern herumlief; und war doch erst recht auf mich festgelegt. Mir war nicht wohl in meiner Haut. Ich verspürte das Bedürfnis, aus mir heraus zu mir zurückzufinden. Es lag aber nicht in meiner Macht, anderswohin zu gehen und wieder in meine alte Haut zu schlüpfen. Sie war mir abhanden gekommen. Später habe ich versucht, mir einige ihr ähnliche umzulegen. Es waren Verkleidungen. Das Kostüm paßte nicht zur Epoche. Damals erst recht nicht.

Ich trat in der Verkleidung eines Familienvaters auf. Ich hatte Weib und Kind. Dabei konnte ich nichts und hatte keinen Pfennig in der Tasche. Es herrschte noch, was ich »die Eiszeit der Eisenmänner« nannte. Zwar klirrte es nicht mehr von Eis und Eisen. Selbst der Frost war ausgezehrt. Die Helden seien müde, hieß es damals. Die Eisenmänner spien kein Feuer mehr aus ihren vielerlei Rohren. Sie warfen keine Bomben mehr auf die Schutthalden, die von den Städten übriggeblieben waren. Es hieß, das Gute habe übers Böse gesiegt. Die Sieger mußten die Besiegten bewachen. Die Eisenmänner waren noch überall im Land und hielten alle Grenzen zu.

Deutschland war mein Gefängnis. Ich war ein Staatenloser ohne Papiere. Nicht einmal solche, die zu erkennen gaben, wo ich beim Kampf des Bösen gegens Gute gestanden war. Ich war ein verdächtig Gesinnungsloser. Bestenfalls gehörte ich zu den Lauen, die Gott und andere Generalpächter des Guten ausspien aus ihrem Mund. Trotzdem hatten Wohlmeinende mir die Möglichkeit zugesagt, daß ich für eine Weile nach England könnte. Es war Frühjahr 1947. Ich sollte zeitweilig Ausgang aus dem Gefängnis ins Armenhaus haben.

Meine Ungeduld zu wissen, ob das wahr werden würde, war so groß, daß ich einen Mann aufsuchte, von dem es hieß, er könne die Zukunft voraussagen. Er war ein Astrologe und hieß Wolf. Seine Geschichte ist abenteuerlich. Mit einer Gruppe seinesgleichen – Magier, Astrologen, Pendler, Chiromanten, Kartenaufschläger – war er auf Sonderbefehl des Oberbösen Heinrich Himmler in das Gefängnis im Bendlerblock gesperrt gewesen. Das war ein ungewöhnlicher Aufenthaltsort. Der Krieg ging seinem Ende zu. Man war nicht langmütig mit Nutzlosen. Es sei denn, man konnte die Nutzlosen nutzen. Die Eingekerkerten verständigten sich untereinander durch Kassiber. Es stellte sich heraus, daß unter ihnen auch Historiker und Altphilologen waren. Ihnen hatte man ein riesiges Material zur Ausschlachtung gegeben: Aus dem gesamten deutschen und von Deutschland besetzten Raum die Akte inquisitorischer Untersuchungen von ketzerischen Alchimisten, Zauberern, von Hexenprozessen und Hexenverbrennungen. Es war nicht ersichtlich, zu was das führen sollte. Man vermutete, zu einem Angriff auf die katholische Kirche. Aber die Protestanten hatten mehr Hexen verbrannt. Die Magier und Wahrsager standen unter beständigem Verhör. Was man von ihnen erfragte, lief darauf hinaus, daß die Mannen Himmlers sich im Reich des Übernatürlichen umschauen wollten. Sie wollten zaubern lernen.

Sie wollten es zunächst für einen aktuellen Zweck: Ein-Mann-Unterseeboote sollten mit Helden besetzt werden, die nach dem Vorbild japanischer Kamikaze-Piloten zur Selbstaufopferung bereit waren. Wie waren die heranzubilden? Die Leier der nationalistischen Schlagworte war abgespielt. Mit Führer und Vaterland war kein Hund mehr hinterm ausgebombten Ofen vorzulocken. Der Geist mußte mit Geistigem mobilisiert werden. Man sah sich bedenklich ins Mystische gedrängt. Nicht, daß das der nationalsozialistischen Weltanschauung widersprochen hätte. Aber die Durchführung gab Probleme auf. Selbst Yoga-Übungen der untersten Stufe ließen sich schwerlich ins preußische Exerzier-Reglement übertragen: »Auf den Nabel starrt!« Diejenigen von den unfreiwilligen Insassen im Bendlerblock, mit deren Angaben aus dem Reich des Übersinnlichen etwas anzufangen war, wurden weiter ausgebeutet. Der Rest war bald in weniger elitäre Endlösungs-Anstalten abgeschoben.

Herr Wolf machte auf sich aufmerksam, indem er eine gestellte Aufgabe geschickt löste. Man suchte den entschwundenen Mussolini. Die Italiener – Dolchstoß-Verbündete – hatten ihn als Duce und bündnistreuen Kriegsherrn abgesetzt und gefangen zu einem geheimen Ort entführt. Wo befand sich der? »So dürfen Sie nicht fragen«, sagte Herr Wolf. »Erst müssen Sie fragen: Werden wir ihn finden? Dann dürfen wir wissen, wo.«

Die Sterne beantworteten die erste Frage positiv. Herr Wolf stellte die zweite und nannte alsbald das Versteck. Allerdings zu spät, um Mussolinis Befreier, Oberscharmützelführer Skorzeny, bei der Aktion zu helfen. Der hatte das Versteck auf eigene Faust gefunden. Die Faust dürfte dabei geholfen haben. Indes war der Ort von Herrn Wolf so genau beschrieben worden, daß seine hellseherischen Fähigkeiten glänzend unter Beweis gestellt waren. Er rückte zum persönlichen Astrologen Heinrich Himmlers auf. Was er ihm als nächste Zukunft voraussagte, hat er nicht verraten. Erbaulich konnte es nicht gewesen sein. Keinesfalls hatte er damit dem Bösen gedient. Die siegreichen Guten erkannten das an und erteilten ihm Erlaubnis, weiterhin in die Zukunft zu schauen, was immer er dort erblicken sollte.

Auch ich durfte ihn nicht mit einer blanken Frage überfallen. Erst mußte er prüfen, ob der Augenblick einer Antwort günstig sei. Sein Schreibtisch stand voll von Sextanten, Astrolabien und anderem astronomischen Gerät. Er drehte und schraubte daran wie am Kommando eines Jules Verneschen Tiefseeboots. Hinter ihm an der Wand hing ein vielverschlungenes indisches Mantra. Zu seiner Rechten stach ein beturbanter Guru, in nebelig ineinanderfließenden Pastelltönen wie von Odilon Redon spiritualisiert, seinen Tollkirschenblick in die Augen des Besuchers, wo immer der auch stand oder saß. Durchs Fenster sickerte das anämische Licht eines Hamburger Spätwinternachmittags.

Herr Wolf hatte seine Instrumente eingestellt. Die Frage nach der Gunst der Stunde war beantwortet. Jawohl, ich durfte weiterfragen. Erst aber mußte mein Standort in den Sternen festgestellt werden. Noch war ich kosmisch nicht erfaßt. Auch dieser Behörde meldete ich die Daten meiner Geburt: 13. Mai 1914 zu Czernowitz, der ehemaligen Hauptstadt des ehemaligen habsburgischen Kronlandes Bukowina. In den frühen Morgenstunden, fügte ich genauigkeitshalber hinzu. Herr Wolf griff zu einer Art Rechenschieber und machte sich daran zu schaffen. »Da stimmt etwas nicht«, sagte er.

Alles andere hätte ich eher erwartet als diesen Satz. Er enthielt die Nabe meiner Hamburger Existenz. Sie drehte sich um meine Fragwürdigkeit. Aus dem Munde eines Hellsehers nahm das metaphysische Dimensionen an. Es war mehr in Zweifel gezogen als mein staatsbürgerlicher Zustand, mein gesellschaftlicher Status, meine Vergangenheit, meine charakterliche Beschaffenheit. Es ging nicht um die Aufklärung von Personaldaten wie: Sind Sie nun Rumäne, Italiener, Volksdeutscher? Wie kommt das »von« zum angeblich sizilianischen »Rezzori«? Sie schreiben das einmal mit *einem* Zet, ein andermal mit zweien – wieso? Wo waren Sie im Kriege? Wie kommt es, daß Sie nicht eingezogen waren? Was hat Sie nach Hamburg gebracht? Was sind Sie von Beruf? All das berührte nur die Oberfläche. Herrn Wolfs Stolpern über meine Undurchsichtigkeit legte einen inhärenten Stein des

Anstoßes blank. Hier war mein Wesenskern aufgedeckt. War ich als ein Fragwürdiger geboren? Von Geblüt bezweifelbar? Hatte meine schiefe Lage im deutschen Raum mein eigentliches Wesen zutag gebracht? War's dann nicht unnütz, daß ich anderswohin strebte? Der Guru an der Wand bohrte seine Augen in die meinen.

»Was stimmt nicht?« fragte ich. Schließlich war nicht ich der Hellseher.

»Der Ort«, sagte Herr Wolf und werkelte an seinem zauberwissenschaftlichen Gerät. »Sie sind nicht wirklich dort geboren, aber Sie bewegen sich darauf zu.«

Damit war offenbart, was meine zartnervige Mutter ihr Leben lang zu vertuschen sich bemühte. Ich bin in einer Kutsche auf der Fahrt nach Czernowitz geboren. Die Familie meiner Mutter lebte damals auf dem Lande. Meine Eltern hatten noch keinen eigenen Hausstand eingerichtet: Weil mein Vater – beruflich, wie es hieß, aber mehr noch jagdlich – viel unterwegs war, meine Mutter wegen eines Nierenleidens (an das jedermann mit Ausnahme ihrer Ärzte glaubte) die längste Zeit des Winters in Ägypten verbrachte, den Sommer meist in der Schweiz, wuchs meine um vier Jahre ältere Schwester bei den Großeltern auf. Anfang Mai des Jahres 1914 hatte meine Mutter sich in ihrem Elternhaus eingefunden, um meiner Geburt wohluntergebracht entgegenzusehen. Das Datum war nicht genau berechnet worden. Als man sich entschloß, in die Stadt zu fahren, war's zu spät. Die Wehen stellten sich schon in der Kutsche ein. Ich nehme an, daß nicht nur meine Ungeduld es war, was mich so stürmisch ins Freie drängte, sondern auch die Schlaglöcher der Landstraße, die kaum von anderen Vehikeln benutzt wurde als den Bauernkarren zum Wochenmarkt. Sommers, allerdings. Im Herbst war sie eingeebnet in den Schlamm ringsum; im Winter im Schnee. Aber es war ja Mai. Begleitet war meine Mutter von ihrer Mutter und Fräulein Lina Strauß, ihrer und nachmals meiner Schwester und meiner Erzieherin. »The mess was indescribable«, sagte sie später, bei der Erinnerung erschauernd. Ich soll angefangen haben zu krähen, bevor der Wagen das Krankenhaus erreichte.

Herr Wolf nickte befriedigt, als ich ihm das erzählte. »Sie werden weiterhin viel auf Wanderschaft sein«, sagte er.

Damit waren wir wieder an der Oberfläche. Ich hatte Besseres von ihm erwartet. Ich fand die Symbolik schön: Das Herausdrängen aus der Enge, aus der beklemmenden embryonalen Rollmopslage, aus den Urwassern zur festen Erde, aus der Finsternis ins Licht des anbrechenden Tages. Mich bestach die Umkehrung der Mythe vom Erlkönig: Nicht der Tod wartet am Ende der Nachtfahrt, sondern das Leben. Die Nebel lichten sich, es tagt, Klarheit kommt auf. Oder auch platterdings biologisch: Nach dumpfer Durchwanderung zu neun Monaten abgekürzter Jahrtrillionen von Entwicklungsphasen vom Einzeller über die Amphibie zum aufrecht gehenden Vertebraten: zum Menschen. Der fragwürdigsten Kreatur der Schöpfung.

Ich habe einmal ein Wort geprägt, das allmählich Aufnahme in den allgemeinen Sprachgebrauch findet: Epochenverschleppung. Damit ist gemeint das anachronistische Überlappen von Wirklichkeitselementen, die spezifisch einer vergangenen Epoche angehören, in die darauffolgende. Nicht alle Erscheinungen haben das gleiche Trägheitsmoment. Manche bestehen über sich selbst hinaus. Sie erweisen sich dabei als Stimmungsträger, die nicht nur einzelne, sondern beinah alle über die tatsächlich bestehende Wirklichkeit täuschen. Das Gegenwartserlebnis läuft nebenher. Keiner lebt gänzlich im Jetzt und Hier. Die Kunst – wo sie nicht der Gegenwart vorausgeht – ist ein gefährlicher Helfer der Epochenverschleppung.

Damals in Hamburg, im fahlen Licht des Späteiszeitnachmittags, durch das die Augen des Fakir-Gurus an der Wand von Herrn Wolfs Orakelstube stachen, wurde meine Frage an die nächste Zukunft günstig beschieden. Ja, ich würde nach England fahren und zeitweilig Ausgang in die Freiheit haben. Ich muß gestehen, daß ich das auch als vorübergehende Erlösung von unzulänglich erfüllten Hausvaterpflichten auffaßte. Aber das gehörte zu meiner damaligen Unschuld gegenüber Verantwortungen. Ich hatte dergleichen nicht gelernt, es sei denn, es handelte sich um Hunde oder Pferde. Um Hunde brauchte ich mich nicht zu kümmern, geschweige denn um Pferde. Beide gehörten zu den Dingen einer Vergangenheit, die mythisch geworden war. Weib und Kind, um die ich mich jetzt hätte kümmern sollen, waren vorderhand versorgt. Die Zukunft war eine Angelegenheit der Zukunft. Ich fühlte mich vogelfrei. In der Tat war ich wenige Wochen später in Wilton Park bei Uxbridge, eine Bahnstunde von London.

Wilton Park, dereinst der Wohnsitz von Lord Beaconsfield, besser bekannt unter dem Namen Disraeli, war ein Umerziehungslager für deutsche Kriegsgefangene ideologisch neuigkeitsbereitwilliger Gesinnung. Das hieß: Sie nickten zur Frage, ob sie brave Demokraten werden und sich dazu umerziehen lassen wollten. Ihr Eifer war lau. Die Briten – alle auf seiten des Guten, wie wir wissen – stützten sich auf einige gleichfalls aus den Reihen der Kriegsgefangenen rekrutierte feste Charaktere, die nach der Methode, wilde Elefanten mit zahmen zu bändigen, bei der Umerziehung helfen sollten. Es waren immer schon vom Ethos der Sozialdemokratie Durchdrungene, die nie dem Bösen nachgegeben hatten, indes vom Kriegsgeschehen mitgeschwemmt worden waren. Sie mochten ihren ideologisch anfälligen Schicksalsgenossen und Kameraden zum Vorbild dienen. Das gleiche erwartete man von einer Handvoll aus Deutschland hinzugezogener Intellektueller. Was ich unter ihnen zu suchen hatte, war nicht ersichtlich. Meine Kategorisierung von Gut und Böse hielt sich nicht an Staatsflaggen, militärisch Über- oder Unterlegene und politische Weltanschauungen. Außerdem war ich kein Intellektueller.

Aber da war ich nun einmal in Wilton Park und durfte Betrachtungen darüber anstellen, wie mein Hochgefühl als vorübergehend aus dem Gefängnis Entlassener sich zur Seelenlage der umzuerziehenden Gefangenen im Lager verhielt. Sie waren ausreichend ernährt. Sie trugen ihre eingefärbten Kriegsgefangenenklamotten mit Anstand. Man behandelte sie mit verständnisvollem Wohlwollen. Trotzdem fraß ihnen die Gefangenschaft an der Leber. Deutschland, dem ich entkommen war, erschien ihnen als sehnlichst herbeigewünschte Verheißung. Hunger, Kälte, Niedergeschlagenheit, graugesichtige Ergebenheit in die unbegreiflichen Folgen unbegriffenen Geschehens, ohnmächtiger Schicksalsgroll, hin und her gepredigter Haß schreckten sie nicht ab. Sie kannten das nicht als Alltag. Das mochten Kümmernisse sein, mit denen die Daheimgebliebenen sich auseinanderzusetzen hatten. Worunter sie litten, war die Erniedrigung. Die Entmachtung. Der Sturz aus dem todernst geregelten Herrendasein von Eisenmännern in die Lotterigkeit einer Herde von Geschlagenen hinter Stacheldraht. Wilton Park war nicht umzäunt von Stacheldraht. Es hatte den Charakter eines Hochschul-Campus. Doch so locker sie sich gaben – Hände in den Hosentaschen –, sie wurden den Mief des Kommiß nicht los. Sie rochen nach Kaserne. Und litten daran. Sie würden noch mehr darunter leiden, wenn sie demokratisch umerzogen nach Hause kämen. Aber davon wußten sie noch nichts.

Es würde ihnen auch nicht geholfen sein, hätte ich ihnen

gesagt, daß dieser Mief die Alltagsatemluft in Deutschland war. Sie würden ihm auch zu Hause nicht entkommen. Er war von ihresgleichen dort eingeschleppt. Heimkehrer aller Art hatten ihn in die Kellerwohnungen und Nissenhütten der Daheimgebliebenen gebracht. Aber geradezu wie Hohn würde es geklungen haben, hätte ich dazu gesagt, daß das nicht das Schlimmste war. Was mir dort die Kehle zuschnürte, so daß ich oft mit dem Ersticken rang, war nicht allein der Mief geschlagener Soldaten und von der Heimatscholle Vertriebener, sondern dessen Grundsätzlichkeit. Ich kannte kein anderes Deutschland als eines, das nach Kaserne und Lager roch. Es schien mir, als gäbe es in Deutschland nur zwei Daseinsformen: Wächter und Bewachte. Selbst der siegreiche deutsche Landser hatte sie in sich vereint: Unter dem harten Blick vom Stahlhelmrand schlotterte der demütige Hosenboden. Was ich vermißte, war der Mensch dazwischen. Schabte man ein wenig an einem Uniformierten der Amis, Tommys, Iwans und wie sie alle hießen, so kam bald aus der Eisenmannhülle der Mensch zum Vorschein: gewalttätig oder friedfertig, klug oder dumm, freundlich oder unfreundlich, fröhlich oder traurig, jedenfalls menschlich. Schabte ich an einem Deutschen, so kam – wenn ich nicht gleich in den Finger gebissen wurde – ein Polizist oder ein weinerliches Opfertier zutage. Es fehlte die Mitte, die sie mit »Gott mit uns!« gürteten. Sie wußten das. Und sie empfanden es als Schuld. Es war nicht ihre Schuld. Das Geschehende geschah mit ihnen über sie hinweg. Manchmal hätte ich vor Mitgefühl weinen mögen.

Es war schon Frühling in Wilton Park. Jugendstilfrühling, wie mir scheinen wollte. Kärgliches Primelsprießen und Knospengestrotze, dafür um so mehr unbestimmtes Sehnen. Aber es kann sein, daß es mein privater Jugendstil war. Ich hatte ihn aus der Blütezeit meiner Eltern von der Jahrhundertwende in mein Kindheitserleben eingeschleppt. Es war ein englisch geprägter Jugendstil, der viel Präraffaelitisches enthielt. Gemäß der umgekehrten Erlkönig-Legende meiner Kutschengeburt lichteten sich darin leichte Nebel. Noch schien die Sonne nicht voll hindurch. Ich fand das bilderbuchperfekt im Waldbestand eines Golfplatzes, der an Wilton Park anrainte und in dem ich, Einsamkeit und Besinnung suchend, allmorgendlich vor Beginn der Umerziehungskurse mit geblähten seelischen Nüstern herumspazierte. Die Bäume waren wundervoll, urwüchsige Eichen und Erlen mit mächtig ausholenden Kronen, ohne Laub noch, die Äste zornig gewunden wie die Drachen, die in ihren Wurzeln nisteten. Denn es war nicht anzuzweifeln, daß dort Drachenbrut hauste, ein Geschlinge junger Jabberwocks: Es waren in der Tat die Bäume der Märchenbücher meiner Kindertage. Nichts, keine Realität hat sich so tief in mich eingegraben wie ihre Bilder. Es waren englische Kinderbücher, und die Bilder waren von Rackham, die Texte Märchenenglisch: *'t was brillig and the slithy toves did gyre and gimble in the wabe...* Also kam's mir vor, als wäre meine Kindheit englisch gewesen.

Natürlich war sie das nicht. Dank dem, was ich aus den Bilderbüchern herausträumte, vor allem aber: dank dem Epochengeist, den meine Eltern mit sich schleppten, war meiner Kindheit ein englisches Stimmungselement aufgesetzt. Ich war damit nicht allein. Die Welt war damals englisch. Noch herrschte England über große Teile aller Kontinente. Bewußt oder unbewußt lebte jedermann von Daressalam bis Minsk, von Königsberg bis Kalkutta englisch ausgerichtet. So wie heute jedermann amerikanisch ausgerichtet ist. England stellte die Leitmotive und Leitbilder der Zeit. Das Phrasenarsenal aller Nationen war englisch. *»Right or wrong, my country!«* hörte sich auf norwegisch ebenso erbaulich an wie auf serbisch. Die Alltagsformeln der Haushaltsethik waren englisch: »*Fairness!*« Was man tun und lassen sollte, hielt sich an den Kodex des übermächtigen englischen Mittelstandes: »*A gentleman never lies steals cheats shouts runs wears brown pees over his fingers farts in polite society…*« und so weiter. »*A lady always… never…*« und so fort. Die Männermode war englisch. Weltweit war das Inbild von Sonntagsstimmung ein *picnic* bei der Ruderregatta. Englische Weltneugier befeuerte den Jünglingsgeist: »*Mister Livingstone, I presume!*« Der *Explorer*, der *Globetrotter* im Tropenhelm, der *White Hunter*, den rechten Fuß neben dem Büchsenkolben auf den gefällten Bengaltiger gesetzt, waren Epochenideale. »*Live up to them!*« Die Hygiene folgte englischen Methoden: eiskaltes Wasser, Wurzelbürste, *Pears soap, a good crisp walk, a nice cup of hot tea*. Sport war englisch. Die charakterliche Erziehung war englisch: »*Keep a stiff upper-lip!*« Kaltblütigkeit, ehernes Selbstbewußtsein, unerschütterliche Festigkeit, souveräne Ignoranz waren von England vorgelebte Tugenden. Ein preußischer Diplomat – Militärattaché vor 1914 – hat seine Haltung gegenüber Engländern in die Worte gefaßt: »Also, vorm Briten bin ich mir immer vorgekommen wie vorm Vorgesetzten.« Noch Jahrzehnte nach 1914 hieß es: Ein hochzivilisierter Norddeutscher sieht aus wie ein gutklassiger Süddeutscher; ein hochklassiger Süddeutscher benimmt sich wie ein Österreicher; ein erstklassiger Österreicher erinnert an einen Engländer. Heute trifft man kaum noch auf einen Engländer, der an einen Engländer von damals erinnert.

Wilton Park und sonntägliche Ausflüge nach London haben diese typologische Liste noch vervollständigt. Es lag ja der dreißigjährige europäische Bürgerkrieg von 1914 bis 1945 dazwischen. Die Nationen waren einander ähnlich geworden. Die Klassen hatten eine Art Molekularerweiterung erfahren. Es war schwierig geworden, sie als Kategorien zu nehmen. Aber ein Bild blieb mir haften: Wir – die aus Deutschland dem Umerziehungswerk von Wilton Park Zugezogenen – waren kollektiv nach London gebracht worden, um Westminster Abbey und das Parlament zu sehen. Wir bestaunten namhafte Gräber, schütter besetzte Abgeordnetenbänke und Perückenträger, die als Amtsdienstboten die Würde des Hauses verkörperten. Draußen, vor dem Parlamentsgebäude, hatte sich eine Gruppe von Parlamentsmitgliedern eingefunden. Damals sahen sie noch aus, als gehörten sie allesamt ins Oberhaus. Unnachahmlich war ihr sonores Kehlkopfnäseln. Nicht nur, weil sie im Gespräch miteinander waren, sondern in der partiellen Blindheit des Klassendünkels beachteten sie uns nicht. Wir waren Luft für sie, wenn auch schlechte Luft: *»A gentleman ignores social stench.«* Ich verglich unser behirtetes Rudel mit ihnen. Einer der englischen *Tutoren* von Wilton Park, der uns leitete, hatte aus fragwürdigem Taktgefühl einen eingefärbten Kriegsgefangenenmantel angezogen. Wir andern waren in Nissenhütten-Zivil. Der Kontrast allein hätte die Edelmenschen auf uns aufmerksam machen sollen. Der Unterschied zwischen unserer Armenhauslotterigkeit und ihrer lavendelduftenden Eleganz sprang provozierend in die Augen. In Deutschland hatte man ihresgleichen seit den frühen Dreißigern nicht mehr gesehen; und selbst damals nur noch vereinzelt. Sie gehörten einer anderen Rasse an. Aber es waren nicht unsere schlechten Kleider, unsere ratlose Herdentiermiene, unser Lagermief von Männerschweiß, säuerlicher Brotvergärung, Krachfürzen und üblen Zigaretten, was uns von ihnen unterschied. Von einigen schwer zu definierenden, jedoch untrüglichen Merkmalen war abzulesen: Sie hatten uns ein Leben ohne Schmach voraus. Sie waren nie gedemütigt worden. Möglich, daß es auch in ihrem Dasein einiges gab, wofür sie sich hätten schämen müssen. In souveräner Ignoranz waren sie darüber weggegangen. Bewundernswert perfides Albion.

Ich dachte zurück an meine Kindheit. Damals waren sie unser Vorbild, aber auch unsere Feinde gewesen. Feinde meines Vaterlandes, also meine: Ich war ein österreichisches Kind. Österreich war Deutschlands Verbündeter. Ich liebte eine feldgraue Puppe, die »Der Deutsche Bruder« hieß. Trotz meiner Kinderbücher und *nursery rhymes*, die ich fröhlich nachplapperte, mußte ich die Engländer als Gegner ansehen. Die *nursery rhymes* brachte man mir heimlich bei: Wir waren nicht mehr in der Bukowina, sondern umgeben von Leuten, die unsere österreichische Gegnerschaft zu den Engländern grimmiger auffaßten als wir. Es waren niederösterreichische Bauern, nur zu willig bereit, alles feindlich Ausländische – und was sich damit identifizierte – mit Dreschflegeln von der Heimatscholle zu tilgen. Wir – meine Mutter, meine Schwester, deren Gouvernante und meine Kinderfrau – waren als Flüchtlinge bei ihnen untergekommen. Herrn Wolfs aus den Sternen bezogene Prophezeiung, ich würde zeitlebens viel auf Reisen sein, hatte sich längst als wahr erwiesen. Kaum war ich geboren, war der Erste Weltkrieg ausgebrochen. Die Russen – auch sie unsere Gegner, obwohl wir unsere russischen Freunde besonders innig liebten – gingen stürmisch westwärts vor. Wir mußten aus der Bukowina flüchten. Auch das ging in der Kutsche vor sich und brachte uns über den Bargâu-Paß (wo angeblich Draculas Schloß gestanden haben soll) zunächst nach Bistritz, von dort nach Triest. Wir blieben dort nur kurz in einem Sommerhaus meines Großvaters väterlicherseits. Dann erklärte auch Italien uns den Krieg, und wir mußten neuerdings davon. Freunde hatten uns ein Haus im Dorf bei ihrem Besitz nicht weit von Sankt Pölten als Asyl angeboten. Dort blieben wir bis 1918, kehrten dann heim in die Bukowina.

Ich will mich nicht mit Erinnerungen brüsten, die einem Vierjährigen kaum zuzutrauen sind. Aber ich habe mit Gewißheit in mir die Bilder eines Landes, das der Krieg durchwüstet hat. Soldatengräber längs der Strecke durch Galizien: schlichte Holzkreuze, aus Ästen gefügt, mit einem Ulanenhelm über dem Balken. Eins davon – mit einem Husarentschako gekennzeichnet – hätte unserem Vater gehören können. Ich weiß noch, wie sehr mich die unförmig aufgeblähten Kadaver von Pferden leiden machten: Aus ihren Augenhöhlen rieselten Ameisenschwärme wie blutige Tränen. Durchs Balkenwerk der Dächer von zerschossenen Häusern blaute der Sommerhimmel. Die Leere war beklemmend. Auch im Gutshaus unserer Großeltern mütterlicherseits, die in Wien geblieben waren, hielten wir's nicht lange aus. Mein Vater kam heil aus dem Krieg zurück und fand uns ein Haus fast ländlich vor dem Stadtrand von Czernowitz. Dort habe ich mich aus Kinderträumen und schmerzlichen Früherlebnissen zusammengefügt. Englischer Kinderseifenduft und blutige Sonnenuntergänge über dunklen Karpatenwäldern, Mythen und Märchen, verwunschenes Prinzendasein und Trauer ums ewiglich Verlorene flossen ineinander. Mein Gemüt wurde, was es heute ist. Melancholisch cholerisch.

Inzwischen ging die Zeit mit mir über mich hinweg. 1919 kam die Bukowina an Rumänien. Ich war bald kein österreichisches Kind mehr, das stolz auf seinen Kaiser sein konnte – den alten, gütigen, mit seinem Hausmeister-Backenbart und dem weißen Waffenrock mit der roten Schärpe, und den neuen, unglücklichen im schlichten Feldgrau. Ich gehörte fortan zu einer der Minderheiten des Königreichs Rumänien wie die Juden, die Ukrainer, die Russen Bessarabiens, die Sachsen und Ungarn Siebenbürgens. Sowenig das an unseren unmittelbaren Umständen änderte, wir begriffen doch: Wir gehörten fortan nicht mehr zu den Landesherren.

Merkwürdigerweise schlug uns das auf die Seite unserer ehemaligen Gegner. Wir waren Deklassierte nur in den Augen von Machthabern, die wir früher als minderwertig angesehen hatten. Wir faßten die Rumänen nicht als Nation, sondern als soziale Schicht auf. Sie gehörten für uns zu den Juden, den Ruthenen, Polen, Huzulen, Lipowenern und allem übrigen buntscheckigen Volk der Bukowina. Wir dagegen waren ihnen übergeordnet gewesen als politisch und kulturell Führende. Sie konnten uns politisch kaltstellen, nicht aber uns die kulturelle Ebenbürtigkeit mit den anderen großen europäischen Nationen absprechen. Engländer und Franzosen waren unsere eigentlichen Waffenbrüder in einem Klassenkampf, zu dessen ersten Opfern wir uns zählten.

Gefährlich war dabei, daß unsere Lebenshaltung immer noch der vorausgegangenen angepaßt war. Zwar war sie unvergleichlich weniger aufwendig als zuvor. Aber das Land war gesegnet, man lebte mit geringeren Mitteln. Im Vergleich mit der Anspruchslosigkeit des Volkes um uns traten wir immer noch als Herren auf. Das und das Bewußtsein, daß wir das nicht wirklich mehr waren, bewirkte eine Haltung, die aus Überheblichkeit und Minderwertigkeitskomplexen zusammengesetzt war.

Natürlich beherrschte der Krieg meine Traum- und Spielwelt. Immer noch war die Stimmung dramatisch. Die öde Landschaft, die zerstörten Gehöfte, die Schützengräben kreuz und quer in der geschundenen Erde lagen schwer auf unserem Gemüt. In den ersten Tagen des Regimewechsels war es zu wüsten Szenen gekommen. Noch hatten die Rumänen die Stadt nicht besetzt. Sie warteten davor – es hieß: weil die Soldaten keine Schuhe hatten. Inzwischen plünderte der Mob die Verpflegungsmagazine der verlassenen österreichischen Kasernen. Unser Haus lag in der Nähe der einen. Ich habe anderswo beschrieben, wie ich nachts geweckt wurde:

Randalierende Horden zogen vorbei und hätten bei uns einfallen können. Die Hände meiner Kinderfrau, die an meinen Knöpfen nestelte, um mich anzuziehen, zitterten ebenso wie die meiner Mutter, die Schmuckstücke versteckte, und die der Hausangestellten, die mein Vater zu unserer allfälligen Verteidigung mit Pistolen ausgerüstet hatte. Niemandem gelang es, das ohrenbetäubende Gebell der Hunde zur Ruhe zu bringen. Es konnte der Wut der Plünderer eher auf uns ziehen als sie abschrecken.

All das lag meiner Kindheit zugrund. Ich spreche von mir allein, denn meine um vier Jahre ältere Schwester war mir bald entwachsen. Sie mochte ihre eigenen Kriegsnarben haben. In dem Kokon, in den die manische Ängstlichkeit unserer Mutter uns eingesponnen hielt, hatte jeder von uns seinen Bereich der Einsamkeit. Meine Schwester als Musterzögling ihrer Gouvernanten war bei ihren Büchern. Ich spielte in meinem Winkel mit den Zinnsoldaten, die wir im geplünderten Landhaus meiner Großeltern gefunden und mitgenommen hatten. Sie hatten meinem Onkel Rudolf gehört und stammten aus der Zeit des Burenkriegs und des russisch-japanischen Konflikts zu Anfang des Jahrhunderts. Aber auch französische Kolonialtruppen waren dabei. Ich hatte alle unsere Feinde um mich versammelt. Ich konnte sie nicht hassen. Wenn ich an sie als Gegner dachte, stellte ich sie mir tapfer und großmütig vor, weil damit die Heldentaten der Unseren nur um so glänzender erschienen. Es war ein ritterlicher Kampf. Nie kam's mir in den Sinn, die einen als die Guten, die anderen als die Bösen aufzufassen. Das war späteren Waffengängen vorbehalten. Ohne Schuldgefühl und Erniedrigung durch den Sieg der anderen über uns, trauerte ich dem Ende unseres glorreichen Österreich und seines Kaiserhauses ebenso nach wie dem schrecklichen Los des russischen. Meine Liebe zum »deutschen Bruder« in Feldgrau mit der schwarz-weiß-roten Kokarde an der schirmlosen Rekrutenmütze konnte ich mühelos vereinen mit meiner Bewunderung für die Rotröcke Lord Kitcheners. Ich hatte mich längst aus Flandern und von der Somme zurückgezogen. Trommelfeuer war nicht nachzuspielen. Ich kämpfte gegen den Mahdi bei Omdurman und mit der Fremdenlegion gegen die Rifkabylen. Am liebsten aber stellte ich die kleinen zinnernen Eisenmänner in großen Paraden nebeneinander auf. Dazwischen sang ich »*Marlborough s'en va-t-en guerre, miroton, miroton, mirotère...*«, »*Frère Jacques, frère Jacques, dormez vous*« und »*Hididdlediddle, a cat and a fiddle, and the cow jumps over the moon*«. Dazu kamen die Märchen meiner Kinderfrau, etwas Lesen und Schreiben und mehr Englisch und Französisch. Nichts, was der Wirklichkeit von Czernowitz im Jahre 1922 entsprochen hätte. Als ich acht Jahre alt war, trennten sich meine Eltern, und ich kam nach Kronstadt in Siebenbürgen.

Die Umerziehungskurse in Wilton Park wurden wie Schulklassen abgehalten. Sie riefen mir die hassenswerteste der Nötigungen meiner Adoleszenz zurück. Allerdings war ich derlei Emotionen entrückt durch die Ironie, die ich mir inzwischen zur Selbsterhaltung anerzogen hatte. Die Schulklassen in Wilton Park waren Parodien. Unempfindlich geworden im Stumpfsinn des Lagerlebens mit und ohne geistige Zwangsbeschäftigung saßen drei Dutzend Männer, die gestern noch das Weiße im Auge des Gegners gesehen hatten – oder wenn nicht das, so doch jedenfalls das von Verängstigten im feindlichen Feuer –, wie ABC-Schützen in Pultreihen und schauten mit entleerten Mienen zu den sogenannten *lecturers* am Vortragspodium auf, um die Milch der demokratischen Denkweise in sich einströmen zu lassen.

Unsäglich zäh verlief die Zeit, die draußen, vor den Barackenfenstern, Frühlingswölkchen über den lichten Himmel treiben ließ. Wir, die aus der Heimat zugezogenen Eierköpfe – Journalisten, spätere Sozialfürsorger, beurlaubte Oberlehrer, potentielle SPD-Funktionäre –, waren proportional und qualitativ entsprechend auf die Kriegsgefangenen verteilt. Akademiker kamen in geistig höherstehende Klassen. Leute meines mehr allgemeinen Bildungsgrades teilten den Halbschlaf der Simpleren.

Indes kamen auch bei uns allerlei heikle Themen zur Sprache. Eins davon war der Unterschied zwischen Kultur und Zivilisation. Ein *lecturer* hatte sich darein verbissen – ich vermute, um das übertriebene deutsche Kulturbewußtsein zu brechen. Davon war zwar in unserer Klasse wenig zu merken. Es waren brave Landser, die Mehrzahl in den frühen Zwanzigern. Sie wußten über Fußball weitaus mehr als über Goethe. Immerhin, es waren deutsche Männer, und wenn sie Kritik an etwas Deutschem erschnüffelten – und das war aus dem Vortrag des *lecturers* kaum auszusparen –, dann traten sie mannhaft dagegen auf. Als Umzuerziehende erst recht. *»Right or wrong, my fatherland!«*

Wir Intellektuelle hatten für möglichst lebhafte Diskussion zu sorgen. Dabei feierte das deutsche Kulturbewußtsein fröhliche Urständ. Damit die in jedem Kollektiv latente Dummheit. Heftiger als wir's erwartet hatten, legten sich die aus der Langeweile gereizt Erwachenden ins Zeug. Der *lecturer,* wie die meisten seinesgleichen ein Bush-House-geschulter Emigrant, versuchte einzulenken. Er habe ja nichts anderes sagen wollen, als daß er zwischen Kultur und Zivilisation keinen grundsätzlichen Unterschied sehe. Lediglich, daß bei Zivilisation von konkreten Errungenschaften die Rede sei, bei Kultur hingegen von sehr unbestimmten, gelegentlich sogar von moralisch anfechtbaren Werten. Grimmig wurde ihm entgegengehalten, daß es unzulässig sei, einem Beduinen Kultur abzusprechen, weil er keine Wasserspülung habe. Man könne denn auch so weit gehen, das Nürnberg Albrecht Dürers für kulturlos zu erklären, weil es dort keine elektrische Straßenbahn gegeben hatte. Das Argument erschien dem *lecturer* so grotesk, daß er selbst hineintrapste. »Nennen Sie mir ein Werk Dürers, das zur Wohlfahrt der Menschheit auch nur halb soviel beigetragen hat wie die elektrische Straßenbahn.« Allgemeines Schweigen. Im *lecturer* regte sich ein Verdacht. Er wandte sich an einen der Umzuerziehenden, der wortlos, mit den blanken Augen totaler Verständnislosigkeit dagesessen war. »Können Sie mir ein Bild von Dürer nennen, das auf Sie einen unauslöschlichen Eindruck gemacht hat?« Schweigen. Der *lecturer* kam aus dem Häuschen. »Können Sie denn überhaupt ein Werk von Dürer nennen?« Der junge Mann lief langsam rot an. Schließlich nickte er. »Also bitte!« befahl der *lecturer*. Der Umzuerziehende schluckte. Er schien den Tränen nah zu sein. Endlich würgte er heraus: »Der kleine Hase.«

Der kleine Hase Dürers war kein schlechtes Sinnbild für meine frühe Kindheit. Ich hätte ihn mir zum Wappentier wählen können: scheu, scheinbar vertrauensvoll, fluchtbereit. In seiner künstlerischen Vollendung war er zweifellos ein Zeugnis für Kultur; und Kultur war das magische Wort, das uns freisprach von der Notwendigkeit, in der neuen Ordnung der Bukowina unseren Stand zu bezeichnen. Wir waren nichts mehr. Wir gehörten nicht mehr den Landesherren an. Meine Mutter hatte ihr Vermögen verloren. Mein Vater konnte als Nichtrumäne kaum Karriere machen. Auf keine ethnische Gruppe konnten wir uns berufen, denn wir waren nicht bodenständig: Selbst die Eltern meiner Mutter kamen aus Böhmen, nur eine Urgroßmutter band uns an das Land. Trotzdem zweifelten wir keinen Augenblick an unserer Stellung – wenn sie auch noch so luftig zwischen Himmel und Erde hing wie Mohammeds Grab. Aber wir gehörten einer Klasse an, die sich als gebildet bezeichnete. Das heißt: In uns manifestierte sich die abendländische Kultur. Es war unsere Mission, sie aufrechtzuhalten und zu verbreiten. »Wir sind als Kulturdünger hierher gekommen«, pflegte mein Vater zu sagen. »Dazu hat man uns hinterlassen.« Er wiederholte diesen Ausspruch öfters. Bitternis und Hochmut hielten sich darin die Waage.

Was zur Kultur gedüngt werden sollte, stand gleichfalls keinen Augenblick in Zweifel. Die Bukowina war ein später Erwerb der Krone. Erst im letzten Drittel des achtzehnten Jahrhunderts war sie den Türken abgekauft worden – ziemlich zur gleichen Zeit, wie meine väterlichen Vorfahren aus Sizilien nach Wien gekommen waren. In den Augen meines Vaters war Sizilien seit den Staufern ein Herzteil des Reichs, die Bukowina hingegen eine Kolonie. Er hatte sich im Sendungsbewußtsein des Kolonialbeamten dorthin begeben. Das heute sogenannte Multikulturelle – die ethnische Buntscheckigkeit des Landes – stimmte ihn nicht um. Er hielt nichts von der Kultur von Juden, Huzulen und Ukrainern. Den Rumänen gestand er bestenfalls zu, daß ihre junge Literatur und ihr Nationalbewußtsein in der Bukowina zur Blüte gekommen waren. Aber das war nur möglich gewesen unter der schützenden und fördernden Hand der k.u.k. Landesverwaltung. Alles andere war Folklore. Wir – selbst meine intellektuelle Schwester, die bald eigene Wege ging – teilten diese Ansicht uneingeschränkt.

Das war kein Dünkel. Es war das hauteng anerzogene Bewußtsein einer bestimmten Lebensform. Sie war nicht unser Privileg. Die oberen Klassen sogenannter Kulturnationen lebten so. Ein internationaler *life style,* würde man heute sagen. Englisch geprägt. Man legte Wert auf ordentliche Wohnungen, Kleider und Manieren. Ein gewisser Bildungsgrad war selbstverständlich. Ziemlich jedermann kannte von Dürer mehr als den kleinen Hasen. Es war eine Welt, in welcher auch bescheidener Besitz von Generation zu Generation weitergegeben wurde. Dessen Pflege lag den Erben am Herzen. Man bewahrte mit Behutsamkeit und Stolz. Aber in diese Welt war der Krieg gefahren und hatte sie arg mitgenommen. Man bewahrte nicht mehr; man raffte zusammen, was übriggeblieben war. Die selbstverständliche Haltung wurde zur Abwehr; die Form zur Verschanzung.

Darüber vergaßen wir, daß dieses Czernowitz ein sogenanntes »Vorwerk der abendländischen Kultur« war. Nicht aufgerichtet gegen die Steppe, sondern gegen eine andere ebenso traditionsreiche Kultur: Byzanz und das Reich der Ottomanen. Czernowitz beherbergte die östlichste Universität der k.u.k. Monarchie. Deren Studium des Orients war beispielgebend. Von diesem Bildungsstand war die Lebenshaltung der Gebildeten bestimmt. Auch wer sich nicht zu den Kulturbewahrern rechnete, hatte daran teil. In der gleichen Selbstbefangenheit. Wir waren nicht der Nabel der Welt, aber sein Umkreis war unser Horizont.

Gewiß hat es in Czernowitz ungezählte Häuser gegeben, die ebenso gut gehalten waren wie das unsere. Auch anderswo gab's gute – wahrscheinlich sogar üppigere Küche. Auch anderswo aß man manierlich von gutem Porzellan, benahm sich gesittet, las Bücher, musizierte, hielt die gegenseitige Aversion in Grenzen. Aber der Schreck war meiner Mutter in die Glieder gefahren. Mit unserer Flucht aus ihrem Elternhaus, danach aus Triest, in zwei Asylantenjahren zwischen niederösterreichischen Kropfbauern und mit der Heimkehr in ein Land neueingesetzter Herren hatte sie erfahren, wie zerbrechlich die aristokratisch-großbürgerliche Idylle dieser fernen Provinzwelt war. Sie traute niemandem mehr. Sie schloß sich ab – und uns mit ihr.

Schüchterne Versuche, Anschluß zu finden, wurden von meinem Vater sabotiert. Er hatte von vornherein mit der Vergangenheit gebrochen. Er entzog sich der Zeit – als Jäger. Die zeitlose Lebensform des Jägers hielt ihn aus der geschichtlichen Zeit heraus. Sein Beruf kam ihm dabei entgegen. Als österreichischer Staatsbeamter war's seine Aufgabe gewesen, sich um die historischen Klöster der Bukowina zu kümmern. Diese Juwele spätmittelalterlicher Baukunst und Kirchenmalerei liegen inmitten riesiger Karpatenwaldungen. Mit der Machtergreifung der Rumänen war mein Vater aus dem österreichischen Staatsdienst übernommen worden vom sogenannten Religionsfonds, der Güterverwaltung der orthodoxen Kirche. Er stand sich gut mit der Forstverwaltung. Er hatte freie Büchse in Zehntausenden Hektar Karpatenwald. Die Jagd nahm zunehmend von seinem Denken, Fühlen und Handeln Besitz. Zu unserem Kulturzustand gehörten auch Hirschgeweihe und Rehgehörne an der Wand, eisenstarrende Gewehrschränke und Hundezwinger. Dürers kleiner Hase hätte ein kurzes Leben gehabt.

Bei alledem nahmen wir nicht wahr, daß namentlich in der jüdischen Gemeinde ein reges geistiges Leben vor sich ging. Es bereitete den Boden vor, aus dem zwei Jahrzehnte später Paul Celan erblühen sollte. Wir lebten daran vorbei, eingesponnen in unseren Kokon wie in ein Spinnennetz unter Wasser. Ich habe davon in einem Buch erzählt, das dank der Holzköpfigkeit des Verlegers den Titel trägt: »Blumen im Schnee«. Mein Titel – »Schnee von gestern« – wäre zu abfällig gewesen. Ich hatte nichts Abfälliges im Sinn. Ich dachte an François Villon. Wer ihn kennt, weiß wie hinfällig die Klage ums Vergangene ist. In unserem Fall war ohnehin nicht viel zu beklagen. Die alte Geschichte: Die Konflikte der Zeit und unserer Eltern wurden auf unseren Gemütern ausgetragen. Die Widersinnigkeiten der Epoche brachten unsere totale

Isolierung mit sich. Wir wurden ignoriert. Man hielt nichts mehr von Kulturdüngerern. Vor allem nichts von solchen, die ins Abstrakte düngten. Zwischen uns und der Welt, aus der wir unser Selbstbewußtsein bezogen, waren Barrieren aufgerichtet. Um nach Wien zu fahren, mußte man sich durch sechs Grenzübergänge quälen. Briefe kamen mit wochenlanger Verspätung an. Und doch lebten wir unsere privaten Konflikte weiter, als gehörten sie zu den Anliegen der Zeit.

Wir Kinder hatten uns auseinanderzusetzen mit dem Heranwachsen in einer Welt, in der die Orientierungslosigkeit der Erwachsenen uns keinen Anhalt gab. Die Konflikte der Erwachsenen betrafen die Unvereinbarkeit ihrer Charaktere und ihrer Lebensweise in einer neuen Welt. Wir nahmen lebhaft auch daran teil. So war uns kaum Muße gegeben, wahrzunehmen, was um uns her vor sich ging. Es focht uns nicht an, daß die schwarz-gelb gestreiften Schilder von Mauthäusern jetzt blau-rot-gelb gestrichen waren. Auch nicht, daß Czernowitz nun Cernăuţi hieß. Wir kannten die Stadt nur vom gelegentlichen Durchqueren. In der Kutsche, wenn wir doch noch einmal zum Landhaus fuhren. Die meiste Zeit waren wir eingehegt in unseren Garten. Daß wir rumänische Staatsbürger geworden waren, ließ uns kalt. Wir sahen von den Rumänen nur die Offiziere der nahen Kavalleriekaserne, die an unserem Gartenzaun vorbeiritten. Sie waren bunt wie aus der Operette. Das war kein grundsätzlicher Wandel seit den Österreichern. Es befeuerte meine Phantasie fast mehr noch, weil es etwas Fremdartiges enthielt: Geheimnisvolles, wie mir schien. Ich habe daraus einen Roman erträumt: »Ein Hermelin in Tschernopol«.

Auch den Wandel, den die Welt rings um unser Inseldasein durchlief, nahmen wir nur vom Hörensagen wahr. Nach Gemunkeltem mußte der Klassenkampf, der irrtümlich zwischen Imperien ausgetragen wurde, in eine Phase trügerischer Waffenruhe eingetreten sein, um zu einem neuen, grimmigeren Angriff auszuholen. Noch war er nicht ausgereift. In unserem Fortbestehen als verschleppte Kulturdüngerer bezogen wir eine Fülle ausländischer Zeitschriften. Viele davon wiegten uns in die trügerische Zuversicht, daß in anderen Ländern unseresgleichen noch nicht berührt waren von Geschehnissen, die unmißverständlich darauf zielten, uns allesamt auszurotten. Das trügerische Fortbestehen unserer Kaste entnahmen wir der »Gazette du bon ton«, die kurioserweise auch in Berlin erschien, eine Schöpfung Jean de Brunhoffs, dessen »Roi Babar« nach 1945 meine kaum geborenen Söhne entzücken sollte. Das waren nicht nur Modeblätter. Sie waren in hohem Maße der Kunst verpflichtet. Damals, um 1920, gaukelten sie uns vor, was wir als »unsere Welt« auffaßten. Kultur war innig verbunden mit Kunst. Und Kunst kam zu jener Zeit vielfach aus Rußland. Dem gegenüber stand allerdings, was wir von russischen Freunden zu hören bekamen. Sie hatten sich über die wenigen hundert Meilen, die uns von Rußland trennten, zu uns retten können und ließen uns nicht im Zweifel darüber, was unser Schicksal sein würde, wenn die Vertreter der neuen Zeit auch zu uns kämen. Indes lasen wir die »Gazette du bon ton«, den »Tatler« und »Die Dame« weiterhin als verläßliche Zeitdokumente. Dokumente einer Wirklichkeit, die neben der herrschenden verschleppt bestand.

In gewisser Weise waren diese Blätter also zeitgerecht. Der Wandel des Epochengeists war an ihnen abzulesen. Neben und mit dem Sinken der Damentaille aus Zwerchfellhöhe nieder zu den nunmehr schlanken Hüften, mit dem Schrumpfen wagenradbreiter Damenhüte zu smarten Filztöpfen, erfuhren wir das Aufkommen einer neuen Ästhetik.

Sie verriet sich nicht im neu aufkommenden Film. Was der uns brachte, war die Vulgarität des Amerikanismus. Nur zwischendurch – und wieder oft aus Rußland – zeigte sich der neue Geist.

Die neue Ästhetik war – wie alles neuerdings – bestimmt durch die Masse. Bei choreographischen Werken, in denen – schon damals, mehr als ein Jahrzehnt vor Leni Riefenstahl – einige Hundertschaften von keulenschwingenden Freiluftturnerinnen oder spatentragenden Jungarbeitern sich im Raum gruppierten und der weiten, aus der Vogelperspektive gesichteten Bildoberfläche erregend wechselnde Struktur verliehen, begannen unsere Emotionen dem Rhythmus der Zeit zu folgen. Ich spürte ihn um so heftiger – vom Zeiterleben meiner Schwester weiß ich nichts, kann's nur vermuten – als darin etwas meiner Willkür Entzogenes zu walten schien. Ich war davon mitgerissen in halber Betäubung, wie vom Gerassel kultischer Trommeln. Es kam mir vor, als geschehe es bewirkt von einer magischen Macht außerhalb individuellen Wollens. Es war von außen her bestimmt wie die Bewegungen der Eisenfeilspäne, die auf einem Blatt Papier sich zusammenrotteten und gleichgerichtet oder gegeneinander gestriegelt ordneten, wenn ich darunter einen Magneten bewegte. Mein Leben lang habe ich darüber nachgegrübelt, wieviel von dieser magischen Macht natürlichen oder übernatürlichen Ursprungs sei.

Die wundervoll disziplinierten Kader der bedrohlich – vom Zeitgeist? von Demagogen? von Gott? – manipulierten Masse enthielten die Essenz der Grundstimmung der Zeit. Neben und mit der Unheimlichkeit, daß die spatentragenden Jungmannen und weißblusigen Keulenschwingerinnen vor aller Welt Augen zu Eisenmännern und revolvertragenden Kommissarinnen in Ledermänteln werden konnten, schienen sie doch zur großen Verheißung der Epoche zu gehören.

Neben und mit der alltäglichen Befürchtung, es könne morgen schon wieder die Erde aufgewühlt werden von berstenden Geschossen, und die kaum wieder aufgebauten Gehöfte, von flüchtenden Menschen und brüllendem Vieh verlassen, würden wieder in Flammen aufgehen; neben und mit der Angst vor neuen, technisch monströs entwickelten Vernichtungsmitteln war die Welt voll von Versprechen träumender Utopisten. Sie sahen einen neuen Menschheitstyp voraus, frei gemacht durch ebenjene Technik, die den Arbeiter, der stolz auf seinen Stand war, von der Fron befreite, welche ihn in diesen Stand versetzte. Eine neue Menschheit, in die Zukunft befördert von der zivilisationsfreudigen Straßenbahn des *lecturers* von Wilton Park, flink gezogen von Dürers kleinem Hasen.

Aber ich spreche von Eindrücken, die ich nicht mehr im Haus meiner Czernowitzer Kindheit gesammelt habe. Ein guter Teil davon fiel schon in mein Exil in Kronstadt.

Es war an einem lichten Vormittag des Frühlings 1922, als meine Schwester und ich das Haus unserer Kindheit verließen. Wir wurden reisefertig gemacht, ohne recht zu wissen, wohin es gehen sollte. Auffällig war dabei dreierlei: erstens eine ganz erstaunliche Menge von vorbereitetem Gepäck – Koffer und Taschen stapelten sich, als müßten wir die Hälfte unseres Hausstands mit uns nehmen. Zweitens die verweinten Augen meiner Kinderfrau Kassandra – der ich anderswo ein Denkmal gesetzt habe. Drittens die resolute, geradezu herrische Weise, mit der Fräulein Lina Strauß die Führung unseres Hauses übernommen hatte. Das war besonders ungewöhnlich. Auch ihrem Andenken habe ich ein Kapitel meines Buches »Schnee von gestern« (beziehungsweise »Blumen im Schnee«) gewidmet. Wer es gelesen hat, kennt ihre würdevoll zurückhaltende Diskretion. Daß es sich nicht um einen Ausflug über Land handelte, entnahmen wir unserer Aufmachung. Wir kriegten zwar Hüte aufgesetzt und Handschuhe angezogen, auch wenn wir im Volksgarten spazieren geführt wurden. Aber die strapazierfähige Sorte ließ auf eine längere Eisenbahnfahrt schließen. Wieder eine Flucht? In der Tat. Eine Flucht aus der verschleppten Vergangenheit in eine neue Welt und Daseinsform.

Unsere Eltern hatten sich zurückgezogen. Wie es immer häufiger geschah, war mein Vater erst tags zuvor von einer seiner sogenannten Kommissionen heimgekommen – einer Inspektionsfahrt zum Kloster Dragomirna, vermutlich mit einer Strecke von drei Auerhähnen. Daß es zwischen unseren Eltern Auseinandersetzungen gab, war uns nicht neu. Diesmal aber hatte es offiziellen Charakter. Allein daß wir angeschirrt dasaßen, als müßten wir auf den Ausgang einer Konferenz warten, deutete auf Entscheidendes hin. Endlich kamen die beiden aus dem Arbeitszimmer meines Vaters. Unsere Mutter war im Reisedreß. Ohne sich noch einmal umzuwenden, ging sie voraus, als wäre es ausgemachte Sache, daß wir ihr folgten. Vater blieb an der Tür stehen, schüttelte den Kopf, wandte sich dann auf dem Absatz um und verschwand in sein Arbeitszimmer. Meine Schwester machte Anstalten, ihm zu folgen. Ebenso ruhig wie energisch nahm Fräulein Lina Strauß sie bei der Hand und führte sie hinaus. »*I've got a letter for you. Don't bother.*« Eine Stunde später befanden wir uns im Zug nach Wien.

In späteren Jahren habe ich meinen Vater oft in der gleichen Weise wie damals den Kopf schütteln gesehen. »Es war eine spontane Verrücktheit, gegen die niemand etwas unternehmen konnte«, sagte er. »Machtmittel anzuwenden wäre absurd gewesen. Es war einer von den Fällen, in denen nicht nur ein Schicksal, sondern das aller Nahestehenden entschieden werden durch den lange hin und her gewälzten Entschluß, den ein einzelner fällt, als ob's sein eigener wäre. Dabei hat ihn das Schicksal selbst gefällt. Eure Mutter wollte sich von mir trennen – und trennte uns alle, wie's unsere Schickung war. Ursprünglich war's eine Marotte, nichts weiter. Auch für die gerichtliche Scheidung gab's kein greifbares Motiv. Wenn ich nicht geholfen hätte – aus schierer Einsicht in die Unabwendbarkeit des Vor-sich-Gehenden –, wären wir heute noch verheiratet.«

Und wir, die Kinder, hätten nicht die gleiche ironisch distanzierte Zärtlichkeit für unsere Eltern gehabt. Das Absurde war das, was uns entsprach. Niemals haben wir gefragt, wer schuld hatte am Auseinanderbrechen der »Familie«. Übrigens stellte sich heraus, daß unsere Familie – oder was immer man so nennen konnte – gar nicht auseinandergebrochen war. Das sollte erst zehn Jahre später mit dem Tod meiner Schwester geschehen. Vorderhand war's ein Weitermachen unter unordentlichen Umständen. Anfangs bitter, allerdings.

Auch dabei erwies meine Mutter sich als unfreiwillige Schicksalsgestalterin. Ohne daß dem eine bestimmte Absicht, ein Plan, eine Vorstellung zugrunde gelegen hätte. Zunächst blieben wir eine Weile in Wien, bis meine Schwester untergebracht war. Ich habe daran nur blasse Erinnerungen. Eine graue Stadt. Wenig hoffnungsfrohe Menschen. Meine Großeltern wie erloschen. Ich sehnte mich nach Hause. Dort waren nicht nur meine liebsten Spielgefährten: meine Hunde. Dort war auch die Traumwelt, wunderlich belebt von allen Gestalten der Märchen, die meine Amme und Kinderfrau Kassandra oder Frau Hofmann, unsere böhmische Köchin, mir erzählten. Ich war fremd in Wien. Die Welt, in die ich geworfen war, konnte nie die meine werden. Indes, auch in Wien sollte ich nicht bleiben. Nach wenigen Wochen brachte meine Mutter mich nach Kronstadt und fuhr selbst nach Wien zurück.

Es ist gewiß nicht übertrieben, wenn ich sage, daß wir – meine Schwester und ich – das Spiel durchschauten. Wem von uns die Sympathien unserer Eltern gehörten, stand für alle Welt außer Zweifel. Mein Vater liebte über alles meine Schwester, meine Mutter mich. Daß meine Schwester in Wien zur Schule kam, entsprach dem – gewiß nicht unbewußten – Wunsch meiner Mutter, sich ihrer auf elegante Weise zu entledigen. Ebenso entsprach's der Absicht meines Vaters, ihr eine »westliche Erziehung« angedeihen zu lassen. Czernowitzer Schulen erschienen ihm dazu nicht mehr genügend kulturgedüngt. Er traute den Rumänen nicht.

Mein Fall lag anders. Zwar sollte auch ich möglichst bald »in den Westen«. Aber meine Mutter konnte den Gedanken nicht ertragen, daß zwischen ihr und ihrem Liebling die Grenzübergänge zu so neuen und eifersüchtig ihre frisch erworbene Souveränität überwachende Staaten wie Polen und der Tschechoslowakei zu überwinden wären. Ich sollte innerhalb rumänischer Landesgrenzen bleiben. Die einzigen Schulen, die trotzdem eine »westliche« Erziehung verbürgten, waren in Siebenbürgen. In Kronstadt hatte mein Vater einen Freund und Gönner in Gestalt des damaligen evangelischen Stadtpfarrers und nachmaligen Sachsenbischofs, Dr. Viktor Glondys. Ich kam in die Obhut von dessen Schwiegervater, Hofrat Meyer. Und verging vor Heimweh.

Ein Vierteljahrhundert später, in Wilton Park, wußte ich, wovon die Rede war, wenn die Umerziehungszöglinge klagten, daß sie Heimweh hatten. Ich weiß es auch heute noch, obwohl über diesen Winkel meines Gemüts eine Art transparenter Hornhaut gewachsen ist. Sie läßt mich das Leiden sehen, ohne daß ich selbst noch daran litte. Aber ich kenne es. Auch meine Erinnerung an Kronstadt liegt unter dieser

Schutzhaut. Es ist nicht nur die zeitliche Ferne, die mir die Bilder entrückt. Das ausgestandene Erleben macht sie klarer, ohne daß sie mich quälten. So kann ich ihnen dankbar sein. Es sind hübsche, ordentliche Bilder. Siebenbürgen war eine festgefügte Welt. In jenen Jahren hielt die evangelisch-lutherische Kirche die Siebenbürger Sachsen zusammen. In ihr waren sie vereinigt, bevor ihnen eingeredet wurde, daß sie in erster Hinsicht Deutsche sein sollten. Sie waren deutschen Ursprungs, das stand fest. Aber sie hatten achthundert Jahre Zeit gehabt, ihre Eigenart zu entwickeln und ihr eigenes prachtvolles Land auszubauen. Ihre Heimat erstreckte sich nicht »von der Maas bis an die Memel, von der Etsch bis an den Belt«, und sie hielten sie nicht für berufen »über alles in der Welt« zu stehen. Das Land, das sie geschaffen hatten und das sie geprägt hatte, lag im europäischen Südosten, umgeben von fremden Völkerschaften. Es war schön, reich und ein wahres Bollwerk des Abendlands. Die Sachsen sprachen Dialekte, die nicht aus Sachsen, sondern aus dem Luxemburgischen stammten. Mundarten, die kaum noch an eine deutsche Muttersprache anklangen. Diese Dialekte waren regional so verschieden, daß die Einwohner unterschiedlicher Gegenden, um sich untereinander zu verständigen, Ungarisch oder Rumänisch miteinander sprachen. Beiden, Rumänen sowohl wie Ungarn, waren sie ein kulturelles Vorbild. Achthundert Jahre im Arm der Karpaten hatten sie zu Landeskindern gemacht, geschwisterlich verbunden den anderen Kindern derselben Erde. Sie hatten den Rumänen ihre ersten Bücher gedruckt. Der »Westlichkeit« der Ungarn gaben sie Rückhalt. Sie taten's in ihrem eigenen Namen, als Siebenbürger Sachsen, nicht im Namen des deutschen Nationalismus. Als der sich bei ihnen einfraß – in den Dreißigern, mit dem Deutschland Hitlers –, zerstörte er als erstes ihre Kirche. Und damit sie.

Zu meiner Zeit war ihre Kirche noch intakt. Ich wurde nicht gefragt, ob es auch meine war, und ich selbst fragte erst recht nicht danach. Ihr Gotteshaus, die »Schwarze Kirche« Kronstadts, wuchtete im Zentrum der Stadt, nah bei dem mittelalterlichen Marktplatz. Das Pfarramt lag gegenüber. Die Pfefferkuchenhäuschen rings umher waren noch von den alten Stadtmauern umgeben, nur die Vorstädte beherbergten Ungarn und Rumänen als Periöken. Eingebettet lag die alte Stadt in einer Mulde zwischen Hügeln, deren höchster, die bergartige »Zinne«, steil darüber ragte. Ich wohnte im alten Pfarrhaus, im Schatten der »Schwarzen Kirche«, hinter meterdicken Mauern. Hofrat Meyer, ein drahtiger, kleiner alter Herr, dessen kerzengerade Haltung und eisengrauer Spitzbart ihn Joseph Conrad ähnlich machten, überwachte meine Heranbildung wortkarg. Ich war zum ersten Mal auf einer Schule. Was ich konnte und wußte, hatte ich als Brosamen vom Tisch der Reichen geklaubt. Die Reiche war meine Schwester gewesen. Weitaus mehr als um mich hatten die pseudoenglischen Erzieherinnen aus Izmir und Gibraltar und Mademoiselles aus Saarbrücken, die als Gouvernanten ins Haus gekommen waren, sich um sie gekümmert. Immerhin verblüffte ich meine Kronstädter Lehrer zunächst mit meinem Geplapper auf englisch und französisch, bis mein profundes Unwissen dahinter zum Vorschein kam. Aber ich bestach mit meinem zeichnerischen Talent. Einer von meinen Lehrern, dessen Namen ich nicht sicher behalten habe – ich glaube, er hieß Netolitzky –, nahm mich unter seinen speziellen Schutz. Ein anderer förderte mich gleichfalls, und seinen Namen weiß ich noch: Es war der Musiklehrer Professor Bickerich. Ich sang stolz in seinem Chor.

Wichtiger als die Schule war die erste Freundschaft meines Lebens. Sie erblühte mir mit Kurt Glondys, dem Sohn des Stadtpfarrers und Enkel Hofrat Meyers. Wir hatten ziemlich auf den Tag das gleiche Alter. Im selben Haus, wenn auch in verschiedenen Flügeln, wuchsen wir wie Brüder auf. Allerdings sehr verschiedene Brüder. Während ich unvermutet rasch zu wachsen begann und mit meinen Gliedern aus dem Gleichgewicht kam, blieb Kurt unterm Durchschnitt klein und kompakt. Nach einer aus der Jahrhundertwende verschleppten Knabenmode hatten wir beide sogenannte Pagenköpfe. Indes lag seiner blond und glatt dem runden Schädel an, meiner dagegen wucherte ungebärdig dunkellockig. Sein rundes Gesicht mit der spitzen kleinen Nase war aufgeschlossen und pfiffig. Meiner Miene gaben die Augen etwas verträumt Verlorenes, zugleich Wildes. Kurt war gesprächig und zutraulich, ich scheu und verlegen. Wir traten auf wie das damals populäre Komikerpaar Pat und Patachon, ein sanguinischer Pykniker und ein melancholisch cholerischer Astheniker, beide in Kleidern, aus denen wir sichtbarlich hinauswuchsen, beide an der Schwelle zwischen Kindheit und Adoleszenz, Zwitterwesen aus Träumen und Trivialitäten. So nahmen wir gemeinsam in Angriff, was wie der eigentliche Anfang eines neuen Jahrhunderts erschien.

Neue Dinge erweckten unsere Leidenschaften. Autos kamen auf. Sie waren bisher seltene Sehenswürdigkeiten gewesen. Zu Hause war ich ans Gartengitter gerannt, wenn ich Motorgeräusch hörte. Jetzt begannen Kraftwagen zum Alltag zu gehören. Wir kannten trotzdem jede Marke. Besonders die amerikanischen hatten's uns angetan. Alles Amerikanische hielt uns im Bann. Das Kino kam auf. Wir waren zu jung, um eingelassen zu werden, wenn's nicht ein jugendfreier Film mit Buster Keaton oder Buffalo Bill war. Aber irgendwie schafften wir's doch, uns in den dunklen Raum zu schmuggeln und nicht nur Harold Lloyd, sondern auch Lia de Putti und Rudolph Valentino zu sehen. Die fatalen Schönheiten der Flimmerleinwand trugen ihr Haar geschnitten wie wir unsere Pagenköpfe. Die bisher knöchellangen Damenröcke schrumpften bis übers Knie. Frauenbeine waren zu sehen, köstlich bestrumpft übereinandergeschlagen, die hochhackigen Schuhe wippend. Die Vokabel »Sex« erlangte ihre epochemachende Bedeutung. Wir wuchsen auf in einer Zeit, die später *»The Roaring Twenties«* genannt werden sollte. Zwischen mittelalterlichen Mauern, unter dem Stundenschlag altehrwürdiger Kirchenglocken träumten wir von Josephine Baker und den kessen Strohhüten der Frauenverführer von Paris. Ein älterer Schulkollege gab uns eine Sondervorstellung im Masturbieren. Wir waren angeekelt. Trotzdem erhitzten wir uns an der Vorstellung, wir könnten vor der Mädchenschule eine der »Besen«, wie wir sie nannten, zu einem Spaziergang in den Buschwald am Fuß der Zinne überreden und dort weiß Gott was mit ihr anstellen. Dazwischen übten wir in Professor Bickerichs Kirchenchor unsere Partien der Matthäuspassion, die demnächst in der Schwarzen Kirche zur festlichen Aufführung kommen sollte. Und nichts schmälerte meine schmerzliche Sehnsucht nach meinen Hunden und Kassandra zu Hause.

Meine Mutter nahm den Vorteil wahr, mich ohne Grenzkontrolle zu besuchen, wann immer ihr Bedürfnis danach stand. Sie war in Blüte, ich war stolz auf sie. Ihre Besuche waren gekrönt von ausschweifenden Fressereien beim Zuckerbäcker. Kurt Glondys, der als Sohn des immer berühmteren, immer geschätzteren, wortgewaltig predigenden Stadtpfarrers mir stets etwas voraus hatte, verbarg nicht, daß ihm die weltläufige Eleganz meiner Mutter Eindruck machte. Ich liebte sie sehr in jenen Tagen. Aber es geschah auch, daß mein Vater kam, auf du und du mit dem Kirchenmann, der bald ein Kirchenfürst sein sollte. Es war das erste Mal, daß die Aufmerksamkeit meines Vaters mir galt und nicht meiner Schwester. Ich war mit einemmal in sein Sehfeld getreten, und er sah mich und mein Heimweh. Er entdeckte sein verletztes Kind. Ich spürte das Mitleid in seiner nüchternen Zärtlichkeit. Wenn es je die Absicht meiner Mutter gewesen sein sollte, mich ganz von ihm zu trennen und für sich zu behalten, so ging das fehl. Erst jetzt war das Verhältnis Vater–Sohn zwischen uns hergestellt; und obwohl das seiner Liebe zu meiner Schwester keinen Abbruch tat, wurde es mit den kommenden Jahren immer inniger. Das Schönste daran war: Es war gänzlich unsentimental. Ich bewunderte ihn. Und doch war's ein Verhältnis der Kumpanei. Das Lachen vereinte uns, der Sinn fürs Groteske, die Fähigkeit, zwischen Wichtigem und Nichtigem zu unterscheiden. Er kam jetzt oft nach Kronstadt. Mit der ihm eigenen Respektlosigkeit vor geheiligten Institutionen holte er mich aus der Schule und nahm mich mit zu Fahrten durch Siebenbürgen, wobei er seinen Hobbys neben der Jagd, dem Photographieren und der Aquarellmalerei, frönte. Ich war bei weitem der bessere Zeichner als er. Er anerkannte das neidlos, ja stolz. Ich war in vieler Weise stolz auf ihn.

Auch meine Mutter kam. Einmal kam sie nicht allein. Sie war begleitet von einem Herrn in penibel korrekter Kleidung und mit vorbildlichen Manieren, stets behandschuht und herrenhaft vollendet mit Stock und Hut. Er bestach mich weniger mit seiner aufmerksamen Höflichkeit, die mir gegenüber etwas Künstliches hatte, als vielmehr mit seinem Auto. Es war ein Chevrolet, den Kurt und ich sofort beklet-terten und nicht behindert vom Schofför in Ledergamaschen aufs genaueste untersuchten. Auch eine Ausfahrt wurde uns gestattet. Der fremde Herr – er hatte mich inzwischen aufgefordert, ihn Philip zu nennen – räumte meiner Mutter und mir diskret Stunden des Alleinseins zu zweit ein. Wir genossen sie wie ein zur Verlobung gefördertes Pärchen. Ich wurde mißtrauisch. Bang fragte ich meine Mutter, ob sie nicht bald zu meinem Vater und unserem Hausstand zurückkehren werde. Sie nahm mich in die Arme. »Philip ist mein zweiter Mann. Wir haben in Wien geheiratet.« Es war ein Schlag, von dem mich zu erholen eine Weile dauerte. Immerhin, da war der Chevrolet. Ich war neun Jahre alt.

Die neue Ehe meiner Mutter änderte unser Leben kaum. Es kam lediglich ein neuer Hausstand dazu. Der alte, den mein Vater allein beibehielt, verunkrautete. Seltsamerweise wurde er damit häuslicher. Die Stuben verloren das peinlich Gepflegte, die perfekte Hausfrau ausweisende Repräsentative. Sie wurden Wohnhöhlen und Studios. Einige, die ihre Möbel an meine Mutter hatten hergeben müssen, füllten sich mit Jagdtrophäen. Hirschgeweihe stapelten sich zur Zimmerdecke, Auerhahnstöße verstaubten neben mottenzerfressenen Fuchsbälgen und Sauschwarten. In anderen Zimmern wurde gemalt, radiert, photographiert, gelernt und gelesen. Selbst meine Schwester, wenn sie zu den Ferien kam, lebte sich wohlig darin ein. Vater war nicht weniger oft zu »Kommissionen« als früher, schien aber, wenn er daheim war, sehr viel intensiver daheim zu sein. Im Garten tummelten sich mehr Hunde als je zuvor. Den Haushalt führte meine alte Kinderfrau Kassandra.

Meine Mutter bezog inzwischen das Haus Philips in der Stadt. Philip stammte aus Czernowitz. Ein Bukowina-Deutscher, fügte meine Mutter mehr entschuldigend als erklärend hinzu. Er hatte ein Vermögen mit einer ererbten Bäckerei gemacht. Unserem Vater war das ein Quell des Amüsements. Zur Mission des Kulturdüngers, sollte man meinen, gehörte auch die Förderung von Handel und Gewerbe. Aber in meinem Vater steckte noch der Hochmut einer Kaste, die mit einer gewissen Geringschätzung auf den Handeltreibenden und Gewerblichen niedersah. Gewiß, Philip hatte seine Bäckerei mit einem Partner zum Großbetrieb ausgebaut, zählte also zur etwas höher stehenden Kategorie der Industriellen. Zudem war er im Aufsichtsrat einer Bank – als wenn ihm das vor unserem Vater geholfen hätte: Was mit Geld zu tun hatte, war erst recht odiös. Es schien, als hätte unsere Mutter unter ihrem Stand geheiratet. Wir, meine Schwester und ich, nahmen das alles nicht ernst. Es war mehr Spaß dabei als Klassendünkel. Die Witzeleien unseres Vaters belustigten uns. Übrigens war da der Chevrolet. Das Vaterhaus Philips aber hatte noch den Zuschnitt eines Bürgerhauses aus der Siedlerzeit der Bukowina. Es lag – und liegt noch heute – in einem Grundstück, um das herum mit der Jahrhundertwende die Stadt gewachsen ist. Mehrstöckige Zinshäuser grenzten von drei Seiten einen Garten mit wundervollen alten Kirschbäumen ein. Im Hintergrund lagen alte Stallungen und Remisen. Das Haus war bescheiden. Einstökkig, die Fenster ebenerdig in Mannshöhe, das gewalmte Dach über eine später angefügte Veranda vorgezogen, unterschied es sich nicht von irgendeinem dörflichen Einfamilienhaus. In kürzester Zeit hatte meine Mutter es zum Cottage im Stil englischer Teebüchsen verwandelt. Jasmin- und rosenumsponnen, nahm es sich im dichtbevölkerten Judenviertel von Czernowitz aus wie Hänsel und Gretels Hexenhäuschen in einer Chagallschen Operndekoration.

Ich habe es vor wenigen Jahren nach mehr als einem halben Jahrhundert wiedergesehen. Es steht immer noch in seinem Grundstück, das eine große Lücke in die Reihe der umliegenden Wohnkasernen offenläßt. Der Platz ist zuzementiert. Das ehemalige Schindeldach ist durch rostiges Wellblech ersetzt. Die Veranda ist abgerissen, gar nicht zu reden von den Rosenstöcken. Das Haus ist kackbraun angestrichen. Es war außerordentlich schwer – ich fürchte, vergebens –, die

Freunde, die mich begleiteten, glauben zu machen, daß dies nicht das Haus meines Czernowitzer Ursprungs sei. Zumal mein Vaterhaus – das Haus meiner Kindheit – nicht aufzufinden war. Die Stadt war darüber weggewachsen. Ich konnte niemanden davon überzeugen, daß ich nicht in der häßlichen Kate im Judenviertel aufgewachsen war. Es scheint, als sei die dünkelhafte Geringschätzung für Philips Kaste rächend auf mich zurückgefallen. Dabei habe ich diese Geringschätzung nie geteilt. Nach einer Phase natürlicher Sprödigkeit gegen den Rivalen meines Vaters in meiner Mutter Gunst – wenn man es so nennen kann – lernte ich Philips außerordentliche Qualitäten zu schätzen. Die besten davon waren Korrektheit, Diskretion und Loyalität. Auch seinen gelegentlichen Sarkasmus liebte ich bald sehr. Weniger Sinn dafür hatte meine Mutter. Ohne die prinzipiellen Klassenvorurteile meines Vaters zu teilen, nagte die vielerlei in winzigen Merkmalen sich bekundende Andersartigkeit ihres zweiten Mannes an ihren wenig kontrollierten Nerven. Der Chevrolet hat nicht geholfen.

Das war's, was wir antrafen, wenn wir – meine Schwester und ich – zu den Ferien »nach Hause« kamen. Ich setze dieses Wort in Anführungszeichen, weil wir inzwischen gelernt hatten, daß es ein »zu Hause« im Sinn eines wohlbestellten Familienheims für uns nicht gab. Auch als ich aus Kronstadt zurück nach Czernowitz kam, habe ich beide Häuser – das meines Vaters und erst recht das meiner Mutter – mehr als Nomadenlager denn als Hort des Familienlebens aufgefaßt. Die wechselnde Topographie des Schlafplatzes, des Lern- und Lesewinkels, der Stapelstelle von persönlichem Besitz nahmen wir bald als uns zugeteilte Lebensweise hin. Meiner Schwester war das Wurzelfassen im Flugsand leichter gemacht durch unsere Wiener Verwandten. Auch das Haus unserer Großeltern dort war für sie ein Nomadenlager, in dem die Geschwister unserer Mutter sich zusammenfanden. Für die mochte es ein Hort des Begriffs Familie sein. Für meine Schwester und mich gab's nur Personen, deren Behausungen wir gelegentlich teilten. Mir half beim Heranwachsen zum Unbehausten die bald gefestigte Kumpanei mit meinem Vater. Wann immer die Gelegenheit sich ergab – und er wußte sie zu verschaffen –, durfte ich ihn bei seinen »Kommissionen« begleiten. Es war meine Knappenzeit. Lernbegierig lief ich neben ihm her. Wechselfälle hatte ich nach seinem Beispiel stoisch hinzunehmen. Ob's in einem Kloster zwischen Reliquien in silbernen Tabernakeln war oder im tiefen Wald unter einem Schirm aus Tannenzweigen, in der verwanzten Kammer eines kleinstädtischen Handelsreisenden-Hotels oder in der mütterlichen Obhut der Haushälterin einer Forstverwaltung, ich war unverzüglich eingerichtet. Ich lernte, was mir in dem von Herrn Wolf in Hamburg nachträglich vorausgesagten Wanderleben von größtem Nutzen war: mich zu bescheiden und anzupassen. Ich konnte – und kann immer noch – überall Wurzeln fassen. Ich kann sie auch jederzeit durchschneiden.

Das allein war nicht das wertvollste Geschenk meiner Adoleszentenjahre. Segensreich für mein Gemüt und in vieler Weise für mein späteres Leben war die jagdliche Erziehung. In der barocken Auffassung der Jagd und ihrer Riten ließ mein Vater mich streng die »Drei Behänge« vom Hundsjungen bis zur Hirschgerechtigkeit durchlaufen. Das und etwas Waffenkunde war, was ich für Jahre hinaus gründlicher wußte als alles andere Angelernte. Was mich dabei mit der Natur verbunden hat, scheue ich mich hier auszusprechen. Jäger haben einen peinlichen Hang zu sentimentalem Überschwang. Heute vom Naturerlebnis im Karpatenwald zu sprechen, geht nicht hin, ohne auf meine Schutzhaut zu stoßen. Wovor ich mich hüte, ist Nostalgie.

In den drei Jahren, die ich in Kronstadt hinbrachte – längst war auch das ein »zu Hause« für einen heranwachsenden Nomaden geworden –, ließ ich freilich mein Mundwerk laufen. Obwohl meine Hundsjungezeit noch vor mir lag, bekam Kurt Glondys Abenteuerliches aus dem Karpatenwald zu hören. Ich glaube nicht, daß es ihn begeisterte. Wie alle Knabenfreundschaft war auch die unsere ein gegenseitiges Messen. Ich hatte ihm mit der Jagd zuviel voraus. Er sah sich nach anderen Freunden um – und ich erfuhr die Demütigung der Eifersucht. Zuviel ließ mich im Kronstädter »zuhause« fühlen, daß ich dort doch nicht völlig eingebürgert war. Bisweilen nagte es an meinem Gewissen, daß ich mich in die felsenfeste protestantische Glaubensgemeinschaft eingeschlichen hatte. Niemand hatte sich darum gekümmert, ob das mit meinem Taufschein verbrieft war. Meine Mutter war streng katholisch erzogen, hatte aber wegen ihrer Scheidung und zweiten Eheschließung ein zu schlechtes Gewissen, um meinen Kinderglauben zu festigen. Meinem Vater war alles Kirchliche ein Greuel. Es focht ihn nicht an, daß er im Dienst der orthodoxen Kirche stand. Offiziell war er Konsistorialrat erster Klasse, weltlich entsprechend einem Monsignore. Seine geistlichen Kollegen nannte er respektlos »Kuttengeier«. Ich übte mich an seinem Freidenkertum. Nur im geheimsten Winkel meines Innenlebens bangte ich, am Glauben meiner Mutter Verrat begangen zu haben. Wenn ich in Professor Bickerichs Kirchenchor an Kurt Glondys Seite sang: »Königin des Hi–hi–himmels, freu dich Ma–ha–riha –«, so erhoffte ich die Fürbitte der Muttergottes zu Vergebung. Ich weiß nicht, ob sie mir gewährt worden ist. Es gibt Schlimmeres zu vergeben. Ob's der Fall ist, werde ich ja demnächst wissen.

Der Kronstädter Kirchenchor hatte es zu Ruhm gebracht. Wir sangen nicht nur im Gotteshaus. Gelegentlich traten wir zu Feierlichkeiten weltlicher Art auf. So auch zu Begräbnissen. Sie schätzten wir besonders. Nicht nur, weil man uns dafür bezahlte, sondern auch weil dabei vielerlei unseren Sinn für makabren Humor ansprach. Ein Lied, das wir mit innigem Gefühl vortragen mußten, während uns dabei unterdrücktes Lachen schüttelte, hatte die Abschlußstrophe:

> Leis seufzend hebt sich unsere Brust,
> entfloh'n bist du der Erde schon;
> dein Herz war edel, groß und rein,
> du kannst dich deiner Aussaat freu'n
> vor des Erhab'nen Sonnenthron.

Einmal, in einer müßigen Stunde – Kurt und ich saßen auf dem Sockel des Honterus-Denkmals zwischen dem Pfarrhaus und der Schwarzen Kirche und ließen die Beine baumeln –, wollte uns diese Strophe nicht mehr einfallen. Wir grübelten und grübelten und verloren sie immer unauffindbarer aus dem Sinn. Wir plauderten von anderem. Plötzlich überkam's mich und ich sang los:

> Leis seufzend hebt sich unsere Brust…

Wir fielen vor Lachen beinahe von unserem Sitz. »Niemals«, rief Kurt und trocknete sich die Tränen, die ihm über die dicken Backen liefen, »niemals in meinem Leben werde ich diesen Augenblick vergessen!«

Vor wenigen Jahren – Ende der Achtziger – war ich einmal in Salzburg. Ich mußte mir eine Nummer aus dem Telefonbuch suchen. Zufällig fiel mein Blick auf den Namen: Glondys, Kurt Dipl.-Ing. Architekt. Es konnte niemand anderes sein als mein Jugendfreund. Beinah siebzig Jahre waren vergangen, daß wir uns zum letzten Mal gesehen hatten. Ich wählte seine Nummer. Eine barsche Stimme meldete sich. Ich sang in den Hörer:

»Leis seufzend hebt sich unsere Brust…«

»Hallo! Wer ist das?« kam's zurück. Ich sang:

»Entfloh'n bist du der Erde schon…«

»Lassen Sie den Unsinn!« befahl die barsche Stimme. Ich:

»Dein Herz war edel, groß und rein…«

Klick. Er hatte aufgelegt. Ich wählte wieder. Es wurde abgehoben. Ich sang:

»Du kannst dich deiner Aussaat freu'n…«

»Also, was soll der Unfug?« dröhnte die barsche Stimme. Es war an der Zeit, mich zu erkennen zu geben. »Kurt!« sagte ich. »Erkennst du mich nicht mehr?«
»Nein, wer sind Sie?«
»Erkennst du das Lied nicht mehr?

Du kannst dich deiner Aussaat freu'n
vor des Erhab'nen Sonnenthron.«

»Keine Ahnung. Was wollen Sie?«
Was ich wollte? Ja – was? Ich nannte meinen Namen. Er entsann sich meiner. Wir verabredeten uns in der Bar meines Hotels. Ich saß auf dem Hocker und wartete. Unwillkürlich

hielt ich meine Augen in Kinderhöhe, gewärtig, sein verschmitztes apfelbackiges Gesicht mit dem blonden Pagenkopf eintreten zu sehen. Hereinspaziert kam Hofrat Meyer. Ohne grauen Spitzbart allerdings. Er erzählte, daß auch er bald nach mir von Kronstadt weggekommen war. Sein Vater war als Bischof nach Hermannstadt gezogen. Er erzählte, wie die feste Burg der Sachsenkirche zu bröckeln begonnen hatte. Ein Mann namens Roth trat als deutschnationaler Führer auf. Als der Krieg ausbrach, gingen die jungen Siebenbürger Sachsen – rumänische Staatsangehörige in Sonderstellung – scharenweise in die SS. Ebenso scharenweise wurden Frauen und Kinder mit dem Kriegsende nach Sibirien deportiert. In die verlassenen reichen Dörfer mit ihren schönen Kirchenburgen siedelten die Rumänen Zigeuner an. Die baldige Verlotterung gab ihnen den Vorwand, die Häuser abzureißen und an ihre Stelle Zementblöcke zu setzen. Ich erzählte, daß ich 1937 zum letzten Mal in Czernowitz gewesen war. Nach 1945 wurde die Bukowina aufgeteilt und verlor ihren Namen. Der Süden kam an die rumänische Moldau. Der Norden mit Czernowitz war jetzt Teil der Ukraine. Wir schüttelten einander die Hände. Zwei heimatlose Achtundsiebzigjährige ohne viel Nostalgie. Beruhigt, daß wir einander niemals wiedersehen würden.

In meinem ersten Jahr in Kronstadt war ich, ein aufgeschossener Achteinhalbjähriger, um achtzehn Zentimeter gewachsen. In den Ferien kam ich zu Hause in Kleidern an, aus denen Arme und Beine zur Hälfte nackt herausragten. Hofrat Meyer hatte sein Bestes getan, mir durch sein wortkarges Beispiel die Tugenden einer asketischen Lebensführung, der Pünktlichkeit und Genauigkeit, der Wahrheitsliebe und des Franzosenhasses beizubringen. Aber er hatte vergessen, mir die Haare schneiden zu lassen. Die Locken fielen mir auf die Schultern. Die Umerziehungszöglinge von Wilton Park hätten in mir das Selbstbildnis Albrecht Dürers erkennen können. Freilich ohne Bart. Übrigens war man nicht umhingekommen, mir neue Schuhe anzuschaffen. Die alten schnürten meine Füße zu arg ein. Hinweise auf verstümmelt humpelnde Chinesinnen überzeugten, daß ich größere brauchte. Man wählte sie gleich auf Zuwachs, ein ungeschlachtes schwarzes Paar, Schuhnummer 45.

Als sie mich am Anfang des Jahres in Kronstadt abgeliefert hatte, setzte meine Mutter viel Zuversicht in meine Entwicklung. Weil ich musikalisch war – mein unfehlbares Gehör bewährte sich in Professor Bickerichs Kirchenchor –, schwebte ihr prophetisch der Wunderknabe Roberto Benzi als Modell vor. Sie hatte angeordnet, mir Violinunterricht zu geben, und dazu eine kleine Geige anfertigen lassen, ein allerliebstes Instrument. Die hatte ich unterm Arm, als ich mit meinen langen Haaren und großen Schuhen dem Zug aus Kronstadt entstieg. Ein Vorläufer der Rocker späterer Zeiten.

Die Geige war mir inzwischen etwas klein geworden. Schon mein Geigenlehrer, ein gewisser Herr Hahn, hatte darin einen der Gründe dafür gesehen, daß ich wenig Fortschritte im Spielen machte. Ich war trotzdem zweimal wöchentlich zu ihm gegangen und hatte gelitten und Tonleitern geschabt. Es war der satanische Einfall meiner Schwester, kaum daß ich heimgekommen war, vorzuschlagen, ich möge doch etwas vom Gelernten zum Besten geben. Ich pflanzte mich mit meiner kleinen Geige unterm Kinn vor dem versammelten Haushalt auf, schloß die Augen und spielte sicherheitshalber die einfachste Melodie – ich glaube, es war »Hänschen klein«. Weil ich nicht unbefangen war, mußte ich mehrmals ansetzen. Nach etwa einer halben Stunde hatte ich mein Stück unter Dach und Fach gebracht.

Ich wandte mich nach meinen Zuhörern um und fand das Zimmer leer. Sie waren in den Nebenräumen vor Lachen ineinander verknäult. Ich neige zu Jähzorn. In meinen frühen Jahren kam es zu schlimmen Ausbrüchen. In einem solchen zerschmetterte ich meine kleine Geige an einer Ofenkante und beendete damit meine musikalische Laufbahn. Am selben Tag wurde mein Lockenhaupt geschoren. Ich trat linksgescheitelt und mit glatter Nackenlinie in die Adoleszenz. Das Gefühl gescheiterten Künstlertums sollte mich nicht verlassen.

Die schwierigen Jahre der Pubertät und deren langsame Ausgärung sollten sich in zwei Phasen abspielen: einer glücklichen und einer unglücklichen. Die glückliche setzte bald ein, nachdem ich Kronstadt endgültig verlassen hatte. Hofrat Meyer war alt geworden und wollte sich meine Erziehung nicht länger aufbürden. Pastor Glondys rüstete zur Übersiedlung auf den Bischofssitz nach Hermannstadt. Zu Hause, bei einer geheimen Zusammenkunft meiner Eltern, ward über meine Zukunft entschieden.

Es war ein Unternehmen, bei dem die Groteske unserer familiären Situation zutage trat. Ich mußte das Zusammentreffen meiner Eltern arrangieren. Philip durfte davon nichts erfahren. Er war blindlings eifersüchtig auf meinen Vater. In einer Mietkutsche holte ich meine Mutter ab und brachte sie verschleiert in das Haus, dessen Herrin sie gewesen war. Von den früheren Dienstboten war nur meine Amme und Kinderfrau Kassandra verblieben. Auf deren Verschwiegenheit war Verlaß. Mein Vater war äußerst – fast ironisch – galant, meine Mutter eisig. Das Gespräch war sachlich. Es wurde beschlossen, daß auch ich auf eine »westliche« Schule kommen sollte. Allerdings – ich griff lebhaft in eigener Sache ein – schien mein Bildungsniveau dem Standard einer österreichischen Erziehungsanstalt nicht zu entsprechen. Das war Unsinn, denn das Kronstädter Honterus-Gymnasium war jeder österreichischen Schule ebenbürtig. Aber meine Eltern lebten, bald nachdem wir Rumänen geworden waren, in dem weitverbreiteten Wahn, es könne in unserem »Balkanland« nichts an den «Westen« herankommen. Ich sollte also erst möglichst fortgeschritten privat unterrichtet werden, dann nach einer Aufnahmeprüfung auf einer Schule in Österreich weiterlernen. Ich war selig. Es hieß bei meinen Eltern bleiben, hin- und herpendelnd zwischen meinen Hunden und dem Chevrolet. Heimlich wie ein Verschwörer brachte ich meine schleierverhüllte Mutter in ihr jasmin- und rosenumsponnenes Kleinbürgerhaus zurück. Im Vollgefühl der Macht, daß ich sie jederzeit erpressen konnte.

So redlich ich dazu imstande bin, habe ich die Exzentrik meiner Eltern in »Blumen im Schnee« beschrieben. Es sind Porträts für eine Autobiographie, die ich versprochen habe nie zu schreiben. Hier liegt mein Wortbruch vor. Ich will ihn nicht beschönigen, indem ich dieses Buch als Versuch bezeichne: ein Selbstporträt, dessen eigentlicher Gegenstand die Lebenszeit des Porträtierten ist. Es müßte dazu nicht nur die bewußte, sondern auch die unbewußte Verflechtung in den Zeitgeist sichtbar werden. Ich wollte, es würde mir zum Beispiel gelingen, die Stimmung der mittleren zwanziger Jahre mit meiner Leidenschaft für ein epochentypisches Kleidungsstück darzustellen. Es war die sogenannte Windjacke. Eine erbsgrüne Überjacke aus steifem, wasserdichtem Leinen, gegürtet, besetzt mit großen, militärischen Taschen. Neben meinen Zuwachstretern und dem kurzgeschnittenen Haar war sie der Ausweis meiner neuen Lebensphase. Ich trug sie freilich nicht allein. In ihrer Wetterfestigkeit war sie vor allem für den Sport geeignet, und Sport war ein Schlagwort der Zeit. Damen trugen Windjacken zum Schneeschuhlauf – damals begannen die winterlichen Alpenhänge sich zu beleben, man befuhr sie in eleganten Telemark-Schwüngen; danach kam der rüdere Kristiania auf. Ich hatte schon in Kronstadt mit dem Skilauf begonnen. In Czernowitz war das eine sensationelle Neuigkeit. Die Gassenbuben liefen zusammen, wenn sie mich die Schneeschuhe tragen sahen. Erst recht, wenn ich sie anschnallte. In meiner Windjacke schien ich aus St. Moritz zu kommen.

Aber die Windjacke war nicht nur modisch im mondänen Sinn. Sie war's im Einklang mit der Modischheit der Masse. Die Kader, mit denen die choreographischen Meisterwerke der Freiluftveranstaltungen erzielt wurden, trugen Windjacken, wenn sie zu weltanschaulich-politischen Aufmärschen die Straßen füllten. In Czernowitz war auch das noch nicht der Fall. Stadt und Land verschleppten – wenngleich angeschlagen – die Lebensweise der vorangegangenen Epoche. Politik war eine Angelegenheit für Advokaten ohne Klientel. Um die Staatsverwaltung kümmerten sich die Beamten. Schlecht mehr als recht. Die Korruption war sprichwörtlich. Das Leben ging weiter in den alten Gleisen. Die Bauern bestellten ihre Felder und trugen Gurken und Hühner zum Wochenmarkt. Die Juden handelten. Mietkutschen beförderten nicht nur Verschwörerpaare, sondern durchrieselten die Straßen im alltäglichen Verkehr. Sporenklirrende Kavallerie-Offiziere winkten ihren weiblichen Insassen unverschämt nach. Ich trug meine Windjacke zeitgerecht als Pionier, allerdings nicht als weltanschaulich politischer. Der Zufall – oder besser: Sonderfall – meiner Lebensumstände hatte es gefügt, daß sie mit der Aufbruchstimmung der Welt rings um unsere anachronistische Enklave zusammenfielen. Ich wurde mitgeschwemmt, ohne daß ich oder meine Umwelt daran teilgenommen hätten. Indes, ich spürte den stürmisch in die Zukunft drängenden Geist der Zeit, selbst wenn ich in meiner engen Welt einen Weltkrieg früher lebte. Die Windjacke war ein Symbol der nahenden dreißiger Jahre. Ich, ihr Träger, war deren unbewußter Herold. Ich liebte meine Windjacke. Wer an sein Knabenalter zurückdenkt, wird sich erinnern, welche fetischhafte Bedeutung darin oft einem Kleidungsstück zugewiesen wird. Es ist meistens so epochentypisch, wie's meine Windjacke damals war.

Ich habe jene erste Etappe meiner Adoleszenz glücklich genannt. Sie war's durch meine Ungebundenheit. Ich hatte Lehrer für alle wichtigen Gegenstände im Lehrplan. Die Lehrer kamen nicht ins Haus, ich suchte sie auf. Es waren Gymnasialprofessoren, die sich gewöhnlich mit einigen Dutzend stumpf vor sich Hindösende durch öde Unterrichtsstunden quälen mußten. Mir einzelnem trichterten sie den Stoff in seiner Lebendigkeit und Frische ein. Ohne die Pein von Prüfungen und Noten lernte ich genug, um in den folgenden Jahren kein Lehrbuch mehr aufschlagen zu müssen. Nur mit der Mathematik haperte es. Deren Unterricht hatte sich mein Vater vorbehalten. Mathematik gehörte zu seinen vielerlei Passionen, die sich am Ende in der Jagd zusammenbündelten. Aber seine Spielfreude machte ihn zu keinem guten Lehrer. Er war längst bei Integral- und Differentialrechnung angelangt, bevor er mir eine einfache Gleichung verständlich gemacht hatte. Ich sollte meine Unfähigkeit, Mathematik zu begreifen, wie einen Klumpfuß durch alle meine Schulzeit schleppen.

Freilich war ich weit entfernt von ödipalen Gefühlen. Ich liebte meinen Vater und bewunderte ihn. Ich hegte eine mütterliche Nachsichtigkeit für seine Schrullen und Marotten. Seine Verspieltheit, sein koboldhafter Humor bestachen mich. Sein Ernst, sein Wissen, seine unbestechliche Rechtschaffenheit nötigten mir Achtung ab. Sein Jähzorn erschreckte mich. Sein Hang zum Monomanischen ließ mich vor ihm auf der Hut sein. Er wußte üppig zu beschenken und blutig zu verletzen. Ich war dem ausgesetzt wie dem Wetter unserer Jagdausflüge. Es war alles andere als eine umhegte Erziehung. Meine Altersgenossen wuchsen unvergleichlich geregelter auf. Ich hätte nicht mit ihnen tauschen mögen. In jenen Jahren des engen Zusammenlebens mit meinem Vater – nach dem Kalender waren's nur drei, im Überschlag meines Lebens wogen sie Dezennien auf – wurde ich beschenkt mit einer Freiheit, die mein Selbstbewußtsein festigte wie das Bewußtsein einer noblen Geburt.

Es wäre ungerecht, wollte ich meiner Mutter ihr Teil daran absprechen. Sie sorgte fürs Zivilisatorische. Ich schlief im großen Haus, auch wenn mein Vater nicht zugegen war. Bei ihr verbrachte ich die Zeit vor, zwischen und nach meinen Lehrstunden in der Stadt. Es war wie ein Schritt zurück in meine Kindheit. Anstatt Hunde zu füttern und Waffen zu ölen, durfte ich Flugzeugmodelle basteln. Ihr war's zu verdanken, daß meine Haare gebürstet und meine Nägel sauber waren. Sie war glücklich, mich um sich zu haben, aber sie war gar nicht einverstanden mit dem »wilden« Teil meiner Existenz. Sie geriet außer sich, wenn sie erfuhr, daß ich bei der Hahnenbalz im Freien übernachtet hatte und eingedeckt von Frühlingsschnee aufgewacht war. Wenn meine Füße von Frost geschwollen waren, weil ich auf einer winterlichen Treibjagd stundenlang neben meinem Vater auf den Ständen hatte still stehen müssen, erwog sie, das Jugendamt in Bewegung zu setzen – wobei es fraglich ist, ob es im damaligen Rumänien dergleichen gab. Bisweilen brach sie mit mir aus. Wir fuhren ans Schwarze Meer oder zu ihren Verwandten an einem Kärntner See. Ich mußte dort meine Beine verhüllen, die von den Mückenstichen der Frühlingspirschen entzündet waren. Sie wies sie zur Zeugenschaft gegen die Unverantwortlichkeit meines Vaters vor.

Wirkungsvoller als ihre Proteste waren die Stunden, die ich in Muße bei ihr verbringen durfte. Neben Büchern las ich gierig in Zeitschriften. Während bei meinem Vater »Wild und Hund«, »Chasse et pèche«, »Field«, »Studio« und »Drawing and Design« auflagen – Publikationen aus Spielwinkeln der Wirklichkeit –, bezog meine Mutter immer noch die Zeitschriften, die einen etwas weiteren und allgemeineren Ausblick boten auf das Geschehen in der Welt jenseits unserer eifersüchtig bewachten Landesgrenzen. Das Modische der Blätter stellte den Zeitgeist vollkommen dar. Nichts war reizvoller als die Zusammenstellung der Verschleppungen von gestern mit den Utopien von einem Morgen. Ich starrte mich fest in diese Welt, in der so vieles vor sich ging, was wir in unserem »balkanischen Exil« nicht erlebten.

Im Vaterhaus hatte ich meine Pflicht, den Hunden Auslauf zu geben, zur genüßlichen Gewohnheit gemacht. Wenige Schritte nur brachten mich ins freie Land. Ich hatte nie ein Ziel. Ich wanderte in irgendeine Richtung geradeaus, entlang an rauschenden Maisstauden oder über Stoppelfelder, quer durch Klee oder über umgepflügte Schollen. Dabei konnte ich dem, was ich in mich aufgenommen hatte, nachdenken – das heißt: dem dabei weit vorausgreifenden Empfundenen nachgrübeln, dem davon Aufgerufenen nachspüren, speichern, was mich davon berührt, bewegt, beunruhigt hatte. Die Hunde tummelten sich um mich her, machten dann und wann einen Hasen, eine Wachtel auf, waren aber zu gut erzogen, um sich nicht zurückpfeifen zu lassen. Ich wanderte querfeldein, bis ich müde war. Am schönsten war's, wenn windgeschrägter Regen oder Schneekristalle gegen meine Windjacke prasselten. Die Spannung zwischen dieser unmittelbaren Wirklichkeit der Natur und der Wirklichkeit des nur Eingebildeten gab beidem erhöhte Intensität. Ich war nicht ganz im Jetzt und Hier. Ich wußte, daß ich anders war und anders lebte als meine Altersgenossen. Mit ihnen kam ich kaum in Kontakt. Ich hatte keine Schulkameraden, also keinen Freund. Ich bildete mich zum Einzelgänger heran. Die Eigenartigkeit meiner häuslichen Verhältnisse förderte das. Unsere Isolation und meines Vaters Originalität räumten mir eine Sonderstellung ein. Ich nutzte sie für mein Erleben aus. Das Land, mein Dasein dort, war ebenso Ereignis wie das Amalgam aus Visioniertem und Empfundenem, das mir als Verheißung vorschwebte. Jeder Schritt brachte mir zu Bewußtsein, wie sehr ich diese Landschaft liebte, wie innig ich ihrer melancholischen Weite und der dunklen Tiefe ihrer Wälder verbunden war.

Zugleich zog alles, was in mir vor sich ging, mich von ihr fort. Die Zeit drängte in die Zukunft, und meine Zukunft lag in den Visionen, die jene Epoche von ihr hegte. Dort, wo hundertstöckige Häuser in den Himmel schossen und Hochbahnen kreuz und quer das wimmelnde Leben einer neuen Menschenrasse durchpulsten. Wo Miriaden von Lichtern die Nächte sirren ließen und doch nicht in die Dschungeltiefen der Stadt reichten. Ich träumte von Anthropolis. Ich wußte nicht, wo es lag. Von allen Städten, deren Bilder ich aus den illustrierten Zeitschriften kannte, kam diesem Wunschbild New York am nächsten. Das aber war eine Welt für sich. Bestehend zwar, aber neben uns her bestehend. Unsere – das heißt: der Träumer aus den zwanziger Jahren Welt – lag nicht in Amerika. Nicht im Realen. Um ihr Bild zu formen, entlehnten wir freilich dies und jenes aus Übersee. Das Wesentliche aber war unser eigenes. Wo die Wirklichkeit dem am nächsten kam, schien Berlin zu sein. Dort war's, wo die Kader in Windjacken mit erhobenen, geballten Fäusten oder herrisch ausgestreckten flachen Händen die Zukunft einer neuen Menschenrasse heraufbeschworen. Und man sprach Deutsch in Berlin. Meine Sprache.

Die Zukunft schien freilich auch Bedrohliches zu enthalten. Rußland war nah. Wir hatten einen Schwall von Flüchtlingen empfangen und von den Greueln gehört, unter denen die Geburt einer neuen Menschenrasse vor sich geht. Philip hatte einen der ersten Radio-Apparate in der Stadt. Es hatte der Erlaubnis der Militärbehörde bedurft, ihn zu benutzen. Er tat das süchtig, kaum daß er abends von seinem bepackten Schreibtisch nach Hause kam. Unter viel Geknatter und Gepfeife schraubte er Kunde aus dem Äther. Ich war jedesmal elektrisiert, wenn sie mir von weit her mit den Klängen der neuen Instrumente in neuen Rhythmen eingehämmert wurde. Saxophon, Banjo und Schlagzeug schufen Vokabular, Grammatik und Syntax einer neuen Sprache, in der die Zeit sich ausdrückte. Zu meinem Leidwesen aber schraubte Philip bald davon weg. Er suchte Zeitkunde in der hergebrachten Sprache politischer und wirtschaftlicher Nachrichten. Sie trugen zu uns den Schrecken des Haders, der in den Zeitgeist eingewoben war. Als ich mit dem Hintergedanken, nach Herzenslust Jazz hören zu können, meinen Vater fragte, ob er nicht ein Radio anschaffen wolle, sagte er erstaunt: »Weißt du nicht genug über die Welt, wenn du nachts im Wald die Wölfe heulen hörst?«

Die Frage, auf welche »westliche« Erziehungsanstalt ich nach dreijähriger Vorbildung kommen sollte, blieb lange offen. Daß es eine österreichische Schule sein sollte, lag auf der Hand. Aber gerade daraus erwuchsen Schwierigkeiten der Wahl. Mein Vater haßte das republikanische Österreich, das von seinem kaiserlich-königlichen übriggeblieben war. Auch von dem fühlte er sich verraten und in einem »Balkanland« zurückgelassen. Daß er wegen der Jagd in diesem Balkanland geblieben war, hätte er nie zugegeben. Zwar ging ihm dort vielerlei gegen den Strich, aber es war gemildert durch die guten Hirsche. In seinen Augen waren's immer noch k.u.k. österreichische Hirsche, ebenso wie die Kapitalen aus den ungarischen Donau-Auen. Aber die Schulen waren's nicht, und so blieb für mich doch nur das Rest-Österreich der ehemaligen Erblande übrig.

Wer meinen Vater kannte, wäre nicht erstaunt gewesen, daß er daran schonungslos Kritik übte. Über die namhaften Erziehungsanstalten dort urteilte er nach der Schablone seiner liberalen Studentenzeit: »In Feldkirch onanieren sie, in Kalksburg buserieren sie, ins Theresianum gehen jetzt reiche Juden, für die Schotten bist du zu dumm. Also ...« Also blieben noch Waidhofen an der Ybbs und Waidhofen an der Thaya und Gott weiß was noch alles an Landschulheimen übrig, und er korrespondierte eifrig mit deren und anderer Anstalten Leitern. Dabei erreichte ihn der Brief eines Professors Valentinitsch, und dieser Name war ihm bekannt. Es war der Sohn des Zoologen Valentinitsch, der ein Buch über das Rebhuhn geschrieben hatte, zwei Bände, siebzehnhundert Seiten. Es war ein Standardwerk für meinen Vater, um so mehr, als es in der Bukowina keine Rebhühner gab. Professor Valentinitsch empfahl Internat und Schule von Fürstenfeld in der Oststeiermark. Es war – wie sich herausstellen sollte – ein Auffangplatz für gescheiterte schulische Existenzen. Dort begann für mich ein Leidensweg, der sich noch über die Jahre hinzog, die ich gar nicht mehr in Fürstenfeld verbrachte. Was immer dieser Schulweg durch »westliche« Anstalten für mich bereithielt, hing mir an wie ein Fluch.

Schon der erste Blick auf Fürstenfeld verhieß nichts Gutes. Das Städtchen war freundlich auf die heimtückische Weise, die dem lauernden Tratsch und der schwelenden Mißgunst kleinstädtischen Geistes innewohnt. Angsterregend war das etwas abseits gelegene Internat. Grau ummauert, abgewohnt, von laublosen Bäumen und Sträuchern umstanden, nahm sich's aus wie eine Strafanstalt. Das war's auch in der Tat, obwohl die Insassen keine andere Schuld auf sich geladen hatten als die, gegen ein ohnehin strafanstaltliches Schulsystem aufbegehrt zu haben. Sie waren bockig geworden in der Ödnis geisttötender Unterrichtsstunden, widerspenstig in der Tretmühle stumpfsinnigen Pensum-Absolvierens, renitent unter dem psychologischen Druck von Noten und Prüfungen, von denen ihr schulisches Fortkommen abhing, als wär's ihr Seelenheil. Das war ihr Vergehen. Dafür waren sie gezwungen, die Qual, die ihre Jugendjahre vergällte, zur Pein gesteigert auf sich zu nehmen. Sie empfingen mich mit Blicken, die kein Mitgefühl mit Leidensgenossen verrieten.

Der erste Tag machte die Hoffnung auf kommende bessere zunichte. Mir wurde ein Feldbett in einem Schlafsaal für zwanzig schnarchende, furzende und wichsende Schläfer zugewiesen. Ein viel zu enger Spind hatte aufzunehmen, was ich besaß. Fotografien von meinen Hunden und meiner Schwester wurden mit Hohn und Zoten kommentiert. Die Morgentoilette erfolgte an einer Blechrinne, über der zehn Wasserhähne husteten und spuckten. Man trieb uns an, als stünde das Haus in Flammen. Zu Hause war ich gelegentlich für Unarten abgekanzelt worden. Hier wurde ich angebrüllt, weil ich meine Schuhe nicht gegen Hauspantoffel ausgetauscht hatte. Die Schuhe mußten unter der Aufsicht eines Präfekten gereinigt und in schnurgeraden Reihen am Hauseingang aufgestellt werden. Wir hatten in Habachtstellung davor zu stehen. Bevor wir sie anziehen durften, nahm der Heimleiter, Professor Rastl, knurrend und emphysempfeifend, die Parade ab. Im Speisesaal durfte kein Wort gesprochen werden. Kaum hatten wir uns vor unserem miserablen Eßgeschirr niedergelassen, sprang ein älterer Zögling auf und bellte: »Achtung! Tischgebet!« Wir versanken in starre Gedankenlosigkeit. Nach einer Weile bellte er wieder: »Fertig!«, und wir durften uns dem unbenennbaren Fraß zuwenden. (Er wurde dafür »Christus« genannt. Bürgerlich hieß er Drobnicz.)

Die Schule lag einige Meilen abseits. Zum Schulweg drückte man uns ein in Papier gewickeltes Schmalzbrot in die Hand. Nach Jahren der Freiheit auch im Lernen erlebte ich wieder die marternde Langeweile der Unterrichtsstunden. Lehrergeschwätz, das in taube Ohren ging. Nach dem Unterricht durften wir tun und lassen, was uns gefiel. Niemand kümmerte sich um uns. Ich erinnere mich nicht an ein Studierzimmer, in dem wir hätten unsere Hausaufgaben machen können. Ich war durch den Privatunterricht in Czernowitz so weit voraus, daß ich nicht viel zu studieren brauchte. Ich ging, so rasch ich konnte, ins freie Feld hinaus, von Sehnsucht geschüttelt nach meinen Hunden und dem Wolkenspiel über den Weiten der Bukowina. Im sachten Gewiege oststeirischer Rübenäcker und Schnüren von dürftigen Apfelbäumen entlang der Wege und Straßen lief ein Maisfeld ostwärts. Heimatlicher Kukuruz. Ich brach in Tränen aus.

Der Schock war anhaltend. Jahrelang wollte ich nicht begreifen, daß nur die beste Absicht meiner Eltern und ihr naiver Glaube an den »Westen« mich nach Fürstenfeld befördert hatten. Internat und Schule waren hoch renommiert. »Fürstenfeld« hörte sich ständisch an. Meine Eltern hatten übersehen, daß die Alpenrepublik nicht mehr das kaiserlich-königliche Österreich war, in dem selbst eine Anstalt strenger Zucht einen »anständigen« Charakter hatte. Vermutlich hatte meine Mutter sich etwas vorgestellt wie die Kadettenanstalt, an der Rainer Maria Rilke erzogen worden war. Für meinen Vater fand ich keine Entschuldigung. Ich kam mir verkauft und verraten vor. Im Umgang mit kleinkarierten

Lehrern und mißgünstigen Mitschülern verlor ich meinen Freimut. Menschenhaß schlich sich in mich ein.

Ich könnte auch viel Amüsantes von Fürstenfeld erzählen. Es liefe doch auf die üblichen Schulgeschichten hinaus. Anstatt daß ich durch die Bildungsanstalt weiser und reifer geworden wäre, wurde ich ins Infantile zurückgestoßen. Überflüssig zu sagen, daß unter Dutzenden von mostschädeligen Klassenkollegen das warnend angekündigte »Böse Kind» mein einziger und engster Kumpan wurde und mich in kürzester Zeit alles lehrte, was »Böse Kinder« in den Flegeljahren wissen und tun. Meine Aufnahmeprüfung hatte ich so glänzend bestanden, daß ich, eine Klasse überspringend, zwei Klassen höher kam. Nur in Mathematik mußte ich Nachhilfestunden nehmen. Damit begann das stumpfe Brüten in Unterrichtsstunden, deren Lehrstoff ich entweder auswendig kannte oder mich bis zu Tränenausbrüchen langweilte. Die Unglücksmenschen, die diesen Lehrstoff vortrugen, schienen ebenso daran zu kranken wie wir Schüler. Sie sonderten ihn an uns ab wie Ausscheidungen. Das Leid der Umerziehungszöglinge von Wilton Park zwanzig Jahre später war mir nur zu vertraut. Es gibt keinen Trost für die verlorenen Stunden, in deren fliegendurchsummter Öde das Heimweh die Kehle schnürt. Meines galt meinen Hunden und dem Land, durch das ich mit ihnen gestreunt war. Ich sehnte mich danach so innig wie vermutlich die Kriegsgefangenen von Wilton Park nach ihren Frauen, Kindern, Bräuten, Eltern.

Ich bin bald aus Fürstenfeld ausgebrochen. Erst aus dem Internat. Ich ging einfach auf den Bahnhof, setzte mich in einen Zug der Fürstenfeld-Fehring-Eisenbahn und fuhr nach Wien. Sensation. So viel Initiative hatte man bisher bei einem Vierzehnjährigen nicht erlebt. Weil ich wußte, womit ich meine Mutter am sichersten erpressen konnte, schützte ich Lungenbeschwerden vor und verbrachte mit ihr zwei Erholungsmonate skilaufend auf dem Semmering. Kaum war ich zurück in Fürstenfeld, flog ich wegen Unverschämtheit gegen einen Lehrer von der Schule. Danach kam ich nach Mauer bei Wien. Danach nach Hietzing. Man befürchtete, ich würde endlos so weiterwandern, und schulte mich vom achtjährigen Gymnasium auf die siebenjährige Realschule um. Ich hatte damit zwei Klassen übersprungen, die ich schlimmstenfalls repetieren konnte, um doch noch im rechten Alter von der Schule zu kommen. Auch daran hielt ich mich nicht. Wiewohl auf der Realschule vor allem Mathematik zählte, bestand ich die Maturitätsprüfung mit kaum sechzehn Jahren. Es gab in der Bukowina einen Ausdruck höchsten Erstaunens, der vermutlich aus dem Jiddischen kam, aber in allen dort gesprochenen Mundarten gängig geworden war: »Ahi!« Es war das einzige Wort, das mein Vater auf die Nachricht von der bestandenen Matura an mich telegraphierte.

Wieder waren's nach dem Kalender nur wenige Jahre, die mit dem zweiten, unglücklichen Teil meiner Adoleszenz hingingen. Wieder liegen sie mir wie Dezennien auf dem Gemüt. Dezennien, in denen ich nichts anderes gelernt habe als Haß. Ich bin überzeugt, daß jeder Absolvent von Wilton Park irgend etwas Nützliches oder Erbauliches an Wissen oder dort Erfahrenem nach Hause gebracht hat. Mir ist aus meinen österreichischen Bildungsjahren nichts geblieben als eine enzyklopädische Kenntnis obszöner Folklore. In all den Jahren dort habe ich keinen Menschen getroffen, den ich hätte achten können. Es ist viel Bösartiges in mir, was auch andere Ursachen und Gründe hat. Der Hauptteil kommt aus jener Zeit. Damals hat mein Zeichnen den fatalen Zug zum Karikaturistischen angenommen, der Zeugnis des Untergangs eines ungepflegten Talents ist. Für meine Klassenkameraden war das allerdings eine Gottesgabe, mit der sich das ausdrücken ließ, was sie selbst heimsuchte: der Stumpfsinn der Schulzeit. Die Kleinkariertheit der Lehrer. Die Bedrückung auch des bescheidensten Geistigen unter der Fuchtel schulischer Autorität. Die Gemeinheit der Strafen. Die Prüfungen, die Noten, die wie Knüppel zwischen den Beinen waren. Der Zwang, die Knebelung, die Entmachtung.

Ich höre, daß sich das geändert hat. Ich will's hoffen. Zu meiner Zeit war eine Schule, an der ein junger Mensch lernen konnte, seinen Geist zu entfalten, eine sagenhafte Seltenheit. Der Geist, der auf österreichischen Schulen entfaltet wurde, hat dazu beigetragen, meine Generation ins Massengrab zu führen. Er war durchwachsen vom deutschen Nationalismus des österreichischen Kleinbürgertums. Selbst die Söhne und Töchter sogenannter »Roter« standen unter dem Einfluß des Deutschen Schulvereins. Söhne und Töchter einer schwarz-rot-goldenen Germania, die am Rhein zu Hause war.

Von all dem ahnten meine Eltern freilich nichts. Ihr Glaube an die segensreiche Wirkung des »Westens«, ihre eigentliche Heimat, war nicht erschüttert durch meine sichtbarliche Verrohung. Um so weniger, als meine Schwester immer liebenswerter entwickelt, reifer, gebildeter, anmutiger auftrat. Mich entschuldigte nicht einmal die gärende Pubertät der Flegeljahre. Mir wurde der schlechte Charakter, den ich ausbildete, genetisch zugesprochen.

Ich hätte meinen Eltern auch kaum erklären können, daß der »Westen« mich keineswegs als verlorenen Sohn aufgenommen hatte. Meine Schulkameraden – besonders später die Wiener mit Namen wie Hrdlitschka, Szokol, Swoboda und Czervenka – gaben mir deutlich zu verstehen, daß sie mich keineswegs als ihresgleichen auffaßten. Ich war kein Einheimischer wie sie. Es half mir nichts, darauf hinzuweisen, daß die Bukowina dereinst so österreichisch gewesen war wie das Salzkammergut oder die Steiermark, jedenfalls wie Böhmen oder das Krain. Ich war und blieb für sie ein Zugereister, ein »Tschusche« aus einem Balkanland. Meine Sprachkenntnisse – nicht nur Rumänisch und Ukrainisch, sondern auch Englisch und Französisch, um die sie sich bemühten – waren verdächtig. Sie wurden als eitle Schaustellung von Klassenprivilegien angesehen. Vielleicht wäre das in höher qualifizierten Anstalten anders gewesen. Trotz reicher Judensöhne und zum Buserieren neigender Katecheten wäre es mir erspart geblieben, an Swobodas und Wierszbianskys Erz-Österreichertum meinen Haß zu üben. Es war, nebenbei, kein nationalistischer Haß, sondern – zeitgeistgerecht – ein national verkleideter Klassenhaß. Was ihn in mir herausforderte, war der Kasernenhofmief der deutschen Länder. Österreich – der deutschsprachige Rumpfstaat – enthielt ihn trotz Alpengletschern ebenso wie das übrige deutsche Vaterland.

Ich will nicht behaupten, daß Swoboda, Wierszbiansky, Szokol und Czervenka österreichische Nationalisten waren. Deutschnationale waren sie jedenfalls. Zwar dürften die meisten von ihnen wenig später nicht der verbotenen NSDAP beigetreten sein, sondern – zunächst – der Heimwehr, wenn nicht den Jungsozialisten. Später erst, nach 1938, haben sie wahrscheinlich allesamt heim ins Reich der Nationalsozialistischen Deutschen Arbeiterpartei gefunden. Ich wiederhole – es ist noch nicht mit genügend Nachdruck gesagt worden: Die geistige Grundlage dazu war durch den Deutschen Schulverein gelegt. Es gab kein Klassenzimmer, in dem nicht eine brünnestrotzende Germania über einen zerbrochenen Grenzbaum hinweg einem Halderbuam im Rosegger-Gewand die Hand zur Verschwisterung reichte. Auch die Roten schielten über den Grenzbaum weg zu den deutschen roten Brüdern. Ich war als Tschusche fein daraus heraus. Das sollte sich zehn Jahre später als segensreich erweisen.

Aus dem alljährlichen Alptraum der Schulzeit, der vom September bis zum Juni reichte, erwachte ich, wenn ich zu den Ferien nach Hause kam. Indes, es war nicht mehr mein Nomadenlager aus der glücklichen Zeit vor Fürstenfeld. Ich war nicht mehr derselbe. Die Mädchenblüte meiner Schwester stach zu verführerisch von meiner Rauhbeinigkeit ab. Sie selbst enthielt sich nicht der Kritik daran. Zudem änderte sich die Szene. Vom Zeitgeist der Frauenemanzipation erfaßt, hatte unsere Mutter sich in ein Unternehmen gestürzt, das übel enden sollte. Es hätte ein Heilbad werden sollen, am Karpatenrand halbwegs zwischen Jakobeni und Vatra Dornei gelegen. Die Gegend ist reich an Schwefelquellen. Als meine Mutter das Anwesen erwarb, waren ihr auch eine arsenführende Quelle und Heilschlamm versprochen worden. Das stellte sich am Ende als Schwindel heraus. Inzwischen jedenfalls verbrachten wir den Sommer dort. In der Nähe befand sich eine alte Manganerzgrube, die von Zipser Bergleuten betrieben wurde. Um den unablässigen Nörgeleien an meiner Flegelhaftigkeit zu entgehen, meldete ich mich dort als Volontär.

Die Grube wurde auf altväterliche Weise betrieben. Mit hölzernen Stempeln und Kappen gesichert trieb man Stollen zur Ader vor. Dabei mußte schnell gearbeitet werden, das Gestein war bröckelig. Ich war zu unerfahren und ungeschickt, um beim Zimmern von Nutzen zu sein. Man schnallte mir ein Kästchen um und ließ mich von Belegschaft zu Belegschaft wandern. Jedem hatte ich gegen Quittung mit einem Bleistiftstummel in ein abgefingertes Heft eine vorgeschriebene Menge von mattgelben Röllchen und einige Quecksilberkapseln an Lunten zu übergeben. Es dauerte drei Tage, bis ich begriff, daß die gelben Röllchen Dynamit waren. Ich habe mir so ein Zeugnis als Sprengmeister verdient. Es war ein Witz der Bergwerksverwaltung. Man kannte meinen Vater. Mein Sprengmeisterzeugnis war soviel wert wie sämtliche Zeugnisse, die ich erworben hatte und habe. Aber meine Wanderungen durchs alte Bergwerk waren schön. Wenn ich meine Dynamitstangen und Sprengkapseln losgeworden war, ging ich tiefer in den Berg hinein, in alte Stollen und Schächte, die aufgelassen worden waren. Ich drang in wunderliche Grotten vor. Mein Grubenlicht geisterte über schneeweiße Moose, die wie Greisenbärte von den alten Hölzern niederhingen. Die Stille war urzeitlich. Das leise Rieseln einer Wasserader oder ein Tropfenfall war, als geschähe es in meinem Blut. Ich war alt wie die Erde, in deren Tiefen ich eingedrungen war. Sicherlich hat diese Romantik dazu beigetragen, daß ich beschloß, nach der Matura Bergbau zu studieren. Die Absicht war glücklich. Die Montanistische Hochschule in Leoben drohte wegen Hörermangels geschlossen zu werden. Man förderte jeden Studenten, der hinwollte. Ohne Zweifel hat das zu meinem verwunderlichen Bestehen der Matura beigetragen.

Allerdings mußte ich darauf noch ein Schuljahr durchstehen. Ich hatte meine mustergültig studierende Schwester um zwei Jahre eingeholt. Indes war sie mir doch weit genug voraus, um die Hochschule zu wählen, die ich eigentlich – wenn auch vergebens – für mich gewünscht hätte: die Konsular-Akademie in Wien. Mich hatte deren alter Name bestochen: Akademie für orientalische Sprachen. Ich sah mich in Mesopotamien oder an den Nilquellen. *Mister von Rezzori, I presume.* Knabenträume. Für meinen zukünftigen Werdegang wäre die Konsular-Akademie ohne praktischen Wert gewesen. Ich hätte doch niemals rumänischer Diplomat werden können. Meine Schwester hingegen hatte ein festes Ziel. Sie strebte zum Völkerbund nach Genf. Sie war auf dem besten Weg dahin, als sie vorzeitig starb.

Das konnte freilich niemand vorauswissen. Obwohl ich bald einsah, daß die Vernunft auf seiten unserer Rollenverteilung war, konnte ich ein sachtes Gefühl der Verbitterung nicht unterdrücken. So ging ich in die Fron der Hietzinger Schule zurück. Das heißt: Ich wich ihr aus. In den ersten zwei Trimestern meines letzten Schuljahrs hatte ich über zweihundert unentschuldigte Stunden. Womit ich sie ausfüllte, weiß ich heute nicht mehr. Ich tat meistens, was ich in meinen glücklichen Jahren in der Bukowina getan hatte: Ich ging ziellos geradeaus. Anstatt über Stoppelfelder und umspielt von Hunden, ging ich mutterseelenallein durch die Straßen und Gassen der Stadt Wien.

Ich genoß auch dieses Alleinsein. Es kam mir vor wie eine Auszeichnung. Das war allerdings Knabentrotz – und insgeheim wußte ich, daß es das war. Ich wußte auch, daß ich meine Klassenkameraden zu Unrecht verachtete. Ihre Gefügigkeit im Schulbetrieb war angewöhnt. Sie waren jahraus, jahrein unter der Obhut derselben Lehrer beisammen. Die Ödnis der Schulstunden, die mich ins Freie trieb, gehörte zu ihrem gewohnten Trott. Ich war mit allen meinen Schulwechseln immer wieder ein neu Hereingeschneiter. Nicht nur ein Tschusche, sondern überhaupt ein fremdes Element. Ich hatte keine Zeit, mir einen Freund zu machen oder mich in den Klassengeist einzuleben. Auch fand ich kein Gehör für den Unterrichtston, der für die Eingesessenen wie ein familiärer Jargon war. Mit einem Wort: Ich war ein *outcast*. Nichts lag näher, als daß ich mich danach verhielt.

Ich habe in späteren Jahren viel und vielerlei Einsamkeit erfahren. Niemals wieder die gleiche wie in jener zweiten Phase meiner Adoleszenz. In Wien lebten neben meiner Schwester – der ich gram war – noch meine mütterlichen Verwandten. Die lebten allerdings ihre eigenen Einsamkeiten. Mein Großvater war 1927 gestorben. Nach jahrelanger Krankheit und Verbitterung hatte er seinen Tod als Schlußpunkt hinter sein Haus gesetzt. In Fehlspekulationen war verlorengegangen, was die Inflation von seinem Vermögen übriggelassen hatte – oder umgekehrt: Ich habe es so oft zu hören bekommen, daß mir der Verlauf egal war. Meine Großmutter zog sich vollends zurück und legte Patiencen. Von den vier Schwestern meiner Mutter waren drei verheiratet und dermaßen auf ihre eigene junge Brut konzentriert, daß sie für uns beträchtlich ältere Kinder nur wenig Anteilnahme aufbrachten. Eine davon sollte später – verwitwet – als Spiritistin eine Rolle in meinem vernachlässigten religiösen Erleben spielen. Die vierte der Schwestern lebte der Musik und übte sich im Singen. Gottlob ohne jemals damit aufzutreten. Der Namensträger und Erbe vergangener Herrlichkeiten, mein Onkel Rudolf, war gänzlich seinem hochrenommierten guten Aussehen und seiner Eleganz hingegeben. Wo er damit auftrat, habe ich nie erfahren, denn es gibt keine Kunde vom gesellschaftlichen Leben meiner Wiener Verwandten. Ob es ihre Überwanderung war aus einer fernen Provinz, die einem Nachfolgestaat gehören sollte – die gleiche stiefmütterliche Aufnahme im Mutterland, die mir in der Schule zuteil wurde; ob es die Schmach der plötzlichen Verarmung war oder die Trotzhaltung dagegen –, ein beleidigter und darum unterspielter Standesdünkel ließ sie wahrscheinlich nirgendwohin gehören. Sie konnten sich zu keinem Stand und zu keiner existenten Kaste zählen. Vielleicht sahen sie ihresgleichen: vermögenslos gewordene Abgewanderte aus den verschiedenen Nachfolgestaaten des k. u. k. Imperiums. Wie russische Emigranten oder aus der Türkei geflüchtete Armenier. Im Vorzimmer ihrer Wiener Wohnung lagen in einer silbernen Schale einige vergilbte Visitenkarten. Zwei polnische Grafen, drei ungarische Magnaten. Verbindungen meines Großvaters aus der Zeit des Holzgroßhandels. Einmal – meine Schwester und ich waren noch Kinder – war ein angeblicher Verwandter aus Südamerika angesagt. Er stand im Ruf, unermeßlich reich zu sein. Wir steckten ihm heimlich eine mechanische Maus in die Manteltasche. Sie schnurrte, wenn man sie in die Hand nahm. Als er sich verabschiedete, versteckten wir uns hinter einem Vorhang und sahen zu, wie man ihm in den Mantel half. Er steckte die Hand in die Tasche. Die Maus begann zu schnurren. Er nahm sie heraus, sah sie nachdenklich an und steckte sie wieder ein. Dann ging er mit unserer Maus davon. Er war so ziemlich der einzige namhafte Besucher bei meinen Großeltern, an den ich mich erinnern kann.

Immerhin stellte die Wohnung unserer Großmutter in der Wickenburggasse Nr. 18 – dort, wo heute die Landesstrafanstalt steht – für meine Schwester und mich einen Fluchtpunkt des Begriffs »Familie« dar. Sonntags pflegten wir uns dort – wenn wir nichts Besseres wußten – zum Mittagessen einzufinden. Abwechselnd nahmen auch die anderen Verwandten daran teil. Sie waren allesamt vereint durch eine von unserer Mutter genährte herzliche Abneigung gegen unseren Vater. Um so schärfer nahmen wir sie in Augenschein. Es waren die wenigen Momente, in denen meine Schwester und ich trotz aller Zwistigkeiten beinah zwillingshaft gleichgestimmt waren. Wir sahen unsere Verwandten mit der Ironie unseres Vaters. Unser Lachen lag in Bereitschaft wie Pulver auf der Pfanne.

Einmal – es war Fronleichnam – warteten wir auf unseren Onkel Rudolf, der an der Prozession von Sankt Stefan teilgenommen hatte. Die Tür ging auf: Er hatte eine Ordenstracht angelegt – mein Vater, dem wir davon erzählten, behauptete, es sei die der Ritter vom Mariannenkreuz gewesen: »die adelige Hundsmedaille«, die ihn doch immerhin als zur österreichischen Gesellschaft Gehörender auswies. Aber Onkel Rudolf hätte wahrscheinlich mit Besserem aufzuwarten. Er stand vor uns in einer langen Pelerine mit Beret und Straußenfeder, ein seidenes Mäschchen an der Schulter und ein kleines, aufgemaltes Aschenkreuz an der Stirn. Eine Mischung aus Prince Charming und Leichenbestatter. Ohne die Wirkung auf uns abzuwarten, fauchte er uns wütend an: »Da lacht ihr wohl, was?« Es bedurfte nicht mehr. Wir knäuelten uns vor Lachen zusammen, schluchzend, atemlos. Diesmal war nicht ich geigespielend der Anlaß. Die Zuneigung meines Onkels war jedenfalls für alle Zeit verspielt.

Aber solche Augenblicke der Einverstandenheit mit meiner Schwester waren selten. Selten genug, um jeder für sich anekdotischen Wert behalten zu haben. Der Wert lag für gewöhnlich im Lächerlichen, Grotesken, Absurden. Der Sinn dafür war bei uns beiden gefährlich ausgebildet. Er kam zum Ausbruch, wann immer wir aufeinandertrafen. Er machte auch vor uns selber nicht halt. Wir suchten also diese Treffen nicht. Wir ließen sie geschehen und gingen dann jeder seines Weges. Meine Schwester studierte vorbildlich. Sie hat die Konsular-Akademie als Beste ihres Jahrgangs absolviert. In sporadischen Anfällen von Pflichtbewußtsein und Angst versuchte ich mich durch Schulstunden zu quälen und brach immer wieder aus. Ich glaube, der sogenannte Lehrkörper war froh, mich loszuwerden. Ich sprach besser Englisch als meine Englischlehrer. Ich wußte mehr von Geschichte und Geographie als meine Schulkollegen zusammen. Dank meinem Privatunterricht in Czernowitz brauchte ich mich um den Rest an Wissenswertem nicht zu kümmern. Nur mit Mathematik war's hoffnungslos. Aber da half mir ein humorvoller Lehrer. Er ließ mich laufen.

Und ich lief. Wie in den glücklichen Tagen meiner Freiheit lief ich, wohin mich meine Füße trugen. Ich wanderte durch Wien, als suchte ich darin den Sinn meiner Existenz. Wien war damals, was man heute vergebens dort sucht: eine elegante Stadt. Über dem Grau der Inflation lag immer noch ein Schimmer von altem Luxus. Die Schwärme der Bettler und Huren auf der Kärntnerstraße hingen sich an Passanten, die im Faubourg St.-Germain oder auf der Bond Street gute Figur gemacht haben würden. Noch war der europäische Klassenkrieg nicht ausgekämpft. Allerdings wirkten die Bettler und Huren zwischen den eleganten Leuten nicht als Kontrast. Sie ergänzten sie zur zeitgerechten Einheit wie auf den Zeichnungen von George Grosz. Die wienerische Variante hatte wahrscheinlich mehr vom legendären lokalen Charme, war dafür um so makabrer.

Gewiß hat meine Mutter die Gefahr dieses anmoorigen Großstadt-Milieus gesehen und befürchtet. Die Flut von Briefen und Postkarten, mit der sie mich überschwemmte, mahnten nicht nur zu warmer Unterwäsche und Wollschals an Wintertagen. Sie enthielten auch Warnungen, die meinen vermeintlichen Umgang betrafen. Dabei scheinen ihr die eleganten Leute bedrohlicher vorgekommen zu sein als Huren und Luden. Ich war fünfzehn Jahre alt, und der Feind war das Geschlechtliche. Der Verführer lauerte in Salons gefährlicher als in Stundenhotels. Mir war das eine wie das andere verschlossen. Ich kannte keinen Menschen, der mich hätte in einem Salon verführen wollen. Meine Wiener Verwandten hatten mich in keinen eingeführt. Die Huren zogen mich nicht an. Natürlich war meine Phantasie erfüllt von sexuellen Vorstellungen. Die Zoten, deren Kenntnis ich als einziges Schulwissen bewahrte, hatten mir wenig Illusionen über die Vorgänge gelassen. Trotzdem – oder vielleicht gerade darum: als Gegengift gegen meinen schwelenden Haß – träumte ich nicht von schwülstigen Situationen und brünstigen Kopulationen, sondern von zärtlich inniger Zweisamkeit. Die Anima wechselte. Ich bezog sie von der Kinoleinwand oder Zeitschriftenbildern, vom Profil einer Vorübergehenden oder schlichthin aus meiner Einbildungskraft. Nichts unterschied mich in dieser Hinsicht von Millionen und Abermillionen Gleichaltriger. Nur war mein Wachträumen so eingewachsen in meine Einsamkeit, daß ich es nicht trennen konnte vom tatsächlichen Verlauf meiner Tage. Ich traumwandelte. Tag um Tag rieselte dahin.

Die Tagesläufe waren weniger dramatisch, als man es von einem Stadtstreuner erwarten konnte. Ich lief, wie Don Quijote ritt: wohin Rosinante ihn trug. Die elegante Innenstadt war mit ein paar hundert Schritten durchquert. Je tiefer ich in die Außenbezirke vorstieß, desto menschenleerer wurde es. Wien ist eine alte Stadt. Selbst das Neue ist dort gestrig. Wo die Stadt schön ist, dankt sie's einer Vergangenheit, die wie ein Vorwurf gegen das graue Heute ist. Das Neue ist ein Protest gegen diesen Vorwurf. Das Wien der Gründerzeit mit seinem Mischmasch aus Neo-Gotik und Neo-Renaissance überwuchert den kaiserlichen Barock. Die Winzerhäuser von Grinzing beschwören ein Schubert-Wien herauf, dem die Klinkerziegelburgen der Gemeindehäuser trotzig entgegenstehen. Wien ist gemacht aus Epochenverschleppungen. Das war alles andere als das, was ich damals von einer Stadt erwartete. Die Großstadt Anthropolis lag im »Westen«. Wien gehörte nicht mehr dorthin. Die vielen Bilder aus Berlin hatten mir »den Westen« vorgegaukelt. Dort spielte sich der Aufbruch zur Neuen Zeit, zur Neuen

Menschheit ab. Was dort Verheißung war, mulmte in Wien als Ressentiment.

Immerhin war die Stadt groß und volkreich und vom Epochengeist doch lebensvoll durchpulst genug, um zu den Großstädten jener Zeit zu zählen. Als wär's dafür zum Ausweis, setzte sie sich allabendlich in Lichterpracht. Wenn der sinkende Tag in immer dichteren Dunkelheiten verging, stieg wie herausgesaugt von der großen Einsamkeit der Nacht das Sprühen der Glühbirnen zum sternenlosen Himmel auf. Kaskaden von vielfarbigem Licht bauten sich auf, umwimmelt vom Geriesel abschnurrender Schriften, umkreiselt von leuchtenden Rädern, angesprungen von aufglühenden und verlöschenden Zeichen und Symbolen, die einer allgemeinen Weltsprache anzugehören schienen. Nichts war verheißender, nichts trügerischer als dieser Zauber elektrischer Lichter, der aufzuschießen schien aus einem glühenden Stadtkern, in dem das Leben euphorisch gesteigert war. Mein Leben lang bin ich diesem Lockruf erlegen. Er zieht mich überallhin, wo das Lichtersprühen zur Erde niedergeholt ist. An keinem Rummelplatz, keinem glühbirnenglitzernden Zirkuszelt kann ich vorüber – und so war's denn auch unvermeidlich, daß mein Einzelgängertum mich dahin trieb, wo ich dem Glückszustand gemeinsamen Erlebens, sei's auch mit Unbekannten, am nächsten zu kommen wähnte. Ich entdeckte den Vergnügungspark des Wiener Wurstlpraters unter dem Lebenssymbol des Riesenrads.

Ich entwickelte eine wahre Leidenschaft dafür. Das war mehr als ein glühlichterfunkelnder Rummelplatz. In der für Wien charakteristischen Epochenverschleppung hatte der Betrieb noch den Charakter des Volksfestes. Der Wiener Wurstlprater hat auch heute noch etwas Eulenspiegelhaftes, das den Vergnügungsparks anderer Städte fehlt. Die Hingabe ans kindische Vergnügen ist parodistisch. Karussells und Grottenbahn, Schießbuden und Lachkabinetts sind heimelig abgegriffen wie aus einer alten Spielzeugschachtel. Es ist ein Spielplatz für Kinder, überlassen der Roheit des Stadtvolks, das damals sich noch nicht einheitlich zu Kleinbürgern der nahen Zukunft entwickelt hatte. Es kommt und kam mit ihnen eine rüde Erotik ins scheinbar unschuldige Spiel. Ich tauchte darin ein wie ein Traumwandler.

Folgerichtig war's denn auch dort, wo die fatale Trennung von Liebesträumen und hitzig sexuellen Vorstellungen konkrete Erfahrung werden sollte. Trotz meiner beinah krankhaften Scheu kam ich mit einem Mädchen ins Gespräch. Es drehte sich vorsichtshalber zunächst um Sport. Das Mädchen war Mitglied eines Sportvereins – für mich ein unbegreiflich naheliegendes Mittel, mit Altersgenossen in Kontakt zu kommen. Ich sah nicht nur das Mädchen, sondern die Verheißung. Aber es stellte sich alsbald heraus, daß es ein sozialistischer Sportverein war. Ein »roter« Verein. Mit einem Wort: ein Verband meiner Klassenfeinde. Ich fand das Mädchen trotzdem schön und liebenswert. Sie war eine der Keulenschwingerinnen bei Freiluftveranstaltungen, also ein echtes Kind der Zeit, viel »moderner«, als ich's selber war. Aber daß sie's bei den »Roten« war, entzog sie der Möglichkeit, mich in sie zu verlieben, rückte sie dafür nur um so näher ins schier Geschlechtliche. Das war wienerisch kleinbürgerlich empfunden. Das Milieu hatte auf mich abgefärbt. Ich kann nicht sagen, ob das Politische die Kleinbürgermoral bestimmte oder die Kleinbürgermoral das Politische.

Jedenfalls führte unser Sportgespräch uns fort vom Rummelplatz in die buschigen Praterauen. Und dort geschah dann, was millionenmal mit späten Adoleszenten geschehen ist und vermutlich – trotz aller Fortschritte in der sexuellen Emanzipation – weiterhin linkisch geschieht. Was mich nicht hindert, dieses Gemisch aus Ungeschick und Gier nach

Selbstbestätigung, Angst zu versagen, Triumphgefühl und Ekel, Haß, Erniedrigung und Schuld zum vieltausendstenmal seit beinah siebzig Jahren immer wieder durchzuleben. Welch peinliche Initiation! Natürlich ist es nicht dabei geblieben. Das Dreivierteljahrhundert, das zwischen heute und damals liegt, hat mir – neuzeitgerecht ausgedrückt – »auch auf dem sexuellen Sektor viel Schönes, Gutes und Wahres beschert«. So viel, daß ich zeitweise lebte, als könnte ich nicht genug davon kriegen. Aber jenes erste Mal hat die Poesie lädiert. Zweierlei wird bei mir immer hinter allem Sexuellen stehen. Das eine ist, was Stendhal in einem Wort über das Erlebnis eines Randteilnehmers bei der Schlacht von Waterloo zusammenfaßte: »Das ist alles?« Das zweite ist eindrucksvoller, weil bildhaft. Die vielen Warnungen meiner Mutter und des Deutschen Schulvereins – »Deutschlands Jünglinge, bleibt rein!« – und einiger vom Tripper heingesuchter Schulkollegen beherzigend, war ich nicht ungerüstet in mein Waterloo gezogen. Das Präservativ, das ich nach vollbrachter Leistung angewidert ins Dickicht der Büsche geschleudert hatte, war dort im Astwerk hängengeblieben. Das bleiche, auf Halbmast baumelnde Zeichen meiner Schmach besudelte nicht nur die zweite Etappe meiner Jugend, sondern auch deren Schauplatz Wien. Gehe ich heute durch seine Gassen, so drängt in die Erinnerung an alles Liebe, Schöne, Gute und Wahre, das ich später dort erfahren habe, sich mein prägendes Grunderlebnis: Verlorenheit. Und unter tausend Händen, die mich hätten führen können, keine, die sich mir bot. Also habe ich gänzlich aus eigenen Stücken zum gesunden Menschenhaß gefunden.

Ich höre Stimmen der Entrüstung und der Empörung. Stimmen im Brustton beleidigter bürgerlicher Rechtschaffenheit. Sie haben mich mein Leben lang verfolgt. Mit Recht, wahrscheinlich. Was sie mir vorzuwerfen haben, bin ich. Gleichviel, wie ich dazu geworden bin. Die Einsichtvollen wissen es ohnehin. Sie ziehen die Zeitläufe in Betracht. Wenn sie denen näher geboren sind – und sich nicht entschlossen haben, sie zu vergessen –, räumen sie mir mildernde Umstände ein. Unordnung und frühes Leid. Der Bursche ist eben in eine Umbruchzeit hineingeboren. Verlust der Mitte, Verfall der Werte. Wer nicht einem außerordentlich standfesten Milieu entstammte, wurde im Strudel mitgerissen. Zum Beispiel die bravsten Bürger in die NSDAP. Wer ohne historischen Fehl ist, werfe den ersten Stein! Wahr gesprochen, danke sehr.

Es sind aber nicht mehr viele, die jenen Zeiten nahgeboren sind. Und noch weniger, die sich nicht entschlossen haben, sie zu vergessen. Sie haben ihre Stimmen zum *A-cappella*-Chor vereint. Seit ich mit einigen Schriften an die Öffentlichkeit getreten bin, forderte ich sie zum Kampfgesang heraus. Keine mildernden Umstände, sondern erschwerende: Meine Herkunft. Mir haftet das Kainsmal des Osteuropäers an. In den »Maghrebinischen Geschichten« habe ich's ja selbst bekannt. Damit ist festgelegt, wen man in mir vor sich hat.

Es gibt in Berlin einen Mann, der mich seinen Freund nennt. Ich beeile mich zu versichern, daß ich das nicht bin. Obwohl ich gestehen muß, daß es mir aus Unachtsamkeit unterlaufen ist, ihn gelegentlich zu sehen und im Haus zu haben. Bisweilen während meiner Abwesenheit und so wohlig bei mir eingenistet, daß er sich in meinem Schlafrock hat fotografieren lassen. Ich gebe mich hier mit ihm ab, weil er phänotypisch ist. Er hat ein Buch geschrieben, das den Titel trägt: »Pariser Lehrjahre. 1951–1954.« Untertitel: *Leçons de Sociologie.* Mir ist die fragwürdige Ehre zuteil geworden, darin erwähnt zu sien. Mit Emile Cioran und Paul Celan bin ich gruppiert zu einem Czernowitzer Dreigestirn. Nicolaus Sombart – so heißt der Verfasser der *Leçons* – schreibt über uns:

> Ein merkwürdiges Trio, das man als eigene Konstellation am europäischen Literaturhimmel erkennen muß. Drei Schriftsteller, man könnte sie verschiedener nicht erfinden. Ein Essayist, ein Romancier, ein Poet, die es, jeder auf seine Weise, zu Weltruhm gebracht haben. Was haben sie gemeinsam, der Popensohn, der Sohn des k.u.k. Forstbeamten, der Rabbinerenkel? Ihre Jugenderfahrung in einer Kleinstadt irgendwo am Rande der Karpaten. Südosteuropa, Balkan, von Paris aus gesehen die äußerste Peripherie.

Einige unbedeutende Ungenauigkeiten, aber ein studierter Soziologe – Sohn eines bedeutenden – sollte damit nicht eröffnen. Czernowitz war keine »Kleinstadt irgendwo am Rande der Karpaten«, sondern die östlichste Universitätsstadt der k.u.k. Monarchie und ein Vorwerk des Abendlandes gegen die russischen Erben von Byzanz und das Reich der Ottomanen. Wenn wir selbst von »Balkan« dort sprachen, so ist das beschämend genug. Entschuldbar als Familienjargon. Einem Europäer, der den Südosten nur vom Hörensagen kennt, steht das nicht zu. Cioran ist nicht wie Celan und ich in Czernowitz geboren, sondern in Siebenbürgen. Auch war mein Vater nicht Forstbeamter, obwohl er nichts dagegen gehabt haben würde, es zu sein.

Nach einigem Hinweis auf die ethnische und kulturelle Vielfalt der Stadt Czernowitz kommt Herr Sombart zur logischen Folgerung:

> Keine Idylle. Ein Feld vielfältiger Spannungen, in dem jeder um seine Identität

> kämpfen muß, um jeden Preis, besser zu sein als die anderen. Da kommen sie her. Pennäler aus einem Provinznest am äußersten Rande Europas, die nur eine Idee haben: heraus hier in die Großstadt, in die große Welt. Bukarest – denn inzwischen waren sie ja, ihrem Paß nach, Rumänen –, aber Bukarest, das war allenfalls eine Durchgangsstation. Wo wollten sie hin? Wien, Berlin? Natürlich. Aber das war ja auch nur Mitteleuropa, ein bißchen westlicher, ein bißchen zivilisierter. Nein, letzten Endes wollten sie nach Paris, *capitale du monde, ville lumière…*

Zugegeben. Um – wie Nicolaus Sombart selbst – dort Studien zu treiben. Freilich kommen wir schon in spezialisierter Vorbereitung dorthin:

> Sie haben alles gelesen, in allen Sprachen, sind mit ihrem verfeinerten, überspitzten, ideosynkratischen Sprachgefühl die geborenen Stilisten, Übersetzer, Linguisten, Komparatisten, Nominalisten – Sprachkünstler und Sprachakrobaten. Man macht ihnen so bald kein X für ein U vor. Ihre Väter und Lehrer haben sie längst durchschaut. Mit dem lieben Gott darf ihnen keiner kommen, der wird ausgelacht. Aber ihr brandneuer Atheismus der ersten Generation belastet noch ihr Gewissen. Sie werden Gott nie wirklich los.

Ob das ein Vorzug oder Nachteil ist, wird offengelassen. Jedenfalls gehört's zum Makel, der uns von Herkunft anhaftet. Uns scheint das allerdings nichts anzuhaben, denn:

> Thema Nummer eins ist ein anderes. Wenn sie im Sommer vor dem Kaffeehaus auf dem Corso sitzen und diskutieren, pfeifen sie den Mädchen nach, es ist immer eine Schwester dabei. Sehr früh haben sie gelernt, was Sache ist, durch Bordellbesuch, manchmal gemeinsam. Resultat: anständige Frauen gibt es nicht. Alle Frauen sind Huren. Die es nicht sind, wie die überfürsorglichen Mütter, Tanten und Großmütter, sind verehrungswürdig, aber unerträglich und kommen sowieso nicht in Frage. Idealisierung wie radikale Verurteilung des weiblichen Geschlechts. Zu Hause gackern im Hof die Hühner, die Sessel in der guten Stube sind mit Schutzbezügen verhängt, an der Lampe über dem Eßtisch baumeln die Fliegenfänger. Es riecht nach Öl, Schafwolle, Bohnerwachs und Knoblauch. Man kann der stickigen Atmosphäre nur entfliehen, wenn man sich mit einem Buch auf sein Bett schmeißt oder durch die Stadt streunt, um die Kumpel zu finden, mit denen sich philosophieren läßt, oder man sucht Zuflucht bei Linda im Puff.

Offenbar eine Bekannte von Nicolaus Sombart. Weder bei Cioran noch bei Celan bin ich einer Linda begegnet. Auch mir ist sie unbekannt geblieben, obwohl ich fleißig einschlägige Studien angestellt habe. Allerdings allein und in Hamburg an der Elbe. In Czernowitz gab's keinen Puff.

Vermutlich war's dieser Mangel, der uns von dort weggetrieben hat. Wenngleich unser Herkunftsort uns mit einer Lebenskenntnis ausgestattet hat, die uns befähigt haben würde, dort ein blühendes Freudenhaus aufzumachen, anstatt uns der weitaus weniger lukrativen Beschäftigung mit Literatur hinzugeben, haben wir ihn verlassen.

> Da kamen sie her, da wollten sie raus. Raus aus dem Mief, raus aus der Enge der kleinstädtischen Lebenswelt. Ihr kulturelles Kapital war die primäre Lebenserfahrung, die sie unter den ganz speziellen Bedingungen ihres ethnisch-sozialen Mischmilieus gemacht hatten. Wer sich durchsetzen will, muß um eins schlauer sein als die anderen, aber er darf es sich nicht anmerken lassen. Er muß die Schwächen seines Nebenmannes ausnutzen, er muß, wie ein Kartenspieler, bluffen. Vorsicht mit den Weibern! Man geht ihnen besser aus dem Weg. Wer reinfällt, ist selber schuld. Im Geunke Ciorans, in der Celanschen Litote, in Rezzoris Geflunker finden wir dasselbe Grundmuster. Der eine erschreckt uns mit seinen Selbstmordtheorien, lebt aber vergnügt bis ins hohe Alter. Der andere foppt uns mit hermetischen Versen, friß, Vogel, oder stirb. Der dritte entzückt uns mit Lügengeschichten, in denen er seinen »Familien-

> roman« inszeniert. Was, das gefällt euch nicht? Ich erzähle doch Märchen, Gedankenspiele, Sprachspiele, Mystifikationen, Provokationen – find' einer heraus, was der Autor wirklich im Schilde führt. Je mehr man auf ihn eingeht, um so mehr geht man ihm auf den Leim. Das ist ihr Trick. Sie scheinen todernst, aber sie haben es darauf angelegt, den braven Leser auf den Arm zu nehmen, ihn zu verschaukeln, wenn er nicht pfiffig genug ist, ihr Spiel zu durchschauen. So haben sie, wie die Zigeuner, die vor den Café-Terrassen auf ihren Geigen virtuos und exotisch ihre Heimatweisen fideln, in Paris ihr Glück gemacht.

Man darf annehmen, daß das Herrn Sombart nicht gelungen ist. Abgesehen von seinem literarischen Urteil – wo hat er seine Milieukenntnis her? Der Corso, die gemeinsamen Bordellbesuche, die Fliegenfänger an der Lampe über dem Eßtisch – das kann er doch nur bei seinen rumänischen Verwandten mütterlicherseits erfahren haben. Waren ihm diese familiären Eindrücke so peinlich, um alles, was aus dem europäischen Südosten kommt soziologisch phänomenologisch in die Jauche seines Ressentiments zu tunken? Der französische Chauvinismus in Ehren, aber in Pariser *Leçons de Sociologie* hat man ihm das gewiß nicht beigebracht. Er müßte sonst noch andere Rumänen, die wie die »virtuos und exotisch« ihre Heimatweisen fidelnden Zigeuner in der *ville lumière* ihr Glück gemacht haben, dem Popensohn, Rabbinerenkel und Sohn des. k.u.k. Forstbeamten zugesellen. Zum Beispiel Tristan Tzara, Eugène Ionesco, Constantin Brancusi, Victor

Brauner und andere mehr. Nein. Nicolaus Sombart will uns *Leçons de Sociologie* erteilen. Er tut das, indem er die Herkunft aus einer »Kleinstadt am Rande der Karparten« als Nachweis dafür anführt, daß die verzweifelte Gottsuche Ciorans und die nachtschattige Schönheit der Gedichte Celans ein Trick seien, den braven deutschen Leser zu verschaukeln und auf den Arm zu nehmen. Fröhliche Wissenschaft.

Vor meine geistigen Augen treten meine Wiener Schulkameraden. Swoboda, Hrdlitschka, Huber Anton und Huber Karl, Czervenka und Plochl und wie sie noch hießen. Redliche Knaben. Wenn sie mich einen Tschuschen nannten, so taten sie's mit einer gewissen rowdyhaften Treuherzigkeit. Es geschah zur Feststellung des Auswärtigen. Des Andersartigen. Ohne Gift und Galle. Mit nur beiläufigem Wertakzent. Noch hatten die deutschen Brüder nördlich des Grenzbaums ihnen das wahre völkische Eigenbewußtsein nicht beigebracht. Noch waren sie Österreicher. Noch nahmen sie's natürlich hin, daß die Mehrzahl von ihnen von Tschechen, Slowaken, Kroaten und Slowenen abstammte, die erst Deutsch gelernt hatten, bevor sie deutschsprachig geworden waren. (Wie, nebenbei, eine Vielzahl aller Deutschen.) Sie mußten erst in Kadern mit Spaten und Gewehren exerzieren, damit ihnen ihr Deutschtum in die Knochen fuhr. Es mußten Stalinorgeln auf sie abgefeuert werden, Bomben auf ihre Weiber und Kinder niedergehen, um sie zu überzeugen, daß ihre Blondheit germanischen Ursprungs war und sie dazu verpflichtete, Dunkelhaarige oder sonstwie Andersartige als mindere Menschengattung anzusehen. Herr Sombart aber darf sich als rein deutsch bezeichnen. *Un boche de la vraie souche* dürfte man gesagt haben in den Salons des *Seizième*, die er sich zum Modell für seine Berliner Absteige genommen hat. (Marie-Laure de Noailles dreht sich im Grabe herum.) Freilich ist auch er nur halb deutsch. Seine Mutter war Rumänin. Aber um das mit in Rechnung zu stellen, dazu fehlt ihm der Charakter. Eine Hälfte Deutschtum genügt, um ihn zum Sprachrohr einer nationalen Kategorie zu machen. Er, der es im Gegensatz zu uns südosteuropäischen Trickstern in Paris nicht zum Weltruhm gebracht hat, trägt fleißig publizierend bei zum Weltruhm des tückischen deutschen Bildungsspießers. Wetterfester Epochenverschlepper. Heute so militant wie zur Blüte des Deutschen Schulvereins.

Ich habe mir vorgenommen, in diesem Buch entlang dem Faden meiner Lebensgeschichte anschaulich zu machen, wie der Zeitenwandel nicht nur Lebenshaltungen, sondern auch Lebensbahnen festlegt. Das mag vermessen klingen – ich bin weder Historiker noch Soziologe. Mein »kulturelles Kapital« ist – wie Herr Sombart sagt – die »primäre Lebenserfahrung«. Setzt man den Ersten Weltkrieg an den Anfang der großen Umwälzungen unseres Jahrhunderts, so habe ich's mit allen deren Phasen durchlebt. Was ich den Dreißigjährigen Europäischen Bürgerkrieg nenne – ein Klassenkrieg, der mißverständlicherweise von 1914 bis 1945 zwischen Nationen ausgetragen wurde –, hat nichts von den bis dahin herkömmlichen Einrichtungen, Wertungen, Auffassungen, Haltungen, Gesten bestehen lassen. Wie die Waffenruhe zwischen 1918 und 1939 eine »Fortsetzung des Krieges mit anderen Mitteln« war, so sind auch die Jahre von 1945 bis 1989 – ohnehin als Zeiten eines »Kalten Krieges« bezeichnet – zu diesem Klassenkampf dazuzurechnen. Letzte, stille, endgültige Austragung. Der Sieger steht endlich fest. Es ist nicht – wie man gewünscht oder befürchtet hat – das vereinte Proletariat aller Völker, sondern der mit seinesgleichen ewig hadernde, ewig beleidigte, ewig neidische, sich durchsetzen wollende, schlauer als sein Nebenmann sein wollende Kleinbürger. Ihm gehört die Welt. Herrn Sombarts Fahne flattert ihm voran..

Das zweisilbige Glückwunschtelegramm meines Vaters zu meiner bestandenen Matura wurde im Juni 1930 abgeschickt. Im Mai war ich sechzehn geworden. Nach herkömmlichen Vorstellungen war das Reifezeugnis das Dokument der Initiation eines Jugendlichen ins selbstverantwortliche Dasein des Erwachsenen. In meinem Fall war damit zuviel erwartet. Ich war in der Spätblüte der Pubertät. Weit entfernt selbst von den üblichen Vorstufen der Reife – ich meine: von den Ausgärungsjahren der Pubertät bis spät in die ersten Mannesjahre. Auch das Sexuelle will ausgereift sein, bevor man von Lebensreife sprechen kann. Wiewohl ich das damals – mit sechzehn – nicht wissen konnte, hielt mich doch eine eingeborene – vermutlich dem »Balkan« zuzuschreibende – Lebenseinsicht davor zurück, energisch die Ansprüche zu stellen, die man einem Initiierten zugesteht. Noch war's nicht an der Zeit, mein Leben – wie man heute sagen würde – »in eigene Gestaltung zu nehmen«. Welcher Irrtum!

Was ich gern getan hätte, lag auf der Hand. Ich wollte zeichnen. Ich nährte die Leidenschaft dafür ohne Skizzenblock. Ich speicherte Eindrücke. Ich hatte mich in meinen Wiener Streunerjahren mit Bildmaterial für ein Leben vollgeschaut. Waren schon meine ziellosen Wanderwege durch Penzing, Grinzing, Hütteldorf-Hacking oder Döbling ernte-reich mit Eindrücken, die mich befähigt haben würden, einen soziologischen Bildband vom Wien der Canetti-Zeit herzustellen, so hatte ich doch – um's neosalonfähig auszudrücken – »das Ästhetisch-Kulturelle nicht außer acht gelassen«. Auch die Albertina und das Kunsthistorische Museum hatte ich durchstreunt. Die Sezession lag auf meinem Weg, wohin immer der mich führte. Ich trug also Dürers kleinen Hasen und Breughels Winterlandschaften, Holbeins Bildnisse und Benvenuto Cellinis Lapislazuli-Dose und das Zelt des Sultans aus der Türkenbelagerung sowie die Damenporträts Klimts und noch viel anderes gewissermaßen aufbereitet zur künstlerischen Bodengare in mir – eine Wiener Erbschaft, die meinen Haß zeitweise in Liebe verwandelte. Kunst, wie gesagt, gehörte zu unserer Rolle als Kulturträger. Künstler waren eine höhere Menschengattung. Dabei wollte ich gar nicht hoch hinaus. Ich wollte Gebrauchsgraphiker werden. In Paris lebte und wirkte damals das Genie der Gebrauchsgraphik: Alexandre. Mit einigem Glück, mit einigen gelungenen Entwürfen wär's vielleicht möglich gewesen, daß ich zumindest in seiner Nähe hätte in die Lehre gehen können. Aber das Ansinnen, mit sechzehn nach Paris zu gehen, wäre meiner Mutter vorgekommen wie die bevorstehende Verlobung mit einer syphilistriefenden Josephine Baker. Mein Vater hatte ein nüchterneres Argument: »Du bist sehr jung. Mach erst mal irgendein Studium fertig. Sicherheitsbasis. Nachher hast du noch immer Zeit genug, deinen Passionen nachzugehen.« Das war ein Fehler. Ein katastrophaler, wie sich herausstellen sollte.

Schon in meiner Hietzinger Schule, deren Lehrer nichts inniger wünschten, als mich loszuwerden, hatte ich erklärt, daß ich nach bestandener Matura auf die Montanistische Hochschule in Leoben gehen wollte. Mit Jauchzen warf man mir das Reifezeugnis dafür nach. Leoben war am Eingehen. Jeder Hörer war dort willkommen. Mir kam's vor wie eine Familiendomäne. Mein Großvater hatte die Hochschule gebaut. Mein Sprengmeister-Zeugnis von der Manganerzgrube in Jacobeni wies mich als Bergmann aus. Ich wußte genau, wie lächerlich angemaßt das war, aber es half mir, mich in etwas hineinzureden, was ich ohne die Nachhilfe mit einigen Illusionen ungern hingenommen haben würde. Ich hatte mir die gängigsten Ausdrücke der Bergmannssprache angeeignet, redete fachkundig von Flözen und kleidete mich in Schnürlsamt. Vorbei war der Traum vom Montparnasse. Ich ersetzte ihn mit dem vom Prospektor in Südamerika. Ich gefiel mir als Pragmatiker. Sicherlich ließ sich's von den Edelsteinen aus König Laurins Zwergenreich üppiger leben als von Plakaten für Palmers Unterwäsche.

Meine Gefügigkeit wurde belohnt. Mein Vater beschenkte mich mit einem Hirsch. Ich konnte mich den Sommer lang darauf vorbereiten. Ich mußte nicht nach Jacobeni. Das Abenteuer meiner Mutter mit ihrem Sanatorium dort war halbwegs glimpflich ausgegangen. Der Besitz war freilich hin. Meine Schwester rüstete sich für ihre Karriere. Sprungbrett war eine Sekretärinnenstelle bei der Internationalen Donau-Regulierungs-Kommission in Galatz. Das erweckte viel Ah! und Oh! und gebürlichen Kotau. Darüber vergaß man mich – wohltätigerweise für mich. Ich blieb bis hoch in den November im Jagdhaus. An der Erinnerung daran sollte ich mein Leben lang zehren.

Wir lebten von der Jagd. War's Essenszeit, so brauchte ich bloß ein paar Schritte hinterm Haus in den Wald zu gehen und mir mit einem simpel aus einer Blechlamelle zurechtgebogenen Pfeifchen die Haselhühner vor den Tesching zu locken. Ein Schrotschuß wäre zu aufwendig gewesen, sie kamen fuchtig mit geblähtem Gefieder und blutroten Balzrosen bis an meine Füße. Der heftig strömende Bach war voll von Forellen. Er fiel in schäumenden Kaskaden zu tiefen, stillen Becken ab, aus denen er dann nur um so ungebärdiger wieder voranstürzte. Dort standen die Forellen regungslos im Geflimmer des Sonnenlichts goldgesprenkelt wie die Kiesel auf dem Grund und flitzten pfeilschnell davon, wenn ein Schatten über sie fiel. Je tiefer ich einging in den Hochbestand, desto tannhäuserischer wurde das Licht, dunkelgrün gefiltert durch das Dach der Kronen, zu dem die glatten Stämme aufschossen. Hier gab's kein Unterholz. Urzeitliche Farne wuchsen heraldisch zwischen Moos und Bärlapp hoch. Die Schritte federten auf dichten Lagen niedergeregneter Fichtennadeln. Kein Laut. Nur das geheimnisvolle Trommeln der Spechte fern und nah.

Beim Hirschverhören war ich nächtlings ohne Dach. Ich übernachtete in meinen Loden gehüllt unter einem Himmel, übersät mit Sternen. Im glasig monddurchleuchteten Luftraum über dem schwarzen Zackenwerk des Hochwaldes dröhnten die Stimmen der Hirsche, als wär's das Gebrüll von Säbelzahntigern aus der Höhlenzeit. Ich konnte sie bald voneinander unterscheiden. Sie röhrten die ganze Nacht. Wenn sie verstummten, pürschte ich mich an sie heran, so nah ich kam. Mit den ersten schräg auffunkelnden Sonnenstrahlen zogen die Rudel ab ins Dickicht des Laubwaldes. Ich trödelte durch den Tag. Schlief mich aus in der Sonne auf Heidelbeergestrüpp, erwachte unter Mückenschwärmen, pürschte weiter, lauschend und schauend, bis wieder die hohe Nacht aufkam, durchdröhnt vom Röhren der brunftenden Hirsche. Die Speckseite, die ich als Proviant mitgenommen hatte, war schon am ersten Tag verschlungen. Mir blieb ein Topf mit Honig. Schwer triefende Waben. Die kaute ich aus. Trank zwischendurch aus den eiskalten Quellen, die an den Hängen entsprangen. Nach wenigen Tagen dieser Kost befiel mich eine lichte Trunkenheit, wie von einer Droge. Einmal trat ich in diesem Zustand einen Auerhahn auf, der donnernd hochkam. Es war so unerwartet und erschreckend, daß ich mich hinsetzen mußte, bis mein Herz sich beruhigt hatte.

Ich schoß meinen ersten Hirsch, einen braven Zwölfer. Mit dem einsetzenden Schneefall ging ich nach Leoben.

Ich wollte, ich könnte schreiben, wie's die bürgerliche Rechtschaffenheit von einem Schriftsteller erwartet. Einmal nicht »Märchen erzählen, Gedankenspiele, Sprachspiele treiben«.

Imitierte Mystifikationen, Provokationen nach dem Vorbild von James Joyce, Borges, Beckett. Einmal nicht »den braven Leser verschaukeln«, sondern ihn in die Sicherheit des Guten, Schönen und Wahren wiegen. Ihn nicht »auf den Arm nehmen«, sondern in die Arme des Wohlwollens und der Nächstenliebe. Wahrscheinlich würde sich's lohnen, einen Schritt zurück zu tun – ich meine: nicht im Gegenstand, sondern im Stil. *Period piece*. Ich könnte über Leoben einen Studentenroman im Stil von Hanns Heinz Ewers schreiben. In der Thematik beschaulicher als Konsalik. Näher an Böll. Die Glaubenskrise könnte nachgeliefert werden. Sie kam tatsächlich später.

Vorderhand wären genügend thematische Elemente vorhanden, um Romanhaftes zu gestalten. Die glühende Begeisterung, mit der ein junger Mensch sich einem Orden hingibt. Sein innerer Kampf gegen die Ernüchterung. Seine erste große Liebe und deren banaler Ausgang. Nicht genug? Ja: die Einsicht, daß das Erlebte zu nichts geführt hat. Daß die Verwirrung größer ist als zuvor. Aber das wäre wieder zu pessimistisch. Lassen wir einen Lichtstreifen am Horizont. Noch ist die Reife nicht erreicht, aber wir schreiten ihr entgegen.

Vorderhand, wie gesagt, wäre zu schildern die pulsbeschleunigende Erwartung, mit der ich meinen Kommilitonen entgegenschaute. Das wären nicht mehr die verstumpften Klassenkameraden aus der Mittelschule, Czervenka, Wotruba, Wörrer Franz und Wörrer Karl. Das würden Hochschulstudenten sein, freiwillig Lernende, nicht mehr Zugvieh des Schulbetriebs, sondern der Wissenschaft Verpflichtete. Bald würden ihre Namen – selbst wenn sie Swoboda und Schoiber hießen – mit einem cand. ing. der Bergbau-Akademie nobilitiert sein. Ich konnte zu ihnen aufschauen, von ihnen lernen. Endlich wäre ich heraus aus meiner existentiellen Einzelhaft. Endlich würde ich aufgenommen sein in einen Orden – eine Gemeinschaft, die bindender war als irgendein roter oder schwarzer Sportverein. Zwar gab ich meine Skepsis gegen das Allzumenschliche der Menschheit nicht auf. Aber ich spürte meinen Haß schmelzen wie Schnee unter der Frühlingssonne (würde Hanns Heinz Ewers sagen). Ich schritt in eine neue Lebensphase.

Meine glühende Begeisterung galt dem schwarz-grün-goldenen Ordensband des Corps Schacht. Es ist vielleicht schon einiges erklärt, wenn ich dazu sage, daß es – »Couleur« genannt – nur zum steifen Hemdkragen angelegt werden durfte. Allenfalls hatten Inaktive und Alte Herren das Recht, das Band auch zum weichen Hemd zu tragen, allerdings nur mit dem »Tönnchen«, nie mit Mütze oder gar dem »Stürmer«. Der war aus weißer Seide, vorn abgeplattet und mit dem Corpszirkel bestickt und gab dem Haupt die Form einer Odol-Flasche. Ein schräger Blick darauf hatte eine Forderung auf schwere Säbel zur Folge. Ganz mein Fall.

Das Corps Schacht war die renommierteste der Leobener Schlagenden Verbindungen, Corps sowohl wie Burschenschaften. Bei keiner von ihnen einzutreten hätte eine Charakterstärke erfordert, die ich nicht aufzubringen vermochte. Als neu Rezipierter gehörte ich zu den Füchsen. Entsprechend der schütteren Hörerschaft an der Hochschule waren's im Corps Schacht nur drei: Jockel Martini, ein »Tschusche« wie ich, aus Laibach – jetzt Ljubljana – stammend, meine Wenigkeit und Dieter von Böhm-Bezing, Sohn des ersten deutschen U-Boot-Kommandanten, ein »Piefke« mit naß gekämmtem Mittelscheitel und Nußknacker-Gebiß. Er schied bald wieder aus, trat danach für eine Weile zu unserer Heiterkeit in SA-Uniform mit Hakenkreuz-Armbinde und vielerlei Gürteln und Schulterriemen auf und verschwand heim ins Reich. Jockel Martini und ich blieben zurück. Als innige Freunde. Zwillinge im Geist. Böse Zwillinge, wie sich herausstellen sollte.

Die aktiven Burschen waren bunt zusammengewürfelt. Wie die Hochschule, so konnte auch ein Corps sich's nicht leisten einen von den wenigen Neuankömmlingen abzuweisen, die Aufnahme begehrten. Man befand sich unter Brüdern, die man – wie in der eigenen Familie – ohne die Bindung ans Blut sich nicht ausgesucht haben würde. Jockel Martini und ich waren sozusagen Stiefbrüder der Corpsbrüder.

Es war selbstverständlich, daß ein Fuchs oder Bursche des Corps Schacht möglichst nicht mit Kommilitonen anderer Verbindungen, gar der Burschenschaften und erst recht nicht der katholischen Studentenschaft in freundschaftliche Beziehung trat. Seine Corpsbrüder hatten ihm menschlich zu genügen. Es handelte sich durchwegs um junge Männer, die möglichst bald mit ihrem Studium fertig werden wollten. Den Corpsbetrieb faßten sie auf als gesellschaftliche Zugabe zum Studium, in die sie ihrerseits die Mehrzahl ihrer ethischen Regungen investierten. Ehre, Freiheit, Vaterland gingen voran den selbstverständlichen Forderungen von Aufrichtigkeit, Wahrheitsliebe, Bekennermut, Verachtung aller Niedrigkeit, Feigheit, Verlogenheit. Philosophische Betrachtungen über den menschenformenden Geist des Ordens wurden unterstützt durch die sachliche Feststellung, daß man im späteren Berufsleben mit der Förderung durch andere Kösener Corpsstudenten rechnen konnte. Gebündelt war das mit dem Corpsband quer über der Brust und bekräftigt mit vaterländischen Gesängen zu reichlich Bier. Tschuschen wie Jockel Martini und ich lieferten ein Schaustück der Tapferkeit, mit welcher wir unseren gelegentlichen krampfhaften Lachanfällen widerstanden.

Als Schlagende Verbindung verpflichtete das Corps seine Aktiven zu einer Reihe blutiger Mensuren. Die Vorbereitung dazu wurde täglich in einer Stunde auf dem Fechtboden vorgenommen, wobei eine Serie von einfachen Hieben einen seltsamen Begriff von Fechtkunst vermittelte. Beherrschte der Fuchs Quart, Terz, Hacke, Durchzieher, so wurde er zur Mensur herausgestellt. Der Körper verschwand hinter einem Lederpanzer. Mit vielen Binden und einem Lederschutz wurde der Kopf am Hals davon abgezwängt. Freigelassen blieben Schädel, Wangen, Ohren, Stirn. Vor die Augen kamen vergitterte röhrenförmige Brillen. Der linke Arm wurde nach hinten geschnallt und hielt den Hosenbund fest. Der rechte kam in einen ungeheuerlichen wattierten Armschutz, die Hand in einen ungeschlachten Handschuh. In diesen wurde der scharfe Schläger gesteckt. Weil der Arm in seiner Schutzwurst zu schwer war, um ihn waagrecht zu halten, stützte ihn ein Helfer. Ein Sekundant kniete mit gesenktem Schläger schräg vor dem Paukanten hin und richtete sein Augenmerk auf den Gegner. Erblickte er eine Unregelmäßigkeit des Paukverhaltens oder einen sogenannten »Blutigen«, wenn der Gegenpaukant getroffen war, so fuhr er dramatisch auf und mit dem Schläger zwischen die Klingen der Paukanten. Auf das Kommando »Legt euch aus!« »Sie liegen aus!« wurden den Paukanten die schwerbepackten Arme mit den Schlägern übern Kopf geworfen. Auf »Los!« ging's los. Gefochten wurde die »offene« Schule im Gegensatz zur »versetzten« – das heißt, die Hiebe waren einfach wie's Einmaleins. Weil überdies Ripostzwang war, also jeder Hieb des Gegners sofort erwidert werden mußte, so kam dabei ein hastiges Gehacke der aufeinanderklirrenden Schläger heraus, bei dem die hinter ihren vergitterten Brillen blinden Fechter nur wünschen konnten, daß der Gegner mehr von den Hieben aufs Dach bekam als er selbst. Wehe, wenn »gekniffen« wurde. Das geringste Wegzucken vor oder unter einem Hieb war schmachvoller als aller anderer Ehrverlust.

Gesellschaftlich war das Corps Schacht hoch angesehen und spielte in der Stadt Leoben, die den Studenten jede Freiheit einräumte, eine stolze Rolle. Die Töchter gleichfalls hochangesehener Bürger gehörten zu den Corpsdamen. Es gab Feierlichkeiten und Feste mit Wein und Tanz. Unvermeidlich kam's zu sentimentalen Bindungen. Wäre ich – wie gesagt – imstande, aus dem vorhandenen Erlebnisteig den Strudel eines Studentenromans zu walzen, ich könnte Herzbewegendes erzählen vom Überschwang der ersten großen Liebe, von deren Reinheit, über welcher mahnend das Präservativ im Gebüsch der Wiener Praterauen pendelte. Von Küssen im Winkel einer Kirchhofmauer. Von peinigender Eifersucht und schmerzlicher Glückseligkeit und überhaupt allem Guten, Schönen und Wahren, das ein derartiges Standarderlebnis mit sich bringt. Was mich verhindert, die Feder in mein Herzblut zu tauchen und drauflos zu schreiben, ist das nagende Bewußtsein, daß mein Leobener Erlebnis sich ja nicht im luftleeren Raum abgespielt hat, sondern auf dem Hintergrund des Zeitgeschehens. Das setzt es in eine Beleuchtung, die mit den Stilmitteln von Hanns Heinz Ewers schlecht einzufangen ist.

Nicht daß das Zeitgeschehen einen wesentlichen Wandel erfahren hätte. Es war nicht mehr und nicht weniger dramatisch als zuvor in jenen ersten Dezennien nach dem großen Ersten Weltkrieg. Im Rumpfstaat Österreich, Wien voran, lebte man einen graugesichtigen Alltag. Zur Angst vor morgen und übermorgen war immerhin etwas von der blendenden Verheißung der zwanziger Jahre gekommen. Die waren nun vorbei. Was das bedeutete, läßt heute – wie man's neuerdings ausdrückt – sich nicht nachvollziehen. Selbst die Flimmerleinwand – bislang das zuverlässigste Vehikel zur Reise in unsere Vergangenheit – gibt vom Geist der »*Roaring Twenties*« nur die Oberfläche wieder. Gangsterschießereien in Chicago, Bubiköpfe, kniefreie Röcke, Charleston, schwerbewimperte tollkirschenäugig hin und her geworfene Flirt-

und Leidenschaftsblicke sagen nicht alles aus über eine Epoche, in welcher der stürmisch welterobernde Amerikanismus Mühe hatte, mit den Entwürfen der Futuristen Schritt zu halten und der Ausverkauf europäischer Gesellschaftsgebärden dem Triumphzug von Saxophonen und Banjos kaum die Waage hielt, während ein Myrmidonengewimmel von Sehern, Quacksalbern, Lebensreformern vom Sandalenträger bis zum Phrenologen, vom Vegetarier bis zum Ariomanen, vom Nudisten bis zum Theosophen damit beschäftigt war, die Menschheit einer höheren Daseinsform zuzuführen.

Das war mit den Zwanzigern ausgelaufen. Die große Verheißung war der Ernüchterung gewichen. Die Qualität der Zeit änderte sich. Die Aufbruchstimmung flaute ab. Weltanschauung verlor ihre Metaphysik. Der Drang zum Neuen, Besseren, Höheren suchte Verwirklichung im Trivialen der Politik. Utopien wurden zu Parteiprogrammen. Visionen zu Ideologien. Anthropolis, die lichte Weltstadt einer Neuen Menschheit, entschwebte ins Phantastische. Wirklichkeitsferner noch als die heutigen Zukunftsmärchen von Raumfahrten zu anderen Planeten. Denn während heute das vorgestellte Erlebnis des Menschen im All sich in monströsen Gewalttätigkeiten abspielt, die nur eine Projektion der hier auf Erden herrschenden Zustände ins Phantastische sind, war die damalige Vorstellung der *Things to Come* die von einer überaus heilen Welt gewesen. Die Neue Menschheit, die sie bevölkern würde, verdankte ihr glückliches Dasein den Segnungen der Technik. Daran fing man nun an zu zweifeln. Zwar war der Glaube an die Wunder der Technik noch nicht dem Alptraum gewichen, in den sie uns heute versetzt. Aber man begann doch zu ahnen, daß auch sie mit einer Hand gibt und mit der anderen nimmt.

Indes traute man ihr doch die Erschaffung eines neuen Menschenschlags zu. Man erwartete die Befreiung der Sklaven, die in der Unterwelt die Maschinen bedienten. Gleichzeitig hatte man Angst vor ihnen. Die Bürger verfolgten die Emanzipation der Proletarier mit zwischen die Schultern eingezogenen Köpfen. Sie konnten nicht voraussehen, daß sich's auch dabei um eine aussterbende Spezies handelte. Die innige Fusion der Proletarier, welche Kleinbürger wurden, mit den Kleinbürgern, die Proletarier geworden waren, hatte noch nicht stattgefunden. Was jedoch ganz unmißverständlich sichtbar wurde war das Verschwinden der Oberschicht. Die eleganten Leute, die immer noch auf der Kärntnerstraße anzutreffen waren, lebten in Reservaten, die zusehends enger wurden. Ihre Tage waren gezählt. Wien begann sie mit einer nostalgischen Ehrfurcht zu behandeln. Küß die Hand, Frau Gräfin, darf ich's Einkaufstascherl tragen? Habe die Ehre, Herr Baron, macht nix, zahlen S' halt ein anderes Mal.

Das wäre dem Geist- und somit den Stilmitteln von Hanns Heinz Ewers (oder Rudolf Hans Bartsch) nicht gar so fern gewesen. Nur legte sich darüber noch eine Wirklichkeitsschicht, die damit nicht ganz erfaßt werden kann. Das Übergehen der zwanziger Jahre in die Dreißiger war auf besondere Weise akzentuiert von einem gesellschaftlichen Element, das nirgend anderswo eine ähnlich bestimmende Rolle gespielt hat wie in Wien. Ich spreche von den Juden.

Meine Studienzeit in Leoben dauerte ganze drei Semester. Zu so frühem Abbruch trug nicht nur bei mein Gastspiel im Corps Schacht, das mich bald ausspie wie der Wal den Jonas (und ich fürchte, auch meinen Freund Martini), sondern auch die Einsicht, daß es bis zum Prospektor in Südamerika einer Ansammlung von Kenntnissen bedurfte, die mir – wie man in Österreich sagt – stagelgrün auflagen. Ein greiser Professor, dem ich mich kurz vor seiner Emeritierung zur Prüfung stellte – in der Hoffnung, er würde mich doch so knapp vor seinem Abschied nicht durchfallen lassen –, faßte das in die Worte zusammen: »Ihnen hat Gott im Zorn ein Studium beschert, in dem Mechanische Technologie vorkommt.« Wahr gesprochen. Aber noch etwas kam dazu, wovon ich hier nur nach Überwindung einer gewissen Scheu erzähle.

Ich teile die grundsätzliche Skepsis der meisten meinesgleich Frivolen gegen's Übernatürliche. Der kurze Ausflug in die Domäne, den ich bald nach dem hier Berichteten unternehmen sollte, hat mich davon nicht abgebracht. Nur muß ich zugeben, daß ich an einer Schwelle haltmache, hinter welcher doch einiges liegt, das ich lieber unangetastet lasse.

Als ich nach den ersten zwei Semestern zu den Ferien nach Hause kam, traf ich dort meine Schwester an. Aus Galatz zurück. Sie klagte über eine geschwollene Drüse hinter ihrem rechten Ohr. Sie lag im Haus unserer Mutter in Czernowitz. Ich fuhr zum Jagdhaus. Im Wald, beim Ansitz auf irgendein Stück Wild, fiel mir ein, was ich hartnäckig aus dem Bewußtsein verbannt hatte: Es war Jahrmarkt in Leoben gewesen. Wir fragwürdig verbrüderten Schachter waren, einer nach dem andern, ins Zelt einer Wahrsagerin gegangen, um uns die Zukunft voraussagen zu lassen. Anders als zwanzig Jahre später im wissenschaftlich ausstaffierten Studio des Astrologen Wolf in Hamburg, das ich mit gebührender Ehrfurcht betrat, traf ich bei seiner Leobener Kollegin alles an, was meine Ironie herausforderte. Die Seherin trug einen Sternenmantel. Vor sich hatte sie eine leuchtende Glaskugel, hinter sich ein Gottesauge im Dreieck. Ihr nachtschwarzes Haar war in der Mitte gescheitelt. Ein Glasklunker pendelte ihr funkelnd in die Stirn. Ihr Gesicht war kalkweiß geschminkt, ihre Lippen blutrot. Schön war sie nicht. Sie nahm meine Hand und sagte: »Im nächsten Jahr wird jemand sterben, der Ihnen nahesteht.« Im selben Augenblick sah ich die Augen meiner Schwester vor mir. Es waren helle, fast grüne Augen, die man nicht leicht vergaß. Natürlich wischte ich alle Anwandlung von Aberglauben und Erschrecken weg. Ich hörte aufmerksam auf das, was die Hellsichtige weiter sagte. Es entsprach durchaus nicht den Vorstellungen, die ich von meiner Zukunft hatte. Einzig die Prophezeiung freute mich: »Ich sehe viele Betten!« Daß ich die allermeisten davon allein benutzen sollte, deckte sich mit Herrn Wolfs nachzüglerischer Voraussage von vielen Wanderungen. Damals faßte ich's anders auf. Wunschdenken. Indes erhielt ich am nächsten Tag einen Brief meiner Schwester: »Ich bin ein bissl krank und werde meine Stelle hier in Galatz für eine Weile aufgeben müssen.« Das war höchst ungewöhnlich. Wir teilten einander nicht mit, wenn wir Schnupfen oder irgendein anderes Wehwehchen hatten. Wir schrieben einander ohnehin kaum jemals. Sinnlos, wenn ich's weiter verdrängte: Ich wußte, daß sie sterben würde.

Ein weiteres Semester, das ich in Leoben verbummelte, trug mir lediglich einige Wochen ausgiebigen Skilaufs ein. Ich war schon in Kronstadt auf Skiern gestanden. Alle Winter seither hatte ich jede Gelegenheit ergattert, um frisch in meiner Windjacke ins Schneeland zu ziehen. Ich brauche mich nicht darüber auszulassen, wie verschieden der Sport damals vom heutigen war. Wer mit Seehundsfellen auf den Berg steigen mußte, um sich das Glück einer Abfahrt zu verschaffen, hat andere Erfahrungen gemacht und bewahrt andere Eindrücke als einer, der sich zehnmal am Tag mit dem Skilift bergan befördern läßt, um auf ausgefahrenen Pisten zu Tal zu wedeln. Immerhin sind auch wir ganz brav gefahren, in jeder Art von Schnee; und wenn ich länger in Leoben geblieben bin, als die Vernunft es vorschrieb, so weil ich den Firn auf dem Prebichl erleben wollte. Dann aber drängte es mich fort. Aber es war wieder eine nutzlose Flucht. Vergebens versuchte ich, von der Prophezeiung der Wahrsagerin loszukommen. Übrigens auch von der ersten meiner großen Lieben. Das allerdings geschah schmerzlos. Ich sagte meinem montanistischen Studium Adieu und ging nach Wien.

Ich habe reichlich Gelegenheit gehabt, darüber nachzugrübeln, welche Metamorphosen diese auf den ersten Blick doch kaum veränderte Stadt im Hingang unseres Jahrhunderts durchlaufen hat. Dabei scheint auch ihre physische Dimension einer Art von Palpitieren ausgesetzt gewesen zu sein. Vom Wien der Kaiserzeit über Wien der Sozis aus den Zwanzigern und dem der Juden aus den Dreißigern, vom judenreinen Wien der Nazis übers Kriegswien – die Bomben haben's kaum angekratzt –, danach das Wien der »Vier im Jeep« und das Wien des Staatsvertrags bis zum Wien von heute präsentiert sich's einmal größer und einmal kleiner, einmal eisiger, einmal wärmer, einmal luftiger und einmal stickiger, großstädtischer oder kleinstädtischer. Es mag mein persönliches idiosynkratisches Empfinden sein, daß mir dort alle diese durchlebten Phasen auf Schritt und Tritt begegnen und um so quälender sind, als ich selbst in ziemlich jeder von ihnen in einer anderen Existenzform auftrete. Jede dieser Existenzformen gibt natürlich ein anderes Bild. Es ist eine proteushafte Stadt, die ich auf so verschiedene Weise beschreiben könnte – beschreiben müßte –, daß mir's keiner glaubte, wenn ich behauptete, es sei von Wien die Rede.

Das Wien meiner solitären Stadtstreunerjahre – das Wien der Sozis in den ausgehenden Zwanzigern, im deprimierenden Zusammenspiel von Ringstraßen-Bedrücktheit und Marxhof-Zornigkeit: das Wien der deklassierten Aristokraten und verarmten Bürger, der Weltkriegskrüppel und meuternden Proleten, der bösartigen tschechischen Hausmeister und grantigen virginiarauchenden Wirtshaushocker, der Schieber, Huren, Armeleute-Garküchen und zum Protest aufmarschierenden Tramway-Schaffner unter der leitenden Hand bratenrocktragender Altsozialisten –, das war nicht dieselbe Stadt wie die glänzende Theatermetropole der Dreißiger: das Wien Max Reinhardts, Moissis, der Thimigs und des überaus feschen Exi von Jordan und der jungen Wessely, der alten Jeritza und des witzigen Slezak, das Wien der Oper und der Philharmoniker und der rauschenden Opernbälle, der Kärntnerstraßen-Eleganz, der Presse-Polemiken, der Kaffeehausblüte, des Gejüdels und der Schrammel-Musik. Dieser neokulturelle Aufguß des kaiserlichen Wien der Jahrhundertwende war einem neuen, neu hinzugekommenen Mittelstand zu verdanken: den Juden.

Die hat's in Wien seit eh und je gegeben. Die Leopoldstadt bekam unablässig Zuzug aus Galizien. Der Schwall war aber mit und nach dem Ersten Weltkrieg gekommen. Wer's aus dieser Ansammlung von lebenszähen, gescheiten und gewitzten, erfolgshungrigen Neuankömmlingen zu etwas brachte, nistete sich in allen Domänen des Bürgertums ein. Die Nazis haben Statistiken nachgeliefert, aus denen zu ersehen ist, daß nicht nur sämtliche Schlüsselstellungen des kulturellen Betriebs, der Presse, des Unterhaltungsgewerbes, sondern auch die meisten freien Berufe – Ärzte, Anwälte, Musiker, Journalisten, Künstler – von Juden besetzt waren. Welcher Segen! Das war ein gebildeter Mittelstand, der nichts gemeinsam hatte mit der Schwerfälligkeit des herkömmlichen Bürgertums: vorurteilsfrei und lebendig, allem Neuen aufgeschlossen, geistreich, witzig, provozierend, lärmend, frech, unverschämt und indiskret. Leider war's eine kurze Blüte. Der Zeitgeist – oder besser gesagt in diesem Fall: der Ungeist der Zeit – zielte nicht auf eine frisch ventilierte, von Verspeckung befreite Renaissance des Mittelstandes, sondern auf dessen endgültige Einmaischung ins Kleinbürgerliche. Noch war der Europäische Klassenkrieg nicht ausgefochten. Seine blutige Endphase stand knapp bevor. Man könnte versucht sein, den Passionsweg der Juden zu den Vernichtungslagern als an ihnen ausgeführte Rache, als Vollzug des bestialischen Hasses der Kleinbürger gegen dies kulturelle Aufbegehren der Juden wider den Zeitgeist anzusehen.

Der Zeitgeist herrschte auch über dem Max-Reinhardt-Wien. Dessen Wirklichkeit spielte sich nicht nur im Opernball und in den Premieren an der Josefstadt ab. Sie brachte auch die Windjackenträger der Heimwehr des Fürsten Starhemberg zum Zug und die Ordnungsmächte des Kanzlers Dollfuß – und einiger Prälaten und Weihbischöfe dahinter – sowie das letzte Aufbegehren der Proletarier, die ihren Stand zum ultimativen Daseinszustand der Menschheit verhelfen wollten. Mit einem Wort: Es war der Zeitgeist der dreißiger Jahre, sozusagen eine Verdickung der luftigen Zwanziger: weniger erfindungsreich, weniger visionär, weniger aufs Phantastische gerichtet. Weniger eschatologisch, gewissermaßen säkularisiert und dabei nervös gemacht von einer zunehmenden Rasanz der Entwicklung. Nicht nur der politischen. Paradoxerweise eine Rasanz im Zeitlupentempo: Im Trott des Alltags schien nichts vor sich zu gehen und war doch geschehen, ohne daß man's wahrgenommen hätte.

Die Wirklichkeit ist eine Zwiebel. Sie besteht aus Hüllen. Eine überlappt die andere, verdeckt sie, entzieht sie der Sicht. Allesamt sind gleichzeitig vorhanden. Die Hülle des Zeit-Ungeists der dreißiger Jahre hielt die Blüte der Wiener Juden umfangen. Wiewohl die Entwicklung rasant der Katastrophe zulief, nahm man sie nicht wahr. Die dreißiger Jahre in Wien waren eine köstliche Zeit. Soviel ich davon mitbekommen habe, bewahre ich mit Dankbarkeit. Es wärmt mein Herz.

Wien war jetzt Schauplatz einer neuen Lebensphase. Ich übergehe die anfänglichen törichten Versuche, mit dem Streben nach einer konventionellen Lebensführung das Dilemma meines bisherigen Lebenslaufs wettzumachen. Ich brauche nicht darauf hinzuweisen, daß derlei jugendliche Regungen, so nachsichtig man sie im nachhinein belächelt, im Augenblick des Erlebens todernst sind. Ich war siebzehn Jahre alt und in aller Augen – vor allem meiner eigenen – eine gescheiterte Existenz. Zog ich die Bilanz meiner Ausbildung, so lastete der bescheidene Aktivposten meiner bestandenen Matura bedrückend auf meinem Gemüt. Ich wußte, wie unverdient mir das Zeugnis zugeflogen war. Erst recht das Diplom des Sprengmeisters aus der Manganerzgrube. Mein Scheitern in Leoben kam mir vor wie eine wohlverdiente Strafe. Um all das mit einem spektakulären Schlag gutzumachen, beschloß ich, Medizin zu studieren. Meine Schwester war auf den Tod krank. Selbst wenn sie sterben sollte, bevor ich auch nur das Physikum hinter mich gebracht hatte, würde ich ein Helfer und Heiler sein. Zumindest zum Chirurgen brachte ich einiges mit. Dutzende von Hasen, Rehwild, Sauen hatte ich weidgerecht zerwirkt. Leider fehlte mir das Latinum. Meine Realschul-Matura reichte für's Medizinstudium nicht aus. Ich machte mich daran, Latein nachzuholen. Meine Schwester setzte meinen guten Absichten ein Ende. Sie war nach Wien gebracht worden. Die Diagnose ihrer Erkrankung war – damals – ein Todesurteil: Lymphogranulomatose. Auch Hodgkinsche oder Baltow-Sternberg'sche Krankheit genannt. Professor Sternberg behandelte sie mit wenig Hoffnung. Zu mir sagte sie: »Schau zu, wie machtlos Ärzte in ernsten Fällen wie dem meinen sind. Ich möchte nicht, daß du einer von denen wirst, die das leichthin aufs Gewissen nehmen.« Aus war das Studium der Medizin. Ich sattelte um auf Architektur.

Das war erst recht ein Fehlschlag. Um's kurz zu machen: Binnen wenigen Monaten schon war ich ein perfekter verbummelter Student. Das elegante Wien der dreißiger Jahre bot genügend Zerstreuung, um mich dabei nicht zu langweilen. Zwar hatte ich zu meiner Umwelt noch ebensowenig Kontakt wie zu meiner Streunerzeit. Meine Schwester lag im Haus unserer Großmutter, von unserer Mutter betreut. Studienkollegen von der Konsular-Akademie kamen sie besuchen. Es waren – wie man in Wien sagt – fesche Burschen, deren weltläufigem Auftreten ich einiges abschaute. Aber zu Freundschaften kam es nicht. Modelle. Immer noch herrschte der englische Stil. Einer der besten Läden der Kärntnerstraße hieß »Zur englischen Flotte«. Flotte Modelle. Wer in den Dreißigern jung war, mag sich daran erinnern, welcher Wert auf fashionable männliche Ausstaffierung gelegt wurde. Ein Blick aufs Schuhwerk, auf die Krawatte, auf den Jackenschnitt genügt, um den Träger sozial einzustufen. Und nicht nur die jungen Leute sogenannter gehobener und hoher Kreise waren der Verpflichtung bewußt, sich als solche auszuweisen. Vor allem die Protagonisten der Wiener Judenschaft trachteten danach, daß die Einordnung möglichst hoch geschah. Sie brachten dazu auch ihre Warenkenntnis mit.

Das Straßenbild von Wien war modisch. Die Ausstattungsläden boten – wie es hieß – das »Feinste vom Feinen« an. Ich konnte dem nicht widerstehen. Das war bedenklich. Ich war nie mit meinem Taschengeld ausgekommen. Nebenbei: mein Leben lang mit keinem Geld. Mir geht der Sinn dafür völlig ab. Darunter litt und leidet auch meine Geldmoral. Während ich aber heute dank meinem Bienenfleiß und einem günstigen Geschick – übrigens auch dank dem Fortfall der allermeisten kostspieligen Versuchungen – haushälterisch verfahre und mir so – spät, aber doch – den Ruf eines ehrenwert kreditwürdigen Mannes erworben habe, war damals das gedankenlose Leben über meine Verhältnisse und das damit verbundene Schuldenmachen eine Plage wie eine lästig anhaftende Hautkrankheit. Sollte es auch leider für viele kommende Jahre noch bleiben. Gottlob hat meine finanzielle und moralische Aufbesserung nicht dazu geführt, daß ich Geld zu lieben gelernt hätte und es sammeln wollte wie dereinst Schuhe und Krawatten und später Bücher oder Frauen. Ich weiß nur, wie nützlich es ist. Innerhalb dieser Nützlichkeit liegt mir was dran. Damals aber ging's übers Nützliche hinaus. Wiewohl meine gute Mutter immer wieder unterderhand Schneiderrechnungen bezahlte, engte mich die Geldknappheit ein. Das trug nicht dazu bei, mich geselliger zu machen. Ich war und blieb Einzelgänger.

Allerdings ein merkwürdiger Einzelgänger: ein milchgesichtiger Dandy. Nicht allein in meiner tagelang erschauten, nächtelang erbrüteten Eleganz, sondern auch in meinen mondänen Gewohnheiten. Daß sie mehr unfreiwillig als dandyhaft ausgeklügelt waren, kam mir ebensowenig in den Sinn wie das vermutlich sacht Lächerliche und vielleicht Rührende meines Auftretens. Ich pflegte, nachdem ich mich beim Friseur Preibisch in der Kärntnerpassage hatte vom Bartflaum befreien und frisieren lassen – Nelke im Knopfloch, nadelscharf gerollter Schirm unterm Arm, Hut, Handschuh, spiegelblank gewichstes Schuhwerk –, gegen Mittag über den Graben, die Kärntnerstraße, den Ring zu flanieren. Schlürfte an der Bar des Hotels Bristol einen Martini und stelzte meinen Weg zurück bis in die Wickenburggasse. Für ein Mittagessen reichte mein Kleingeld nicht. Aber schon in Leoben hatte ich mir die bürgerliche Küche abgewöhnt. Dort allerdings hatte mich das viele Bier ernährt. Hier half mir – in einer kleinen Greißlerei an der Florianigasse eingenommen – ein Glas Milch mit Ovomaltine, ein Apfel, eine Semmel. Abgesehen vom ohnehin feinzahnig nagenden Heimweh, das mich nie gänzlich losließ, dachte ich an die Haselhühner hinterm Haus im Wald. In Rahmsauce und mit Preiselbeeren schwebten sie mir vor wie erotische Visionen. Ich hätte heimfahren können, um sie in Fleisch und Bein vor mir zu haben. Aber ich blieb in Wien, gab vor zu studieren und darbte. Ich zahlte meinen Preis fürs Dandytum. Das Haus meiner Großmutter, in dem meine Schwester bewacht von meiner Mutter lag, suchte ich tagsüber kaum auf. Ich war ja angeblich auf der Hochschule. Die manische Ängstlichkeit meiner Mutter war nun ganz meiner Schwester zugewendet. Ich büßte für die Jahre unserer Kindheit, in denen sie mich vorgezogen hatte. Ich lag jetzt an der äußersten Peripherie unseres dramatisch zurechtgerüttelten Familienlebens. So fiel auch mein Heißhunger bei sonntäglichen Mittagessen nicht auf.

Ich wollte, ich hätte noch die Unbeschwertheit, mit welcher ich damals die Nachmittage vertrödelte. Gestreunt war ich genug. Die Museen lockten mich immer noch, aber beileibe nicht alltäglich. Kaffeehaushocken ist, wie man weiß, eine Wiener Spezialität. Ich habe mich ihr angepaßt – gottlob nicht bis zur bodenständigen Süchtigkeit. Es gab natürlich Kinos. Und bei frischer Geldzufuhr, wenn mein Monatswechsel kam, frequentierte ich auch den 5-Uhr-Tee bei Charley Gaudriot beim Hübner am Stadtpark. Ich kann mich freilich nicht erinnern, auch nur ein einziges Mal mit irgendeiner der aufgreifbaren Damen dort getanzt zu haben. Wenn es Abend wurde, kehrte ich – angeblich nach vielen Vorlesungen und anstrengendem Studium – in die Wickenburggasse heim, badete und zog mich um. Es hatte sich die Gewohnheit ausgebildet, daß ich für eine Stunde zu meiner Schwester ging, um sie zu unterhalten. Man ließ uns dazu allein. Sie lag auf dem Sofa, einen Schal um den Hals. Die Geschwulst hinter ihrem Ohr wucherte. Es sollte am Ende kein

Übergang zwischen Kopf und Schulter sein. Ihre geistige Präsenz war durch nichts angefochten. Sie war so hellwach, klug, ironisch und witzig schlagfertig wie eh und je und ebenso bereit, mit mir über die geringste Absonderlichkeit in unserer Familie zu lachen. Ich unterhielt sie mit Clownereien. Versteckt hinter einem Paravant spielte ich ihr Kaffeehausgespräche und Hotelgeräusche in einem Nebenzimmer vor. Das Lachen ermüdete sie. Ich drehte bei und berichtete von diesem und jenem in der Stadt Geschauten. Gelegentlich eingeworfene Fragen verrieten, daß sie mein angebliches Studium durchschaute. Das trug nicht bei zu meinem Bedürfnis nach Häuslichkeit. Insgesamt war die Atmosphäre in der Wickenburggasse beklemmend. Die Miene unserer Mutter erinnerte an Bilder von Munch. Meine Großmutter trommelte ihre Finger nervös auf die Patiencekarten. »Ich habe von acht Kindern zwei verloren. Übrigens auch meinen Mann.« Sie fügte nicht hinzu, daß im Vergleich dazu der Verlust eines Kindes erträglich sei. Sie war erstaunt wahrnehmen zu müssen, daß sie ihre Tochter tief verletzt hatte. Meine Schwester und ich lachten darüber Tränen. Wir waren aus dem Holz unseres Vaters. Der war weit von uns. Wäre meine Schwester nicht auf ihr Lager gebannt gewesen, sie würde ebenso wie ich unser Nomadenlager in der Wickenburggasse soviel wie möglich gemieden haben. Ich für mein Teil panzerte mich mit meinem Abendanzug – je nach Laune schwarze oder weiße Schleife, rote Nelke oder weiße Chrysantheme – in der Tat: Damals trug man sich so nach sieben Uhr abends. Frack im Theater. Bei Konzerten Smoking. Ich ging zu keinem von beiden. Ich begab mich an die Bar des Hotels Bristol.

Ein Leser des »New Yorker«, wo ich eine ungeschminkt autobiographische Geschichte unter dem Titel »Memoirs of an Anti-Semite« veröffentlicht hatte, schrieb mir, er glaube mich in der Bar des Hotels Bristol gesehen zu haben: Ein bleicher, sehr junger Mann – wäre er nicht geradezu luxuriös gekleidet gewesen, man hätte glauben können, daß er nicht genug zu essen habe. Stundenlang vor einem Cocktailglas sitzend, ohne mit irgend jemandem ins Gespräch zu kommen. Die Geschichte war 1967 im »New Yorker« veröffentlicht, fünfunddreißig Jahre, nachdem ich im Hotel Bristol bleich und frühreif befrackt aufgetreten war und fast ein Jahrzehnt bevor – wie die Kristalle um einen Zweig, den man in den Karlsbader Sprudel steckt (und die Stendhal zu seiner klassischen Betrachtung über die Liebe gedient haben) – um die Zeitschriftenveröffentlichung herum vier andere Geschichten entstanden sind, die damit mein Buch »Denkwürdigkeiten eines Antisemiten« ausmachen. Ob tatsächlich ich es war, den der Herr mit dem beneidenswerten Gedächtnis 1932 an der Bar des Hotels Bristol gesehen hatte, möchte ich dahingestellt sein lassen. Eins ist gewiß: Es ist die einzige autobiographische Geschichte in dem Buch. Alle anderen sind frei erfunden.

Wahr ist, daß ich eines Nachts – nach der Bar des Bristol und ausgiebiger Kaffeehaushockerei – in die Wickenburggasse kam und den Haustorschlüssel vergessen hatte. Zwei Schwestern – Töchter eines namhaften Biologen, der zusamt seiner Gattin bei der großen Grippewelle von 1922 dahingerafft worden war – wohnten immer noch in der elterlichen Wohnung ein Stockwerk über meiner Großmutter. Es waren sehr emanzipierte Damen. Die ältere, Doris, fand mich vor dem Haustor, ließ mich ein und nahm mich zu sich hoch. In meiner Geschichte habe ich sie mit einer anderen Gestalt aus der Wickenburggasse Nr. 18 zur »Minka« kombiniert. Bis auf geringfügige Details – zum Beispiel der Sturz aus dem Fenster und das Abseilen zur Toilette der Kärntnerbar – habe ich an Doris nichts dazugedichtet. Es gibt nichts, was noch beigetragen haben könnte zu allem, was sie liebenswert machte.

Wahr ist auch, daß sie mich unter ihre Fittiche genommen hat. Daß ich – dereinst der Knappe meines Vaters, des antisemitischen Weidmanns – als ihr Page neben ihr herlief, um von ihr, einer Wiener Jüdin, den weiblichen Schliff zu erfahren, der aus einem Rauhbein *masculinae generis* einen Mann von Ritterlichkeit macht. Daran haben zwar später noch zwei andere *femmes du monde* (wie Herr Sombart sagen würde) beigetragen, aber der Rohschliff, der den Kristallachsen entsprechend die ideale Gestalt aus dem Rohdiamanten holt, ist von Doris vorgenommen worden. Wahr in meiner Geschichte ist ferner deren Verlauf und Ende. Beides hat sich so abgespielt, wie ich's beschrieben habe. Nicht genug gesagt ist über den Segen, den Doris mir brachte. Als Wertvollstes rechne ich dazu die Befreiung von Spießbürgerlichkeit. Eine ihrer gelegentlichen Zurechtweisungen – sie sprach dann gern mit mir Englisch – war: »Don't be so bloody middle class!«

Bei den Spielen, zu denen der zeitgeistbeherrschende Historizismus verführt, ist eins der beliebtesten, nachträglich Kritik am eigenen Herkunftsmilieu zu üben. Es dient der sogenannten Vergangenheitsbewältigung. Die wird nicht nur von den Söhnen und Enkeln ehemaliger Mitläufer des NS-Regimes als notwendig empfunden, sondern von den Nachfahren praktisch aller ehemals fein ordentlich übereinandergeschichteten Klassen und Kasten, weil ja keine einzige davon ohne Makel geblieben ist. Dabei scheint eine verwirrende Austauschmöglichkeit der Werte vorzuliegen. Man kann dem eigenen Vaterhaus vorwerfen, es sei zu engherzig und brettstirnig bürgerlich gewesen oder auch zu lax und mit schleifenden Zügeln unbürgerlich; zu fanatisch politisch oder unpolitisch; zu fundamentalistisch oder glaubenslos und so weiter. Immer wird eine Erklärung fürs eigene Versagen gefunden – und jede stimmt.

Was meinen Fall betrifft, so komme ich gar nicht in Versuchung, mich irgendwohin einzuordnen. Die äußeren Umstände meines Elternhauses waren unbürgerlich genug. Dennoch wäre es eine arge Täuschung, wollte ich die ungezählten brav bürgerlichen Grundsätze, Ansichten und Auffassungen verleugnen, die mir eingetrichtert worden sind. Was meinen Vater betrifft, so schienen seine Auffassungen, Ansichten und Grundsätze gänzlich unabhängig von den allgemein herrschenden zu sein. Sie gaben sich so trotzig eigenwillig allem Herkömmlichen entgegengesetzt, daß man vermeinte, das »*Epater les bourgeois*« auf seine Stirn geschrieben zu sehen. Das war ein Irrtum. Seine geistige Beweglichkeit täuschte übers Tatsächliche hinweg. Wie die gelenkigen Finger einer Hand war sein Geist zusammengesetzt aus einem Dutzend beinharter Grundsätze, die so geschickt miteinander manipulierten, daß sie seine Wirklichkeit im festen Griff hatten, ohne den Eindruck von Verknöcherung zu geben. Dazu kam das Erfrischende seiner Narreteien und Marotten.

Ich spreche freilich nicht von seinem Antisemitismus. Der war nicht ernst zu nehmen, obwohl er bisweilen Formen annahm, an die ich nicht ohne Pein zurückdenke. Aber es war so offensichtlich eine Phobie, daß kein normaler Maßstab anzusetzen war. Selbst darin war ihm der Befall von einem Zeitübel vorzuwerfen oder einzuräumen, wie man's nimmt. Zudem gehörte der Antisemitismus zum Zeitgeist des vorigen Jahrhunderts und der ersten Hälfte des unseren. Wie sich's herausstellen sollte, wirkte sich diese zeitgemäße Infektion am bösartigsten beim Spießbürgertum aus. Damit meine ich nicht die unteren Stufen des Bürgertums bis zu den militanten Kellerkindern, an deren Machtübernahme der Zeitgeist arbeitete. Spießbürger gibt's in jeder Klasse. Gewiß: Am Urteil über die Juden ließen sich die Klassen ablesen. Die obersten Klassen sprachen den Juden vor allem lächerliche Züge zu. Für die Oberschicht waren sie Witzfiguren. (Wie, nebenbei, für sich selbst.) Sie benahmen sich komisch, sprachen lächerlich, waren präpotent und anhabig, aber spaßig. Ihre Verzeichnung ins Dämonische, das Bild der Blutsauger und Frauenschänder, war den unteren Klassen vorbehalten. Dort keimte der tödliche Haß. Es war geradezu ein Merkmal der Spießbürgerlichkeit, gleichviel in welcher sozialen Schicht, wie weit man mit seinem Antisemitismus ging. Mein Vater war weit entfernt davon, die Juden tödlich zu hassen. Trotzdem war er in dieser Hinsicht eben »bloody middle class«.

Indes war's nicht allein sein Antisemitismus, was uns an Spießbürgerlichem überliefert war. Ich meine damit ein moralisch angeheiztes Als-ob bestimmter Wertsetzungen, die nur noch nachgeheuchelt, dafür aber um so starrsinniger aufrecht gehalten werden. Das erstreckt sich vom Häkeldeckchen und Nippes über die Ehrfurcht vor Doktortiteln bis zum Klassen - und Rassenhaß. Überflüssig, einen Katalog der ungezählten Vorurteile, fertig übernommenen, niemals nachgeprüften Überzeugungen aufzustellen, der gelebten Gemeinplätze, gedankenlos befolgten Komments und Verhaltensregeln, die einer gedankenlos mit sich schleppt. Wiewohl es uns selbst nicht verborgen blieb, daß die Totems und Tabus unserer Kaste längst mit deren Vormachtstellung untergegangen waren, bezogen wir gerade aus ihnen unser soziales Selbstbewußtsein. Zu denen auch Dürers kleiner Hase im kulturgedüngten Lager gehörte. In einem allerdings sehe ich meinen Vater als wahren Kulturträger und Bewahrer. Es war die unnachsichtige Beharrlichkeit, mit der er unsere Sprache überwachte. Wer den europäischen Südosten kennt, weiß, welche Sprachkorruption dort auf der Lauer liegt. Er weiß auch, welche Charakterstärke dazu gehört, ihr ein Leben lang Trotz zu bieten. Das Bild meines Vaters wäre nicht abgerundet, fügte ich nicht hinzu, daß auch dabei die Jagd ihm wertvolle Impulse lieferte. Die Fehlerfreiheit in der Jägersprache war für ihn ein Zeichen des höchsten erreichbaren Kulturzustands. Wie auch immer: Deutsch ist meine Vatersprache.

Das und die unbeugsame Überzeugung, anders und daher privilegierter zu sein als die andern, war das geistig-seelische Rüstzeug, mit dem ausgestattet ich als Siebzehn-, Achtzehn- und Neunzehnjähriger das Leben in Angriff nehmen sollte. Mir selbst erschien das durchaus homogen. Meiner Umwelt vermutlich auch. Es war noch nicht Mode geworden, seine Identität zu suchen, und so konnte ein junger Mensch mühelos die Verachtung für Häkeldeckchen mit der selbstverständlichen Voraussetzung vereinen, daß er niemals eine Braut, die nicht *virgo intacta* wäre, zur Gattin und Mutter seiner Kinder wählen dürfte. Nippes verloren ihr Odium, wenn man herausfand, daß diejenigen im Haus der Großmutter ziemlich rare Meißener Grüppchen waren, die man im Dorotheum für recht ansehnliche Summen belehnen konnte. Mimi von der Kärntnerbar kaufte die Pfandscheine auf. Das ging Hand in Hand mit der Unmöglichkeit, zum Beruf zu wählen, wofür ich zumindest das gleiche Talent aufbrachte wie fürs Zeichnen, geschweige denn den Berg-Ingenieur: Herrenschneider. Mit meinem unfehlbaren Instinkt für Krawattenmuster hätte ich eine Leuchte unter den Herrenausstattern werden können. Freilich um den Preis, von meinem Vater auf der Straße nicht mehr gegrüßt zu werden.

Mit einem Wort: Ich war ebenso das Produkt meiner Kaste und Klasse wie jeder andere junge Mensch meines Alters das der seinen war; und was mich vom Stereotyp des »jungen Mannes aus gutem Hause« unterschied, war eine lockere Bindung: ein weniger gefestigter Charakter, wenn man will.

Über diesen Mangel täuschte mein Einzelgängertum hinweg, gab mir die Aura des Romantikers. Als wäre meine Isolation eine Wahl und nicht das Ergebnis einer vernachlässigten Erziehung. Nichts von meiner Ungeschliffenheit war auf den ersten Blick zu merken. Meine guten Manieren wurden hochgepriesen. Meine Scheu, mein Ungeschick wurden für Zurückhaltung und liebenswerte Schüchternheit genommen. Ich war ein perfekter Bluff. Und gelegentlich ein noch perfekterer Lügner.

Denn natürlich war ich nicht vollkommen ohne Kontakt zu meinen Mitmenschen geblieben. In meiner stutzerhaften Eleganz war ich alles andere als unauffällig. Homosexuelle zog ich in Schwärmen an. Ich hatte eine ganze Skala von Ablehnungsgesten ausgebildet. Auf rüde geschlechtliche Angebote und Aufforderungen reagierte ich mit der idiotischen Streitbereitschaft des Corpsstudenten – eisiger Blick, scharf gerunzelte Augenbrauen: »Mein Herr, was nehmen Sie sich heraus?!« Das funktionierte nicht immer in gewünschter Weise. Einzelne der Unverschämten ließen keinen Zweifel daran, was sich herauszunehmen sie die Absicht hatten. Die unmittelbare Gefahr war indes meistens abgewendet. Immer kam ich mir lächerlich vor. »Spießig« eben. Feiner abgestufte Annäherungen führten darum auch zu gelegentlichen Bekanntschaften. Ausgebaut wurde keine. Was ich aber in Gesprächen – nicht nur mit Schwulen – erfuhr, saugte ich auf wie ein Schwamm. Was daran interessant war, machte ich mir zu eigen. Bei der nächstbesten Gelegenheit gab ich's als eigenes Erlebnis aus. Es hätte einer doppelten Lebenslänge bedurft, um alles in meiner kurzen unterzubringen. Casino-Erlebnisse in Monte Carlo wechselten mit Abenteuern in Marokko ab. Freundschaften mit Personen, die ich nie gesehen hatte, die aber jedermann kannte. Die Gefahr, dabei ertappt zu werden, daß ich flunkerte, war nicht allzu groß. Die allermeisten meiner eher zufälligen Gesprächspartner sah ich niemals wieder. Aber die Vorstellung, welchen interessanten Eindruck ich hinterlassen hatte, entschädigte mich für den Mangel an tatsächlichen Erlebnissen. Ich lebte ein ungelebtes Leben. Ich träumte mich.

Das änderte sich mit Doris. Im Handumdrehen war ich in den Wirbel ihres Tageslaufs gesogen. Es war der paradoxe Lebenswirbel einer Müßiggängerin. Mein Pagendienst führte mich vom Schönheitssalon zur Weißnäherin, die eifersüchtig geheimgehalten die Dessous eines exklusiven Damenflors anfertigte; von dort zu einer Schmuckversteigerung im Dorotheum – die Meißener Grüppchen meiner Großmutter hatten längst den Besitzer gewechselt; von dort zu einem Sprung in die Albertina, wo Dürers kleiner Hase zu sehen war; von dort ins Café Rebhuhn, wo einige der witzigsten Intellektuellen zusammenkamen – an einem abseitigen Tisch las Karl Kraus mit wutverzerrtem Gesicht die Zeitung; von dort zu einem federleichten Mittagessen bei einer Freundin – der ich gelegentlich zu galanten Diensten geborgt wurde; von dort zu einer Filmvorführung in den Ateliers auf dem Rosenhügel; von dort zum Tee bei einer anderen Freundin – die gleichfalls gelegentlich meine Pagendienste leihweise in Anspruch nahm; von dort zu einer Kleideranprobe; von dort in eine Vernissage und so weiter. Doris war ungemein gesellig und kannte, wie man so sagt, »Gott und die Welt«. Ich könnte es Namen hageln lassen, wollte ich mir zugute halten, welche gleichgültig hingehaltene Hand ich ehrfürchtig schütteln durfte, wenn ich als einer der Galopins von Doris vorgestellt worden war, wer die herablassende Liebenswürdigkeit gehabt hat, ein Wort, eine Frage an mich zu richten, auf die mir die geistvolle Antwort erst am nächsten Tag eingefallen ist.

Immerhin war's eine Auszeichnung, zu den Galopins von Doris zu gehören. Es zählten dazu nicht nur Torberg und der begabte junge Musiker, der später einen so großen Namen haben sollte: Herbert von Karajan. Die meisten waren beträchtlich älter als ich. Es erforderte einiges Geschick, meinen Platz zu halten. Ich bewegte mich, wie man so sagt, in den »besten Kreisen«. Damals in Wien waren's die jüdischen Intellektuellen. Leider war mir die Gabe nicht verliehen, die zu den Bedingungen einer gesellschaftlichen Laufbahn gehört: an den Namensträgern haftenzubleiben, ihre Freundschaft wie Trophäen zu sammeln. Der Wandel meiner Lebensweise war zu plötzlich, zu verwirrend. Aus der totalen Obskurität meines Einzelgängertums war ich unvermittelt ins Rampenlicht einer Elite gestellt, ohne mehr als die Rolle des Begleiters einer wenn auch gern gesehenen Statistin zugeteilt bekommen zu haben.

Gottlob war ich ohne Ambition. Ich nahm den Wirbel hin wie den Wetterumschlag in einen sommerlichen Platzregen, aufregend und erfrischend. Ich saugte mit allen Poren auf, was ich lernen konnte. Von allen anerzogenen Eigenschaften läßt sich eine stets verbessern: der Geschmack. Bald dämpfte sich der meine. Mein Erkennungsvermögen für Qualität verschärfte sich. Damit verlor auch mein Stutzertum seine sacht lächerliche Ausgeklügeltheit. Meine Hemdkragen schnürten weniger. Rollenschirme und orangenfarbene Schuhe gingen in Verbannung.

Begreiflicherweise war im Haus meiner Großmutter mein plötzlich intimer Umgang mit den Mieterinnen des oberen Stockwerks nicht unbemerkt geblieben. Man hatte die beiden Schwestern, Doris und Felizitas, aufseufzend als allzu emanzipierte hinterbliebene Töchter eines dereinst achtbaren, wenngleich jüdischen Elternpaares hingenommen und enthielt sich der Kommentare, wenn die Wagen verschiedener

Eigentümer bis zum Morgen vor dem Haus parkten oder wenn das Getöse geselliger Abende das Stiegenhaus füllte. Felizitas, die blonde hochgewachsene von den beiden, führte ein strenges, sportliches Leben, ritt im Prater und bewegte sich in diskreteren Zirkeln. Doris in ihrer »spanischen« duenjahaften Schönheit war offenbar mehr »bohèmienne«. (Um es mit meiner Großmutter auszudrücken: »Halbwelt«). Daß ich daran teilnahm, ging allerdings unter in der allgemeinen Anteilnahme am Dahinsiechen meiner Schwester. Der entging freilich nichts von dem Wandel, den mein Tageslauf genommen hatte. Ihre Fragen nach dem Fortgang meiner Studien wurden präziser. Aber auch Doris war mein Werdegang nicht gleichgültig. Ihre Zuneigung zu mir hatte etwas Mütterliches. Sie sah nur allzu klar, daß meine Ausbildung zum perfekten Damenbegleiter zu nichts anderem führen konnte als zur Laufbahn des Gigolos. Wenngleich ihre Vorurteilslosigkeit daran prinzipiell nichts auszusetzen gefunden hätte, war sie welterfahren genug, um zu wissen, daß das möglicherweise zu einer zeitweise prosperösen Karriere führen konnte, die in der Mehrzahl der Fälle allerdings so ephemer war wie die Blüte einer Schönheitskönigin. Es war kein Beruf mit garantierter Altersversorgung. Auch traute sie mir die Härte des Gigolos nicht zu. »Du bist zu lieb«, sagte sie. »Zu verträumt und abgelenkt.«

Sie hielt etwas von meinem zeichnerischen Talent, ohne sich zu täuschen, daß es viel zu vernachlässigt war, um damit beruflich etwas auszurichten. »Willst du noch ein paar Jahre auf die Akademie?« sagte sie. »Wenn du herauskommst, bist du dreißig.« Ich war siebzehn, hatte ihr aber erzählt, ich sei dreiundzwanzig. Praktisch wie sie war, nahm sie die Sache in die Hand. Einige ihrer Freunde, Prager Journalisten, hatten sich zu einer Zeitungsgründung zusammengetan. Es sollte ein Sportblatt nach dem Modell der römischen »Gazetta dello

Sport« sein, auf rosa Papier erscheinen und »Sport am Mittag« heißen. Durch Doris Vermittlung zeichnete ich dafür den Titelkopf. Sodann begab ich mich zu Fußball-Vereinen und Boxkampf-Veranstaltungen, um die Champione für ihre nächsten Kämpfe zu porträtieren. Leider ging die Zeitung nach einem halben Dutzend Nummern ein. Immerhin war man im Freundeskreis auch durch anderes als meine guten Manieren und Krawatten auf mich aufmerksam geworden.

Die Krankheit meiner Schwester schritt entsetzlich fort. Es hatte keinen Sinn mehr, sie in Wien in der dunklen Wickenburggasse zu lassen. Sie liebte die Alpenlandschaft sehr. Meine Mutter brachte sie in ein Sanatorium bei Hall in Tirol. Es trug den bänglich klingenden Namen Gnadenwald. Dort erreichte sie die Nachricht, daß ich in einem Reklame-Atelier in Hietzing zwölf Stunden im Tag fanatisch Plakate zeichnete. »Ich hab's gewußt«, soll sie gesagt haben. »Er wird es doch zu etwas bringen.«

Ich unterbrach meine Arbeit beim Reklame-Atelier für eine Woche, um ein Fest auszustatten. Es war eine Villa in Döbling, die Freunden von Doris gehörte. Sie hatten sie praktisch ausgeräumt, um mir Gelegenheit für die Dekoration zu geben. Es sollte eine Art Picknick werden: Die Eingeladenen beteiligten sich mit eigenen Schöpfungen an einer Kochkunst-Ausstellung. Sie versprach somptuös auszufallen. Unter den Gästen war auch Professor Strnad, damals der bedeutendste Bühnendekorateur, an der Wiener Josefstadt ebenso verehrt und hoch geschätzt wie an der Metropolitan Opera von New York. Er verlangte, den jungen Mann zu sehen, der die Dekoration geschaffen hatte. Als ich ihm vorgestellt wurde, fragte er mich geradeheraus, ob ich einer seiner Assistenten werden wollte. Ich könnte im Januar bei ihm anfangen. Das Fest war im November. Wenige Tage später erreichte uns die Nachricht, daß meine Schwester gestorben war. Meine arme Mutter war einem Nervenzusammenbruch nah. Ich durfte sie zu Weihnachten nicht in Czernowitz allein lassen. Als ich in Rumänien ankam, wurde mein Paß eingezogen. Es war das Ende des Jahres 1932. In zwei Jahren würde ich zwanzig und militärdienstpflichtig sein. Sicherheitshalber behielt man mich bis dahin im Stiefvaterland. Im Sommer 1933 war Professor Strnad tot.

Die Ironie des Schicksals zeigte sich von ihrer besten Seite, indem die rumänischen Behörden meine »westliche« Matura nicht anerkannten. Das hieß, daß ich nicht die Qualifikation zum Einjährig-Freiwilligen hatte und drei Jahre lang als Schütze Arsch zu dienen haben würde. Entgehen konnte ich dem nur dadurch, daß ich schleunigst ein sogenanntes »bacalaureat suplementar« – eine zusätzliche rumänische Maturitätsprüfung nachholte. Mein Vater schnaubte vor Empörung. Das »westliche« Bildungswesen war durch eine freche Balkannation in Frage gestellt. Leider stellte sich heraus, daß auch die Kenntnisse, die ich zu Hause im Privatunterricht erworben und mit denen ich die Schuljahre in Österreich bestritten hatte, bei weitem nicht an das heranreichten, was auf einer guten rumänischen Mittelschule gelehrt und verlangt wurde. Gottlob hatte ich nur die Fächer nachzuholen, die außerhalb Rumäniens nicht dazu zählten: Rumänische Geschichte und Geographie, Staatslehre und Literatur. Leichthin gesagt: Ich sprach kaum Rumänisch. Ich umgab mich fortan ausschließlich mit rumänischen Freunden. Meine Schüchternheit hatte ich in Wien verloren. Ich sprach nichts anderes, las nichts anderes, trachtete nichts anderes zu hören als Rumänisch. In wenigen Monaten war ich darin fest genug, um mit Entzücken die ungemein bunte, reiche und schöne Geschichte des Landes und der Natur zu entdecken, denen ich durch Geburt und einen Tropfen Geblüt mütterlicherseits angehöre. Dabei war die Unterstützung von seiten einer jungen Dame höchst befeuernd.

Es hat mich im nachhinein oft verwundert, mit welchem Wohlwollen diese neuerworbenen Freunde mich in ihre Kreise aufgenommen haben. Czernowitz gilt heute dank vielerlei Legenden als das Musterbeispiel einer multiethnischen und multikulturellen Stadt. Der Nationalismus hatte davor nicht haltgemacht. Vor allem die Rumänen verhielten sich als neue Landesherren gegenüber den sogenannten Minoritäten – die's der Zahl nach gar nicht waren – ziemlich schroff abgesetzt. Schon gar gegen ihre deutschsprachigen Vorgänger, die sich nicht mehr mit dem abgetakelten Kakanien identifizierten, sondern mit einem Deutschland, das zusehends an Prestige gewann. Von außen gesehen erschien die nationalsozialistische Machtübernahme in Deutschland nicht nur als nationale und soziale Wunderleistung, die ein verunglimpft niederliegendes Volk unter einem begnadeten Führer wahrlich phönixhaft wiederauferstehen ließ, sondern geradezu als ein moralischer Läuterungsvorgang. Alle echten Werte traten sieghaft hervor. Aller bester Wille war aufgeboten, um den Augiasstall der Verfilzung von Profitgier, Parteienhader, Korruption und Eigensucht auszumisten. Auch die Schmach der Niederlage durfte nicht länger die deutsche Nation überschatten. Die sogenannten Volksdeutschen hatten davon ein eigenes Lied zu singen von den Zuständen in den Nachfolgestaaten, deren Bürger sie geworden waren. Sie schielten neidisch zu ihren Brüdern im Reich hin. Freilich nicht ohne dabei ein neues Selbstbewußtsein zu gewinnen. Gewisse politische Splittergruppen von der äußersten Rechten der Landesherren – zum Beispiel die bösartig antisemitische »Eiserne Garde« – unterstützten sie dabei. Die allgemeine Ansicht aber war, daß sie sich denn doch zuviel herausnahmen. Die Deutschen waren wieder einmal allzu tüchtig. Ihr phönixhaftes Wiederauferstehen als Wundernation ging wider den Strich.

Von den erklärtermaßen ehemaligen nicht bodenständigen Österreichern war ich – zumindest in der Gruppe, in der ich umging – der einzige »*Neamţ*« – ein Deutscher also. Obwohl ich zunächst Rumänisch nur radebrechte, wurde ich gänzlich ohne Umschweife in den erzrumänischen Freundeskreis aufgenommen. Meine Fortschritte wurden belohnt, als hätte der Verlorene Sohn die Muttersprache vergessen und lernte sie wieder nach. Es waren sehr junge Menschen, diese meine neuen Freunde, alle um die zwanzig. Sie erschienen mir weitaus reifer, welterfahrener als Gleichaltrige in Wien. Unsere Vergnügungen waren zivilisierter, als man's von einer »Balkanjugend« erwarten sollte. Keine kollektiven Bordellbesuche. Die regelmäßigen Gezeiten des Corso, mittags und abends, zogen auch uns entlang der »Herrengasse«, aber wir saßen nicht vor den Cafés und pfiffen unseren Schwestern nach. Wir unterhielten uns wie junge Leute überall auf diesem Planeten. Wir lachten viel. Lachen vertreibt die Dämonen, lernte ich. Es fördert auch das gegenseitige Wohlwollen.

Viel später erst, in Bukarest, habe ich mir dieses Wohlwollen erklärt: Ich wies kaum eine der Eigenschaften auf, die man gewohnt war, an einem »*Neamţ*« anzutreffen. Ich war weder aufmüpfig noch verlegen, vor allem alles andere als auf meiner Hut oder gar feindselig. Ich gab nicht vor, ablehnenden Haltungen entgegentreten zu müssen. Ich war unbeschwert und heiter, jederzeit zu Spaß bereit, an jedem Spiel teilnehmend, besonders an den geistigen Spielen, die ein Charakteristikum der rumänischen Psyche sind. Ich kann deren Ursprung nicht anders sehen als in einem »rationalen Surrealismus«. Dafür liebte ich meine rumänischen Freunde; und sie merkten das und liebten mich wieder. Bei der Prüfung zum *bacalaureat suplementar* waren sie allesamt zugegen. Ich bestand sie mit Glanz und Glorie, und es war ihr Triumph.

Mit einem Wort: Nicht nur mein Leben, sondern auch mein Wesen hatte eine Wendung um einen vollen Kreis erfahren. Der junge Mann in Czernowitz an der Jahreswende von 1933/34 war das genaue Gegenteil von dem in Wien vor Doris: locker, wo jener gespannt und verkrampft war, gesellig anstatt einzelgängerisch, liebevoll anstatt haßerfüllt. Ich zögere nicht, das Hauptverdienst daran Doris zuzuschreiben. Sie hatte mich zwei Jahre unter ihrem Einfluß gehabt. Das Ergebnis hieß Freimut. Das wird's wohl auch gewesen sein, was meine rumänischen Freunde an mir schätzten. Man begegnet selten Freimut bei einem »*Neamţ*«.

Ich sagte, ich verdanke Doris die Befreiung von Spießbürgerlichkeit. In der Tat hat sie von mir abgeräumt, was von den Eigenschaften und Zwangsvorstellungen des Mittelstandes – erst recht des deutschen – an mir war. Das ging über Häkeldeckchen, Nippes, Autoritätsgläubigkeit und Angst vor dem Urteil anderer hinaus. Es war – und ist – ein beständiges Mit- und Nachschleppen des Seelischen. Im Mittelpunkt der Welt steht die eigene, feinempfindliche, leicht verletzliche, abwehrbereite Person, die sich auf sämtliche hergebrachten Werte des Guten, Schönen und Wahren berufen kann, aber sie niemals von den anderen wahrgenommen findet und daher nicht nur schmollt, sondern auch empört und zornig sich gegen jene anderen wendet. Der wahre Spießer ist beleidigt und gekränkt. Daher angriffslustig. Dem stellte Doris einen wohltemperierten, bis zum Zynismus nüchternen Wirklichkeitssinn entgegen. Was dem nicht entsprach, verfiel der Lächerlichkeit. Ich ertappte mich dabei, daß ich mich selbst bei dieser oder jener meiner Aktionen und Reaktionen überprüfte, ob sie auch der Auffassung von Doris entsprächen.

Der Maßstab war ihre helle Intelligenz. In ihr schienen alle anwendbaren ethischen und moralischen Kategorien enthalten – vor allem die ästhetischen. Doris Gescheitheit und Sinn fürs Lächerliche wachten über mich und ließen mir nur wenig von dem durchgehen, was mich noch mit meinem Selbst von gestern verband.

Natürlich vermißte ich Doris in Czernowitz. Natürlich war ich unglücklich über die brüske Unterbrechung einer Chance, die mein Leben hätte anders bestimmen können. Das Geschehende war mit mir über mich weggeschehen. Vielleicht verdanke ich's meiner strengen jagdlichen Erziehung, daß ich Wetterumschwünge hinnahm, wie sie kamen. Übrigens habe ich immer den gegenwärtigen Augenblick zu intensiv erlebt, um dem Entgangenen nachzuhängen. Doris war über mir wie der Stern von Bethlehem. Natürlich schlich das Diabolische des geistigen Mittelstandes sich doch wieder in mich ein. Und zwar über den Königsweg des Religiösen.

Mein Lebenslauf in jener Zeit in Czernowitz – der letzten längeren Periode, die ich in jener mythischen Stadt verbringen sollte – war nicht nur erfüllt von Heiterkeit, Wein, Weib und Gesang. Mein Vater erfuhr seine Erwartung bestätigt, daß er als ehemaliger Kulturdüngerer in einem Balkanland eines Tages ohne Dank entlassen werden würde. Um ihn und seine letzten Kollegen aus der österreichischen Verwaltung loszuwerden, erfand der Religionsfonds den Ausweg, das Pensionsalter herabzusetzen. Bis 1919, so hieß es, sei er im Staatsdienst gestanden; ab 1919 erst im Dienst der orthodoxen Kirchenverwaltung. Die Pension, die ihm von einem und danach vom andern zustand, machte längst nicht das aus, wofür ihn die Renumeration einer ununterbrochenen Dienstzeit hier oder dort berechtigt haben würde. Das zog ein endloses juristisches Hin und Her mit seinen »Kuttengeiern« nach sich. Cholerisch, wie er war, wartete er den Ausgang nicht ab. Er sagte den östlichen Waldungen der Karpaten Lebewohl und zog nach Siebenbürgen. An Czernowitz band mich meine Mutter. Sie war ein schwieriger Mensch.

Der Tod meiner Schwester hatte sie in einem äußerst heiklen Nervenzustand hinterlassen. Obwohl alle ihre Angehörigen nur zu oft aus ihrem Mund die Drohung gehört hatten, sie habe ihr Leben satt und sei nahe daran, es gewaltsam zu beenden, mußten wir befürchten, es könnte diesmal ernst werden. Weil der Grundzug ihres Wesens Zorn war, lag's nah, daß sie sich am Schicksal rächen wollte. Sie machte anschaulich, wie hart der Schlag war, den es für sie bereitgehalten hatte. Das begann mit einer Mythenbildung, die zum Götzendienst ausartete. Das Kind, dem sie in dessen ersten vier Lebensjahren recht wenig mütterliches Gefühl zugewendet hatte, um es nach meiner Geburt fühlen zu lassen, daß es ihr lästig war, wurde zur Ikone. Zugegeben, die Mädchenblüte meiner Schwester, ihre Anmut und frühe Reife hatten das Verhältnis vorteilhaft verändert. Die geradezu biblische Grausamkeit ihrer Krankheit machte meine Schwester zur Märtyrerin, die Mutter in ihrer aufopfernden Pflege zur Mater dolorosa. Philips Bürgerhäuschen wurde zum Schrein für die Verstorbene. Bedauerlich war, daß Philip, der sich vorbildlich verständnisvoll und schonend verhielt, darin keinen Platz mehr zugewiesen bekam. Seine Anwesenheit wurde als störend empfunden. Er war zum Fremden und Eindringling im eigenen Haus geworden. Er und ich tauschten einsichtige Blicke aus und verzogen uns auf Zehenspitzen, wenn meine Mutter vor den blumengeschmückten Bildern meiner Schwester ihre Andacht verrichtete. Allerdings wagten wir uns nicht zu weit weg, um rasch bei der Hand zu sein, wenn dabei ihre Nerven reißen sollten. Das war auf die Dauer eine arge Prüfung, und kein Zeichen verriet, daß diese Dauer begrenzt sein könnte. Während ich aber absehen konnte, daß mich meine Einberufung zur rumänischen Armee doch bald aus diesem unerträglichen Zustand befreien würde, schien es für Philip keinen Ausweg zu geben. Es war, als hätte meine Mutter ihn aus ihrem Bewußtsein gestrichen und nähme seine Gegenwart mit irritierter Verwunderung wahr. Auch ihre zweite Ehe hatte keine Zukunft mehr.

Unsere Wiener Verwandten nahmen daran tätigen Anteil so gut sie vermochten. Von meinen Tanten war besonders eine dem Spiritismus sehr zugetan. Sie hatte ihren Mann, einen bedeutenden Parapsychologen, unter tragischen Umständen verloren und die Verbindung mit ihm dank der Hilfe eines spiritistischen Zirkels rege aufrechterhalten. Von ihr stammte der Einfall, meiner Mutter durch gelegentliche Zitierung meiner Schwester aus dem Jenseits ähnlichen Trost zu verschaffen. Obwohl meine Tante von Natur aus keine medialen Eigenschaften hatte, wurde ihr vom Leiter ihrer spiritistischen Gemeinde vorübergehend die Fähigkeit zugesprochen, als Verleiherin einer diesseitigen Physis für die Vergegenwärtigung eines jenseitigen Wesens aufzutreten. Damit ausgestattet kam sie nach Czernowitz.

Ich hatte schon in Wien Gelegenheit gehabt, absichtlich provozierten übernatürlichen Vorgängen beizuwohnen. Einmal hatte meine Tante mich zu einer Séance mitgenommen. Ich hatte ihr gebeichtet, daß mir der Glaube an alles Metaphysische vollkommen abgehe. Die Krankheit meiner Schwester und ihr offenbar unvermeidliches Sterben gaben zu solchen Gesprächen Anlaß. Ich kramte in der Erinnerung an meine Kindheit. Es gab da freilich fromme Augenblicke, aber ein Glaubensbedürfnis war nicht aufzufinden. Die Ergriffenheit, mit welcher ich im Kronstädter Kirchenchor anläßlich der Matthäuspassion herausgeschmettert hatte:

»Königin des Hi-hi-himmels, freue dich Ma-ha-ria!«, hatte der Musik gegolten, mehr noch meiner Ergriffenheit durch die Musik. Darüber hinaus war mir alles Himmlische so unglaubhaft wie die Kindermärchen, die mich zum Guten, Schönen und Wahren erziehen sollten. Ich blätterte mich durch wundervoll illustrierte Bibeln – vor allem in der evangelischen Welt von Kronstadt – und las die Texte dazu wie die von Fenimore Coopers »Lederstrumpf«. Gott spielte darin eine große Rolle, über die Lande hinrauschend mit seinem Wolkenbart und dreieckigen Auge. Aber ich konnte ihn niemals als meinen Gott begreifen, selbst wenn seine Beschlüsse sich in mein Geschick einmengten. Wohlan, auch ich war ein Nachfahr der wenigen, die er mit Noah nach der Sintflut übriggelassen hatte, aber das war so fern von mir wie Wotan mit seinen Raben Hugin und Munin und dem Eichhörnchen Ratatöskr, das an der Weltesche Yggdrasil den Hader zwischen dem Drachen in deren Wurzeln und dem Adler in der Krone hin- und hertrug. Mir fehlte die innere Erschütterung, die der Glaube hervorruft. Auch die Engel der Klosterfresken und die Doréschen Illustrationen der Bibel vermochten sie nicht auszulösen. Die Kunst versagte. Selbst wenn ich damals Dante gelesen hätte, wäre ich zwar ergriffen gewesen von der Gewalt der Sprache und vom Bildhaften des Geschehens, niemals aber überzeugt von der Realität des Fegefeuers und sämtlicher Himmels- und Höllensphären. So wirkten auch die Priester, die ich durch meine Kindheit und Adoleszenz in ihrem hohen Amt gesehen hatte, die polnisch salbigen katholischen Geistlichen der Herz-Jesu-Kirche von Czernowitz und die goldfunkelnden Kuttengeier der orthodoxen Kathedralen, ja sogar der wortstark predigende Pastor Glondys, nachmaliger Bischof von Siebenbürgen, in seinem gesmokten Talar und der gefälteten Halskrause alles andere als überzeugend. Es waren Männer in mehr oder weniger kundenfängerischer Berufskleidung, die etwas anpriesen, woran sie selbst kaum zu glauben schienen, hätte man sie Hand aufs Herz danach gefragt. Das sollte keineswegs bedeuten, daß sie Schwindler waren. Sie gehörten zu unserer Welt wie die Staatenlenker, Bankiers und Generäle. Sie füllten ihnen zugeteilte Rollen aus in der Choreographie, deren Zusammenspiel die Wirklichkeit unseres Kulturzustands herstellte. Die Leere in meiner Seele füllten sie nicht.

So etwa, mit diesen ungeschickten Worten erklärte ich mich meiner Tante Hermine als Ungläubiger. Es waren billige Argumente. Aber eine taube Stelle in der Seele ebenda, wo bei den glücklichen Gläubigen der Quell des religiösen Erlebens entspringt, war nicht empfindsam zu machen. Sie war auch nicht darstellbar. Wie alle von Glaubensmilde Umflossene lächelte meine Tante wissend und forderte mich auf, an der nächsten Séance ihrer spiritistischen Gemeinde teilzunehmen. Ob sie damit gerechnet hatte, die Begegnung mit unerklärlichen Phänomenen könnte mich von Gottes Existenz überzeugen, weiß ich nicht. Tatsache ist, daß sie eine Nachdenklichkeit auslösten, die sich zu den späteren Konflikten einer regelrechten religiösen Krise steigerte.

Dabei war das, was ich bei jener ersten Séance erfuhr, eher geeignet, meine Überzeugung vom Autosuggestiven aller religiösen Hingerissenheit – vom wirbelnden Derwisch bis zur Glaubensinbrunst der Märtyrer – eher zu stärken als mich nachdenklich zu machen und nach den Ursachen des Bedürfnisses zu solcher Selbsttäuschung zu fragen. Denn daß dieses Bedürfnis bestand, darüber ließ die Gläubigkeit des weitaus größten Teils der Menschheit keinen Zweifel, erst recht nicht die der spiritistischen Gemeinde vom »Guten Stern«. Ich bekam ein Beispiel davon vorgeführt.

Die spiritistische Gemeinde vom »Guten Stern« setzte sich aus einem runden Dutzend ernsthafter Mittelständler in fortgeschrittenen Jahren zusammen. Hausfrauen und Gehaltsempfänger. Auch einige späte Mädchen waren dazwischen. Séanceleiter war ein Ingenieur mit Namen Malik, priesterlich grabesernst und salbungsvoll, mit auffallend großen Händen. Ihm stand es zu, den Verkehr zwischen den jenseitigen und deren diesseitigen Verleihern von irdischer Physis zu regeln.

Das ging eingespielt vor sich. Nach Absingen eines Liedes zum Preis der Schöpfung – Gott wurde darin als Weltgeist angeredet – versank die Gemeinde in stumme Versenkung. Meine Tante erklärte mir nachher, es sei eine wortlose Form innigsten Gebets. Alsbald meldeten sich verschiedene Geister. Das geschah, indem einer oder die andere der Anwesenden – meistens Frauen – in eine Art epileptische Zuckungen verfiel. Die Trance begann. Sie kündete sich durch ein Erschlaffen des Ausdrucks und bis zum reinen Weißen verdrehte Augen an. Dem aufmerksamen Ingenieur Malik entging auch nicht der leiseste Ansatz dazu. Flugs war er zur Stelle, nahm die Zuckende in die Arme und redete beschwichtigend auf sie ein. Während das Medium in immer krampfhafteres Schütteln geriet, massierte er mit seinen großen Händen – wie mir meine Tante nachträglich erklärte – die diesseitige Seele aus der Hülle des Körpers heraus, um diese einer jenseitigen zur Verfügung zu stellen. Die herausmassierte diesseitige Seele des Mediums verlief sich indes nicht im freien Raum der dem Seelischen zugewiesenen Dimension, sondern wartete, mit ihrem Körper durch eine Art abstrakte Nabelschnur verbunden, bis sie wieder hereindurfte. Die Geister, die in die leeren Hüllen schlüpften und sich durch sie manifestierten, waren meist Bekannte und Verwandte der anwesenden Gemeindemitglieder und zogen sich mit denen zu privaten Plaudereien zurück, darunter auch meine Tante und ihr verstorbener Gatte. Aber auch scherzhafte jenseitige Seelen, Poltergeister und Gnome, meldeten sich zu Wort und ernteten Heiterkeit und weltliches Wohlwollen. Das war lächerlich und abstoßend. Jedoch meine Abwehr schlug um, als eins der Medien – Milchfrauentyp – mit unvermutet klarer Stimme und präziser Sprechweise sagte: »Entschuldigen Sie, daß ich mich unaufgefordert melde, aber ich war Arzt und möchte einem der hier Anwesenden, der um das Schicksal einer nahen Angehörigen bangt, einige Worte über die Krankheit sagen, mit deren Studium ich mich in meinen letzten Lebensjahren beschäftigt habe.« Nicht nur ich selbst, sondern jedermann im Raum schien zu wissen, daß dies an mich gerichtet war. Das Medium, aufgerichtet, die Augen geschlossen, nannte die Lymphogranulatose, an der meine Schwester litt, beschrieb mit verblüffend klaren Worten die Symptome und behauptete, der Erreger sei eine Milbe, die auf Südfrüchten eingeschleppt werde. Ohne weiteres verfiel das Medium danach wieder in eine Art von Starre. Ingenieur Malik massierte die irdische Seele zurück in die Leibeshülle, die der Arzt so unzeremoniell verlassen hatte. Tags darauf fragten wir Professor Sternberg, der meine Schwester behandelte, was er von dieser Meinung hielte. Sie sei bisher von der Schulmedizin nicht in Erwägung gezogen worden, sagte er. Daher sei sie weder zu bestätigen noch als unmöglich abzulehnen. Immerhin ging ich fortan, wenn ich an Spiritismus dachte, mit beunruhigtem Gemüt heran und aß weniger Bananen.

Die zweite Geistersitzung war noch dramatischer. Meine Schwester war gestorben. Tante Hermine bereitete sich zur Tröstung meiner Mutter als Amateurmedium vor. Im Verlauf der Séance wurde ich durch einen Rippenstoß darauf aufmerksam gemacht, daß eins der Medien – wieder eine postklimakterische Hausfrau – mich zu sprechen wünschte. Tante Hermine raunte mir zu, meine Schwester habe sich manifestiert. Zwischen meiner Schwester und mir gab es ein Geheimzeichen. In sehr frühen Jahren hatte sie mich gegen eine Tischkante gestoßen. Ich trug davon eine winzige Narbe auf der Stirn. Wann immer in den Jahren unserer Schulzeit wir nach längerer Trennung einander wiedersahen, tippte sie mit dem Zeigefinger an diese Narbe, wie um zu sagen: »Paß auf! Hier bin ich wieder.« Ich ging zu dem Medium, in deren körperlicher Hülle angeblich meine verstorbene Schwester auf mich wartete. Unverzüglich tippte sie mit dem Zeigefinger an meine Stirn. So heftig meine Bestürzung war, so tief waren die Enttäuschung und Ernüchterung über das, was folgte. Was sagt man zu einer aus dem Jenseits Zurückgekehrten? »Wie geht's?« »Wie ist es da drüben?« Das Medium – oder meine Schwester – redete in Zungen. Was sie sagte, klang aufmunternd. Sie sei selig, ihre eigentliche irdische Hülle los zu sein. Selbst ein kurzer Besuch in einer erborgten sei quälend. Ich wollte sie dieser Pein nicht länger aussetzen. Wir umarmten einander zum Abschied. Ich mit sehr gemischten Gefühlen. Erregung und Skepsis gaben die Vorherrschaft dem Zorn, daß fortan zeit meines Lebens übers Bild meiner zweiundzwanzigjährigen Schwester das der postklimakterischen Hausfrau sich schieben würde: Mit nachtwandlerisch geschlossenen Augen, dem mild blöden Lächeln der Verzückten auf den Lippen und einem großen Leberfleck unterm linken Nasenflügel.

Das hatte sich noch in Wien zugetragen, bevor ich nach Czernowitz zurückgekehrt war. Meiner Mutter hatte ich von der zweiten Séance nichts erzählt. Aber von Tante Hermine hatte ich mehr über die Geisterwelt erfahren. Sie war das Kernstück einer Kosmologie, die zum Unterschied von der indischen, von der sie offenbar erborgt war, hauptsächlich von den freigewordenen Seelen Abgeschiedener bevölkert war und die vielerlei Göttergestalten des Hinduismus außer acht ließ. Auch der gelegentlich erzürnte und dann so böse weißbärtige Gottvater der Bibel war durch einen gestaltlosen Weltgeist ersetzt. Dessen himmlisches Bestreben zielte auf eine beständige Hinaufentwicklung alles Seienden. Das betraf wohl die – wenn man es so nennen darf: individuelle – Einzelseele wie auch das Universum insgesamt. Die Gestirne waren in dieser Hinaufentwicklung ins immer immaterielle Geistige einbezogen. Je tiefer ihre Entwicklungsstufe war, desto dichter war ihre materielle Zusammensetzung, ihre Bewohnerschaft inbegriffen. Je höher der bewohnte Stern samt Einwohnerschaft aufstieg, desto leichter, freier, geistiger wurden er und seine Insassen. Sie waren es, denen dieser Aufstieg in immer innigere Gottesnähe oblag. Sie entledigten sich der Aufgabe durch die Seelenwanderung. In deren Verlauf schlüpfte jede Einzelseele in verschiedenerlei irdische Hüllen. Je nach ihrer Aufführung in derselben wurde sie eingestuft. Hatte sie während ihrer irdischen Laufzeit viel zum Guten, Schönen und Wahren beigetragen, so kam sie ein Stück höher. Hatte sie, im Gegenteil, Böses angerichtet, so fiel sie zurück und mußte wieder von vorn beginnen. Im Idealfall arbeiteten die durch die mannigfachen Versuchungen des Bösen wandernden Seelen so brav im Sinne des Guten, Schönen und Wahren, daß das von ihnen bewohnte Gestirn insgesamt eine Vergeistigung und Entmaterialisierung in einen luftigeren Zustand erfuhr. Wie es in der Fachsprache hieß, »potenzierte« es sich. Unsere Erde, zum Beispiel, stand knapp vor einer solchen Potenzierung. Es verwunderte mich nicht, daß Ingenieur Malik predigte, sie werde durch Adolf Hitler erreicht werden.

Es focht mich auch keineswegs die kindische Einfältigkeit dieses Weltbildes an. Es ging nicht darum, ob ich das glauben mochte, konnte oder wollte. Wenn von mir erwartet wurde, daß ich an die unbefleckte Empfängnis glaubte und daran, daß ich eines fernen Tags, wenn alle Welt gleich mir gestorben war, vor des Erhabnen Sonnenthron treten würde, um zu erfahren, ob ich mich links- oder rechtshin zu begeben hätte, so konnte ich auch daran glauben, daß die Erdenbürger insgesamt höher strebten als etwa die Bewohner des Mars und folglich hierorts weniger beschwerliche Lebensbedingungen und größere Möglichkeiten zu einer »Potenzierung« in des Weltgeists Nähe herrschten. Die Zeitungsmeldungen sprachen allerdings dagegen – es sei denn, die fleißig aus Deutschland eingeschleusten Bilder jauchzender blonder Ährenschwingerinnen und bei friedlichem Autobahnbau beschäftigten Jungmannen in Windjacken und mit Spaten in den kernigen Händen bedeuteten schon eine Entmaterialisierung und Vergeistigung unserer Welt. Auf all das kam's mir nicht an. Ich war heimgesucht von der Frage, ob ich überhaupt an etwas glaubte oder glauben konnte.

Ich war an mir selber irre. Der Tod meiner Schwester hatte mich vor ein geschlossenes Tor gestellt. Ich hatte bisher nicht gefragt, was dahinter lag. Dem Hörensagen nach allerhand Erbauliches, von dem die Menschen meiner Umwelt jeder auf seine Weise zehrten. Mir war der Zugang verwehrt. Ich konnte nichts anfangen mit den Metaphern, die mir angeboten wurden. Mir fehlte der Schlüssel, um sie mir ins seelische Erlebnis zu übersetzen.

Wen hätte ich danach fragen können? Nicht meinen Vater. Ich kannte dessen Umgang mit Gott, der für ihn in erster Linie ein Wettermacher war, den er bei jagdlich ungünstiger Wetterlage verfluchte, bei günstiger belobigte. In zweiter Hinsicht erst war's die Zentralfigur der köstlichen Wandbilder in den Klöstern, mit deren Erhaltung er sich zu befassen hatte, eine Art Stammeshäuptling der Scharen von Engeln und Heiligen, von denen er sich gelegentlich »guten Anblick« von viel Wild erbitten konnte.

Auch wenn ich mit meinen rumänischen Freunden beisammen war, überkam mich nur selten das Bedürfnis, den einen oder anderen nach seinem Glauben zu fragen. Ich wußte, wie hinfällig meine Anstrengung war, wirklich zu erfahren, was in ihnen vorging, wenn sie vor ihren Ikonen knieten, sich bekreuzigten, geweihte Kreuze küßten und Weihrauch durch die Nüstern sogen. Für gewöhnlich war dieserlei Erlebnis ja ein eigener Bereich sowohl chronisch als auch topographisch zugewiesen: Man gab sich ihnen zu gewissen festgesetzten Zeiten und bestimmten Orten abseits des Alltags hin. Ich bewunderte daran die Regelmäßigkeit. Das Kultische brachte eine Art mythischer Ordnung ins Leben, schien auch anmutiger zu erlauben, daß dieses Leben gelegentlich frivol war.

Besonders mit den Jungen war das der Fall. Es kam uns kaum jemals in den Sinn, auf deutsche Weise tiefschürfend mit einem Kumpel zu philosophieren, wenn der »Mief der Lebenswelt einer Kleinstadt am Rand der Karpaten«, und die Fliegenfänger über dem Eßtisch uns auf die Straße trieben. Auch bei »Linda im Puff« suchten wir nicht geistige Linderung. Wir kamen zwanglos zusammen, suchten einander nach Lust und Laune auf, tranken Wein, tanzten zu Grammophonmusik. Es gab Freundschaften und Liebeleien, die sich festigten oder auseinanderlebten. Und natürlich war dies das Feld, auf dem ich meine inneren Konflikte nicht nur metaphorisch austragen konnte.

Das Mädchen hieß Roma. Wenn ich mir einredete, sie zu lieben, so hing das teils damit zusammen, daß ihr Bruder mein bester Freund war. Teils – und mehr noch – damit, daß sie von den andern durch eine gewisse Strenge und sittlichen Ernst abstach. Sie war bei weitem nicht die Hübscheste in unserem Kreis, in dem es einige Blüten gab, deren in der Erinnerung heraufbeschworene Bilder heute noch meine Phantasie befeuern. Roma hatte dunkles Haar und schöne Augen in einem eulenhaften Gesicht. Auch einen ganz zarten Ansatz von Schnurrbart unter der Hakennase. Sie war etwas älter als die andern und hielt sich meistens abseits. Nicht als Mauerblümchen. Man pries ihre exquisite Gestalt ebenso wie ihre scharfe, ein wenig blaustrümpfige Intelligenz. Aber man hielt sich auf Distanz vor ihrer nachsichtlosen Religiosität. Sie war halbe Armenierin und militante Katholikin, befand sich also unter Orthodoxen in der heiklen Waffenruhe eines latenten Glaubenskrieges. Zudem war sie arm, Tochter einer Witwe. Und renommiert als Jungfrau.

Alle diese Eigenschaften zusammen waren genau das, wessen ich in meinem angeschlagenen Gemüt bedurfte, um einer heilbringenden Krise zuzusteuern. Von den religiösen Lehren meiner Tante war auch hängengeblieben, daß es beim Streben nach dem Schönen, Guten und Wahren, mit dem ein höherer Rang im Marschfeld der wandernden Seelen zu erreichen war, zu den verdienstvollsten Bemühungen gehörte, sich ganz und gar einer anderen Seele hinzugeben, um sie beim gleichen Bestreben zu unterstützen. Ich machte mich entschlossen an die Arbeit. Unsäglich mühsam war dabei die Überwindung der Jungfernschaft. Sie zu erreichen mußten alle lästigen Phasen der Demi-Viergerie durchlaufen werden. Noch viel schwieriger – und am Ende weniger erfolgreich – stellte sich die Herstellung einer gemeinsamen geistigen Ebene heraus, auf der gegenseitiges Verständnis und Förderung hätten gedeihen können.

Meine Tante Hermine kam nach Czernowitz und fiel gottlob nicht gleich mit ihren neuerworbenen medialen Kräften durch die Tür ins Haus, sondern beschwichtigte den Eifer meiner Mutter im Götzendienst zunächst durch geschwisterlichen Zuspruch. Die Begegnung mit Roma verlief weniger locker. Ich hatte Roma äußerst vorsichtig angedeutet, daß meine Tante sich mit übernatürlichen Erscheinungen abgab. Sie war unverzüglich bereit, ihren armenischen Beichtvater zum Exorzismus zu mobilisieren. Als sich die beiden Damen leiblich gegenüberstanden, blieb kein Zweifel, daß die eine, Roma, den Schwefelgeruch Satans witterte. Die andere, meine Tante Hermine, zerquetschte das nachsichtige Lächeln irdischer Glaubenstoleranz. Hätte ich auch nur ein Wort über ihre Mission verloren, ich würde nicht nur die gesamte armenische Kirchengemeinde, sondern möglicherweise auch die Polizei ins Haus gezogen haben.

Ein so fanatischer Widerstand, obgleich bislang nur drohend, brachte mich auf. Ich machte es mir zur Aufgabe, ihn zu brechen. Ich wollte Roma das Weltbild der Wiener Spiritisten näherbringen. Vorsichtig tastete ich mich ans Thema der Seelenwanderung heran. Es sei immerhin tröstlich, sagte ich, sich vorzustellen, daß man in einem künftigen Leben grobe Fehler des vorangegangenen korrigieren könnte. Streng erwiderte Roma, das führe nur dazu, nachlässig zu leben, eben weil man mit dieser Möglichkeit rechne, das heißt: sich auf sie verließe. Der gute Christ, entgegnete ich unvorsichtig, lebe ja auch ziemlich schlampig in der Aussicht auf Gottes Vergebung. Sie sagte, Gottes Urteil sei gerechter als unser eigenes über unsere Fehler. Wer nach Gottes Willen lebe, dürfe der Vergebung sicher sein. Gottes Wille, sagte ich, äußere sich in der unablässigen Versuchung zum Bösen. Nein, sagte sie, sondern in unserem Wollen, der Versuchung zu widerstehen. Also doch, sagte ich – und damit waren wir bei der Frage nach der Willensfreiheit gelandet, von der ich überhaupt nichts zu sagen wußte. Das war's ja nicht, was ich wollte. In einer theologischen Diskussion recht behalten – daran lag mir nichts; dafür war ich auch viel zu unwissend. Nein, ich wollte glauben lernen. Ich reizte Roma, um mich überzeugen zu lassen. Das ging idiotisch hin und her, bis wir schließlich nicht mehr die Streitfrage wußten und nur die Feindseligkeit heraushörten, mit der sie uns erfüllte. Wochen gingen darüber hin. Jugendwochen, erfüllt von Bitterkeiten. O verlorene Zeit!

Inzwischen war meine Tante Hermine tätig geworden. Obwohl Philips Bürgerhäuschen in seinem Wandel zum rosenumrankten Cottage sich in der Stimmung für Geisterbeschwörungen anbot, bevorzugte meine Tante ebensowohl wie meine Mutter dazu die freie Natur. Der Sommer war schön, die Wiesen waren voll von Blumen. Ich fuhr die beiden Schwestern so verschwörerisch heimlich aus der Stadt, wie ich dereinst meine Mutter zu meinem Vater gebracht hatte, um über meinen Bildungsweg zu entscheiden. Während meine Mutter und Tante Hermine eng umschlungen aufeinander einredeten, wartete ich beim Wagen, um sie gegebenenfalls zu warnen, wenn jemand sich nähern sollte. Ich spürte meine innere Abwehr gegen dieses Theater wachsen. Etwas von meinem alten Haß kam wieder, wenn meine Mutter mit verweinten Augen und zitternden Lippen zum Wagen zurückkehrte. Tante Hermine war nichts anzusehen von der Trance, in der sie als Gastleib für eine abgeschiedene Seele hatte verfallen müssen. Die eigene Seele geschwellt von Zorn, nahm ich die nächstbeste Gelegenheit wahr, um Romas ehernen Glauben zu verletzen.

All das lief meiner Vorbereitung fürs *bacalaureat suplementar* und den Begegnungen mit den Freunden nebenher. Zwei Lebens- und Empfindungsweisen, die schwerlich zu vereinen waren. Ich machte mir meine Heimat und deren Sprache zu eigen. Ich rückte die Eindrücke zurecht, die ich als Knabe empfangen hatte, wenn ich meinen Vater bei seinen

»Kommissionen« zu den Klöstern begleiten durfte. Die Herrlichkeiten der Wandbilder dort zeugten von einer Glaubensinnigkeit, die ich nur nachempfinden konnte, wenn ich mir vorstellte, ich sei einer von den Malern und suche einen Schwarm von Engeln mit veilchenblauen Flügeln und goldenen Nimben in eine enge Nische zwischen zwei Pfeilern unterzubringen. Die Ergriffenheit von meiner Arbeit wäre die gleiche wie die, wenn ich im Kronstädter Kirchenchor den Preis der Mutter Gottes sang. Sie lag im Lied und in mir selbst beim Singen.

Befiel mich in solchen Augenblicken das Bedauern über meine versäumte Chance in Wien als Assistent von Professor Strnad (der noch nicht gestorben war, so bald das auch geschehen sollte), so kippte ich wieder in Verzweiflung und Zorn zurück. Ich haderte mit dem Gott, an den ich nicht glaubte. Wenn es eines Beweises für Seine Existenz bedurfte, so war er an meinem Los erbracht: Ich lebte mein Leben nicht selbst. Ich wurde gelebt. Etwas außerhalb meiner selbst bestimmte mein Geschick. Das Geschehende geschah mit mir über mich hinweg. Daß es aber in einer bestimmten Absicht geschah, etwa um mich zu prüfen, ob ich trotzdem nach allem Guten, Schönen und Wahren streben würde, davon konnte ich mich beim besten Willen nicht überzeugen lassen. Weder Roma noch meiner Tante Hermine gelang es, einen Geist der Welten in mich einzupflanzen, dessen unerforschlich weise, aber durchaus gütige Voraussicht Professor Strnad sterben ließ, damit ich nicht sein Assistent werden und eine glänzende Karriere als Bühnenbildner beginnen konnte, um wie Hiob trotzdem fromm und ergeben mein Los zu tragen. Wenn es so war, so handelte es sich nicht um einen Geist, der das Universum bewegte, sondern um einen Demiurgen, der läppische Spiele trieb, indem er Myriaden von Einzelwesen ins Feld des Zufalls setzte und zuschaute, wie sie sich darin die

Nasen blutig stießen. Mit ihm wollte ich nichts zu tun haben. Er mochte mit mir spielen, wie er wollte. Dankbar würde ich ihm dafür – nach meinen bisherigen Erfahrungen – nicht sein. Genau das sagte ich Roma in dürren Worten und erntete ihre Empörung, ihren Schmerz, ihr Leiden und ihren Zorn. Und dabei liebte ich sie aufrichtig. Ich war mehr denn je entschlossen, sie zu lieben. Von mir selbst in meiner Liebe ergriffen, küßte ich die zarten dunklen Härchen auf ihrer Oberlippe, ob sie auch Gottvater in Seiner Unerforschlichkeit in späteren Jahren zu einem Wachtmeisterschnurrbart auswachsen lassen würde.

Tante Hermine war nach Wien zurückgefahren. Meine Mutter verlor kein Wort darüber, ob sie durch ihre Vermittlung mit meiner toten Schwester in Kontakt gekommen war und darin Trost gefunden hatte. Sie verhielt sich in einer Art von Starre, an der vor allem der unschuldige Philip litt. Von Doris kamen bisweilen Postkartengrüße als Antwort auf meine an sie gesendeten. Irgendwann war Professor Strnad wirklich tot. Mit ihm wurden alle meine Zukunftsträume begraben. Dafür holte mich ein Zipfel der Vergangenheit ein. Mit Doris und dem Ende meines jugendlichen Einzelgängertums waren meine abenteuerlichen Lügengeschichten zu fadenscheinig geworden, als daß ich weiter viel daran wob. Bis auf ganz wenige, die ich mir so innig zu eigen gemacht hatte, daß ich selbst daran glaubte – zum Beispiel die, daß ich für eine Weile mit dem Drei-Ringe-Zirkus Kludsky durch Europa gezogen war: Sie gab mir unvergleichliche Gelegenheit, von Clowns und Akrobaten, Löwenbändigern und Seiltänzerinnen und meinen Erlebnissen mit ihnen zu erzählen. Darüber hinaus gab ich nicht mehr viel Erborgtes zum besten. Ich hatte ja bald wirklich eigenes. Groß war meine Fähigkeit, aus dem Geschehen mit mir und um mich her Anekdotisches zu filtern. Es war einfacher, die Wirklichkeit auszuschmücken, als sie zu erfinden. Einen Mythos hatte ich aus Nachlässigkeit weiterbestehen lassen. Es war der Mythos vom Hause Metz.

Schon in den frühen Jahren meiner Wiener Stadtstreunerei war's mir lästig, Auskunft über Ungeschehenes zu geben. Nicht daß meine Wiener Verwandten reges Interesse für meine Tagesläufe aufgebracht hätten. Aber gelegentlich wollten sie doch einiges vom Woher und Wohin wissen, vor allem, wenn sie mich aufgeschirrt als Dandy im Frack mit weißer Chrysantheme im Knopfloch aus dem Hause spazieren sahen. Zur Antwort auf ihre Fragen hatte ich das Haus Metz erfunden. Es war kinderreich und ganz ungemein gastfrei, ich übernachtete gelegentlich dort, begleitete die Töchter zu Konzerten und ins Theater und ging skilaufen mit den Söhnen. Nachdem Doris in mein Leben getreten war und es aus der Abstraktion gekrempelt hatte, war die Familie Metz erst recht praktisch. Allerdings wurde es schwierig zu erklären, wieso einer der Söhne Metz am Telephon einen deutlichen ungarischen Akzent hatte und die andere der Töchter darum bat, ich möchte sie am Bühneneingang abholen – war sie denn Schauspielerin? Davon hatte ich bislang nichts gesagt. Um den Roman des Hauses Metz nicht zu sehr zu komplizieren, war ich schon mit der Absicht umgegangen, eine Todesanzeige drucken zu lassen, der zufolge die ganze Familie durch einen gräßlichen Autounfall ausgerottet war. Leider hatte ich das versäumt. Das rächte sich jetzt in Czernowitz, indem meine Mutter mit eisiger Miene mir einen Brief überreichte. Absender: Harald Metz.

Ich zog mich in den Garten zurück, um den Brief zu lesen. Harald Metz war in der Tat ein Schulkollege aus Hietzing. Ich erinnerte mich an einen blassen, hochaufgeschossenen hakennasigen Jüngling, Sohn einer Witwe. Gott der Weltgeist allein mochte wissen, wie's mir eingefallen war, mich seines

Namens zu bemächtigen. Vielleicht weil er unter meinen Schulkollegen Wierzbianski, Czervenka und Swoboda einer der ganz wenigen nicht hausmeisterischen war und nicht gleich so bramsig wie Huber oder Grundlbauer. Er schrieb mir, er sei bestürzt, verletzt und traurig über die unglaublichen, absurden, verleumderischen Geschichten, die ich um ihn gesponnen und in Umlauf gesetzt hatte. Er könne sich mein unqualifiziertes Benehmen nur damit erklären, daß ich insgeheim von seiner Person so gefesselt war, ihn zur Mythengestalt werden zu lassen, ohne mich ihm je zu erklären. Dadurch fühle er sich gewogen, mir zu verzeihen. Er biete mir hiermit seine Freundschaft an, vorausgesetzt freilich, ich hielte mich ans Tatsächliche und nicht weiter an die ungesunden Auswüchse meiner Phantasie.

Großmütiger Harald Metz! Was aber war geschehen? Es war geschehen, daß ich einmal, als die Lücken in den Meißener Grüppchen meiner Großmutter augenfällig geworden waren, einen anderen Gegenstand ins Dorotheum getragen hatte. Es war ein sogenanntes Necessaire in Krokodilleder mit einer Vielzahl Fläschchen und Döschen in vergoldetem Silber – ein ebenso preziöser wie unnützer Gegenstand. Irgendwer hatte ihn meiner Schwester geschenkt. Meine Mutter, die deren Hinterlassenschaft als Reliquien sammelte, vermißte ihn. Ich sagte leichthin, ich habe ihn einmal zur Übernachtung ins Haus Metz mitgenommen und dort vergessen. Im Auftrag meiner Mutter machte meine sehr lebenstüchtige Tante Helene sich auf, ihn von dort zurückzuholen. Die Adresse meines Schulkollegen erfuhr sie durch unsere Schule. Anstatt in einer Villa in Döbling fand sie die Familie Metz, reduziert auf Witwe und Sohn, im vierten Stock eines Zinshauses in Hütteldorf-Hacking. Die Witwe war bereit, sie die Stiegen hinunterzuschmeißen. Sohn Harald hörte sprachlos zu. Nicht nur an seine Hakennase erinnere ich mich, sondern auch an einen ungemein prominenten Adamsapfel. Aber er war mir niemals vor Augen geschwebt, wenn ich von meinem lieben Schulkollegen, dem ältesten Sohn des Hauses Metz, erzählte.

Lachen vertreibt Dämonen. Ich versuchte diesen Satz auf den Fall Metz anzuwenden, hatte aber damit weder Erfolg bei meiner Mutter noch bei Roma. Ich war ein Versager auf allen Linien. Ein verbummelter Student, ein verhinderter Künstler, ein Lügner, ein Dieb. Das sollte mir mein Leben lang anhangen. Damals aber, in Czernowitz, war das Bewußtsein mir neu. Ich war jung und idealistisch. Ich wurde bockig. Mein *bacalaureat suplementar* war bestanden. Damit wurde mir der Vorzug einer einjährigen Dienstzeit mit Aussicht auf den Offiziersrang zuteil. Die Einberufung stand mir im Herbst 1934 bevor. Noch war's 1933. Das Land verlassen konnte ich nicht. Mein Paß war eingezogen. Einen neuen mochte ich 1936 haben. Zum ersten Mal war ich in der Falle.

Ich geriet in Panik. Die Wirrnis meines Gemüts gab mir einen verrückten Einfall ein. Daß es doch irgend etwas Übersinnliches gab, hinter dem ein höherer Geist waltete, davon war ich überzeugt. Ihn auf dem Weg christlicher Glaubensbekenntnisse zu suchen, war nichts für mich. Mir sträubte sich jedes Haar im Nacken, wenn Roma mir davon sprach. Über die Behauptung, daß ungetauft gestorbene Kinder nicht in den Himmel durften, hatten wir uns beinah geprügelt. Dagegen bot mir der Spiritismus die experimentelle Möglichkeit, herauszufinden, ob es in der Grenze zwischen dem Diesseitigen, Konkreten, greifbar Tatsächlichen und dem immateriellen Jenseitigen eine Lücke gab, durch die man hinüberschlüpfen konnte, um sich aufschlußreichere Informationen zu verschaffen. Ingenieur Malik war ein Scharlatan. Die Séancen seines Kreises von schwachköpfigen Glaubensseligen hielt ich für schieren Humbug. Aber dieses Gaukelspiel stellte ja doch ein geistiges Phänomen von eigener Wesensart dar. Was immer es war, wie immer es hervorgebracht wurde, es war nicht von unserer diesseitigen physischen Welt. Was zum Teufel war's? Kurzum: Ich zog mich in einen Winkel zurück und setzte mich vor einen Spiegel. Mit äußerster Konzentration starrte ich mich in mich selber fest. Anfangs war's schwierig, mich zu überwachen, daß ich auch nicht mit dem kleinsten Gedanken, der geringsten Wahrnehmung, die mich ablenken konnte, vom bloßen Starren abließ. Nach einer Weile gelang's mir, vollkommen ohne Gedanken und Empfindung zu sein. Dann wurde es dunkel vor meinen Augen. Ein eisiger Luftstrom, hart wie ein Bolzen, schoß in meinen Nasenlöchern hoch – und ich erschrak und riß mich ins Bewußtsein zurück.

Ich weiß bis heute nicht, ob ich mich der Feigheit oder der Weisheit zeihen soll. Eins ist gewiß: Für Grenzüberschreitungen bin ich nicht geschaffen. Vor der Tür, die mir den Zugang zu Gott verwehrte, habe ich haltgemacht. Ich kann nicht mit der Frage nach IHM ringen wie Jakob mit dem Engel. Ich möchte ein heiles Hüftgelenk behalten. Vielleicht entgehen mir ungeahnte seelische Reichtümer. Schade. Sie sind mir mit zuviel Seelenleim verbunden.Ich komme ohne sie aus. Es lebt sich ärmer, dafür hygienischer.

Auch das sagte ich Roma mit dürren Worten. Sodann erklärte ich feierlich, ich habe es satt, über mich selbst hinweg gelebt zu werden. Ich wolle fortan mein Leben in die eigene Hand nehmen. Ich schwor Roma ewige Liebe, setzte mich in einen Zug und fuhr nach Bukarest.

Mein erster Eindruck: Schwärme von unsäglich lumpigen Gepäckträgern auf den Bahnsteigen. Aber sie sprachen Latein. Vulgärlatein. Gemessen am ruthenisch untermalten Volapük der Bukowina hörte sich's ciceronisch an. Rumänisch ist gut zu vier Fünfteln lateinischen Ursprungs. Das Christentum der Firma Methodius & Kyrill hat das Slawische hineingebracht. Eine Handvoll Türkisches kam dazu. Der Stamm ist Latein geblieben. In den Ohren eines verbummelten Studenten, der vom klassischen Gymnasium auf die Realschule umgesattelt hatte und darum das Latinum fürs Medizinstudium nicht vorweisen konnte, klang's immer noch wie Musik. Ich war ein braver Lateinschüler gewesen.

Ich war schon viel zuviel gewesen mit meinen neunzehneinhalb Jahren. Mein Entschluß stand fest. Endlich eine Sache wirklich durchzuführen. Gegen alle Wünsche meines Vaters, die in dieselbe Richtung gingen, aber eine Vollendung des Universitätsstudiums, wenn möglich als Mathematiker, erhoffte, wollte ich Künstler werden. Wenn nicht gleich weltweit anerkannter Bühnenbildner der Schule Strnad, so doch zumindest Gebrauchsgraphiker. Meine Bewunderung für Alexandre war ungeschmälert. Ob und wie ich ihm in Bukarest nacheifern konnte, blieb vorderhand offen. Ebenso wie und wo ich hier leben sollte und wovon. Ein Taschengeld, wie als Student in Wien, durfte ich nicht erhoffen. Überdies stand in wenigen Monaten meine Einberufung bevor.

Ich weiß nicht mehr, wieviel ich in meinen Büchern von Bukarest als eigenes Erlebnis erzählt oder in erfundene Geschichten eingewoben habe. In dieser Hinsicht hat sich im Lauf meines Lebens ein radikaler Wandel vollzogen. Denn während ich damals immer noch die Neigung hatte, die Erlebnisse anderer für meine eigenen auszugeben, sind die Jahrzehnte meiner anderen drei Lebensviertel damit hingegangen, eigene Erlebnisse – und dazu erfundene – fiktiven Figuren zuzuschreiben. Wie auch immer: Heute noch ist der Quell von Bukarest in mir nicht erschöpft. Ich brauche nur die Augen zu schließen, und die Bilder tanzen. Mit den Bildern die Empfindungen. Nie vorher oder nachher, wohin ich auch gelebt wurde, sind die Eindrücke in mich so tief und nachhaltig eingesenkt. Auch kaum jemals klarer und beredter.

Ich könnte noch meinen Weg vom Bahnhof in die Stadt nachzeichnen. Ich hatte mein Gepäck einem der lumpigen Träger übergeben. Es war, als lieferte ich's einem der Räuber Ali Babas aus. Aber er trug eine in Messing eingestanzte Nummer auf den Hadern seiner Jacke, und ich verließ mich auf die Ordnungsmacht. Sie war auf Schritt und Tritt durch streng dreinblickende Polizisten vertreten. Das schien angebracht zu sein. Die Menge, die den Zügen entstieg und den Bahnhof umlagerte, war äußerst bunt und keineswegs vertrauenerweckend. Neugierig ging ich auf die Calea Griviţei hinaus. Sie sieht heute anders aus als damals. 1933 durchlief man eine Strecke von dörflichen Hütten, bevor man zum Stadtkern kam. Die Vorstadt hatte noch den Charakter der Steppensiedlung. Sie erinnerte an galizische Judenstetl übersetzt ins Türkische. Unvermittelt ging sie über in die Taschenausgabe einer Metropole.

Später, als ich Bukarest kreuz und quer durchstreifte – nicht als Stadtstreuner diesmal, sondern mit beruflicher Aufgabe –, lernte ich die Schichten ihres historischen Wachstums zu unterscheiden. Aber ich greife zu weit vor. Was mir als erstes auffiel – und gefiel –, war die Verschmelzung von Ost und West. Ich selbst kam aus einer Randzone. Es bedurfte nicht der ständigen Mahnungen, uns zu erinnern, daß unsere Mission die Aufrechterhaltung der abendländischen Kultur war. Ungeachtet der Abgedroschenheit, wurden wir nicht müde, Czernowitz als deren Vorwerk zu bezeichnen. Hier in Bukarest wurde ich irre an der historischen Berechtigung dieser Trutzburg. Hier wurde die Fusion des Abendlandes mit der Kultur des Ottomanischen Reiches vollbracht. Zugegeben, eine lotterige Fusion. Indes stellte sich heraus, daß die umgekehrte Verschanzung angebrachter gewesen wäre. Immer schon ist die westliche Lebenswelt durch einen Einschuß östlicher bereichert worden, während das Eindringen der westlichen die kulturelle Eigenart der östlichen korrumpierte und am Ende zerstörte. Ich war im Mythos des Gegenteils aufgewachsen. Ich lebte noch in der Vorstellung, daß aus dem Osten die Barbaren der Völkerwanderung gekommen waren, die Hunnen und ihre Vorläufer und Nachzügler, die das Römische Reich zerstören sollten. Bukarest erteilte mir eine Lektion, die mich der historischen Wahrheit einen Schritt näherbrachte. Immer noch waren wir Westler die Nachfahren der Goten und Wenden, die schlimmer noch als die Petschenegen und Awaren in eine blühende Kultur eingefallen waren. Immer noch traten wir Westler auf wie die klobigen, rauh behemdeten, bundbeschuhten, kettenpanzertragenden Metsäufer aus den halb noch heidnischen Grenzen des Reichs Karls des Großen und seiner Nachfolger, die einem höchst verfeinerten Byzanz feindlich gegenüberstanden. Immer schon, von den Kreuzzügen bis zur Belagerung von Wien, hat der Austausch, ob kriegerisch, ob friedlich, östliche Köstlichkeiten in den Westen gebracht, und immer war der Einfluß des Westens unheilvoll für den Osten.

Der Balkan war ein Vorfeld von Byzanz, später der Goldenen Pforte. Dem näherten wir uns im Hochmut von Zivilisatoren. Was wir ihm brachten, waren – in den Begriffen von Wilton Park ausgedrückt – Wasserspülungen und elektrische Straßenbahnen. Immerhin verführerisches Spielzeug für die Provinz. Bukarest war ein Musterbeispiel dafür. Die Vorstadthütten, die holperigen, verschlammten oder mehlig verstaubten Straßen, der chaotische Verkehr, die rüden Polizisten, das lumpige Volk ums Stadtinnere ließen selbst das, was dort eine westliche Metropole imitierte, fortschrittlich und menschenfreundlich erscheinen. Niemandem wär's eingefallen, die Hochbauten aus Zement und Glas, die in den dreißiger Jahren aufzuschießen begannen, und eine Überschwemmung der Straßen mit motorisierten Vehikeln zur gleichen Zeit als Zeichen des Verfalls anzusehen. Meine Sicht war mit einemmal verschoben. Nach einer Woche sah ich die architektonischen Neuerungen, einbezogen einige hervorragende Art-déco-Bauten, mit den Augen des Konvertiten. Ich hielt das gesamte sogenannte fortschrittliche Bukarest für einen Bastard des westeuropäischen Kolonialismus, für dessen kulturelle Mission so zeugend wie für die Kolonisatoren Afrikas ein Watussi-Häuptling im Zylinder mit einer Füllfeder quer durch die Nase und gesteiften Hemdmanschetten an den Fußknöcheln war. Das ehemalige Bukarest der Wojwoden und Bojaren, vor der Gründung eines Groß-Rumänien, dem Marktflecken am sumpfigen Ufer der Dămboviţa, im Vorfeld der Goldenen Pforte, so nichtig, dreckig, lotterig um die goldgekuppelte Kathedrale er gewesen sein mochte, entdeckte ich im Laufe der nächsten Jahre mit immer zunehmenderem Entzücken. Was dem zivilisationsstolzen Westler als Dreck erschien, war für mich Patina. Das Bukarest einer alten Kultur selbst zweiter Hand war bewohnt von einem Volk, dessen Philosophie und Lebensweise wir seit tausend Jahren verständnislos gegenüberstanden.

Noch ohne daß ich mir über all das Rechenschaft gegeben hätte, spürte ich, daß ich Verrat an meinem Vater und aller Tradition meiner getreulich Österreich dienenden Familie beging. Gewiß, jenes Österreich, zu dem auch Beide Sizilien gehört hatten, gab's nicht mehr. An seine Stelle war symbolisch der »Westen« getreten, das Abendland. Dem kehrte ich den Rücken. Ich zog die Engelschwärme in den Nischen der Waldklöster Dürers kleinem Hasen vor. Ich war in der Tat der »Tschusche«, den meine Wiener Schulkameraden in mir gesehen hatten. Die Leichtigkeit, mit der ich mich in die Balkanwelt einlebte, sprach dafür. Noch am Tag meiner Ankunft fand ich eine Bleibe, die einem abenteuerlichen Lebens-Neuanfang entsprach. Ein orientalisch möbliertes Geviert aus Holz, Teppichen und Wanzen, auf dessen Schwelle ein zwölfjähriges Mädchen schlief. Sie räumte auf, machte Botengänge und weckte mich morgens mit einer winzigen Tasse glutheißen Kaffees, so dick, daß ich ihn eher kaute als trank.

Einer meiner Freunde in Czernowitz hatte mir ein Empfehlungsschreiben an einen Journalisten mitgegeben. Er empfing mich freundlich, las es, schrieb einen Namen und eine Adresse auf ein Blatt Papier und überreichte es mir deutlich zum Abschied. Am nächsten Tag, dem dritten nach meiner Ankunft in Bukarest, war ich ein Angestellter der Reklame-Abteilung des Lever-Brothers-Schicht-Konzerns, vertreten durch die Fabrica Stella, Şosea Moşilor 190.

Denke ich zurück an jene Zeit, so bringt die Erinnerung an meine damaligen Empfindungen ein heute kaum noch begreifliches Gemisch aus Trotz und Zerknirschtheit, Lebensfreude, Triumphgefühl und Demütigung zutage. Letzteres klingt so spießig wie's war. Zu entschuldigen nur durch Anrufung des komplexen Epochengeists jener Jahre und meine Jugend. Ich war bald zwanzig Jahre alt, geistig bestenfalls vierzehn, mit der Politur einer Kaffeehaus-Weltläufigkeit, die ich der Schulung durch Doris verdankte, und beladen mit sämtlichen Gemeinplätzen und Vorurteilen meiner Klasse. Daraus sollte mich Bukarest herausreifen lassen. Anfangs war das nicht leicht.

Chef der Reklame-Abteilung der Fabrica Stella als Vertriebsorgan einer Vielzahl von Produkten wie Elida-Seifen, Kalodont-Zahncreme, Gibbs-Rasierseifen und dem in Bukarest sehr nötigen Insektentöter Flytox war ein wendiger Herr in den Dreißig, selbstbewußt und ambitiös, der Firmenzentrale von Schicht in Aussig nahestehend. Er mußte Gefallen an mir gefunden haben, denn meine Vorstellung verlief äußerst linkisch. Ich hatte eine Mappe von Zeichnungen und phantasievollen Plakatentwürfen mitgebracht, die flüchtige Beachtung fand. Man suchte keinen Künstler, sondern einen Schaufenster-Dekorateur. Jemand mit Ideen, der imstande war, die vorhandenen Dekorateure zu inspirieren und bei ihrer Arbeit an den Auslagen der Drogerien und Parfümerien der Stadt zu kontrollieren. Ob ich mir das zutraute? Die vorhandenen Dekorateure waren mit allen Wassern gewaschene Bukarester im Alter meines Vaters. Ich traute mir's zwar nicht zu, war aber nicht zur charakterlichen Stärke erzogen, in einem Zweifelsfall eher nein als ja zu sagen. Ich nickte also, Zweifel schluckend. Dann aber begann die Prüfung meiner dekoratorischen Fähigkeiten. Man stellte mir einen Karton mit Seifenpackungen zur Verfügung und ließ mich allein. Bukarest kann recht heiß sein im Sommer. Es liegt auf der Höhe von Neapel. Nie ist es mir so heiß vorgekommen wie an jenem Vormittag, den ich damit verbrachte, Pyramiden aus Seifenpackungen aufzubauen und wie Kartenhäuser zusammenstürzen zu sehen. Zuletzt packte mich der Zorn und ich zeichnete auf ein Blatt Papier den Entwurf einer senkrecht aufgestellten Sperrholzscheibe mit einzelnen entsprechend gekennzeichneten Fächern für die anzupreisenden Seifendüfte, Flieder, Maiglöckchen, Zitrone und Lavendel und so weiter. Der Reklamechef fand das einen verblüffend guten Einfall. Sodann führte er mich in die Kantine, wo einzelne der Dekorateure, vom Außendienst zurückgekehrt, ihre Beamtenkost verzehrten. Sie waren mir höchst unsympathisch. Indes schien das geradezu Liebe zu sein gemessen an der Abneigung, die sie mir entgegenbrachten. In mir reifte der

Entschluß, den ich wenig später zur Ausführung bringen konnte: Ich habe sie allesamt gefeuert.

An jenem Tag aber nahm mich der älteste von ihnen mit, um mir ihre Arbeit beim Außendienst zu zeigen. Sie bestand darin, jeweils in einem gewissen Stadtbereich die Drogerien und Parfümerien abzufahren und die Inhaber zu überreden, daß sie ihre Vitrinen mit Lever-Brothers-Schicht-Produkten ausstaffieren ließen. Es waren in der überwiegenden Mehrzahl Vorstadtläden. Ihre Vitrinen waren nicht mehr als die Fenster der Periökenhütten, die ohnehin in Mannshöhe in die schlecht getünchten Lehmwände eingeschnitten waren. Da hieß es nun, hatten sie die Erlaubnis zur Neudekoration erteilt, erst einmal ein halbes Kilo toter Fliegen und die Produkte der Konkurrenz-Firma Nivea auszuräumen. Sodann machte der Dekorateur sich an die Arbeit, Krepp-Papier-Girlanden in den Farben von Elida – Himmelblau und Goldgelb – umherzuhängen und mit Reißnägeln zu fixieren, jeder einzelne von Krepp-Papier umhüllt. Ringsum wurden neben Elida-Seifen die anderen Produkte aufgestellt, von Kalodont über Gibbs bis Flytox. Der Dekorateur, der mich von Duftladen zu Spezereienladen führte, versäumte nicht darauf hinzuweisen, wie mühsam und zeitraubend das Umwikkeln jeder Reißzwecke mit himmelblauem und goldgelbem Krepp-Papier war. Auch klagte er über den Kummer, daß die Dekoration, kaum war sie fertiggestellt und der Dekorateur gegangen, durch Hinzustellen gar nicht dazugehöriger Produkte und Gegenstände verschandelt wurde, Schweißfußsalben und Gläser mit Blutegeln, Körperhaar-Entferner, Herrn Sombarts Fliegenfänger und dergleichen. Die Dekorateure wurden nach der Anzahl der ausgeschmückten Vitrinen bezahlt. Die Ladeneigentümer bestätigten das in einem Buch. Eine meiner Aufgaben war zu kontrollieren, ob das mit dem erzielten Reklame-Effekt übereinstimmte.

Hatte ich davon geträumt, in Bukarest eine Karriere als Zeichner und Plakatentwerfer, also als Gebrauchsgraphiker, als Künstler zu machen, so war das nicht der Weg dahin. Aber es wäre mir sündhaft vorgekommen, hätte ich diese Gelegenheit, mich zu beweisen, ausschlagen wollen. Sie berechtigte mich im Nachhinein zu meinem Ausbruch nach Bukarest, der von meinen Eltern mit allem anderen als mit Wohlwollen aufgenommen worden war. Doris freilich hätte ihm vorbehaltlos zugestimmt. Schließlich lebten wir im anbrechenden Zeitalter des Amerikanismus. Ein Job war ein Job. Dieser gab mir konkretere Möglichkeiten zum Aufstieg als die Aussicht, durch Jahre mit einer Mappe voll Entwürfen unterm Arm von Auftraggeber zu Auftraggeber zu wandern, in der Hoffnung, daß davon einer mir tatsächlich einen Auftrag für ein Plakat gab. Wer weiß, vielleicht förderte mich der smarte Reklamechef und bugsierte mich in eine der Konzern-Zentralen, wo die Entwürfe für das Reklame-Material hergestellt wurden. Anstatt aufzupassen, ob einer von den Dekorateuren seine himmelblauen und dottergelben Reißzwecken so gesetzt hatte, daß nicht ein Weckglas mit einem gepickelten Salamander gegen Rheumatismus die Pyramide von Elida-Nelkenduft verstellte, würde ich die Entscheidung zu treffen haben, welchen weltweiten Medien wir Raum für Publizität abkaufen wollen. Ein mächtiger Mann, nicht nur ein Künstler. Vielleicht.

Andererseits war das, in was ich mich hier einließ, von unüberbietbarer Trivialität und sozialer Niedrigkeit. Ich fragte mich, ob ich im Corps Schacht noch als satisfaktionsfähig angesehen würde, wenn man erfuhr, daß ich die Vorstadtläden einer Balkanmetropole abgraste, um zu kontrollieren, ob in ihren Schaufenstern Kalodont-Tuben und Lux-Seifenflocken durch Niveas-Hautcrème und Tripperspritzen verstellt waren. Ich wollte meinem Vater nicht dabei begegnen. Ich war mir auch bewußt, daß ich in der Hierarchie der Fabrica

Stella weit unter dem Warenausteiler der Verkaufsabteilung stand und eigentlich in der Kantine nicht am Tisch mit den Herren der Buchhaltung hätte sitzen dürfen. Das waren ziemlich alle Siebenbürger Sachsen, die sich von einem Czernowitzer nicht ins Bockshorn jagen ließen.

Das in Betracht zu ziehen und gegeneinander abzuwägen hatte ich die Muße allerdings nur, nachdem es unwiderruflich geworden war. Ich war ein Angestellter der Fabrica Stella, noch bevor ich dazu Stellung nehmen konnte. Das Geschehende geschah mit mir über mich hinweg. Ich ratterte mit einem Ford Modell T aus den Zwanzigern von Mahala zu Mahala, freundete mich mit Ladenbesitzern an, stritt mit den anderen und deren Angestellten und lernte Bukarest kennen. Irgendwann in meinen späteren Jahren, als ich schon einige Bücher veröffentlicht hatte, machte mir ein rumänischer Schriftsteller-Kollege das Kompliment, ich sei von den Schilderern von Bukarest aus den Vorkriegsjahren der einzige, der das Leben der Vorstädte beschrieben habe. Alle andern hätten von Salons, vom Theater, vom Literaten-Café gesprochen. Dabei habe ich nur den geringsten Teil aufgeschrieben. Ich suchte das Orientalische. Das nicht-europäische Bukarest schien mir viel interessanter als das neo-europäische. Ich machte täglich Entdeckungen. Die taubenblau gestrichene Kuppel im Geschachtel der Blechdächer am Ende der Calea Moşilor war ein Hamam, ein Schwitzbad aus der Türkenzeit, architektonisch eine Köstlichkeit, eingekeilt in die Werkstätten für Vulkanisierung von Gummireifen und Rahat Lukum- und Baklawa-Verkaufsständen. Die winzige Biserica Creţulescu, ein Juwel der byzantinischen Kirchenbaukunst, zwischen den krabbenförmigen Repräsentationsbauten im Stil des Deuxième Empire um den königlichen Palast im Stadtzentrum gab der Stadt einen Adelsbrief. Ich suchte Kontraste. Einer der wenigen Plakat-Entwürfe, die ich in Bukarest gezeichnet hatte, stellte einen hochmodernen, pseudoamerikanischen Büroturm dar, davor in einem Meer von Blumen sitzend weißzahnig lachend eine Zigeunerin, Nelken hinterm Ohr. Nicht nur das Beieinander von bäuerlich Bodenständigem und vorausgetriebener Moderne war typisch für Bukarest. Nirgendwo anders waren Kontraste so erregend wie in den Vorstädten. Die Wachstumsschichten der Stadt waren daran abzulesen. Der lotterigen Wanzen- und Stechmücken-Periode des Metropolen-Marktfleckens an der Dămboviţa kam zum Vorschein. Sie erschien mir reizvoller als die Gegenwart. Auch das, was gestern erst entstanden war, entflammte meine Phantasie; voran die pompösen Deuxième-Empire-Villen der Bojaren, um die herum ein höchst pikantes Kleine-Leute-Art-déco aufwuchs, so lustig verzeichnet wie lateinamerikanischer Barock. Die Neuzeit kam stürmisch nach Bukarest, mit den Saxophon-Sirenenklängen des Amerikanismus. Alles das lagerte sich architektonisch ab, fraß sich ein, überlagerte das Vorangegangene, ohne es gänzlich ausmerzen zu können. Die Mischung war unvergleichlich reizvoll. Das Verbrechen des Conducătors Ceauşescu, daraus eine Ödnis präfabrizierter Zementblöcke gemacht zu haben, steht seinen anderen Untaten nicht nach.

Nicht nur meine kulturhistorische Entdeckung der Stadt läßt mir die Jahre in Bukarest reich und intensiv erlebt erscheinen. Auch meiner Passion für Pferde konnte ich mich mit einem Elan hingeben, der an die Monomanie meines Vaters für die Jagd gemahnte. Ich hatte bald die alten Hans-Karawanen-Herbergen hinter der Şosea Khisseleff entdeckt, wo die Rennställe untergebracht waren. Freundschaften mit Trainern, Jockeys und Bereitern wurden geschlossen. Sie verschafften mir gelegentlich einen Ritt. Es muß etwas Überzeugendes in meiner Leidenschaft gewesen sein, was mich Eingang in die Welt des Rennstallbetriebs finden ließ. Vielleicht spielte auch eine Rolle, daß ich nichts kostete, ja ein offenes Portemonnaie hatte. Meine Ritte bei der Morgenarbeit wurden regelmäßig. Ich nahm die Sache ernst. Ich war viel zu hoch aufgeschossen und zu langbeinig, um vom Flachrennen auch nur zu träumen. Aber ich hatte eine gute Hand und saß leicht. Um mich noch leichter zu machen, magerte ich systematisch ab. Ich schwitzte unter dicken Sweatern und einer Gummiweste, trank Gallonen von Tee, aß kaum noch etwas, bis ich 63 Kilo wog. Weiter ging's nicht. In der Fabrica Stella wurde ich gefragt, ob ich einen Bandwurm hätte.

Mein Leben konnte glücklicher nicht verlaufen. Das drückte sich am besten darin aus, daß ich meine Vergangenheit vergessen hatte und mich um die Zukunft nicht kümmerte. Ich wohnte mal hier, mal dort. Eine Weile nah der Biserica Albă. Später – um den Stallungen nah zu sein – auf der Şosea Jianu in einem Hochhaus namens Palaul Bazaltin. Die Wanzen eingebaut. Aber ich hatte uneingeschränkten Zugang zu Flytox. Frühmorgens zwischen fünf und sechs ritt ich mit dem Lot zum Rennplatz am Ende der Şosea Khisseleff hinaus, nahm an der Arbeit teil, kehrte heim, duschte und begab mich zur Fabrica Stella. Sommers wurde von sieben bis zwölf gearbeitet. Zum Außendienst fuhr ich mit dem Ford T. Nachmittags war ich wieder im Stall. Ich hatte mein eigenes Pferd dort stehen, spielte herum, ging wieder heim. Gegen sieben Uhr abends hatte ich meinen Fieberanfall. Eine leichte Malaria, die mir zustatten kam, weil sie Gewichtszunahme verhinderte. Sie machte mich nicht stärker. Aber ich war zäh wie eine Peitschenschnur. Abends saß ich bei den Zigeunern in einer der Kneipen unter einem Flugdach im Freien. Oft mit einer gajica: einem Gelegenheitsliebchen. Sie aufzutreiben war in Bukarest kein Problem. Es waren entzückende Mädchen, jung, lebenslustig, unvoreingenommen. Ich habe in jenen Jahren ein einziges Buch gelesen: die »Forsyte Saga« von John Galsworthy. Allerdings waren's mehrere Bände.

Irgendwann wurde ich eingezogen. Ich mußte heim nach Czernowitz. Das ging mir aus Gründen des hier geschilderten angenehmen Lebensrhythmus gegen den Strich. Mehr noch durch den Stumpfsinn, die Erniedrigung der Rekrutenausbildung. Ich duldete es nicht, im Namen des Staates angebrüllt und beschimpft zu werden. Gänzlich davon verstört zeigte sich meine Mutter. Um sie zu beschwichtigen – das Verhältnis zu ihr war äußerst schwierig geworden –, ließ Philip einige Beziehungen spielen. Ein wenig Geld kam dazu. Ich wurde von Czernowitz nach Bukarest versetzt. Dort versandete mein Wehrdienst fürs rumänische Vaterland. Die Fabrica Stella hatte mich inzwischen beurlaubt, nahm mich dann wieder in ihre Dienste auf. Indes hatte ich in Czernowitz im Haus meiner ehemaligen rumänischen Freunde die schöne Gattin eines Arztes, eine Russin, getroffen, so überaus russisch, daß einem unter ihrem Blick die Balalaikafinger zuckten. Sie ließ diesen Blick für eine gute Weile auf mir – nicht etwa ruhen, sondern sich behaglich wälzen: Dann sagte sie: »Wenn Sie nach Bukarest zurückfahren, darf ich Ihnen einige Flaschen Wodka für eine Freundin mitgeben?«

Die Freundin war gleichfalls Russin und Pianistin, eine Schülerin Brailowskis. Sie hieß Mira Dolivo. Wenige Stunden, nachdem ich die Flaschen bei ihr abgegeben hatte, war eine davon zur Gänze, eine andere zu einem Drittel geleert. Mira saß am Flügel, kaum beim Spiel behindert von den Zigaretten zwischen ihren Fingern. Sie spielte Rachmaninows Vierte. Ich saß zu ihren Füßen, ans Klavierbein gelehnt. Wahrscheinlich weil ihr doch eine der Zigaretten entfallen war, unterbrach Mira ihr Spiel und neigte sich zu mir nieder. »Grischenka, du weinst?« Ich nickte, tränenschluckend, von einem Schluchzen aufgerüttelt. »Aus dir kann einmal ein Mensch werden«, sagte Mira und wühlte sich wieder in Rachmaninows Vierte. Das geschah im fünften Stock des Palaţul Bazalthin. Es war nicht nur die Nähe der Ställe, was mich bewog, in den sechsten einzuziehen.

Mit Mira begann mein Leben gesellig zu werden. Nicht ohne daß dabei zum Ausbruch gekommen wäre, was ich in mir verdrängt hatte. Meine Spießigkeit brach aus. Ich schämte mich, als Dekorateur von Parfümerievitrinen aufzutreten. Wiewohl ich mich doch gelegentlich bei Anwandlungen von Stolz entdeckte. Schließlich lebte ich tapfer auf eigene Faust. Mein Sperrholzbrett voll der Fächer für Frühlingsdüfte war ziemlich die einzige künstlerische Leistung, die ich in der Fabrica Stella vollbrachte. Mit ihr hatte ich die Formel gefunden, die mir's möglich machte, die Reißzwecken-Umwickler allesamt zu feuern. Mit dem Effekt, daß nun ich selbst es war, der die Parfümerien und Drogerien der Mahalas abfuhr und ihre Inhaber dazu überredete, Nivea aus der Vitrine zu fegen und mein Elida-Brett hinneinzustellen. Die Gläser mit den Blutegeln kamen trotzdem hinein. Die Fliegen mußte ich ausräumen. Daß man mich zum Lohn dafür in eine der Konzern-Zentralen schicken würde, war unwahrscheinlich. Die Aussicht, daß das für immer so weitergehen würde, war lähmend. Nur mein anderer Existenzteil, der auf der grünen Bahn des Rennplatzes und bei den Boxen der Vollblüter, ließ mich den Gedanken daran ertragen. Kam es aber dazu, daß ich mich in meiner Ausgeliefertheit an mein trübes Los öffentlich zeigen mußte, so kochte der Seelenplunder in mir auf. Es geschah, daß ich eine der großen und eleganten Parfümerien auf der Calea Victoriei beschwätzt hatte, unsere Dekoration in ihre Schaufenster zu lassen. Beruflich war das ein Treffer. Nie vorher war's gelungen, Elidas Blütenstrauß neben Coty und Guerlain zu stellen. Aber als ich am hellichten Vormittag in der großen Auslage herumkroch, um meine Seifen zu arrangieren, während draußen vor den Scheiben die Passanten der Calea Victoriei vorbeispazierten, wagte ich nicht, meine Augen zu erheben. Es war nicht das Gelump von Văcăreşti, dessen Blicken ich ausgesetzt war, sondern wohlgekleidete, ja elegante Leute. Daß unter ihnen jemand sein konnte, der mich kannte, war unwahrscheinlich, denn ich lebte so eigenbrötlerisch wie als Adoleszent in Wien. Aber was machte das aus? Wer mich sah, sah mich; und wen er sah, war ich.

Mira und ihren Freunden das zu erklären, war erst recht unmöglich. Es waren Russen, deren Emigrantendasein es geradewegs zum Ehrenpunkt machte, daß ihre gegenwärtige soziale Position mit der vorangegangenen in schlagendem Gegensatz stand. Der Großfürst als Taxischofför, die Primaballerina des kaiserlichen Balletts als Hühneraugenoperateuse waren Standard. Miras Freunde waren nicht viel bescheidener. Die Spanne zwischen einst und jetzt war allerdings geringer. Immerhin, da war ein Mann namens Stori – ehemaliger Offizier der Garde à Cheval, jetzt Sekretär des Golfclubs. Seine Frau lebte mit einem ehemaligen Offizier der Chevaliers Garde, Alex Wolgin, männlich schön wie Douglas Fairbanks. Was er tat, weiß ich nicht mehr. Nichts, wahrscheinlich. Und da war Katja Nabokowa, die erste einer Familie, mit der ich zeitlebens in irgendeiner freundschaftlichen Verbindung stehen sollte. Sie war winzig klein und von uns allen bemitleidet, denn sie verdiente diskret als Sekretärin der amerikanischen Gesandtschaft, lieferte aber als gehorsame Tochter ihr Gehalt auf Heller und Pfennig ihrem Vater, dem ehemaligen Gouverneur von Kurland, aus. Ihr blieb nichts für ein Paar neue Strümpfe. Mit Elida-Seifen von Flieder bis Maiglöckchen konnte ich sie beliefern.

Wir amüsierten uns trotzdem recht gut bei Strömen von

Wodka. Einmal ging's ganz hoch her. Stori verkündete, er habe eine Erbschaft von fünf Millionen Dollar gemacht. Sie wurde im Golfclub gefeiert. In den grauen Morgenstunden zerbrachen wir alle Grammophonplatten, die wir durch die Nacht gespielt hatten, in kleine Stücke und warfen sie zu dem Scherbenhaufen der zertrümmerten Champagnergläser und geleerten Kaviardosen. Leider stellte sich heraus, daß die Nachricht von Storis Erbschaft eine Ente gewesen war. Es dauerte Jahre, bis der Freundeskreis für den Schaden aufgekommen war, das Lied der Wolgaschlepper im Gemüt.

Nach guter russischer Sitte schlug die Stimmung bald wieder um. Das nächste Fest war wieder rauschend. Es spielte sich in Miras Wohnung ab. Neben ihr wohnte eine Schwedin – Elsa Jederlund. Irgendwann stellte sie fest, daß sie ihren Wohnungsschlüssel verloren hatte. Ich ging in den sechsten Stock hinauf zu mir, kletterte aufs Dach und sprang nieder auf ihren Balkon. Sturzbetrunken.

Damals griff ein ukrainischer Freund in mein Leben ein. Er hatte einen kleinen Besitz bei Czernowitz, seine Tochter Lita, mit neunzehn Jahren meine erste große Liebe, als ich fünf war, hatte mich auf mein erstes Pferd gesetzt. Jetzt kam ihr Vater, Vladzju Zalozietzki, nach Bukarest, um Mira zu besuchen. Seine Augen ruhten auf mir wie die der russischen Freundin, die mich an Mira empfohlen hatte. Dann sagte er, eine Dame seiner Bekanntschaft wünsche die meine zu machen. Ich solle mich am nächsten Mittwoch bei ihr melden.

Warum sie Duse genannt wurde, wußte keiner. Sie hatte nicht das mindeste schauspielerische Gehabe. Auch keinerlei Talent dafür. Sie war wundervoll geradeaus in ihrer smarten Vitalität. Kein größerer Gegensatz war vorstellbar als der zwischen dem tragisch allen Seelenboden aufwühlenden Blick ihrer großen Namensgeberin und dem weißen Blitzen von Duses Zähnen in ihrem stets bereiten Lachen. Es ist uns immer vorgekommen, daß es nur eines Augenblicks bedurfte, uns zu einem Liebespaar zu machen. Als sei ich eingetreten in ihren Salon, ein fremder, ihr von einem Freund empfohlener junger Mann, und wäre schon ihr Geliebter geworden, bevor ich ihr Haus verlassen hatte. Aber das war nicht gleich so. Erst mußte ich eine Reihe von Prüfungen bestehen. Wen kannte ich? Wer kannte mich? Wenn ich ein Eigenbrötler war, womit beschäftigte ich mich? Wie waren meine Tischmanieren? Gefiel ich ihrem Mann? Wir mußten feststellen, daß wir unheimlich gut miteinander tanzten. Daß wir die gleiche Vorliebe für Egon Schiele und die gleiche Abneigung gegen Gustav Mahler hatten. Auch daß wir die Gedichte von Anton Wildgans, dessen »Sonette an Ead« ihr Gatte mit Innigkeit zitierte, unsäglich lächerlich fanden. Das Übrige verstand sich von selbst. Wir liebten gleicherweise Hunde, Pferde, rauhes Wetter, Dubonnet mit Gin am Vormittag, Skiausflüge in die Berge, Tango und Windjacken. Unsere Harmonie hatte nur einen Haken: Sie war zehn Jahre älter als ich und die Gattin eines höchst angesehenen, reichen und einflußreichen Mannes. In der Bukarester internationalen Gesellschaft spielte sie, wie man so sagt, eine prominente Rolle. Weil sie lebenslustig, elegant und exzentrisch war, sich nicht viel um Konventionen scherte, stand sie immer im Mittelpunkt der kollektiven Neugier. Desgleichen nun auch ich. Nur für einen Augenblick, allerdings. Ich war eine Eintagsfliege dank meiner Beziehung zu Duse. Dennoch: Mein Leben schlug um.

Die Bukarester internationale Gesellschaft war äußerst kregel und frivol. »Klein-Paris« war ein irreführender Name für die Stadt. Sie war eher ein Groß-Marrakesch: eine bunte, halb orientalische Welt, darüber eine Kruste Privilegierter, die entschlossen waren, die Vorteile, welche ihre Stellung als Landesgäste ihnen bot, auf das herzlichste zu genießen. Wie seinerzeit mit Doris, kam ich aus der Vereinzelung in den Wirbel. Hier in Bukarest waren es freilich nicht mehr jüdische Intellektuelle, zwischen denen ich mich zurechtfinden mußte, sondern das Gemisch aus Diplomaten, internationalen Geschäftsleuten, lokalen Prominenten und einheimischen Aristokraten. Wie in Wien die Freundinnen von Doris mich besichtigt und gelegentlich entliehen hatten, so zog ich auch hier als Neuankömmling und Begleiter einer Protagonistin zunächst das Interesse der anderen gesellschaftlichen Protagonistinnen auf mich. Während ich aber in Wien als jugendliches Talent und willig Entliehener mit mütterlicher Zuneigung aufgenommen worden war, traf ich hier in Bukarest nicht auf das gleiche Wohlwollen. Das lag an mir. Mit kampfbereiter Entschiedenheit machte ich deutlich, daß ich zu Duse gehörte und nicht zu entleihen war. Also erntete ich ein Achselzucken. Die Sage von meinem künstlerischen Talent verfing nicht. Man hatte keinerlei Beweisstück vorliegen, und auf die Sperrholzplatten mit den Blütensträußen der Elida-Seifen hütete ich mich hinzuweisen.

Mit den Männern kam ich erst recht nicht aus. Jeder kleine Gesandtschaftsattaché wußte mehr von der Welt und konnte darüber reden und – was wichtiger war – mit Tratsch unterhalten. Ich hätte bestenfalls mit den Anekdoten meiner russischen Freunde vom Preobraschensky-Regiment aufwarten können und vor solchen, die am Pferdesport interessiert waren, meine Ansichten aus der Stallburschen-Perspektive entwickeln. Das Interesse, das ich anfangs auf mich gezogen hatte, glitt bald von mir ab. Man tolerierte mich, ohne mich weiter zu beachten. Meine Abendkleidung, die ich nach den Wiener Jahren eingemottet hatte, war gut geschnitten. Ich verstand es, einen Frack zu tragen, und hatte ordentliche Manieren. Damit hatte sich's.

Leider hatte sich's damit keineswegs. Ich litt. Nicht daran, daß ich eine gesellschaftliche Niete war. Daraus machte ich mir nichts. Selbst nicht daraus, daß man mich notwendigerweise für ein Anhängsel Duses und ihres Gatten ansah. Mit einem Wort – das, nebenbei, in Bukarest keinerlei Abwertung enthielt – für einen kleinen Gigolo. Woran ich litt, war Duses wohlgelaunte Gleichgültigkeit dagegen. Ob man mich für einen Gigolo hielt oder nicht, machte ihr nichts aus, unbeschadet, ob diese Ansicht beinah den Tatsachen entsprach. Ich sage: beinah, denn ich war leider nicht ausgehalten, wie's einem regelrechten Gigolo entsprochen hätte. (Und in Bukarest durchaus nicht als ehrenrührig empfunden worden wäre.) Aber natürlich reichte mein Geld nicht dafür aus, mit der Lebensweise des *fast set* von Bukarest Schritt zu halten. Schon in meinen Einzelgängerzeiten war das meiste an Pferde ausgegeben. An den Monatsenden wurden die Abende mit einer gajica bei Zigeunermusik unter dem Flugdach einer Vorstadtschenke seltener. Jetzt dauerte es kaum noch Tage, daß mein Gehalt als Schaufensterdekorateur der Fabrica Stella aufgebraucht war. Ich brauchte mich freilich nicht an Duse zu wenden. Bei den meisten unserer Vergnügungspartien war ohnehin ihr Gatte zugegen. Selbstverständlich war er's, der bei einem Frühstück im Golfclub, bei einem Abendessen bei Capsa, nach einer Champagnernacht in einem Nightclub die Rechnung bezahlte.

Wir fuhren zu dritt nach Italien. Mein Militärdienst lag ein Jahr zurück, ich war – Gott allein mochte wissen, wieso – Unterleutnant der Reserve geworden und wieder Besitzer eines Reisepasses. Ich kann nicht sagen, in welchen Zwiespalt von Gefühlen mich diese Reise stürzte. Ich liebte jeden Augenblick in Italien und litt daran, daß ich's als Abhängiger sah. In zweifelhafter Abhängigkeit. Wir fuhren im Auto, so konnte ich mich als Fahrer nützlich machen, völlig überflüssig, weil Duse wie ein Teufel fuhr. Natürlich war meine Reisekasse hinter Bozen erschöpft. Wir aber fuhren über Venedig nach Rom. Qualvoll, erklären zu müssen, warum ich nicht mit den beiden im »Danieli« wohnte, sondern in einem zweitklassigen Familienhotel. Ausreden, ich sei müde, habe Durchfall, Zahnweh, könne deshalb nicht zum Ausflug nach Murano, zur Opernaufführung in der Arena von Verona, zum Abendessen bei »Rainieri« in Rom kommen, wurden nicht gelten gelassen. Duses Gatte zahlte. Das Schlimmste war, daß ich ihn innig ins Herz geschlossen hatte. Er war von Natur her generös. Stets heiterster Laune, allen guten Dingen aufgeschlossen. Ich wußte, daß es wahr war, wenn Duse mir sagte, sie lebe mit ihm in bestem Einvernehmen in einer Josefsehe. Es mußte also Vorgänger von mir gegeben haben. Ich war wütend eifersüchtig auf sie. Das stellte mich an seine Seite. Dabei mußte ich mir sagen, daß ich ihn hinterging.

In meiner seelischen Bedrängnis brütete ich einen Gedanken aus, der mich fortan nicht loslassen sollte. Es gab aus meinem Dilemma nur den Ausweg, daß Duse sich von ihrem Gatten scheiden ließ und mich heiratete. Das war selbst mit der Skala überspanntester Spießbürgerlichkeit nicht zu bemessen. Es war schiere weltferne Dummheit, ein Mangel an Wirklichkeitssinn, der an Paranoia grenzte. Die Zeit hatte mich über mich selbst hinweg ins dreiundzwanzigste Lebensjahr gelebt, ohne daß ich begriffen hätte, wie und wo ich im Leben stand. Es war nicht einmal Selbstbefangenheit zu nennen, nur törichte Regelbesessenheit, wenn ich mich lieber einem Wahn hingab, als mich zu etwas zu bekennen, was nicht meinem Bild von mir entsprach. Ich glaubte, es mir selbst, meinem Namen, meinem Vater, meinem Stand schuldig zu sein, daß ich Duse, die kein eigenes Vermögen hatte, aus der Obhut eines liebenden, bedingungslos ergebenen wohlhabenden Mannes herausholte und sie mit mir Habenichts dem Schicksal aussetzte. Wer glaubte denn noch an mein zeichnerisches Genie? Ich selbst kaum noch, obwohl's das einzige war, was mich in meiner Narretei aufrechthielt. Ich begann, Duse zu quälen. In keinem Fall konnten wir fortfahren, als einverständnisvolles Trio aufzutreten. Ich mußte fort aus Bukarest. Sie mußte mit mir kommen. Wohin? Auch die Antwort darauf war bezeichnend für meinen Mangel an Vorstellungen. Zunächst wollte ich zurück nach Wien. Als hätte ich dort an weiland Professor Strnads Angebot, sein Assistent zu werden, nach vier Jahren und seinem Ableben anknüpfen können.

Es waren vier Jahre in Bukarest, auf die ich selbst durch den Schleier meines Ungeists mit Zärtlichkeit zurückblickte. Ich hatte mich eingelebt in die Stadt, die vom westlichen Europa als Balkanmetropole abgetan wurde, obwohl ziemlich jedermann, der vom Westen dorthin kam, wenn nicht gleich die glücklichsten, so doch meist die heitersten Tage hinbrachte. Ich liebte Bukarest. Ich hatte mich dort eingelebt, im Geist verbunden mit einem Volk, das etwas Unerlöstes an sich hatte, wie als wäre es heimgesucht von den Dämonen seines Zynismus, seiner Grundgescheitheit, seiner Violenz und seiner zähneknirschenden Schicksalsergebenheit. Die Großmannssucht des Nationalismus hielt die Rumänen am Sieden. Gleichwohl war in den Seelen die Trauer um die Hinfälligkeit alles Irdischen. Und dieses Irdische war schön, die Erde, das Land war schön, die Stadt, die Lieder, die Mädchen, die sie sangen, waren schön. Die Liebe war schön, es war schmerzlich, das alles hinfällig zu wissen. Nur der Stolz hielt die Seele aufrecht. Der Stolz der Rumänen, selbst wenn er in wüsten Chauvinismus ausartete, sprach von Tapferkeit gegen sich selbst. Das entsprach mir sehr. Hier wurde kein Messias erwartet.

Im Westen schien der Erlöser schon angekommen, zumindest in nächster Nähe zu sein. Deutschland jedenfalls exerzierte nach seiner Heilsbotschaft. Sie war durchaus diesseitiger Verheißung, zielte auf das Wohlergehen aller, die desselben Glaubens waren, versprach sogar, eine der großen Utopien aus den zwanziger Jahren zu verwirklichen: die Herstellung eines neuen Menschentyps, der Herr und nicht Sklave der Technik sei und sie zum Segen der Menschheit einsetzen würde. Die Blondzöpfe der Ährenschwingerinnen zeigten den Entwurf. Die Berliner Olympiade von 1936 stellte ihn aller Welt vor Augen. Die Choreographie der Kader dort und auf dem Reichsparteifeld von Nürnberg wiesen den Massen den Weg zu einer Ästhetik, in deren Namen der Kampf gegen Korruption und Zinsknechtschaft, aber auch gegen die Judenherrschaft und den Neid des Auslands aufgenommen werden konnte. Schon hatten die Jungmannen ihre Autobahnbauerspaten gegen Karabiner eingetauscht. Einzelne Kader waren nach Spanien abmarschiert, um dort dem Bolschewismus entgegenzutreten. Die Zukunft kam auf uns zu wie nie zuvor.

Das war österliche Kunde für einen, der zum Westen zurückstrebte, wenngleich mit angekränkeltem Gemüt. Freilich würde ich nicht gleich nach Deutschland gehen, sondern nach Wien. Dort erwartete mich Doris mit ihrem Kreis von jüdischen Intellektuellen. Kurz bevor ich abfuhr, erreichte mich ein Brief meines Vaters. Er schrieb, er habe trotz der Skepsis, die ein Österreicher seit der Schlacht von Königgrätz dem Preußentum entgegenbringen mußte, dem wiederaufgehenden Stern Deutschlands unter Adolf Hitler – ungeachtet dessen Lakaienvisage – viel Sympathie entgegengebracht. Vor allem seit den hervorragenden Jagdgesetzen Görings. Gerade darum sei er jetzt in seinem Glauben irre geworden. Der deutsche Botschafter in Bukarest habe einen Hirsch im

Lager geschossen. Zugegeben, es sei ein kapitaler Hirsch gewesen, wie man ihn im Leben, wenn überhaupt, nur einmal trifft. Aber einen Hirsch im Lager zu schießen ist ein unglaublicher Frevel, um so unverzeihlicher, wenn er vom offiziellen Vertreter eines Kulturlandes begangen worden ist. Mein Vater schrieb, er erwarte eine exemplarische Bestrafung des Schützen. Sollte die nicht erfolgen, so könne man auch von diesem erneuten Deutschland nichts anderes erwarten als eine Heimtücke à la Sadova. (Er meinte das Zündnadelgewehr.) Ich schrieb ihm beruhigend, ich werde nicht nach Deutschland gehen, sondern in Wien bleiben. Ich freute mich auf Doris und die Freunde, die ich amüsieren konnte mit Anekdoten aus dem Judenviertel von Văcăreşti und Gedichten zur Feier ihrer Journalisten-Freunde Poldi und Ernst Singer aus Prag: »Säj der an die Brieder Singer, einer ist vom andern jinger.« Aber das schrieb ich meinem Vater nicht.

Wien war nicht wiederzuerkennen. Ich nahm Anstoß an seinen Auslagen. Davon verstand ich etwas. Die Kärntnerstraße, der Ring, der Graben – das waren die Auslagen, in denen die Stadt sich selbst ausstellte. Mehr als den Geschäften war den Passanten abzulesen, in welchem Zustand sie sich befand. In sonderbarer Erregung, jedenfalls. Und umgeschichtet. Es drängte sich mir auf zu sagen: völkischer. Aber das kann nicht mein erster Eindruck gewesen sein. Die Vokabel »völkisch« stammt von später. Mein erster Eindruck war, daß etwas stattgefunden haben mußte, wie wenn der alte Aufbau von Elida-Seifen weggeräumt worden wäre und man hätte anstelle der duftigen Gebilde aus Knochenleim, Flieder-, Nelken- und Maiglöckchen-Essenz die Kämme, Nagelfeilen, Fliegenfänger und Gläser mit Blutegeln des profanen Drogerie-Alltags gesetzt. Auch darin hatte ich Erfahrung.

Aber ich tue gut daran, auf Metaphern zu verzichten. Ich muß hier so genau wie möglich sein. Das Stadtbild sollte in den nächsten Wochen sich mehrmals ändern. Jedesmal waren's nur Details, die sich verschoben. Jedesmal waren sie bezeichnend. Bei meiner Ankunft nach fünf Jahren, davon eins in Czernowitz in gänzlich rumänischer Umgebung und vier in Bukarest, hatte ich für Details ein scharfes Auge. Auch Doris hatte ich angesehen, daß sie fünf Jahre älter geworden war. Winzigkeiten, aber beredt. Übrigens kam sie mir viel jüdischer vor. Was ich an ihr als spanisch betrachtet hatte, konnte mich nach Bukarest nicht täuschen.

Ebensowenig täuschte mich die Zusammensetzung der Menge, die durch die Präsentierstraßen der Innenstadt wallte. Es waren die Wiener Ausgaben der Buchhalter und Vertriebsleiter, Magazinaufseher und Vertreter der Fabrica Stella. Unter ihnen der eine oder andere Zahnarzt und mehrere Schalterbeamte. Mittelbürger, mit einem Wort. Von den Kleinbürgern unterschieden durch Individualität. Wiener Mittelbürgertum. Swoboda und Czervenka. Aber auch Huber Franz, Lechgruber und Oberschröder. Daher das »völkische«. Niemals sind mir Wiener so österreichisch vorgekommen. Swoboda und Hrdlitschka waren so österreichisch wie Roseggers Halderbuben, die auf unseren Schulverein-Plakaten über den Grenzbaum weg der Germania die Hand reichten.

Die Gemahlinnen waren mitgekommen. Auch hier und da ein Kind. Sie brachten etwas feiertäglich Erhitztes in die Atmosphäre. Allerdings nichts Müßiggängerisches. Kein Schlendrian, sondern die demonstrative Schaustellung der eigenen Gegenwärtigkeit. Uns gibt's auch! Hier sind wir! Die eleganten Leute waren aus dem Spielfeld verschwunden.

Das aber war nicht das einzig Bemerkenswerte. Die militanten Mittelbürger nahmen nur den rechten Gehsteig ein.

Auf dem linken tummelte sich ein ebenso dichter Zug von Leuten, die soziologisch nicht einzuordnen waren. Es waren keine Kleinbürger und kein Proletariat. Es war Stadtrandvolk: Auf den ersten Blick würde ich gesagt haben: die Roten. Aber sie waren nicht diszipliniert. Sie nahmen sich aus wie die Plünderer des Jahres 1919. Merkwürdigerweise aber angeheizt von einer Art von politisch aufrechtem Willen. Sie ballten die Fäuste und riefen Schmähworte hinüber zu den Bürgern auf dem gegenüberliegenden Gehsteig. Aber sie schienen's für eine gerechte Sache zu tun. Alle zehn Schritte patrouillierte ein Schutzmann in langem, flaschengrünem Mantel die eine oder andere Straßenseite auf und ab und achtete darauf, daß keine Überschreitungen vorfielen.

»Was soll der Zirkus?« fragte ich Doris. »Nazi-Demonstrationen.« Ich dachte, die Nazis wären seit der Ermordung von Kanzler Dollfuß verboten. (So viel hatte ich mitgekriegt von österreichischer Politik.) Nein, sie waren wieder zugelassen. Aber welche von den Straßenseiten war die der Nazis? »Das kann nur begreifen, wer das österreichische Ordnungswesen kennt: Bei einer Prügelei zwischen Nazis und Anti-Nazis stützt ein gewaltiger Schutzmann mit erhobenem Gummiknüppel sich auf einen kleinen Juden. ›Was ist?‹ schreit der. ›Ich bin doch kein Nazi!‹ Der Schutzmann: ›Aber ich!‹« »Also, wer ist's wirklich?« »Das wird sich herausstellen.«

Wien war zur politischen Arena geworden. Das kam nicht nur mir absurd vor. Man war an lästigen, aber relativ gemütlichen politischen Hader gewöhnt. Politische Demonstrationen sämtlicher Coleurs hatten sich in Aufmärschen entlang der Ringstraße abzuspielen, wobei immer eine Delegation der Tramwayschaffner vorausschritt. Wenn man dem nicht aus dem Kaffeehausfenster zuschaute, las man davon am nächsten Tag in der Zeitung. Es handelte sich ja meistens um die Zwistigkeiten der Schwarzen mit den Roten. Streitpunkt war die Stadtverwaltung. Dahinein hatten die illegalen Nazis etwas älplerisch Kühnes gebracht. Sie kletterten auf den Rathausturm und entfalteten eine Hakenkreuzfahne. Sie sprengten Telefonzellen. Man konnte ihnen nicht absprechen, daß sie die politische Szene belebten. Jetzt aber begann das ungemütlich zu werden. Wie eine gewitterschwere Regenwand hatte das Dritte Reich Adolf Hitlers sich hinter Österreich aufgebaut. In seinem Schatten erlangten die Austro-Nazis unheimliche Dimensionen. Schlimm war dabei, daß gerade die Anhänger der politischen Gemütlichkeit einen erfrischenden Regenguß aus der deutschen Wolkenwand erwarteten.

Doris und ihre Freunde gaben sich keinen Illusionen hin. Es war an der Zeit, das Land zu verlassen, so wie die deutschen Juden ihr Land verlassen hatten. So weit sie's konnten. Auch hier in Wien verharrten viele in einer Art von Lähmung. Heute hat man sich an Emigration und Flucht gewöhnt. Im Jahr 1938 war es nicht alltäglich, sein Haus, seine Habe, seine Freunde, die gewohnten und geliebten Stätten seines Lebens verlassen zu müssen und ins Ungewisse einer neuen Existenz zu ziehen. Man mußte erfahren, daß andere Länder, in die man hätte flüchten wollen, wenig Verständnis aufbrachten fürs Unglück derjenigen, die in dem eigenen nicht geduldet wurden. Auch als sich's herumgesprochen hatte, bis zu welchen Grausamkeiten dieser Mangel an Duldung ging – man sprach sogar von Vermögenskonfiskation und grundlosen Einkerkerungen! –, änderte sich das Unverständnis nicht. Glückliche Vor-Auschwitz-Zeiten!

Man kam nicht zu Bett in jenem Februar 1938 in Wien. Die Nächte waren noch unruhiger als die Tage. Die Kneipen waren überfüllt. Es gab mehr Raufereien und mehr Besoffene als üblich. Im Paulanerbräu, um Mitternacht, hatte ich mir die Sympathie eines Volltrunkenen zugezogen. Er hatte den Arm um mich geschlungen und röhrte an mein Ohr: »Du bist gut. Du bist mein Freund. Der einzige, den ich habe. Der einzige, der mir geblieben ist.« Um ihn zu beschwichtigen, reichte ich ihm einen doppelten Slivowitz. Er kippte ihn hinunter und wies auf Doris: »Darf ich bitten, der Dame vorgestellt zu werden?« »Laß mal, das führt zu nichts. Das ist meine Frau.« »Da gratuliere ich. Die Dame ist nicht Vollarierin. Das sehe ich sofort. Meine Gnädigste, Sie gestatten, ich war bis gestern Häftling im Konzentrationslager Kaisersteinbruch. Wegen unerlaubter Nazi-Betätigung.« Noch ein doppelter Slivowitz. »Danke. Weltanschaulich, meine Gnädigste, bin ich Antisemit. Aber eine Jüdin ist kein Jude.« Brüllender Lachausbruch. Schwerer Schlag auf meine Schulter. »Das siehst du doch auch so, Freund meiner Seele! Eine Jüdin ist kein Jude.« Jäher Stimmungsumschlag. »Aber ein Häftling ist ein Häftling.« Indem er seinen Zigarettenstummel vor meinen Augen hin und her wedelte: »Für ein solches Tschickerl, ein solches kleinwinziges Tschickerl hab ich müssen kübelweis Scheiße tragen, dreimal am Tag. Siehst du das, Freund? Ein solches Tschickerl.« Doppelter Sliwowitz. Sein Haupt fällt krachend auf die Tischkante. »Verraten haben sie uns. Verkauft und verraten. Jetzt werden sie uns wieder verkaufen und verraten.« Tränen. Fäustegetrommel zwischen klirrenden Gläsern. Ein Aschenbecher geht in Scherben. »Verraten!« Schluchzend: »Verkauft und verraten!«

Wer? Wen? Das war nicht leicht herauszufinden in jenen späten Februartagen in Wien. Die Klagen wiederholten sich nämlich von verschiedensten Seiten. Die Sozis schrien: »Verraten!« Die Heimwehr schrie: »Verraten!« Die Schwarzen schrien: »Verraten!« – und das alles, bevor der Verrat sichtbar geworden war. Es würde sich herausstellen, wer wen verraten hatte. Es war, als wünschten sich alle, daß es nie herauskomme.

Der Stichtag sollte nicht lange auf sich warten lassen. Bis dahin wallte das Volk Wiens auf gegenüberliegenden Gehsteigen auf und ab. Bewacht und geregelt von Schutzleuten in langen, flaschengrünen Uniformmänteln. Die Juden warteten im Kaffeehaus. Nervös und nie verlassen von sarkastischem Witz. Auch ihre Stunde sollte kommen.

Sie kam, wie man weiß, am 12. März 1938. Der Tag war eisig. Elf Grad unter Null bei strahlendem Himmel. Die Nacht davor war das Volk Wiens von den Gehsteigen auf die Fahrbahn der Ringstraße geströmt. Um sich im Jubel die Seele aus dem Hals zu schreien. Was war geschehen? Die Grenzbäume waren endlich weggeräumt. Der Halderbub war von Germania an die Brustbrünne gerissen. Der Anschluß war vollzogen. Ein Volk, ein Reich, ein Führer. Gebürtiger Österreicher. Von Verrat war vorderhand keine Rede.

Ich habe das mehrmals in verschiedenen Büchern beschrieben. In den »Denkwürdigkeiten eines Antisemiten« als pseudo-persönliches Erlebnis. Im »Tod meines Bruders Abel« in Romanverkleidung. Weder im einen noch im andern habe ich erzählt, daß ich inmitten der Walpurgisnacht eine von den Prostituierten der Kärntnerstraße, die jedermann seit Jahren zumindest vom Sehen kannte, eine Weile lang schluchzend in den Armen gehalten habe. Sie hatte sich hineingeworfen wie ein verzweifeltes Kind. »Bist du so unglücklich?« Sie schüttelte das dottergelb gefärbte Haar. »So glücklich?« Noch heftigeres Kopfschütteln. »Wie auch immer, es wird ja alles wieder gut«, tröstete ich linkisch. »Nichts wird wieder gut, du Arschloch!« schrie sie wild und machte sich von mir los. »Nichts wird wieder gut!« Ich sah ihr verzweifeltes Gesicht. Dann war sie verschluckt von der johlenden Menge.

Ich habe auch die Ankunft Hitlers in Wien und seine Stammelrede auf dem Heldenplatz beschrieben. Nicht, daß ich ihn dort, eingepfercht in einen Brei Deliranten auf Distanz von wenigen Metern gesehen habe. Er stand aufrecht in seinem Wagen, hielt mit der Linken seine Gürtelschnalle über dem Nabel fest und bewegte die Rechte mit angewinkeltem Arm wie automatisch heilgrüßend auf und ab. Seine Portiersmütze saß tief, bedrohlich unmittelbar über den Augenbrauen. Sein Ausdruck war mißmutig. Der Wagen fuhr sehr langsam, weil er sich durch die Menge bahnen mußte. Er schwebte an mir vorbei wie Lohengrin auf der Opernbühne, von einem mechanischen Schwan gezogen. Ich konnte den legendären Führer also ausgiebig betrachten. Alles, was mir damals zu ihm einfiel – und was ich auch heute mit nichts ergänzen kann: Er sah genauso aus wie auf seinen Bildern. Die Verzückten, die vor dem vorbeiziehenden Wagen in die Knie gegangen waren, wären vermutlich genauso hingesunken, hätte man ein mannsgroßes Porträt von ihm vorbeigetragen. Das Magische war nicht in der Person. Es war im Bild.

Tags darauf lag ein anderes Wien vor mit. Die Welt war anders geworden. Ich habe oft genug darüber geklagt, daß es kaum möglich ist, die Behauptung glaubhaft zu machen, es könne von einem Tag auf den andern spürbar ein neues Weltalter begonnen haben. Für mich jedenfalls war das vorangegangene vergangen, als wär's nie wahr gewesen. Mein Ich von gestern war Legende geworden. Ich hätte es auch vergeblich gesucht, denn Wien war leer. Es bot sich dem eisigen Vorfrühlingswetter dar in all seiner barocken kaiserlichen Pracht. Prunkfassaden, Kastanienbäume und grüne Kupferdächer. Keine Seele in den Straßen. Huschende Figuren in den Seitengassen. Mählich erst in den kommenden Tagen begann sich's wieder zu beleben. Hrdlitschka und Scheiterbauer, Habermeier und Swoboda, Greiner und Gmeiner Alois traten wieder auf. Aber sie hatten die Augen niedergeschlagen. Andere waren für sie am Werk. Ledergamaschenträger mit Hakenkreuzarmbinden an den braunen Hemden. Man sah Rudel von ihnen johlend um Menschen auf allen vieren stehen. Demütig Geduckte, die das Pflaster schrubbten. Juden. Aber sie wurden nicht allein dafür gedemütigt. Ihre Kleidung, wiewohl jetzt verwahrlost und verschmutzt, wies sie als zum Bürgerstand gehörig aus. Czervenka und Holzinger senkten die Augen, um das nicht zu sehen.

Verraten und verkauft.

Die Kerngeschichte der »Denkwürdigkeiten eines Antisemiten«, die ich für den »New Yorker« geschrieben hatte, handelt von einem jungen Mann, aufgewachsen und erzogen als straffer Antisemit, der nach längerer Abwesenheit nach Wien zurückkehrt, wo er seine Adoleszenz hingebracht hat. Er erlebt den Anschluß und muß feststellen, daß alle seine Freunde dort Juden waren. Das ist zwar autobiographisch, aber literarisch aufs Essentielle reduziert. Nicht ganz so, wie sich's in Wahrheit zugetragen hat. Schon längst bevor ich nach Czernowitz gegangen und für vier Jahre in Bukarest verschollen war, hatte ich mir Rechenschaft darüber gegeben, daß mein intimer Umgang mit Jüdinnen und Juden ein Verrat war an den Prinzipien, nach denen man mich erzogen hatte. Nicht durch die Tatsache des Umgangs für sich allein. Sondern durch den Geist, der daraus entstanden war. Ich war entschlossen, aller Judenfeindschaft entgegenzutreten. Sah ich jetzt, im März 1938, unseren Hausarzt mit einer Zahnbürste den Gehsteig schrubben, während ihn ein Trupp von Ledergamaschenträgern mit Tritten zu Eile und Gründlichkeit antrieb, so kam's mir als Verrat und schlimme Feigheit vor, daß ich nicht einschritt. Ich schämte mich, aber das war auch alles. Es half nichts, daß ich mir sagte, es wäre die schiere Narretei gewesen und hätte doch zu nichts geführt, wenn ich eingeschritten wäre. Ich wäre niedergeknüppelt worden. Ich hätte aufbegehren können: Ich war Ausländer, hatte einen rumänischen Paß. Genau das würde meinem Protest die Wirkung genommen haben. Klar: Der Tschusche identifiziert sich mit den Juden. Gehört sich auch so für ihn. Ist ja doch das gleiche. Also auf ihn! Es hatte keinen Sinn. Ich war zu zivilisiert zum Blutzeugen.

War denn außer mir unter den rasserein Völkischen keiner, der mit Juden umgegangen war und nicht nur Kindermord, Profitgier und Rasseschändung erfahren hatte? Czervenka und Drobnitsch waren, soviel ich mich erinnern konnte, Rote gewesen (oder Schwarze? Genau weiß ich's nicht mehr). Gegner dieses Nazi-Abhubs, jedenfalls. Allein als Sprößlinge braver Bürgersleute hätten sie ihre Gegner erkennen müssen. Aber sie fühlten sich nicht als Gegner. Eben als Bürger begingen sie Verrat an ihrer Kaste. Wer die Juden prügelte und demütigte und ihre Geschäftsläden zertrümmerte, waren die Passanten auf der anderen Straßenseite. Das Volk vom anderen Gehsteig. Vorstädter. Proletarier. Ja, aber gerade sie sollten doch gegen die Nazis sein! Und gebärdeten sich jetzt doppelt als solche. Wie kam das? Es war schwer zu begreifen. Sie waren allesamt Österreicher. Neuerdings Ostmärker genannt.

Ich muß einräumen: Es gab auch solche, die dagegen waren. Ich traf einen Bekannten meines Onkels Rudolf. Ein Wiener Feschak, Graf. »Ja grüß dich! Wie geht's, was treibst du?« »Ich bin erst vor wenigen Wochen aus Rumänien zurück.« »Gerade zurecht, um die Scheiße zu erleben!« »Scheiße? Ich sehe dich nach links und rechts Heil Hitler! grüßen.« »Deutscher Gruß ohne Worte. Bitte schau!« Er wies mir seine Handfläche. »Kannst du's lesen? Ist ja ganz deutlich: L M A .« »Na und? Was heißt das?« »Leck mich am Arsch!« Widerstandskämpfer.

Meine jüdischen Freunde rüsteten zur Emigration. Sie kamen nicht mehr im Café Rebhuhn zusammen, sondern in der Wohnung von Doris in der Wickenburggasse, ein Stockwerk über der Wohnung meiner Großmutter. Meine Großmutter schaute aus dem Fenster und konstatierte: »Die Leute, die zu den Mädchen oben gehen, sehen nicht mehr so lebenslustig aus wie die jungen Burschen früher.« Der gelbe Judenstern war noch nicht eingeführt. »Es sind nicht mehr Karajan und seine Freunde, sondern Kollegen des Vaters von Felizitas und Doris. Universitätsprofessoren. Sie kommen vom Palais Rothschild, wo sie ihre Ausreise beantragt haben.« »Die Rothschilds können ihnen die Ausreise verschaffen?« »Nicht die Rothschilds. Das Palais ist von der SS beschlagnahmt.« »Na ja«, sagte meine Großmutter spitz. »Die Rothschilds selbst werden wahrscheinlich schon im Ausland sein.« Sie liebte die Juden nicht. Trotzdem war sie mit dem Schirm dazwischengefahren, als sie ihren Zahnarzt das Straßenpflaster schrubben gesehen hatte. Man hatte sie zwar nicht niedergeknüppelt, aber roh angefaßt, sehr demütigend für eine Dame von achtundsiebzig Jahren. Am schmerzlichsten war, daß die Umstehenden sie beschimpft hatten. »Nicht nur der Mob. Brave Bürgersleute.« Zum Trost hatte ihr meine Tante Hermine das Mutterkreuz verschafft. Immerhin acht Kinder, wenn auch zwei davon früh verstorben. Sie scheinen Fürbitte im Jenseits getan zu haben. Über Vermittlung des Ingenieurs Malik vom spiritistischen Zirkel. Er hatte es zum Sturmbannführer der SA gebracht, wurde aber bald darauf verhaftet. »Was sich in der Partei abspielt, ist ziemlich undurchsichtig«, erklärte Tante Hermine. »Es scheint, als hätten die Reichsdeutschen die illegalen Österreicher verraten.«

Die feldgrauen deutschen Soldaten, die mit Hitler einmarschiert waren, schienen sich beim Heurigen verlaufen zu haben. Nach ein paar Tagen gehörten sie nicht mehr zum Stadtbild. Das war neuerdings bestimmt von einer anderen

Rasse von Schutzleuten. Sie hatten nicht mehr die langen, flaschengrünen Mäntel an und Portiers-Schirmmützen auf dem Kopf, sondern trugen mausgraue, gürtelgeschnürte Windjacken und widerlich am Hinterkopf ausgebeulte Helme. Übrigens war die Stadt um einen Grauton dunkler geworden. Ihre barocke Pracht schien in der Tat in eine mythische Vergangenheit entrückt zu sein. Grandios und sacht unheimlich. Angkor Vat ohne Lianen. Die unzähligen wallenden Hakenkreuzfahnen waren eingezogen. In den Schaufensterstraßen – Kärntnerstraße, Ring, Graben, Wollzeile, Kohlmarkt – war der Verkehr verdünnt. Auch eine neue Rasse von Passanten trat auf. Sie hatten naßgekämmte Mittelscheitel und Nußknackergebisse wie mein ehemaliger zeitweiser Corpsbruder Dieter von Böhm-Bezing, und sie redeten mit starren Mienen und in einem schneidenden Tonfall, der aus unserem weichen Deutsch ein ohrenpeinigendes Idiom machte. Die Brüder aus dem Reich. Sie kamen in Geschäften und brachten zweifelhafte Segnungen. Früher, in den Tagen, die eine unglaubwürdige Vergangenheit geworden waren, hatte es in Wien an jeder Straßenecke einen Milchladen gegeben. Man kriegte dort nicht Alpen-Vollmilch und Gletscher-Sahne und weiß Gott was noch alles an deutsch-ostmärkischen Produkten, sondern ganz einfach Milch, gute kuhgespendete Milch. Keine Magermilch. Jetzt gab es nur noch bläulich wäßrige Magermilch. Weil es die aber früher nicht gegeben hatte, erschien im »Völkischen Beobachter«, der neuerdings auch in Wien herauskam, ein zündender Artikel: »Endlich mehr Milch!« Zur Erklärung, was diese trübe Lusche von Gipfel-Vollmilch unterschied, gab es den Satz: »Der Fettgehalt ist ausgeglichen.«

Doris hatte Freunde in England, bei denen sie Unterkommen zu finden hoffte. Sie war zu temperamentvoll, um zu Hause zu hocken und auf ihr Affidavid zu warten. Ich begleitete sie wie früher als Page, jetzt als Ritter. Mit meinem rumänischen Paß, was immer der wert war, konnte ich im Notfall von Nutzen sein. Sie ließ ihre alten Beziehungen für mich spielen. Es waren nicht ausschließlich Juden. Wir erfuhren, daß Graf Ferdinand Czernin einen Illustrator für ein neues Buch suchte. Mit vorausgegangenen Büchern, vor allem dem amüsanten Snob-Führer »This Salzburg« und einer »Jägerfibel«, hatte er viel Erfolg gehabt. Beide Bücher waren von einem Grafen Ledebur illustriert, der offenbar nicht mehr mitmachen wollte. Ich wäre stolz gewesen, in so nobler Gesellschaft zu erscheinen. »Wovon soll das neue handeln?« fragte ich. »Die Amerikanisierung Europas durch Adolf Hitler.« Ich verstand, Alpen-Gletscher-Vollkernmilch. Die Lüge in der Sprache. *Business is business*. Die Brüder aus dem Reich bewiesen dafür viel Talent. Neo-Amerikaner. Leider kam's nicht zu dem Buch. Der Graf emigrierte nach New York, bevor er's geschrieben hatte.

Das war für mich nur eine der Enttäuschungen, auf die ich hätte vorbereitet sein müssen. Es war naiv gewesen, mich aufzumachen und aufs Geratewohl nach Wien zu gehen. Man wartete dort nicht auf mein zeichnerisches Genie. Geld hatte ich kaum. Höchst generöserweise hatte mein Vater mir einen Monatswechsel ausgesetzt. In der Erwartung, daß ich »mein Studium beenden« würde, sei's auch auf der Mal-Akademie. Ich verhehlte ihm, aber nicht mir selbst, daß es zu spät dafür war. Mein Talent war viel zu vernachlässigt. Ich konnte Karikaturen kritzeln, nichts weiter. Manchmal verblüfften sie. Bluffen konnte ich damit keinen. Ich war ziemlich vogelfrei, wenn auch unfreiwillig. Wie früher, in jener fernen Existenz, die mir vorkam, als hätte man mir davon erzählt, hätte ich mich dem Flanieren hingeben können. Stadtstreuner. Aber es wäre trübsinnig gewesen. Es fehlte etwas im Stadtbild. In der Stadtstimmung. Es fehlte die Erotik. Die Juden fehlten. Es fehlten ihre Lebendigkeit und Wendigkeit, die überall zu spüren gewesen waren. Es fehlte ihr Witz. Es fehlte auch das Irritierende ihrer Unverschämtheit. Es fehlte jeglicher Reiz. Eine »Stadt ohne Juden«. Selbst wer sie haßte, vermißte die Stimulation. Es fehlte auch ihr Geschmack an guten Waren und guten Dingen. Die Geschäfts-Auslagen wurden mit der Arisierung zusehends banaler. Konfektion ersetzte Qualität. In der Oper donnerte Wagner. In den Theatern gab man Kolbenheyers »Giganten«, in den Kinos »Hitlerjunge Quex« und »Wenn wir alle Engel wären«. Das Zeitalter der Kleinbürger war angebrochen.

Ich wollte, ich hätte damals gewußt, was ich heute weiß. Ich hätte den Unglücklichen, Eingeschüchterten, Verzagten, Verzweifelten, die sich bei Doris zusammenfanden, sagen können, daß sie Helden waren. Helden im Sinn der griechischen Tragödie; Helden, die fallen müssen, weil sie sich gegen die Götter gewandt hatten. Wider den herrschenden Zeitgeist hatten sie, die Juden, aus einem dekrepiden Bürgertum eine freie, tolerante, künstlerisch höchst entwickelte und kosmopolitische Gesellschaft entstehen lassen. Wien hatte geblüht in den Dreißigern, würdiger Erbe der Jahrhundertwende und der Zwanziger in Berlin. Was Europa vom Bestem hervorzubringen vermocht hatte, war von den Juden gefördert und verwaltet worden. Das war gegen den Trend der Zeit, und dafür wurden sie bestraft. Der Trend der Zeit lief hin auf eine Menschheit, die in Qualität, in Individualität, in Toleranz, im Weltbürgerlichen keinen Wert mehr sah. Ihre Ideale waren die Uniformität, das Kollektiv, die Gleichheit. Ihre Ästhetik waren die choreographischen Gruppierungen der Kader auf den Aufmarschplätzen. Dagegen hatten die Juden sich versündigt.

Ob das zu wissen meine Freunde getröstet haben würde, steht dahin.

Duse war nach Österreich gekommen. Es war eine Erscheinung aus der Vorzeit. Ein Saurier, der plötzlich im Straßenverkehr auftauchte, konnte nicht mehr Aufsehen erregen. Von den Gattinnen Czervenkas, Swobodas und des Huber Franz, die neuerdings Kärtnerstraße, Ring, Graben und Wollzeile abpatrouillierten, trennte sie ein tausendjähriges Reich. Sie fuhr ein schnittiges amerikanisches Cabriolet mit Bukarester Nummer und einem blau-gelb-rot unterstrichenen R für Rumänien als Landeskennzeichen. Es nahm sich aus, als käme sie aus Brasilien. Sie war gekommen, um den Sommer an einem der Seen im Salzkammergut zu verbringen. Mit ihren Eltern, die scharfäugig über ihre Ehe wachten. Der wohlhabende Schwiegersohn lag ihnen am Herzen.

Ich scherte mich nicht um die Überwachung. Ein Fehler, den ich zu spät einsehen sollte. Zunächst wollte ich mit Duse beisammen, zumindest in ihrer Nähe sein. Nichts band mich an Wien. Doris war nach London abgereist. Für immer, mußte sie sich sagen. Der Abschied war herzzerreißend. »Es wird vorübergehen«, sagte ich, um sie zu trösten. Sie wurde wild wie das Straßenmädchen, das ich in der Walpurgisnacht in den Armen gehalten hatte. »Alles geht vorüber – das nicht. Auch der Tod geht vorüber. Nur nicht für den Toten.«

Ich wußte, daß sie recht hatte. Vorübergegangen war unser früheres Leben. Auf Nimmerwiedersehen. In die Wohnung ein Stockwerk über meiner Großmutter zog ein Reichswirtschaftsführer ein. Doris hatte mir ihr Klavier hinterlassen, den Bösendorffer-Flügel, auf dem der junge Karajan so hübsch geklimpert hatte. Der Reichswirtschaftsführer war ungemein musikalisch und wollte ihn nicht hergeben. Ich mußte nachweisen, daß schon ich den Flügel arisiert hatte. Dann erst kaufte er ihn mir ab. Der Erlös half mir, mich für ein paar Wochen in Salzburg einzunisten.

Es dürfte lebendig genug beschrieben worden sein, in welcher Weise Salzburg, bislang im Sommer ein Tummelplatz der internationalen Welt der Reichen und Lebensfreudigen, die in der Kunst ein Alibi fanden, nach dem Anschluß an Hitler-Deutschland sich verändert hatte. Den Salzburgern selbst dürfte das bei allem älplerischen Selbstgefühl nicht entgangen sein. Ihre langen Gesichter verrieten nicht, daß sie schon nach 1918 den Anschluß an Deutschland gesucht hatten. Nun war er da. Mit ihm nicht mehr die Blüte der englischen und amerikanischen Gesellschaft und deren Freunde aus aller Herren Länder, sondern Reisegruppen aus Wuppertal und Bielefeld, die sich wie Verhungernde auf »Schlagsahne« und Vollmilch-Alpengletscher-Rahm stürzten. Immerhin hatte man die Festspiele neu aufgezogen. Ohne den »Jedermann« des Juden Hofmannsthal. Ich glaube mich an Heinz Hilpert als Spielleiter zu erinnern, von was, weiß ich nicht mehr. Jedenfalls kam doch auch einige Prominenz aus dem Reich – man sagte damals: aus dem Altreich – ins Herz der Ostmark. Als ich stürmisch in den »Österreichischen Hof« rannte, wo Duse auf mich wartete, prallte ich auf etwas ungemein Haariges. Gewölbte Brust im Braunhemd, blauschwarzes, fliehendes Kinn, struppige, zusammengewachsene Augenbrauen, Stirnwolle. Eine schwere SA-Hand riß mich zurück. Ich starrte in zwei Augen wie in die Mündungen von Doppelflintenläufen. Es war der Urzeit-Blick von Rudolf Heß, dem ich in Nürnberg wiederbegegnen sollte. Dort, beinah ein Jahrzehnt später, wartete ich vergeblich darauf, vom ihm das »Pardon« zu hören, mit dem ich damals in Salzburg mein Ungeschick zu entschuldigen suchte.

Es war kein glücklicher Sommer in Salzburg. Duse konnte ich nur sehen, wenn sie ihren Eltern am Grundlsee entkam. Sie hatte zwar versucht, mich bei den alten Herrschaften ganz harmlos als guten Bekannten und Freund ihres Gatten aus

Bukarest einzuführen. Aber so weltfern vertrottelt die Mutter war, so luchsäugig war der Vater. Meines Bleibens in ihrem Haus war nicht lange. Der Alte wurde bissig wie ein Kaiman. Ich sah nicht, wie gepeinigt Duse davon war. Ich verkrampfte mich in die Zwangsvorstellung, daß nur ihre Scheidung und eine standesamtlich dokumentierte eheliche Verbindung mit mir das Odium der Ehebrecher von uns nehmen konnte. Von mir, vor allem, den Ruf des Gigolos.

Mir fehlt die Möglichkeit zu vergleichen, wie es um das Seelenleben von Vierundzwanzigjährigen heute und damals durchschnittlich bestellt ist und war. Ich nehme an, es wird zu jeder Zeit recht verschiedene und individuelle Möglichkeiten gegeben haben, nicht wahr? Abgesehen von insgesamt speziellen Umständen. Eins ist in meinem Fall gewiß: Ich war gegenüber meinen Altersgenossen jämmerlich zurückgeblieben. Das mochte Hand in Hand gehen mit einigen Kenntnissen und Einsichten, die ich der Mehrzahl voraushatte. Schon damals war mein Blick geschärft für die Züge, die einzelnen von ihrer Herkunft aufgeprägt worden sind. Vieles, was für persönlich gilt, ist nichts weiter als das Klischee eines Milieus, dem die Person entstammt. Man frage Herrn Sombart. Er weiß etwas davon und verkörpert sein eigenes in Reinkultur.

Was mich selbst betraf, gab ich mich nur wenig der Täuschung hin. Ich wußte, daß meine Moral äußerst lax war. Sie entsprach der viktorianisch-edwardianischen, die meiner Herkunftszeit die sittliche Richtschnur gegeben hatte. Wir waren ja englisch bestimmt, hatten also auch das Mehrgleisige der englischen Moral übernommen. Eine Selbstgewißheit, in der die Hypokrisie gänzlich naiv und ohne Schuldgefühl das höchst Moralische mit dem höchst Unmoralischen zusammenstellt. Als Queen Victoria mit ihrem Enkel beim Kartenspiel saß, kam sie drauf, daß er schwindelte. Sie sagte streng: »Do you know what happens to little boys when they cheat at games?« »Yes«, erwiderte er fröhlich. »They win.« So war's nicht einmal ein Kavaliersdelikt, sondern eine amüsante Jugendsünde, die Meißener Gruppen meiner Großmutter auf Nimmerwiedersehen ins Leihhaus zu tragen, dafür aber geradezu eine Pflicht, einen Mann zu verachten, der sich von einer Frau aushalten ließ. Es war – Sonderfälle wie Witwen oder geschiedene Frauen ausgenommen – unmöglich, ein Mädchen zu heiraten, das nicht *virgo intacta* war. Aber das hätte niemanden davon abgehalten, aus einer *virgo intacta* ein mit allen Raffinessen ausgestattetes Betthupferl zu machen, obgleich so ihre Heiratschancen sich verringerten. Dies und viel ähnliches war aus der viktorianisch-edwardianischen Epoche in ein bald gänzlich unenglisches Europa verschleppt. Damit auch ein Standesdünkel, der sich ohnehin nicht ans allzu Moralische gebunden sah. Gleichzeitig aber beengte uns die Angst vor der Bloßstellung, Wir bebten davor, was »man« von uns hielt.

Ein gutes Beispiel dafür ist ein Kindheitserlebnis. In Kronstadt – ich war noch keine neun Jahre alt – waren Freund Kurt Glondys und ich zu regelrechten Kleptomanen geworden. Wir klauten, was uns unter die Hände kam, mit Vorliebe kleines Spielzeug bei Händlern. Was uns daran reizte, war die Gefahr. Es war ein Abenteuer zu stehlen. Einmal, als meine Mutter zu Besuch nach Kronstadt gekommen war, füllten wir uns die Taschen, während sie mit dem Verkäufer ihre Wahl traf. Kaum waren wir aus dem Geschäft heraus, zeigten wir ihr triumphierend, was wir ergattert hatten. Es waren kaum mehr als ein paar Bleisoldaten. Immerhin. Meine Mutter war entsetzt. Sie schalt uns ausgiebig. Eigentlich wollte sie uns zwingen, ins Geschäft zurückzugehen und die dort entwendeten Sachen mit unserer Entschuldigung an ihren Ort zu stellen. Sie tat es nicht, weil sie – wie sie sagte – sich genierte, zwei Diebe bei sich zu haben. Die Lehre, die wir daraus zogen, reichte für eine gutbürgerliche Existenz.

Doris hatte von mir abgeräumt, was an falscher Moral an mir sichtbar war. Die Spießigkeit, die tiefer in mir nistete, hatte selbst sie nicht ausrotten können. Ich war – mit allen meinen Überzeugungen und moralischen Vorsätzen – verbissen in die Wahnidee, ich könnte und müßte alles Zwielichtige – oder vielmehr: alles Eindeutige – meiner Beziehung zu einer verheirateten Frau auslöschen, indem ich ihr Leben zerstörte und meines belastete mit einer Verpflichtung, der ich nicht gewachsen war. Das war selbst über die Angst vor dem Urteil der Welt hinausgediehen. Die Welt, die mich hätte – teils sogar mit Wohlwollen für die Gattung – zum Gigolo einstufen können, gab's nicht mehr. Es hatte ein neues Zeitalter begonnen. Zweifellos für Österreich um mich her. Vielleicht für Europa. Vielleicht für die Welt. Jedenfalls für mich.

Heute erst, nach beinah sechzig Jahren, fange ich an zu begreifen, woher dieses Gefühl der totalen Weltveränderung kam. Gewiß war's getragen vom allgemeinen Glauben an einen gründlichen Wandel – und zwar einen moralischen. Seltsamerweise gaben ihm die Deutschen Glaubwürdigkeit. Immer schon war alles deklariert Deutsche – Gott allein mag wissen, wieso – verbunden gewesen mit der Vorstellung von Klarheit, Eindeutigkeit, Rechtschaffenheit. Alle hehren Tugenden wie Treue, Wahrheitsliebe, Ehre waren von den Deutschen in Generalpacht genommen. Kein anderer besaß sie in ähnlicher Lauterkeit. Niemand hatte sie so kämpferisch auf seine Banner geschrieben wie der Nationalsozialismus. Adolf Hitler, der Österreicher, der seine Heimat kannte und sein wahres Vaterland in Deutschland gefunden hatte, war dafür der Garant, daß der Hydra der österreichischen Schlamperei die immer wieder nachwachsenden Köpfe abgeschlagen und an ihre Stelle deutsche Tugenden gesetzt würden. Nämlich vor allem Ordnung, Disziplin, Pflichtbewußtsein, Dienstfertigkeit, Gehorsam. Wie's mit Wahrheitsliebe, Redlichkeit, Gerechtigkeit bestellt war, stand auf einem andern Blatt. Aber das war nicht alles. Es sollte tiefer, gründlicher in die sittliche Haltung eingegriffen werden. Der Anschluß Österreichs ans Dritte Reich war als ein wahrer Läuterungsakt gedacht. Das Volk der Österreicher von den Alpenländern sehnte sich danach, befreit zu sein von sich selbst. Erlöst aus der stickigen Enge des Kleinstaats, dem eine vergärende Großstadt aufgesattelt war. Entlastet vom Druck der Vergangenheit (soweit sie nicht den Fremdenverkehr förderte), vom Trauma des Zerfalls, von der Bitterkeit der Niederlage, dem Mißmut grauer Zeiten. Wohlan! Hitler versprach, daß endlich aufgeräumt würde mit dem Hader und Geplänkel des politischen Kuhhandels. Ein Ende gemacht mit den krämerischen Manipulationen bratenrocktragender Altsozialisten und geierschnabeliger Geistlicher. Daß endlich Klarheit und Jugendfrische den Alltag pflichtbewußter, das Leben mit dem Ziel der Zukunft im Auge lebenswert machen würden. Aber das war nicht alles. Eine neue Epoche sollte beginnen, in der alle bisherigen Werte einer strengen Prüfung unterzogen werden sollten. Besser noch: Sämtliche dieser brüchigen alten Werte sollten durch neue, bindendere ersetzt werden. Einer solchen Stimmung konnte nur der sauertöpfigste Spießer, der abgebrühteste Zyniker sich entziehen. Das Tausendjährige Reich stand bevor. Österreich – jetzt die Ostmark – sollte teilhaben daran.

Leider hatte die Ostmark nur geringen Teil daran. Der schale Nachgeschmack des Jubels in Wien – der sachte Katzenjammer nach dem allzu wüsten Polterabend am 12. – wurde bitterlich im April, als sich herumsprach, daß deutscher Ordnungssinn und deutsches Organisationstalent ziemlich rücksichtslos in den heimatlichen Parteiaufbau eingriffen, und daß um das nationalsozialistische Gedankengut so verdienstvolle Leute wie Dr. Rintelen und Seyß-Inquart mit ihren Ideen von einem autonomen ostmärkischen Flügel sehr auf dem Holzweg waren. Wohlan, das Tausendjährige Reich war noch nicht vollkommen hergestellt. Es mußte erst geschaffen werden. Die Ostmark trug dazu bei, indem sie mit einer sadistischen Begeisterung und Niedrigkeit, die beispielgebend werden sollte, ihre Gauen und die Stadt Wien von Juden befreite. Das wurde mit nicht viel anderem belohnt als mit den parteiorganisierten Reisegruppen aus Wuppertal und Bielefeld im Mai und Juni, die sich auf die Alpengletscher-Sahne stürzten wie Ausgehungerte, weil im Altreich die Versorgung mit Frischmilch in einen Engpaß geraten war; die ohne Scham erzählten, daß der Ausbau des Reichsautobahnnetzes stockte, weil Krupp mit der Reichswehr die Organisation Todt überspielte und anstatt Zementmischmaschinen Panzerspähwagen gebaut würden. Daß Reichspropagandaminister Dr. Josef Goebbels mit Ufa-Filmschauspielerinnen-Nachwuchs schlief und Reichsarbeitsminister Ley im Suff weiße Mäuse sah, denen er mit Todesstrahlen aus Taschenlampenbatterien zu Leibe ging. Solcherlei wirkte ernüchternd, besonders wenn die Tratschsüchtigen, vom Charme der Ostmärker bestochen, ihren Berichten augenzwinkernd hinzufügten, daß die blondbezopften, ährenschwingenden Maiden der Reichpropaganda jederzeit mit Dr. Goebbels schlafen würden, wenn sie dadurch zur Ufa kämen; und daß die braungebrannten Jungmannen mit dem Spaten in den nervigen Fäusten auf den Ausbau des Reichsautobahnnetzes durch den Arbeitsdienst schissen und lieber im Wehrdienst mit Panzerspähwagen durch die Landschaft fuhren.

Auch die Geschäftsleute mit den naßgekämmten Mittelscheiteln und Nußknackergebissen, die in Schwärmen aus dem Altreich kamen, um in der schon in Balkannähe liegenden Ostmark nach dem Rechten zu sehen und sich dabei so manches Profitable unter den Nagel zu reißen, trugen nicht bei zum Glauben an deutsche Rechtschaffenheit, besonders wenn sie sich in Arisierungsverfahren mischten, die eigentlich eine innerostmärkische Angelegenheit waren. Das Tausendjährige Reich der deutschen Tugenden war eben fern. Ferner jedenfalls, als die ostmärkischen Maiden und Jungmannen von den Alpenhängen in ihren frischen weißen BdM-Hemden und weltanschaulich die Lederhosen ersetzenden Schaftstiefel es wähnten.

Sie glühten immer noch vor Begeisterung, Freude, Hoffnung, Zuversicht, diese jungen Älpler. Ihr »Heil Hitler!« war jauchzend. Ihre Kampfbereitschaft stets auf dem Sprung. Ihr Blick saugte sich scharf in jede Nasenkrümmung fest. Sie hatten das neudeutsche Wort »meckern« gelernt und waren bereit, jedem Meckerer den Schädel einzuschlagen. Überhaupt war ihnen Fremdartiges zuwider. Auch die Reichsdeutschen, die ihren Traum zerstörten. Sie waren stolz auf ihre Rasse und in der Tat Angehörige einer speziellen Menschengattung: der gefährlichen Begeisterungsfähigen, die für eine heilige Sache bereit sind, so unheilige Dinge wie Gaskammern in Anwendung zu bringen. Sie haben fünftausend Jahre Menschheitsgeschichte und auch das Tausendjährige Reich überlebt.

Besonnene Leute dagegen – Czervenka und Hrdlitschka, Kaindl und Gruber Alois: überzeugte Mitläufer, bitte sehr, hundertprozentige Ja-Wähler – waren spätestens Anfang Juli 1938 nicht mehr so sicher, ob nicht die österreichische Schlamperei, der typisch östliche Schlendrian – jüdische Ränkesucht natürlich ausgenommen – doch seine Vorteile hatte. Ein festes Rückgrat war wünschenswert. Aber einige moralische Geschmeidigkeit ließ mehr Möglichkeiten, sich zu arrangieren, offen. Sie machte das Leben leichter. Auch farbiger, lebensvoller. Der Traum vom Tausendjährigen Reich der deutschen Tugenden war schön, aber eintönig. Blonde Herrenmenschen, berstend von Ehre, Treue, Pflicht, na prima. Dazu dunkelhaarige, dunkelhäutige, zur Ordnung gepeitschte Tschuschen als Sklaven. Bitte sehr. Aber damit basta. Damit hatte sich's. Das Tausendjährige Reich war statisch. Ein Endzustand. Nirwana auf Erden. Bisserl fad, würde mein Onkel Rudolf gesagt haben. Mitte Juli, als ich nach Salzburg kam, äußerte sich die Enttäuschung schon im Tonfall altösterreichischer Raunzerei.

Ich für meinen Teil konnte behaupten, ich wäre aus alledem fein heraus. Ich war rumänischer Staatsangehöriger, Untertan Seiner Majestät König Michael I. aus dem Hause Hohenzollern-Sigmaringen, der mit seinem Vater, König Carol II., Thronwechsel spielte. Mal saß der eine drauf, mal der andere. Es war unwahrscheinlich, daß in ihrem Königreich ein Tausendjähriges Reich der Tugendhaftigkeit hätte errichtet werden können. Desgleichen war's kaum vorstellbar, daß ich je zu dessen Bürgern gezählt haben würde. Dazu waren Witz und Skepsis meiner jüdischen Freunde zu tief in mich eingesenkt, auch die melancholische Welthinnahme der Völker meiner Heimat zu gründlich in mich eingewurzelt. Trotzdem war's mir unmöglich, mich dem Traum zu entziehen. Es war zu billig zu sagen, was hier geschehe, gehe mich nichts an. Verheißen war eine moralische Erneuerung. Wenn mir der Glaube daran fehlte, so mochte das meiner Herkunft und meiner bisherigen Lebensgeschichte zuzuschreiben sein. Balkangeburt und jüdischer Einfluß in den Bildungsjahren. Es änderte nichts daran, daß Hunderte, Tausende, ja Hunderttausende an die Erneuerung der Welt, an eine neue Menschengemeinschaft glaubten und sie erhofften. Die jungen Älpler. Die Steirer und Tiroler, die Kärntner und die Vorarlberger allbeisammen. Ich hatte wenig für sie übrig, aber ich verstand, daß sie bis aufs Arierblut gereizt waren, wenn sie die Reichsdeutschen »meckern« hörten. Auch ich fand diese Denunziation eines moralischen Aufschwungwillens widerlich. Was vorging, betraf mich nicht unmittelbar. Dennoch ging's mich was an. Meine Vergangenheit war von mir abgeschnitten. Ich hatte Anzahlung aufs Neue geleistet, auch wenn ich nicht daran teilhaben sollte. Ich fand mich herausgefordert, mir auszumalen, wie ich mich verhalten würde, wenn's mich unmittelbar beträfe.

Daß ich selbst einer moralischen Erneuerung bedurfte, war mir bislang nicht in den Sinn gekommen. In meiner zweigleisigen Moral war mir die Entscheidung leicht gemacht, wie ich mich privat zu verhalten hätte. Die Frage, ob es sittlich war, eine Frau aus ihrem gesicherten Dasein herauszuholen und dem Ungewissen auszusetzen, nur um mich von dem Odium eines ausgehaltenen Liebhabers zu befreien, ließ keinen Zweifel zu. Als Kavalier der alten Schule und Corpsstudent (wenn auch nur für eine lächerliche Weile) hatte ich mich nicht vor irgendeiner wirtschaftlichen Instanz zu verantworten, sondern vor der Gesellschaft. Was war das aber, die Gesellschaft? Ein Mythos, der nicht umzubringen war. Eine Oberschicht, die in sich vielerlei Schichtungen aufwies. Deren Moralauffassung graduell verschieden war: Je höher, desto lockerer. Ein Tausendjähriges Reich der Vergangenheit, dem Czervenka und Kaindl nicht angehörten. Das ich aber als meine soziale Heimat ansah, obwohl's schon in meiner Kindheit abstrakt geworden war.

In der Tat hatte der Mythos der »Gesellschaft« schon im Lauf seiner tausendjährigen Geschichte beträchtlichen Wandel erfahren. Von der Welt der provençalischen Minnesänger bis Madame Verdurin war ein holperiger Weg durchlaufen. Er führte nicht bergan. Besonders die letzte Strecke ging steil abwärts. Was ich noch unter »Gesellschaft« verstand, war eine Staffage aus Akteuren und Zuschauern. Beides in einem. Es war ein Bildstreifen der banalsten Attitüden. Ein Paar in weißem Flanell am Oberdeck eines Ozeanriesen, dem tropischen Sonnenaufgang entgegenblickend. Dasselbe Paar in Frack und großem Abendkleid im kandelaberglitzernden Spielsaal des Casinos von Monte Carlo. Dasselbe Paar auf dem Rennplatz von Ascot oder Auteuil, sie im Reiherhut, er mit grauem Zylinder, den Riemen des Feldstechers über der Schulter. Ich auf dem Polofeld von Biarritz und neben mir ein Rasseweib wie Duse. Und um uns her unseresgleichen, die uns dabei zuschauten. Und darum herum die Menge der Nichtdazugehörigen, die uns beim Zuschauen zuschauten.

Dieser Spuk war weggewischt. Zumindest im deutschen Raum war eine neue Gesellschaft im Entstehen. Sie war auf anderen Kriterien aufgebaut. Sie gab allen hergebrachten sittlichen Begriffen einen neuen Sinngehalt. Vor allem: Sie war die höchste, die einzige sittliche Instanz. Vor ihr allein hatte der einzelne sich zu verantworten. (Siehe später Ohlendorf.) Ob einer Ehebrecher oder Gigolo war, hatte nichts zu tun mit seiner Haltung gegenüber dem Volksganzen. Mehr und Wichtigeres stand auf dem Spiel. Unerklärlich war, daß der verheißene Wandel schon von einem Tag auf den andern nicht mehr geistig, sondern geradewegs physisch zu spüren war. Das eisige Wetter des 12. März konnte es nicht gewesen sein, was mir sagte, daß die Eiszeit begonnen hatte. Es war ja ziemlich auf den Schlag wieder warm. Der Sommer in Salzburg war ganz schön heiß. Duse war vom Baden im Mondsee gebräunt wie eine Haselnuß.

Ich aber fror. Ich muß zu meiner Schmach gestehen, daß es nicht der Gedanke an meine jüdischen Freunde und ihr Geschick war, was mich frieren ließ. Das waren Ausschreitungen des Mobs, und die neue Ordnung verhieß, auch mit dem Mob aufzuräumen. Trotzdem wurde mir nicht warm ums Herz. Die Vergangenheit war tot. Ich spürte das ohne Bedauern. Die Zukunft hatte noch nicht begonnen. Ich war im Limbo. Ich zwang mich, an eine neue Welt zu glauben. An eine neue Menschheit. Es gelang mir nicht. Ich stellte fest, daß mein Haß wieder erwacht war. In all den Jahren in Bukarest hatte ich ihn nicht empfunden. Die Menschheit dort war nicht hassenswert. Sie war nicht liebenswerter als anderswo, aber menschlicher. Auch in ihren Fehlern. Hier schnürte mir der Haß die Kehle zu, wenn ich Czervenka und Wotruba, Huber und Gruber raunzen hörte. Sie waren in der Überzahl. In einer Überzahl, die ich immer schon gehaßt hatte. Ich liebte auch die Halderbuben in den neuen Schaftstiefeln nicht. Ich sah in jeder blonden BdM-Maid die spätere Einödbäuerin mit dem Mutterkreuz überm Kropf. Aber ich war durchaus auf ihrer Seite, wenn sie den »Meckerern« den Schädel einschlagen wollte. Ihr Traum war noch nicht entträumt. Wotruba und Wierzbiansky, Kaindl und Morawitz waren unfähig zu träumen. Sie waren die Lauen, die ausgespien werden sollten, Mitläufer und hundertprozentige Ja-Sager, solange es nicht an ihr zweites Frühstück mit Bier und kleinem Gulasch und ihre Hauspantoffeln ging. Der Traum von einer neuen Sittlichkeit zerstörte ihre windelwarme Ordnung. Sie würden dafür sorgen, daß ihre windelweiche Ordnung den Traum zerstörte.

Die Salzburger Festspiele unter Hilpert zogen die Vorläufer der neuen Gesellschaft an. Gauleiter Globocnik und Gauckel mit Gemahlinnen waren gekommen. Es gab eine Festaufführung von des Führers Lieblingsoper. Furtwängler dirigierte »Die Meistersinger«. (Nürnberg stand noch für Reichsparteitag, Lebkuchen und Kinderspielzeug. Nicht für

Galgen.) Auch Fürst Ulrich Kinsky war erschienen, Ulli *pour les intimes*. Mit ihm seine wunderschöne Gattin. Sie stachen so augenfällig von ihrer Umgebung ab, daß ich den Eindruck hatte, sie wären gekommen, um Modell für die neue Gesellschaft zu stehen. Ich hatte den Eindruck, daß es eine fatale Imitation der alten war. Es galt immer noch einigen sozialen Abstand zu überbrücken. Ein Herr aus dem Altreich fragte den Fürsten: »Sagen Sie mal, wie redet man Sie eigentlich an?« Fürst Kinsky entgegnete: »Das ist ganz einfach: Meine Dienstboten und ähnliche Leute sagen Durchlaucht zu mir. Für meine Familie und Freunde bin ich Ulli. Sie, mein Herr, sagen selbstverständlich Durchlaucht.«

Damit Staffage zu stehen für ein neues gesellschaftliches Konzept erschien mir nicht verheißend. Zwar war das Äußere perfekt und nachahmbar. Es gab blonde Mädchenblüten und prachtvolle Jungmannen in schmucken Uniformen, die bereits ihren Mann und sein schönes Weib standen. Vor allem die schwarze totenkopfgezierte Henkerstracht der SS war kleidsam. Man verstand, daß in diesem Orden ein Hang zum Ästhetischen steckte. Die Säuberung der Welt von menschlichem Ungeziefer war eine ästhetische Forderung. Sie gehörte zum Konzept der neuen Gesellschaft. Sie stand nicht einmal im Widerspruch zum Konzept der alten. Christentum und Heidentum waren brüderlich nebeneinander hergelaufen. Die neue Weltauffassung war entschiedener. Sie führte in eine eisige Freiheit, die ich hätte begrüßen müssen. Was mich daran hinderte, war die Oberlehrerfresse des Parteigenossen Heinrich Himmler. Solche Konzessionen durften nicht unterlaufen. Nicht in einem Orden, der sich dem Absoluten verschrieben hatte. Zweifel begannen in mir zu nagen.

Wie gesagt: Es war kein glücklicher Sommer in Salzburg. Ich hatte nichts anderes zu tun als über mich nachzudenken und auf Duse zu warten. Ich haßte ihre Eltern und verachtete die sommerliche Geselligkeit, die sie hektisch aufzogen, nur um Duse im Haus zu halten. Mir schien das einzig gegen mich aufgebaut: luftig unter Sonnenschirmen am blauen See, in dem die Berge sich spiegelten. Austro-Chic in Dirndl und Trachtenjoppe, während nebenan die Hofmannsthals nächtlings Hals über Kopf hatten flüchten müssen, um nicht als dreckige Juden mißhandelt, erniedrigt, bis aufs Hemd bestohlen und eingesperrt zu werden. Und hier wurde getan, als wäre nichts geschehen. Es nagte an mir, daß Duse dieses von jedermann durchschaute Spiel mitspielte. Der Anschluß Österreichs und sein ruhmloses Verschwinden in die Vergangenheit hatte die Sphäre der Kinskys und deren Aftersassen nicht berührt. Wer über allem Bisherigen gestanden war, stand auch jetzt über dem Geschehenden. Die völkische Revolution, die eine europäische war, hatte noch nicht voll durchgegriffen. Der Adelsbrief arischer Rassereinheit verbürgte zwar jedem Kroatenabkömmling mit katholischem Ariernachweis das Recht, einem Rothschild in den Hintern zu treten und Schlimmeres, nicht aber einem Habenichts und Bukarester Schaufensterdekorateur, sich an die Gattin eines Standesgenossen mit Heiratsabsichten heranzumachen.

Wieder einmal konnte ich viel spazierengehen. Dabei kam ich eines Tages an einem Mann vorbei, der einen Korb voller Welpen trug. Es war der Wurf einer Dackelhündin, an der ein Schweißhund sich sittlich vergangen hatte. Vorderhand sahen sie noch aus wie Dackelkinder. Ich schaute in den Korb, in dem sie blindlings durcheinanderkrabbelten, und Heimweh packte mich so heftig, daß ich hätte laut schreien mögen. All das hatte ich verloren – meine Hunde, mein Vaterhaus, das Leben im Wald, mein Land, meine Unbeschwertheit, mein Selbstgefühl. Hin für immer. Es gab für mich keine Heimkehr, ich wußte es. Jetzt nicht, wollte ich nicht als endgültig Gescheiterter zurück, ein Taugenichts, der sich seiner niederen Arbeit schämte, ein Tagedieb, der nicht einmal mehr vorgab, etwas Besseres anzustreben. Erst recht später gäbe es kein Zurück, denn dann würde es zu spät sein, das spürte ich.

Der Mann wollte die Welpen los sein. Ich nahm ihm einen ab. Aber die Liebe auf den ersten Blick stellte sich nicht her. Das Dackel-Schweißhundkind wählte mich nicht zu seinem angebeteten Herrn, wie das mit Hunden gelegentlich geschieht. Es war heimgesucht von zwei Plagen: von Flöhen und einer unnachgiebigen Diarrhöe. Von den Flöhen war's bald befreit. Dem Dünnschiß war schwieriger beizukommen. Er befiel den Köter unvorhersehbar, meistens zu Gelegenheiten, die mir nicht erlaubten, ihn der allgemeinen Aufmerksamkeit zu entziehen. Mit ihm an der Leine zog ich Schlangenlinien über die Treppen des Österreichischen Hofes, Reverenzen vor den Parteigrößen, die dort residierten. Oder vor die Terrasse des Café Mozart, dem NS-Fremdenverkehr zu Ehren. Ich wurde beschuldigt und beschimpft. Wir begannen, bekannt und gefürchtet zu werden.

Die Rettung kam ein paar Tage später in Gestalt von zwei üppig in Dirndln ausstaffierten Matriarchen. Die eine war ein Turm. Die andere, kleinere, dafür fülligere, brach in Entzückensschreie aus. »Joj, was a siesses Hunterl!« rief sie in unverkennbar Budapester Gejüdel aus; und zu ihrer monumentalen Begleiterin: »Regardez, chère! N'est-il pas mignon?« Ihr Dirndl war weit ausgeschnitten. Die weiße Bluse ließ den sommerlich gebräunten Ansatz einer gewaltigen Ammenbrust frei. Die Fülle war vom Mieder hochgebunden und bot sich im Rahmen des bestickten Blusensaums dar wie ein Fruchtkorb mit Melonen. Ich nahm den Dackel bei der

Nackenhaut und setzte ihn hinein. »Er gehört Ihnen! Lebt beide wohl!« Damit machte ich mich schleunigst aus dem Staub, hoffend, daß der nächste Anfall Dünnschiß kommen würde, erst nachdem das »Hunterl« wieder auf den Boden gesetzt war. Aber ich sah noch, wie es zu den Freudenschreien der beiden Walküren verrückt wedelte und seiner neuen Besitzerin die Wangen leckte. Sie war auf den ersten Blick zur angebeteten Herrin erwählt. *Meno male!*

Wieder wenige Tage später sprach der Portier des Österreichischen Hofes mich an: »Die Frau Fürstin Hohenlohe sucht Sie in der ganzen Stadt. Sie hat Sie mir beschrieben, wegen dem Hund. Ich hab gesagt, daß Sie gelegentlich hier herkommen.« (Absteige mit Duse.) »Die Frau Fürstin möchte Sie zum Mittagessen im Schloß Leopoldskron einladen. Wenn Sie zusagen, gleich morgen.«

Ich sagte zu. Wer hätte das nicht getan? Die Sache war geheimnisvoll. Schloß Leopoldskron hatte bis vor kurzem Max Reinhardt gehört, der dort mit seiner Gattin Helene Thimig den Sommer hinzubringen pflegte. Wer aber war die Frau Fürstin Hohenlohe? Um die Katze gleich aus dem Sack zu lassen: Die Fürstin Hohenlohe, geborene Steffi Richter, kam in der Tat aus Budapest und war getaufte Jüdin, hatte sich in England der Freundschaft Lord Rothermeres, des Zeitungsmoguls, so eng erfreut, daß sie aus dem Land gewiesen worden war, und galt jetzt, wie es hieß, als die Geliebte eines der Adjutanten des Führers und Reichskanzlers Adolf Hitler, eines ominösen Hauptmanns Wiedemann: eine politische Entremetteuse, mit einem Wort, an der Hitler in schöner Naivität einen Narren gefressen hatte. Um Jahre später, nach dem Krieg in Paris und München, habe ich sie wiedergesehen. Einen der Wesenszüge, die ihr Äußeres vergessen ließen, die sie faszinierend machten, hatte sie behalten: ihre Stimme. Ein Alt von außerordentlichem Wohlklang. Sie war im Begriff, ihre Memoiren zu schreiben. Mir erzählte sie daraus die amüsantesten Geschichten. Zum Beispiel, wie Lord Rothermere versucht hatte, mit Hitlers Hilfe seinen Sohn zum König von Ungarn zu machen. Gleich geblieben durch all die bewegten Jahre war auch ihr Budapester Akzent. Zuweilen so stechend, daß ich's vorzog, mit ihr englisch oder französisch zu sprechen. Das letzte Mal sah ich sie mit Louise de Vilmorin. Es war in der Halle des Hotels »Vier Jahreszeiten« in München. Zwischen den beiden Damen hing, wie an Henkeln getragen, ein Herr von euphorischer Senilität: Somerset Maugham.

Damit ist meine Liste der Namhaften, die ich dem »Hunterl« verdankte, nicht erschöpft. Als ich im Sommer 1938 nach Schloß Leopoldskron kam, erfuhr ich auch den Namen des zweiten Matriarchen, der turmhaften Begleiterin von Steffi Hohenlohe, née Richter. Es war die Marquise – Comtesse? Vicomtesse? – de Boisrouvraie, née Polignac. Oder Polignac, née Boisrouvraie? Wiewohl ich späterhin viel Spaß darin gefunden habe, in den Gotha'schen Kalendern zu blättern, habe ich bei den Polignac nicht nachgestöbert: Die Begegnungen jener Salzburger Tage waren so unglaubwürdig märchenhaft, daß ich am Geheimnisvollen nicht tasten wollte. Es gehörten dazu fast lebensgroße Porträtaufnahmen des Führers im Silberrahmen, mit der Widmung: »Der Frau Fürstin Hohenlohe« (offenbar vom Portier des Österreichischen Hofes souffliert) »In Verehrung. Adolf Hitler«. Die Führung durchs Schloß mit allem sacht theatralischen Rokoko-Dekor Max Reinhardts hatte die Vicomtesse de Boisrouvraie, née Polignac (oder Polignac née Boisrouvraie) übernommen und entledigte sich dieser Aufgabe, die jeden andern in Verlegenheit gebracht haben würde, mit der Souveränität der *grande dame*. Dem »Hunterl« ging es gut. Es hatte sich in kürzester Zeit zur Größe eines Kalbes ausgewachsen. Der

Dünnpfiff war kuriert, vielleicht ein wenig zu gründlich. Woran es jetzt litt, war – wie die vorquellenden Augen andeuteten – eher Verstopfung. Etwas anderes lag der Marquise (oder Vicomtesse?) näher am Herzen. Nachdem sie sich meinen Namen mehrmals wiederholen und buchstabieren hatte lassen, behauptete sie steif und fest, meinen Großvater gekannt zu haben. Sie erinnere sich genau. Er habe eine weiße Uniform getragen. Mir war nichts von einer weißen Uniform meines Großvaters bekannt. Einen weißen Waffenrock trug Seine Apostolische Majestät der Kaiser und König Franz Joseph I. auf den Bildern in österreichischen Schulfibeln, die auch ich als Kind zur Lehre gehabt hatte. Mein Großvater war ein hoher Staatsbeamter; aber so hoch war er nicht gestiegen, des Kaisers Kleider zu tragen. Indes, einer Dame soll man nicht zu hartnäckig widersprechen. Ich ließ die Vicomtesse (oder Comtesse?) in ihrem harmlosen Glauben um so lieber, als sie mich unter ihre Fittiche nahm und in jeder Weise förderte. Ihr verdankte ich die Bekanntschaft mit der Witwe des großen Schauspielers Josef Kainz und, in deren Begleitung, eines Herrn Krünes, der aus Böhmen kam, in Berlin lebte, angeblich ganz anders hieß und Adjutant des letzten Kaisers Karl gewesen sein sollte, *Ni plus, ni moins.* An meinen Großvater konnte er sich nicht erinnern.

Margarete Kainz war in den Achtzig, klein, graziös und ein unerschöpflicher Born von Anekdoten. Eine der liebsten war mir die vom Frühstück in einem Berliner Hotel, wo auch das Ehepaar Strindberg wohnte. Madame Strindberg kam verstört und verheult zum Tisch der Kainz und erzählte, ihr Mann habe ihr eine fürchterliche Szene gemacht: Er habe sie bewacht, während sie schlief, und gesehen, daß sie im Traum in den Armen eines anderen Mannes gelegen war. Strindberg kam selbst an den Tisch und wütete weiter. Es gebe keinen Zweifel, seine Frau war eine Ehebrecherin, wenn auch nur im

Traum. Damit rannte er davon. Das Ehepaar Kainz, Josef und Margarete, versuchte, die Schluchzende zu trösten. Vergebens. »Das Schlimmste ist«, sagte sie, »es stimmt. Es ist wahr: Ich hab so was geträumt.« Das war lang vor Pirandello gewesen. Mich machte es nachdenklich. Es brachte mir die Eifersuchtsszenen, die ich Duse machte, in den Sinn.

Doktor Krünes war weniger anekedotenreich, dafür praktischer. Er hatte Spaß an meinen hingekritzelten Karikaturen und wußte von meinen versunkenen Ambitionen, dem Graphiker Alexandre nachzueifern. »Beim Herumhängen hier in Salzburg wird das nicht gelingen. Berlin ist dafür das rechte Pflaster.« Er arbeitete dort im Scherl-Verlag, einer Hochburg der Publikationen von Zeitungen, Zeitschriften und Büchern aller Art. Wenn ich mich bei ihm dort meldete, würde er mir an die Hand gehen.

Wieder war's der Gedanke an Duse, der meine Entscheidung fällte. Diesmal freilich auf vernünftige Weise. Ich hatte längst gemerkt, daß meine fortwährende Raunzerei über ihren Mangel an Entschlußkraft, sich endlich voll und ganz zu mir zu bekennen und für mich scheiden zu lassen, ihr ebenso auf die Nerven ging, wie mein eigener, etwas dafür zu tun. Ich sagte Salzburg, Leopoldskron und der Freundin meines Großvaters ade, setzte mich auf einen Zug und fuhr nach Berlin.

Auch meine Ankunft in Berlin habe ich anderswo beschrieben. Ich konnte nicht sagen, daß es gewesen wäre wie in »Glanz und Elend der Kurtisanen« die Ankunft Rastignacs in Paris, der von einer Anhöhe die Lichterstadt überblickt und sich schwört, sie werde so zu seinen Füßen liegen. Obwohl ich wenige Jahre später Berlin tatsächlich flachgebombt zu meinen Füßen liegen sah, rief es damals, im Sommer 1938, nichts anderes in mir hervor als ein Gefühl der Enttäuschung und Ernüchterung. Was ich mir in den zwanziger Jahren in ungezählten Stunden des Versinkens in Wochen- und Monatsschriften zu Hause, in der Bukowina, unter der Stadt der Expressionisten und Futuristen vorgestellt hatte, war die Großstadt als Welttheater: Raubtier-Territorium der kleinen Carnivoren sowohl wie der großen: Der Dschungel der Nachtschwärmer, der Huren, Luden, Messerstecher und Taschendiebe sowohl wie der von Spekulanten, Schiebern und Börsenjobbern größeren Formats, der Intellektuellen, der Visionäre und Narren. George-Grosz-Berlin. Es war das Bild, das die verklärende Literatur meiner Lebensepoche im Verein mit der nicht weniger betrügerischen Photographie heraufbeschworen hatte: ein Amalgam der Licht- und Schatteneffekte der Großstadt schlechthin, vom London Doktor Jekylls und Mister Hydes über Chicago bis zu den Entwürfen der Utopisten: zu Metropolis-Berlin. Glühbirnen-Paradies sowohl als auch eine Welt der grellen Scheinwerfer: Eine riesige Zirkusarena, deren Lichter nie ganz erloschen, nur zurückgedrängt waren zu den sinistren Reigen geisterhaft im Nachtnebel schwimmender Straßenlichter.

Nichts davon hatte die Stadt, die ich antraf. Sie lag unter einem Himmel von scharfer Helligkeit, penibel sauber und fast menschenleer, die Häuser wilhelminisch bürgerlich ohne bodenständigen Charakter. Möglich, daß das mit nächtlichen Beleuchtungseffekten doch noch an meine Phantasie heranzubringen war. Den wenigen Menschen auf den Straßen sah man das nicht an. Sie waren Stadtvolk, formlos, farblos. Wohlan! Damit hätte ich mich abgefunden. Das Berlin der Zwanziger war Sage geworden. Verleumundete Sage. Fluchtbeladene Systemzeit, wie's hieß. Wo aber war die Hauptstadt des Dritten Reichs?

Ich habe gelernt, Berlin nicht als geschichtlich entwickelte

Stadt zu sehen. Nicht in Phasen, sondern in sprunghaft wechselnden Perioden. Das Berlin der Varnhagen und Mendelssohns und einiger mit Charme begnadeter Preußenprinzen war nicht das gleiche Berlin wie das Bismarcks, des siechen Kaisers Friedrich und des brausepulverigen Willy Zwo. Die waren Epochenstädte für sich und hatten nichts miteinander zu tun. Ebensowenig wie die eine oder andere etwas gemeinsam hatte mit dem legendären Berlin der zwanziger Jahre. Das war vermutlich für eine Weile die Hauptstadt Europas gewesen. Städtischeres konnte in keiner der Großstädte geschehen. Inzwischen war's nicht kleiner geworden. Es gab keineswegs den Eindruck, geschrumpft zu sein wie Wien seit der Kaiserzeit. Im Gegenteil: Es war weiter, größer, leerer geworden. Wo war die Reichshauptstadt?

Nirgendwo. Es sei denn im Klatsch und Tratsch einer einverschleppten gesellschaftlichen Oberschicht. Mager durchwachsen mit Diplomaten, Film-Prominenz und Führerschafts-Lakaien in SS-Uniform. Daß der Führer in der Reichskanzlei residierte, daß Goebbels an einem Havelsee wohnte, Göring bisweilen seinen Bauch in die Oper trug, erzählte man von Mund zu Mund. Berlin war Sitz der Reichsregierung. Äußerlich war der Stadt davon nichts anzusehen. Noch hatte der unbezähmbare Bauwille Adolf Hitlers sich nicht ausleben können. Die Pläne für die Reichshauptstadt entstanden auf dem Reißbrett. Die Planierung der Bauflächen wurde dann von alliierten Bombern besorgt.

Als ich nach Berlin kam, witterte ich dort auch keine Zukunft. Vom Tausendjährigen Reich der Verheißung, von dem die Ötztaler Ostmärker immer noch träumen mochten, war ebensowenig was zu spüren wie von seiner bevorstehenden gewittrigen Götterdämmerung. Denke ich zurück, so war mein Eindruck der einer Stadt, die unvergleichlich ordentlicher war als Wien, ein Ort, in dem seriös gearbeitet wurde und in dessen Gesamtbild trotzdem wie in den Kulissen eines Theaterstücks, das nicht mehr auf dem Spielplan steht, vorderhand nichts Dramatisches geschah. Die Bühne war leer und bis auf einen sachten Hauch verstaubter Vergangenheit gewissenhaft durchlüftet. Es schien sogar etwas Alpenluft dazugekommen zu sein.

Soweit das Bild, das sich mir eingeprägt hat. Ein subjektives Bild, bestimmt von meinem damaligen Zustand. In der Erinnerung ist ja meistens gutes Wetter, und in Berlin war's sowieso. Das Klima dort ist ausgezeichnet. Es ließ nicht viel Gedanken an's Morgen zu. Die Gegenwart stagnierte auf erträglich helle Weise.

Wiewohl ich auch das anderswo beschrieben habe, muß ich wiederholen, wie ich nach meiner Ankunft kreuz und quer herumfuhr, um die Pension zu suchen, deren Adresse mir Margarete Kainz gegeben hatte. Wir hatten beide außer acht gelassen, daß seit den neunziger Jahren des vorigen Jahrhunderts doch einiges sich verändert haben könnte. Straßennamen sowohl wie Fremdenheime. Nach zwei Stunden ergebnisloser Suche wurde mir's zu bunt und ich dirigierte mein Taxi zum Adlon. Strindberg und die Träume seiner Gattin hin und her, ich war dort hervorragend untergebracht. Aber ich mußte mir sagen, daß ich bald keinen Heller mehr in der Tasche haben würde. Also machte ich mich neuerlich auf die Suche nach einer wohlfeilen Bleibe. Diesmal zu Fuß. Gekleidet war ich, wie ich mir's für einen Gast des Adlon vorgestellt hatte, nämlich nach dem Maßstab des Bukarester Athenée Palace: Nelke im Knopfloch, Rollschirm, Handschuhe, Homburghut. Als ich so ausstaffiert aus dem Hotel trat – und darum erzähle ich das wieder: es ist eine meiner Lieblingsanekdoten – hielt ein Trupp von jungen Leuten den taktfesten Gleichschritt an und starrte sich in mich fest, bis einer sagte: »Entartete Kunst!«

Ich entledigte mich des Huts, der Handschuhe und des Schirms, zog meine Krawatte schief und ging los. Der Tiergarten empfing mich zu meiner seelischen Erleichterung mit Altvertrautem. Noble alte Bäume – sie sollten in den Wintern 1943/44 und 1944/45 abgeholzt und zu Brennholz zersägt werden. Ich schlenderte die Alleen ab. Ein paar Schritte weit vom andern Ende des Tiergartens entdeckte ich die Kaiser-Wilhelm-Gedächtniskirche, in der ich 1942 meiner ersten Gattin angetraut werden sollte. Nichts warnte mich damals. Ich trat auf den Kurfürstendamm hinaus und dachte: »Ich kann machen, was ich will – Czernowitz holt mich ein.«

Das will erläutert sein. Noch war damals der Kudamm nicht die osteuropäische Straße wie heute und in den Jahren bald nach dem Krieg. Den Charakter dazu trug er schon in sich. In Entelechie, wie das Samenkorn im Baum. Ein Quentchen Freiheit und Verlotterung. Einige Verschäbigung der Eleganz. Ein wenig Rummelplatzatmosphäre. Es war bei weitem die belebteste Straße. Hier ist gut sein, dachte ich, hier will ich bleiben.

Über dem Café Kranzler befand sich die Pension Ranke. Ich schaute hinein. Überraschend schöne alte Möbel. Privatwohnung eher als ein Fremdenheim. Jawohl, ein Zimmer war frei. Es ging auf den Lichtschacht, war trotzdem finster, mäßig bequem und im Preis erschwinglich. Ich sagte, daß ich mein Gepäck herschicken würde, und ging hochbefriedigt wie nach einer Leistung wieder auf den Kurfürstendamm hinaus.

Jetzt erst befiel mich das Hochgefühl des Abenteuers. Eines der sublimsten: Ein Fremder macht sich eine Stadt zu eigen. Es mußte nicht mit dem Ehrgeiz eines Rastignac sein. Mit jeder Entdeckung war eine Eroberung zu machen. Ich konnte wieder meinem Laster des ziellosen Wanderns mit offenen Sinnen frönen. Ich war so gut zu Fuß wie Bruce Chatwin in Patagonien. Auch auf meinen Wegen war Archäologisches zu entdecken. Hier und dort in einem Straßenwinkel witterte ich das Berlin von ehemals. Die große Zeit der Intellektuellen des Romanischen Cafés wehte mich für Augenblicke an. Kein größerer Kontrast war denkbar als der zwischen jener fernen Legende und dem aseptischen Berlin vor meinen Augen. Nicht einmal von den Nazis war etwas zu spüren. Außer, freilich, in der unbehaglichen Abstraktion von Radiomeldungen, die aus den überall an öffentlichen Stätten aufgedrehten Lautsprechern quollen. Während einer solchen wurde mir ein Denkzettel zuteil, der in typisch Berliner Form eine Lehre für all mein späteres Dasein enthielt.

Wiewohl die Straßen spärlich belebt waren, drängte sich das Volk in den Restaurants und Konditoreien. Einzelgänger wurden an den Tisch von anderen gesetzt. Ich geriet an einen Mann, der heimgesucht war von dem nervösen Tic, das Kinn seitlich hochzureißen und mit schiefem Mund den Hals aus dem Hemdkragen zu ziehen. Während wir unsere Suppe löffelten, gingen die Radiodurchsagen los. Das Sudetenland war am Gären. Es gab Unruhen, Zusammenstöße zwischen der deutschen Minderheit und Tschechen. Mein Tischnachbar kommentierte jede Meldung auf so sarkastische Weise, daß mir angst und bange wurde. War er ein Spitzel? Ein Provokateur? Soviel nationalsozialistische Lebenshaltung war seit dem März in Wien in mich eingebleut, daß ich gute Miene zum Spiel zu machen hatte, weil sonst der nächste Nachbar bereit war, Anzeige zu erstatten. Ich begnügte mich also mit gelegentlichem »Hm hm!«, verschlang mein Essen und sagte dann: »Leider muß ich Sie verlassen. Es war angenehm, Sie zum Tischnachbarn zu haben.« Er warf das Kinn hoch. »Machen Sie sich keine Illusionen«, sagte er und zog mit schiefem Mund den Hals aus seinem Hemdkragen. »Über die Lücke, die Sie hinterlassen.« Von diesem Augenblick an liebte ich Berlin.

Im Scherl-Verlag war Dr. Krünes unauffindbar. Dann erinnerte sich irgendwer an ihn. »Krünes, ja, natürlich. Ehemaliger Adjutant des Kaisers Karl von Österreich. Ja, der ist ins Sudetenland abgefahren. Kommt ja von dort.« Nebenbei: Er ist nie von dort zurückgekommen. Gott der Herr habe ihn selig. Mit ihm meine Träume von einem beruflichen Förderer.

Es traf mich nicht allzu hart. Ich war zum Fatalisten geworden. Gewiß ist eine große Portion natürlicher Faulheit in mir. Aber wenn mir etwas Spaß machte, so konnte – und kann – ich arbeiten bis zum Umfallen. Zeichnen hatte mir viel Spaß gemacht. Er hatte nachgelassen mit dem Mangel an Motivation. Wofür Karikaturen zeichnen? Oder Plakatentwürfe malen, die keinen interessierten? Zunächst interessierte mich Berlin. Ich ging auf die Suche nach Überbleibseln der legendären Nachtlokale voll von Schwulen, Lesben und Transvestiten, von denen es angeblich unter dem schmachvollen Weimarer System gewimmelt haben mußte. Aber das Weimarer System war ja nun dank Führer und Partei historisch überwunden und die Schwulen, wenn sie nicht seit dem Röhm-Putsch umgebracht worden waren, saßen nun wahrscheinlich mit den Transvestiten hinter Gittern. Ich geriet in ein unsäglich spießiges Tanzlokal. Auch hier war Platzmangel, ich blieb nicht lange allein an meinem Tisch. Diesmal war mein Tischgenosse ein anderer Tschusche, Perser, wie sich herausstellte. Wir kamen ins Gespräch. »Nix gut«, sagte er, auf das Gedränge auf dem Tanzparkett weisend. »Nix gut. Ich weiß. Ich bin Hellseher.« Beruflich? Jawohl, beruflich. »Na dann sehen Sie mal bei mir ein bißchen hell!« sagte ich. Wir waren in Berlin, und ich fand es angebracht, mich forsch zu geben. Er sagte: »Schreiben Sie was auf Zettel Papier.« Ich beschaffte mir einen Zettel und schrieb darauf: »Wir leben in einer großen Zeit. *Many happy returns.*« Er betrachtete meine Schrift. »Werde ich die Frau, die ich liebe, heiraten?«

fragte ich ungeduldig. Er schüttelte den Kopf. »Nein nein. Sie werdens dreimal heiraten. Die erste sie liebens sehr, aber sie liebens nicht. Die zweite sie liebens nit, aber liebsie sie sehr.« Ich mußte zwinkern, um das ordentlich auseinanderzuhalten. Wer liebt wen? War ja auch egal. Immer doch einer mehr als der andere. »Schön. Und die dritte?« Mit ihr wurde er noch sibyllinischer. »Sie werdens mit sie bei eine Stadt im Süden leben. Nicht hier. Deutschland wird nix gut sein.« Das war verblüffend im Jahr 1938. Ich mußte vorsichtig sein. Achtung, Feind hört mit! Ich fragte: »Werde ich ein guter Künstler werden?« Er schüttelte heftig den Kopf. »Nein, nein! Sie werdens anderen Beruf haben. Ganz was anderes. Schon bald.« Humbug. Ich wußte nicht, welchen andern Beruf ich hätte ausüben können. Pferdewärter in einem Rennstall, bestenfalls. Zum Reiten war ich zu schwer geworden. Ich entlohnte den persischen Nachfahren der Leobener Hellseherin und Vorläufer des Herrn Wolf in Hamburg. In der Pension Ranke stellte ich fest, daß mir von meinem Geld dank Adlon, Speisehäusern, Stehbier, Tanzlokal und Hellseher eine Handvoll Münzen in der Hosentasche übriggeblieben war.

Die Pension Ranke wurde von zwei Damen betrieben, beide adelig, wie schon ihre Möbel hatten vermuten lassen. Ich hatte sie noch nicht zu Gesicht bekommen und stellte sie mir vom Typus derer vor, die »bessere Tage« gekannt haben wollten. Guter Geist des Pensionsbetriebs war Elsbeth, eine ältliche Haushälterin. Mit ihr kam ich überein, daß ich ein herzhaftes Frühstück mit viel Eiern, Speck und Bratkartoffeln bekam, möglicherweise auch abends einen Imbiß von kaltem Schinken und dergleichen. Denn, so erklärte ich ihr, ich habe eine Arbeit zu tun, die mich die meiste Zeit an mein Zimmer fesseln würde. Was mich in der Tat daran fesselte, war der Mangel an Geld. Das Kleingeld aus der Hosentasche ging drauf für Telegramme nach Hause, in denen ich meine neue Adresse und die Dringlichkeit von Geldnachschub bekanntgab. Mein Vater war stets großzügig. Meine gute Mutter würde schon vor dem Telegramm erschrecken: Die Dringlichkeit mußte bedrohlich sein.

Spazierengehen konnte ich zwar auch ohne Geld. Aber ich schob's für später auf. Ich hatte mir einen Zeitvertreib ausgedacht, der mir meine Stubenhockerei gemütlich machen konnte. Vor meiner Abreise aus Salzburg, beim letzten Zusammensein mit Duse, war ich mit ihr die Salzach entlanggewandert. »Erzähl mir eine Geschichte«, hatte sie gesagt. »Von was?« »Von einem jungen Mann, der eine sehr viel ältere Frau liebt.« »Und mit ihr alt und glücklich wird.« »Kein Märchen. Eine Geschichte.« Wie immer, wenn sie meine Zukunftsträume ernüchterte, war ich wütend geworden. Jetzt wollte ich ihr die Geschichte erzählen, wie ich sie mir vorstellte. Ich hatte mir ein dickes Heft besorgt, setzte mich hin und begann zu schreiben.

Ich schrieb einen Tag um den andern. Ernährt von Elsbeths Spiegeleiern am Morgen und kaltem Aufschnitt abends. Die Geschichte wuchs. Am Ende einer Woche präsentierte mir Elsbeth meine Rechnung für Miete und Verzehr. »Ich glaube, ich muß mit einer der Pensionsinhaberinnen sprechen«, sagte ich. Sie würde mich anmelden, entgegnete Elsbeth, mißtrauisch geworden.

Die adeligen Damen, die einst bessere Tage gesehen hatten, empfingen mich zu zweit. Die ältere war vom Schlag der Marquise de B., née P. (oder P. née B.), die meinen Großvater gekannt hatte. Ins Deutsche übertragen, also nicht ganz so französisch pompös. Indessen mit einem Flickern von Humor in den Augen. Die jüngere, ihre Nichte, hatte das leicht angequetschte Gesicht des sitzengebliebenen Mädchens mit neugierig funkelndem Blick und dem Ausdruck, sie könnte im nächsten Moment in einen Lachanfall ausbrechen. Der Ausdruck verstärkte sich, während ich mit schlichten Worten sagte, wie die Dinge standen. Ich wartete auf Geld. Es läge an ihnen, den Pensionsmüttern, mich gleich als Zechpreller verhaften zu lassen oder mit mir zu warten, bis mein Goldschiff aus Rumänien kam. Zu meiner Überraschung sagte die Matriarchin hoheitsvoll: »Wir werden Sie nicht gleich verhaften lassen. Kommen Sie am Abend auf ein Glas in den Salon.«

Der Salon enthielt zu den schönen Möbeln auch die unvermeidlichen Meißener Gruppen, die ich mit Kenneraugen musterte, und andere preziöse Bibelots. Auch ein Grammophon war da. (Fernsehen gab's noch nicht.) Auf dem Tischchen vor der Sitzgarnitur stand eine Flasche Sekt bei drei Gläsern. »Wollen Sie sie aufmachen«, forderte die Matriarchin mich auf. Ich drehte das Drahtgeflecht vom Korken und merkte, daß er ganz locker saß, als wäre kaum noch Kohlensäure in der Flasche. Ich redete von irgendwas und ließ dabei die Flasche aus der Hand, nahm sie dann wieder und zog den Korken mühelos heraus. Die beiden Damen brachen unisono in lautes Lachen aus. Später haben sie mir gestanden, daß sie mich hatten einer Prüfung unterziehen wollen. Ich war ihnen von Anfang an verdächtig vorgekommen. Mein Auftreten, mein überaus elegantes Gepäck, dazu meine Insolvenz, das war alles andere als vertrauenerweckend. Der Sekt sollte mich entlarven. Hätte ich die Flasche ungeschickt manipuliert, wäre der Korken mit lautem Knall und überschäumender Flüssigkeit zur Zimmerdecke hochgeflogen, so würden sie gewußt haben, daß ich ein Hochstapler war, der nicht mit Champagner umzugehen wußte. Ein deutscher Test. Sie hatten Thomas Manns »Felix Krull« nicht gelesen. Mein Geschick hätte aus einer Kellnerschule kommen können. Mein Ungeschick daher, daß ich als ein wahrer Herr meinen Champagner nicht selbst aufzumachen gebraucht hatte.

Ob's stimmte oder nicht, ihr Fehlurteil nahm ich mit Befriedigung hin. Wir wurden Freunde.

Naheliegenderweise fragten sie mich: »Was machen Sie eigentlich den ganzen Tag auf Ihrem Zimmer?« Ich glaube, ich errötete. »Ich schreibe eine Geschichte. Sie hätte kurz sein sollen, aber sie wächst mir unter den Fingern.« Sie wollten sie vorgelesen haben. Ich las sie ihnen vor. Sie waren hingerissen. »Sie müssen sie veröffentlichen!« Sei's drum. Nebenbei: Wie tat man das? Man schickte es an einen Verlag. »Na schön. Wenn die Geschichte fertig geschrieben ist.« Unsere Freundschaft war inzwischen so weit gediehen, daß ich in der Pension Ranke wie im Eigenheim lebte. Bisweilen lud ich meine Pensionsmütter ins Jockey ein. Das Geld dazu entnahmen wir der Pensionskasse. Der Betrag wurde auf meine Rechnung geschrieben. Als das Goldschiff aus Rumänien wirklich kam, reichte es zur Begleichung nicht aus. Wir warteten aufs nächste. Aber ich gehe nicht fehl mit der Vermutung, daß meine beiden Gönnerinnen in meinem bedrohlich anschwellenden Manuskript eine gewisse finanzielle Deckung sahen. Sie bestanden darauf, daß es abgetippt werde. Eine Schreibmaschine wurde gemietet. Die Miete kam auf die Pensionsrechnung. Damit sie nicht zu hoch ausfalle, hatten wir eine alte, klapperige Underwood gewählt. Von allen Lettern funktionierte das E am schlechtesten. Ein häufig vorkommender Buchstabe. Angela, die Nichte, saß den Nachmittag lang über den Blättern und füllte mit einer katatonischen wiederholten Handbewegung die fehlenden E in den Wörtern aus.

Ich hatte inzwischen ein anderes Problem. Sosehr ich mich bemühte, meine Geschichte zu dem märchenhaften *happy end* zu führen, das ich mir für Duse und mich erträumte, sowenig überzeugend erschien sie mir und meinen beiden Lektorinnen. Ließ ich sie dagegen auslaufen, wie's die Lebensnähe nahelegte – nämlich ins Verebben der großen Liebe –, so kam sie uns glaubwürdiger vor. Moderner Realismus. Ein Roman, den das Leben schrieb. So ist sie auch entstanden. In plattfüßiger alltäglicher Banalität. Es war, als wollte der Kitsch der Lebensnähe sich selber hinschreiben. Und das war's offenbar genau, was auf dem Buchmarkt im Kurs stand. Um's kurz zu machen: Meine Betreuerinnen, Angela und Schuschi, bemächtigten sich des Manuskripts, kaum daß der Endpunkt hinter sein beschämend lebensnahes Ende gesetzt war. Über einen einflußreichen Bekannten – meine Gönnerinnen hatten derer viele – landete es im Lektorat des Deutschen Verlags, ehemals Ullstein. Es dauerte nicht zwei Wochen, bis angerufen wurde. Der Chef des Lektorats der Romanabteilung, Herr Wiegler, wünsche die Autorin des wundervollen Liebesromans, Fräulein von Rezzori, zu sprechen.

Ich übertreibe vielleicht ein wenig. Immerhin, Herr Wiegler – nachdem er den Schock überwunden hatte, daß Fräulein von Rezzori einen Schnurrbart trug – pries das vielversprechende Talent, das sich da in einem noch ein wenig unreifen Erstlingsroman bewiesen hatte, und teilte mir mit, der Propyläen-Verlag wolle das Buch erwerben. Gedacht sei an einen Vorabdruck in der Gesellschaftszeitschrift »Die Dame«. Das war im Haus meiner Mutter eine meiner Lieblingslektüren gewesen. Nicht für ihren literarischen Teil, sondern wegen der Illustrationen des Modezeichners Dryden, den ich bewunderte. Der erschien nun freilich nicht mehr in der »Dame«, denn er war nicht arisch und hieß in Wirklichkeit Ernst Deutsch. Ich aber sollte in der »Dame« erscheinen. Heil Hitler! Ein vielversprechendes Talent.

Das war ich zwar immer schon gewesen. Als Violinkünstler. Als Bergwerksingenieur. Als Zeichner. Als Reklamemann.

Dieses eine Mal mein Versprechen einzulösen war ich felsenfest entschlossen. Der Perser im Tanzcafé hatte blendend hellgesehen. Mein Beruf war fortan nicht mehr der des genialen Gebrauchsgraphikers, sondern der des deutschen Dichters. Ich nahm einen Vorschuß auf den Vorabdruck in der »Dame«, entlohnte die Pension Ranke, kaufte mir eine Fahrkarte nach Salzburg und atmete erst wieder auf, als ich im Österreichischen Hof Duse gegenüberstand.

Wir fuhren an einen der Seen möglichst weitab von den Erholungsstätten ihrer zahllosen Freunde, Bekannten und Verwandten. Überflüssige Vorsichtsmaßnahmen, dachte ich. Jetzt, da ich mich nicht vor der Welt zu verstecken brauchte. Das vielversprechende Talent, das in der »Dame« veröffentlicht werden würde. Schon etwas anderes als der vielversprechende Zeichner, um dessen Versprechen keine Katz sich scherte. Aber das wußte Duse ja noch nicht. Ich hatte mir's als Überraschung vorbehalten. Erst am Seeufer, um uns her die Berge und die Wälder in septemberlicher Pracht, zog ich mein Manuskript aus dem Umschlag, in den ich's mit dem Veröffentlichungsvertrag verwahrt gehalten hatte, legte ihr diesen feierlich hin und begann aus dem Manuskript mit den von Angela getreulich eingesetzten Buchstaben E vorzulesen: »In der Nacht fand ich, daß mir die Zigaretten ausgegangen waren ...«

Wahrhaftig, so fängt's an. Ich kann nicht ohne Rührung zurückdenken. Es war September 1938, und um uns her rüsteten nicht nur die Wolken und die Berge sich zum sprichwörtlichen Schnürlregen des Salzkammerguts, sondern auch die Völker zum Selbstmord Europas. Wir aber saßen eingesponnen in den Wahn unserer Liebe und lasen und lauschten. Wir saßen da wie Verzauberte und lebten dem Märchen nach, das kein Märchen war, sondern die dümmliche Beschwörung eines Romans, den das Leben hätte schreiben können. Mit allen Sinnen erlebten wir den Kitsch der Liebesgeschichte zwischen einem dümmlichen jungen Mann und einer Geigenvirtuosin – Ungarin natürlich – die älter, reifer und ebenso dümmlich war wie er und daher nicht schon von vornherein das Ende vorausgesehen hatte. Also war's klar, daß die Sache schiefgehen mußte. Bessere Romane schreibt das Leben nicht. Nicht nur im nachhinein war's klar, sondern schon von allem Anfang an – und das machte ja den Reiz der Geschichte aus, daß der Leser und Zuhörer sich klüger fühlte als die beiden Dümmel, die sie vorlebten.

Nicht ohne Rührung, wie gesagt, denke ich daran zurück. Denn es ist ein Bild menschlichen Versponnenseins, in dem die Tragikomödie unserer Existenz sich offenbart. Das Geschehende geschieht. Es geschieht mit uns über uns hinweg. Selig sind die Armen im Geiste, die's nicht merken und meinen, es wäre in ihrer Macht, es zu bestimmen. Die zwar toben und heulen, wenn sie merken, daß ihre Macht versagt, dann aber sich dem Schicksal mit stolzer Miene beugen, als wär's eine Heldentat gewesen, ihm zu trotzen. Tragisch aber ist's um diejenigen bestellt, welche nicht nur im nachhinein voraussehen, daß das Schicksal Plattfüße hat. Daß die Romane, die das Leben schreibt, höchst selten so verlaufen wie jene, die Autoren schreiben. Sie, die Tapferen, die das Triviale der Wirklichkeit kennen und trotzdem sich aufmachen, sie zu besiegen, erscheinen mir als wahre Helden. Kollege Nietzsche hat darüber Abschließendes gesagt. Ich bin ein andächtiger Leser Nietzsches geworden nach jenem September 1938 im Salzkammergut.

Als ich meine Vorlesung beendet hatte – nicht mehr als 180 Seiten: die Wolken über den Bergen hatten sich zur Erbsensuppe zusammengezogen und wenige Meter über dem See niedergelassen –, lagen wir einander vor Beglückung schluchzend in den Armen. Ein deutscher Dichter war geboren. Die »Dame« würde ihn veröffentlichen. Daß in der Geschichte der Geigenkünstlerin, deren sentimentale Verflechtung mit einem um zehn Jahre jüngeren Mann endete wie die Romane, die das Leben schreibt, unsere eigene Geschichte hingeschrieben war, fiel uns nicht befremdend auf. Ich war ja einer von denen, die dem Schicksal heldenhaft trotzen. Duse dagegen war vom Stamme derer, die nicht nur im nachhinein begreifen, was von vornherein voraussehbar war. Sie fragte mich: »Wie lebst du in Berlin? Wen siehst du dort?« Ich erzählte ihr in großen Zügen von der Pension Ranke und meiner Freundschaft mit Schuschi und Angela, meinen adeligen Beschützerinnen, die einst bessere Tage gekannt hatten und entschlossen waren, aus den gegenwärtigen das Beste herauszuholen. Ihr Bekanntenkreis umfaßte größere Teile des noch besitzenden und nicht mehr landsässigen, vielfach in Potsdam ansässigen preußischen Adels, und ich war zahlreichen Exemplaren davon vorgestellt worden. Ja, es hatte sich höchst unerwartet etwas äußerst Angenehmes ergeben: Ein Fräulein von T., neunzehnjährig, blond und spröde wie die junge Ehefrau des Helden meiner – unserer – Geschichte, passionierte Dressurreiterin, hatte in Potsdam einige Pferde stehen und mich zu Ausritten eingeladen. Der Vater war Diplomat, allerdings nicht im Außendienst. Die Mutter war tot. Das Vermögen beträchtlich. »Die wirst du heiraten«, sagte Duse spontan. Die vier Hellseher meines Lebens: die Leobener Wahrsagerin, der Perser, Duse, Herr Wolf in Hamburg. In Romanen, die das Leben schreibt, gibt es nur Überraschungen, wenn die Banalität nicht vorauszusehen ist.

Während ich mein erstes Buch geschrieben habe, hielt ich nach neunzig Seiten ohne Absatz und Kapiteltrennung ein und fragte mich: Wie macht's der deutsche Dichter, den Zeitablauf wahrheitsgetreu darzustellen? Es kann nicht angehen, daß man einem vom Leben geschriebenen Roman abnehme, es hätte eine stürmische Liebesnacht sich zugetragen, danach – zwanzig Jahre später – habe der Protagonist in einem Flugzeugsitz nebenan das Produkt jener Begegnung in Gestalt eines anmutigen Mädchens angetroffen, zufällig seine Tochter. Mit der er – wie könnte es im Leben anders sein – eine ebenso stürmische Liebesgeschichte beginnt, die – wie's ja im Leben anders nicht möglich ist – beschissen endet. Gut und schön. Möglich kann's sein. Was aber hat sich in der Zwischenzeit getan? Ich meine: Ist es zulässig, einfach hinzuschreiben: Nach zwanzig Jahren, siehe da, sitzt er in einem Flugzeug – und so weiter? Als wäre das Leben eine Wäscheleine, an der nur aufgehängt wird, was man sonntags trägt. Oder ist's im Leben wirklich so? Jedenfalls: Wie sage ich's meinem Leser?

Ich weiß, das ist eine unsäglich naive Frage. Sie kann nur gestellt werden von einem, der neben Gaston du Foix, Hermann Löns und dem Freiherrn von Gagern die Artikel seines Vaters in »Wild und Hund« und »Chasse et pèche« gelesen hat. Dazu die Feuilletons der »Dame«, der »Gazette du bon ton«, des »Querschnitts« und die »Forsythe Saga«. Damals hatte ich wahrhaftig nicht mehr und anderes gelesen. Später kam's ganz von selbst, daß ich draufgekommen bin, es genüge, mit der Erzählung einzuhalten, einen Absatz zu machen und sie zehn leere Zeilen tiefer, wie das Leben eben spielt, wieder aufzunehmen. Also zehn, zwanzig und mehr Lebensjahre bedenkenlos in die Vergessenheit fallen zu lassen. Wahrhaftig in die leeren Zeilen zwischen zwei Absätzen läßt sich so viel ereignislose vergangene Zeit hineinstopfen wie man lustig ist. Es gibt ja eine unerschöpfliche Menge davon. Was fällt's schon auf, wenn ein halbes Leben hingeht, bevor das Geschehende, das über einen hinweg mit ihm geschieht, ihn so beutelt, daß er's in der Dramatik erlebt, welche die Romanschreiber erfinden (und zum Modell machen für die Romane, die das Leben schreibt).

Das Erfolgsrezept der Romanschreiber besteht im heldischen »Trotzdem«! Es empfiehlt sich, den Protagonisten so darzustellen, als wisse oder fühle er, was über ihn hinweg mit ihm geschieht, und sei entschlossen, dem Geschick seinen Willen aufzuzwingen. Held, wie gesagt. Ganz mein Fall. Ich war ja schließlich der Schreiber meines eigenen Romans. Ich zwang dem Geschehenden meinen Willen auf. Leider übersah ich dabei, was mit mir über mich hinweg geschah.

Nachdem Duse mir prophezeit hatte, »Die wirst du heiraten« (sie meinte Fräulein von T.), fragte ich sie, Hand aufs Herz, ob sie sich endlich scheiden lassen wolle oder nicht. Ich hatte dabei selbst den Eindruck, daß das begann, unendlich langweilig zu werden. Wie das bei heterosexuellen Beziehungen zu geschehen pflegt, wurde die Schicksalsfrage im unmittelbar nachfolgenden Beischlaf verschwemmt. Ich stieg wieder auf den Zug und fuhr nach Berlin zurück. Dort hatte ich meine steile Laufbahn als deutscher Dichter auszubauen. In München mußte ich umsteigen. Mein Anschlußzug nach Berlin ging zwei Stunden später. Der Bahnhof war auffällig leer. So würde es wohl auch die Stadt sein. Ich war wenig neugierig, in die Stadt zu fahren. Ich zog's vor, auf dem Bahnhof zu warten, über meinem Manuskript zu brüten und den nächsten Zug zu nehmen. Am nächsten Morgen, in Berlin, las ich in der Zeitung, daß am Abend vorher die Stadt München nicht leer gewesen war, sondern überschäumend von begeisterten Menschen. Der Führer, Adolf Hitler, war mit Mussolini und Neville Chamberlain in München zusammengekommen. Um den Frieden zu retten. War denn der bedroht gewesen? Jedenfalls gut, daß er's nicht mehr war. Ich hatte seine Rettung versäumt. Na schön. Ich hätte mich in die brausende Menge mischen können, um wie die allermeisten Zeugen weltgeschichtlichen Geschehens vom welthistorischen Ereignis nichts zu sehen. Ich machte mir keine Illusionen über die Lücke, die ich hinterließ.

Selbstverständlich stieg ich in Berlin bei meinen beiden Gönnerinnen ab. Sie waren außer sich über die Ereignisse. Ob ich mir Rechenschaft darüber gäbe, wie rücksichtslos es von mir gewesen war, sie in diesen bewegten Tagen ohne Nachricht von mir zu lassen? Ich mußte gestehen, daß ich mir keinerlei Rechenschaft darüber gab. Ob der knapp bevorstehende Krieg vermieden und ein Blumenkrieg geworden war, ließ mich kalt. Blütengeschmückt und jubelnd begrüßt wie dereinst in der Ostmark würden die deutschen Landser in der Tschechoslowakei einmarschieren und das Sudetenland heim ins Reich führen, Doktor Krünes inbegriffen. Ich brauchte ihn nicht mehr, er war bei Scherl, ich bei Ullstein. Dort wartete Herr Wiegler auf mich, ein feinsinniger Betreuer auch anderer junger, vielversprechender Talente.

Herr Wiegler war ein kleiner, untersetzter Herr mit greisenhaarumwittertem eulenhaften Haupt und einem Zeigefinger der linken Hand, der wie der Arm eines Seepferdchens ausgestattet war mit einem Naupliusauge. Das diente zur Aufsicht über die schriftstellerische Gewissenhaftigkeit seiner Autoren. Er führte den gekrümmten Finger mit unfehlbarer Sicherheit zu den schwachen Punkten eines Manuskripts, während die rechte Hand nach dem Rotstift tastete. Spezialität war das Auffinden von Wiederholungen. Zweimal dasselbe Adjektiv auf einer Seite war ein Verstoß gegen die Deutschheit der deutschen Literatur. In einem späteren Manuskript von mir, in dem der unterm Drama des Lebens keuchende Held das Fenster auf*reißt* und, zehn Zeilen tiefer, weil er vom Keuchen durstig geworden ist, *rissige* Lippen hat, änderte Herr Wiegler gleich alle beide. Der Verdurstende *zerrte* das Fenster auf und hatte *geborstene* Lippen.

Solcherlei sprachliche Verbesserungen waren indes nicht das einzige, was Herrn Wieglers naupliusaugenbewehrter Zeigefinger in meinem Manuskript als verbesserungswürdig aufspürte. Gleich zu Anfang meiner Geschichte fällt meines Helden Auge auf eine silberne Plakette am Armaturenbrett seines Wagens. Es ist offenbar von liebender Hand gestiftet und trägt die Inschrift: »*Come back home safely.*« Herrn Wieglers Rotstift setzte daneben ein dickes Fragezeichen. »Wir sind mit knapper Müh' und Not um einen Krieg mit England herumgekommen«, sagte der feinsinnige Betreuer vielversprechender Talente. »Eine englische Plakette ist nicht mehr angebracht. Haben Sie nicht etwas Deutsches?« Die deutschen Plaketten für Autofahrer hatten gewöhnlich Inschriften wie »Beifahrer, halt's Maul!« Das schien wieder mir nicht angebracht zu sein. »Darf es etwas Französisches sein?« Französisch ging. Die diplomatischen Beziehungen mit Frankreich waren nicht so gespannt wie die mit England. Ich schrieb auf einen Zettel: J.T.P.Q.H.E.M.Q.D. »Was heißt das?« fragte Herr Wiegler. »Je t'aime plus que hier et moins que demain.« Herrn Wieglers Naupliusauge folgte den Wörtern. »Ich liebe dich mehr als gestern und weniger als morgen.« Herrn Wieglers Stift fiel aus der Hand. »Wo haben Sie dieses wundervolle Wort her?« Ich sagte bescheiden, er würde es vermutlich in Silberplaketten eingraviert bei Küster & Perry in Berlin oder bei Förster oder Hess in Wien jederzeit erwerben können. Er glaubte mir nicht. Es wurde das Leitmotiv meiner Geschichte. Bei jeder passenden Gelegenheit kam es zum Vorschein. Ein Menetekel für alle, die sich in die Leidenschaft der Liebe verloren. Im Vorabdruck in der »Dame« sangen es die Pferdehirten in der Puszta. (Die Geigerin kam ja aus Ungarn.) Ich wurde auch dem Chefredakteur der »Dame«, Friedrich Bischoff, vorgestellt. Er sagte mir Ermunterndes zu meinem vielversprechenden Talent und eröffnete, daß er einen Titel für mein Erstlingswerk gefunden habe: »Flamme, die sich verzehrt.«

Derart begann meine Lehrzeit als deutscher Dichter. Ich nahm mir deren Lehren zu Herzen. Damit aber – und mit anderem weiter nicht erwähnbaren Ereignishaftem – verfloß die Zeit. Einige Ausritte mit Fräulein von T. in Potsdam. Bekanntschaft mit ihrem Vater, dem Diplomaten im Innendienst. Gepflegte Erscheinung. Nach drei Minuten Gespräch fielen mir die Augen zu. Ein wenig Aufruhr im November. Klirrende Fensterscheiben, Gebrüll in den nächtlichen Straßen wie 1919 in der Bukowina. Aber diesmal war's nicht der losgelassene Mob, der randalierte, sondern disziplinierte Truppen der SA. Die Kristallnacht. Was an jüdischen Geschäften auf dem Kudamm übriggeblieben war, lag in Scherben. Auch Synagogen brannten. Einem, der den März in Wien erlebt hatte, konnte das nicht imponieren. Noch ein Ausritt mit Fräulein von T. in Potsdam. Danach erfuhr mein Lebensroman einen Absatz, und in die leeren Zeilen, die ihn vom nächsten trennten, fiel die Zeit. Und mit ihr das, was über mich hinweg mit mir geschah.

»Flamme, die sich verzehrt« ist vierzig Jahre später – 1978 – neu verlegt worden. Das war kurz nach Erscheinen meines dicken Buchs »Der Tod meines Bruders Abel«. Mit dem hatte die deutsche Buchkritik nichts Rechtes anzufangen gewußt. »Flamme, die sich verzehrt« war 1939 wohlwollend aufgenommen worden. »Der Tod meines Bruders Abel« paßte nicht in die Kategorien, die innerhalb des Begriffsfelds von Buchbesprechungen lagen. Bezeichnet war das Buch im Untertitel als ein Roman. Leider kein Unterhaltungsroman, sondern eine anspruchsvolle Schwarte. Es enthielt keine Liebesgeschichte im Wirbel des Zeitgeschehens wie bei Konsalik oder Simmel. Es war auch kein Versuch der Vergangenheitsbewältigung wie bei Lenz. Oder der vergeblichen Gegenwartsbewältigung wie bei Johnson. Oder gar der Gottesbewältigung wie bei Böll. An Umfang stand es den Werken von Grass nicht nach, aber es war nicht im deutschen Gefühlsraum angesiedelt und auch nicht als verschlüsselter Kommentar zum politischen Geschehen zu lesen. Es nannte sich »Der Roman des Schreibens«. Allerdings war über das Thema nichts zu erfahren außer den Schwierigkeiten eines virtuellen Autors. Nichts von der Entwicklung des Schreibens vom Tonkeil über die Gänsefeder bis zur Olivetti Lettera wie bei Ceram. Nichts von der Stilentwicklung von Dante bis Hemingway. Daß es in vielerlei Stilarten geschrieben war, ließ sich keinem Hinweis entnehmen. Ebensowenig, daß hinter allen Fährnissen seines Protagonisten der Tod Europas sich abzeichnete. Europa war damals kein Thema wie heutzutag. Also was wollte es? Als Ausweg stand den Literaturkritikern offen, sich in die Biographie des Autors zu verbeißen; und das taten sie denn auch nach Herzenslust. Psychologisch erklärten sich daraus die Fehler und Mängel des Buchs von selbst. Der Leser konnte auf seine Kosten kommen, indem er die niedrigen Absichten des Autors aufschlüsselte. »Wer schreibt, übt Rache.« Frage: An wem? An »Flamme, die sich verzehrt«? Vielleicht. An mir selbst, jedenfalls.

Ich weiß nicht, wer im Großbetrieb meines Verlegers Bertelsmann auf den Gedanken verfallen ist, daß dies so entstandene schiefe (wenn auch vermutlich wahre) Bild von mir zurechtzurücken wäre mit einem Buch, in welchem ich eine literarisch unverdorbene Haltung gegenüber allem Guten, Schönen und Wahren unter Beweis gestellt hatte. Irgendwer hatte meinen Erstling aufgestöbert und fand, daß er bei der deutschen Leserschaft – soweit sie überhaupt von mir Notiz nahm – nach dem fetten Brocken »Abel« auflockernd wirken könnte wie eine Verdauungspille nach einem magenbelastendem Mahl. Vorkriegsware. Noch aus der heilen Welt. Hätte mir recht sein sollen. Freilich kam's mir wie eine Entblößung vor. Nicht nur mit der Aufdeckung meiner literarischen Naivität – das heißt: geistigen Beschränktheit –, sondern mit dem unfreiwilligen Geständnis einer politischen Farbenblindheit, die damals – 1978 – einen »moralischen« Makel bloßlegte. Wie? Ich hatte nicht im vorhinein gewußt, was im nachhinein so augenfällig war?! Auch ich hatte Vergangenheit zu bewältigen. Hier bot sich die Gelegenheit dazu. Nach guter protestantischer Auffassung sollte das vor aller Welt geschehen.

Das vertrug sich zwar nicht mit dem Charakter, den die deutsche Öffentlichkeit mir 1978 zusprach. (Daß sie überhaupt von mir Notiz nahm, verdankte ich dem »Spiegel«; davon zu seiner Zeit.) Aber es war den Versuch wert. Wohlan, ich war bereit, Fehler zuzugeben, nicht aber, mir darüber die Brust aufzureißen. Daß ich nach der Walpurgisnacht des 11. auf den 12. März 1938 und den Wochen danach in Wien imstande gewesen war, die Liebes- und Leidensgeschichte einer klimakteriumnahen ungarischen Geigenvirtuosin mit einem gefühlstriefenden Jugendlichen mit marlitthafter Innigkeit hinzuschreiben, ist nicht einmal ein Fehler zu nennen, sondern ein höchst lehrreiches Beispiel von Epochenverschleppung, die selbst über totale Wirklichkeitsverdrängung hinausgeht. Der schizophrene Zustand, gleichzeitig in zwei Wirklichkeiten zu leben, wird überboten von dem, in überhaupt keiner zu leben. Wenn ich – zum wie vielten Male?! – wiederhole, daß jene fürchterliche Nacht des »Umbruchs« mich von meiner Vergangenheit abgeschnitten und in einem existentiellen Niemandsland hinterlassen hat, so will das nicht sagen, daß damit der Mythos der Vergangenheit gestorben wäre. Im Gegenteil.

Jetzt erst lebte er wirklich auf. Nur war ich darin nicht mehr bestimmender Protagonist, sondern Figurant. Hingeschrieben ließ das alte Verhältnis sich wiederherstellen. Ohne den Verlust der Realität des Gewesenen wäre ich vermutlich nie zum Geschichtenschreiber geworden.

Wie auch immer. Jedenfalls war ich einverstanden mit der Wiederauflage von »Flamme, die sich verzehrt«, aber unter der Bedingung, daß ich dazu erzählte, wie der unsäglich welt- und wirklichkeitsferne Text im Jahr 1938 hatte entstehen können. Zugegeben: Das war ein Akt der Eitelkeit. Der Schriftsteller von 1978, der sich auf sein literarisches Gewicht etwas einbildete, setzte sich damit kategorisch ab vom »deutschen Dichter« von 1938. Zugleich aber stellte er ihm ein Unschulds- und geistiges Armutszeugnis aus, das peinlich war für einen Vierundzwanzigjährigen. Zwar waren damals Vierundzwanzigjährige nicht so weltweit informiert wie die heutigen. Für gewöhnlich aber gehen Vierundsechzigjährige streng um mit ihren früheren Altersstufen.

Jedoch für den Geschmack der deutschen Leserschaft war ich offenbar nicht streng genug. Ich ging in gewohnter Weise frivol und leichtfertig bis an den Rand des Zynismus vor. Ich zerschnitt das Buch in strukturelle Schichten und legte wie bei einem vielstöckigen amerikanischen Sandwich zeitkritische Kommentare ein. So erzählte ich die Entstehungsgeschichte von »Flamme, die sich verzehrt« unter den dramatischen, leider nicht ernst genug genommenen Umständen jener großen Zeit. (Nebenbei: Es ist damit schon alles Autobiographische hingeschrieben, das hier, in diesen Konfessionen, wiederholt wird. Wenn's in unwichtigen Einzelheiten nicht damit übereinstimmt, so mag das an der vollblütigeren Detailfreude des Erzählers von 1978 liegen oder aber an der Gedächtnisschwäche des Greises von 1997.) Entscheidend war jedenfalls der damit unfreiwillig erzielte Fehlschlag.

Das lag, wie gesagt, am Tonfall. Meiner ist von Natur ironisch. Leider auf eine Weise, die den deutschen Durchschnittsleser irritiert. Ich weise nicht deutlich genug darauf hin, wann und über was gelächelt werden darf. Auf mich selber angewendet war diese Zweideutigkeit unerträglich. Vor allem bei einem so ernsten Thema wie dem meiner geistigen Verfassung nach dem Umbruch von 1938. Mich als weltfremden Toren hinzustellen, wirkte allzu schlau. Allzu durchsichtig verlogen. Das lustig-luftig Anekdotische war ein Bauernfängertrick, den »Leser auf den Arm zu nehmen«. (Sombart!) Einerseits bezichtigte ich mich eines Fehlers, der 1978 schwer zu vergeben war: der politischen Ignoranz. Andererseits stellte ich mir einen Freibrief treuherzigen Unwissens aus. Das ging nicht hin. Das war zu einfach. Das hätte mir keine Entnazifizierungskommission abgenommen, geschweige denn Zeitungsleute, die der ihren knapp entkommen waren. Oder – schlimmer noch – deren eifergeifernde Söhne und Töchter, die sich's zur Aufgabe gemacht haben, die Vergangenheit ihrer Eltern unbewältigt zu lassen. Sie waren ja nicht geboren, als unsereiner Schuld auf sich geladen hatte. Also waren sie berechtigt, Urteil zu sprechen. Sie hätten 1938 das Gras wachsen gehört. Zugegeben: Vom jüdischen Hausarzt, der mit Fußtritten gezwungen wird, mit der Zahnbürste den Gehsteig reinzuwaschen, führte ein gerader Weg über Theresienstadt nach Auschwitz. Aber das nahm immerhin sechs Jahre in Anspruch; und die zu einer einzigen Höllenfahrt abgekürzt zu sehen, dazu hätten die visionären Fähigkeiten Herrn Wolfs in Hamburg oder des persischen Prinzen aus dem Berliner Tanzcafé gehört. Oder die der sternbesäten Wahrsagerin von Leoben. Oder eben die von später Geborenen. Die Weisen im nachhinein, die alles schon im vorhinein gewußt hätten. Von mir war das 1938 nicht zu erwarten. Ich beschränkte mich damals darauf, was um mich her geschah, als bestialische Ausschweifung des Wiener Mobs hinzunehmen und die Schadenfreude der übrigen, zum strammen Mitläufertum ansetzenden Wiener damit zu entschuldigen, daß sie mit dem Traum vom Tausendjährigen Reich und der Anbetung des Führers Adolf Hitler beschäftigt waren. Die Schuld, die ich auf mich geladen hatte, war die, untätig zuzuschauen, wie der Hausarzt das Pflaster schrubbte. Jedenfalls wegzuschauen. Und, schlimmer noch, ein Buch zu schreiben, als ob das nicht geschehen wäre.

Das bekannte ich freimütig in den Kommentaren zur wiederaufgelegten »Flamme«. Wahrscheinlich nicht zerknirscht genug. Aber vielleicht war's eine Taktlosigkeit, die Flohbisse meines Gewissens zur Schau zu stellen, während andere ganz andere Vergangenheiten zu bewältigen hatten. Ein jüdisches Kernwort, mir oft genug von Doris vorgehalten, war: »Mach dich nicht so klein, du bist nicht so groß!« Mit einem Wort: Ich hätte schweigen sollen.

Wer indes Verständnis hat für eine literarische Kuriosität, verschaffe sich das Buch »Greif zur Geige, Frau Vergangenheit«. Den Titel verdankte ich einer ironischen Bemerkung von Robert Musil. Es darf gelächelt werden.

Aber niemand lächelte. Das Buch wurde schweigend übergangen. Nur eingefleischte Rezzori-Hasser wie Christa Rotzoll mühten sich ein paar giftige Zeilen ab. In einer hannoverschen Zeitung hatte man mir irgendwas nicht geglaubt. Es erschien ein Artikel mit der Überschrift »Achtung, Schwindler«, der mit den Worten endete: »Der Kerl lügt.« Deutsche Buchkritik 1978. Kein bißchen anders im Geist als 1996 Herrn Sombarts Feststellung, ich wollte mit meinen »Lügengeschichten« den »Leser auf den Arm nehmen«. (Wenn's schon sein muß: »Flamme, die sich verzehrt« habe ich schon einige Jahre vorher – ich glaube noch in den Fünfzigern – ohne erläuternde Zwischentexte an ich weiß nicht mehr welchen, inzwischen längst eingegangenen Verlag verkauft. Unter dem Titel »Sentimentales Tagebuch«. Autor: Herbert Gregor. Ist warm besprochen worden. Ich denke an eine Wiederauflage im Jahr 2000.)

Kehren wir zurück ins Jahr 1938. Den Winter verbrachte ich auf dem Adlerspoint, einer Skihütte hoch oberhalb von St. Johann in Tirol. Ich war dort von November 1938 bis zum Mai 1939. Skilaufend. Zwei Brettln, a g'führiger Schnee, juchhe! Aber ich war nicht müßig. Nicht nur begann ich ein neues Buch zu schreiben, ich machte mich daran zu lesen: meine Kollegen Goethe, Dostojewsky, Thomas Mann, P. G. Woodhouse und andere. Kunterbunt durcheinander. Der Buchhändler in Kitzbühel war, wie er selber zugab, ein mediokrer Einführer in die Weltliteratur. Er richtete sich nach den Hinweisen seiner sechzehnjährigen Tochter. Ihr verdankte ich Bindings »Reitvorschriften für eine Geliebte« und nahm mir vor, sie Fräulein von T. zu schicken.

Skilaufen ist ein gesunder Sport. Die winterliche Alpenluft erfrischt Geist und Körper. Duse war in Rumänien. Unter den Gästen des Berghotels Adlerspoint waren verschiedene hübsche Mädchen. Blonde, braune, schwarze. Jung und prall. Sportgestählt, von Gebirgssonne gebräunt. Ich begann, über Treue nachzugrübeln. Seit drei vollen Jahren hatte ich keine andere Frau angesehen. Immer nur Dusen im Busen. Ich reflektierte. Die unbedingte Treue, so reflektierte ich, führt zu einer Bindung, in der die eheliche Gemeinschaft einen sicheren Halt hat. These. Was aber soll sie, wenn keine eheliche Gemeinschaft vorliegt? Antithese. Schon gar, wenn einer der Partner in ehelicher Gemeinschaft mit einem Dritten lebt – Josefsehe hin oder her – und sich der Herstellung des natürlichen Verhältnisses hartnäckig widersetzt? Dann –

Synthese – ist die Bindung doch eher ein Zamperl am Bein als eine gottgefällige Lebensgestaltung – oder? Duse selbst hatte mir das zwar nie mit Worten, aber mit so manchem geplagten Aufseufzen zu verstehen gegeben, wenn ich sie mit dem manischen Ansinnen quälte, sich doch endlich scheiden zu lassen. Bitte sehr, ich war großmütig genug einzuräumen, daß es viel verlangt war, einen reichen, einflußreichen, verständnis- und taktvollen Mann zu verlassen und gegen einen zehn Jahre jüngeren Habenichts und Wirrkopf einzutauschen. Aber jetzt war ich ja deutscher Dichter geworden. Ich wurde dafür bezahlt. Mager allerdings. Die Herrschaften Eltern Duses mit ihren kostspieligen Gewohnheiten – Sommerhaus im Salzkammergut, Haushaltung in Wien – waren nicht im Budget vorgesehen. Immerhin, ein totaler Habenichts war ich nicht mehr. Der Wirrkopf begann sich zu klären. Unbedingte Treue unter komplizierten Umständen, reflektierte ich weiter, führt zu einer Bindung, die einer Vereinfachung dieser Umstände hinderlich sein kann. Man tut immer gut daran, Abstand von den Dingen zu bekommen. Starke Charaktere neigen zu Entschlüssen, die krampfartig werden können. Lebensharmonie wird hergestellt, indem man alles Zwanghafte löst. Auch unbedingte Treue. Die jungen Mädchen auf dem Adlerspoint bewunderten nicht nur meine schmale Brettlführung und mein tänzerisches Wedeln. Sie fanden mich romantisch. Ein vielversprechendes Talent in deutscher Unterhaltungsliteratur, einsiedlerisch zurückgezogen in die Bergeinsamkeit. Um's kurz zu machen: Die krampfartige Bindung an Duse begann sich aufzulokkern. Flamme, die sich verzehrt.

Im Mai kam ich haselnußbraun gebrannt von der Frühlingssonne und dem letzten Firn mit dem Manuskript für ein zweites Buch zu Tal, »Rose Manzani« war der schöne Titel. Herr Wiegler zahlte einen Vorschuß. Duse war in Rumänien, versprach allerdings im Frühsommer zu kommen. Ins Salzkammergut, zu ihren Eltern. Ich hatte keinerlei Lust, einen zweiten Sommer in Salzburg auf sie zu warten, wenn sie von ihrer Familie Ausgang hatte. Die Frau Fürstin Hohenlohe, alias Steffi Richter, war nicht mehr in Leopoldskron. Vom Hörensagen wußte ich noch, daß sie ihre Hand im dreckigen Spiel ums Sudetenland gehabt hatte. Lord Halifax war nach mir Gast in Leopoldskron gewesen. Danach war sie verschollen. Mit ihr auch der kalbsgroße Dackel und die letzte Zeugin für den weißen Waffenrock meines Großvaters. Nichts zog mich mehr nach Salzburg. Ich zählte mein Geld. Es war mehr, als ich bislang in der Hand gehabt hatte, und es war selbstverdient. Ich beschloß, es der besten Sache der Welt zu widmen: mir selbst. Ich begab mich auf eine Bildungsreise durch England, Frankreich und Italien.

Es war nicht ganz die *Grand Tour* der jungen Edelleute des frühen neunzehnten Jahrhunderts, Lord Byron und Konsorten. Ich reiste nicht mit Sekretär und Diener, mietete nicht Paläste in Venedig oder Lucca, hielt keine Kurtisanen aus. Ich zog aber auch nicht als Wanderbursch von Jugendherberge zu Jugendherberge oder zur schönen Müllerin. Die Epidemie des Tourismus hatte noch nicht eingesetzt. Trotzdem gab's Hotels und Fremdenheime jeder Kategorie und Preislage, und ich bildete mir etwas ein auf mein Talent zum Stadtentdecker. Es war stets der erste Blick, der haftenblieb. Er prägte eine Topographie, die ich nie wieder loswerden sollte. Sie war meist völlig falsch, zumindest irreführend, aber mit nichts Späterem zu korrigieren. Paris von der Rampe vor Sacré-Cœur gesehen steht jedesmal vor mir wie am allerersten Tag geschaut. Wenn ich die Augen schließe und »Paris« denke, sehe ich's von dort oben, winkelig und kompakt. Der köstlich freie Raum um die Seine, die Place de la Concorde, die Champs Elysées sind Zugaben wie von Ansichtspostkarten. Stadtschaufenster, dem ehemaligen Auslagendekorateur eine schiere Wonne. Meine späteren Pariser Aufenthalte spielten sich meist auf der *rive gauche* ab. Nichts zu machen: Paris liegt für mich auf dem anderen Ufer. Damals – 1939 – war die *rive gauche* noch nicht das Territorium tonangebender Intellektueller. Wiewohl ich mich auch um die *halles* herumgetrieben und Schwärme von Huren besichtigt habe, bin ich nicht – Herr Sombart wird enttäuscht sein – im Puff gelandet. Schade, denn damals gab's davon noch hervorragende. Ich habe auch nicht vor den Cafés meine exotischen Heimatweisen gefiedelt. Eher schon soziologische Studien getrieben. Im Luxembourg und im Jardin des Plantes bestaunte ich die Kinder. Ungemein wohlerzogene, frühreife Rangen. Außerordentlich manierlich. Kinder, wie meine Mutter sie sich in uns gewünscht hätte. Erstaunlich, wie fließend sie Französisch sprachen. Wären sie mir in der Bukowina begegnet, ich würde ihnen eine Kuhflade auf's Frühstücksbrot gelegt haben. Nach anderthalb Wochen fuhr ich weiter nach London.

London war verregnet. Ich summte einen Schlagertext: »*The scene changes, I'm in a train for London, but there is rain in London…*« und setzte nicht hinzu: »*because I'm away from you*«. Duse war fern. Blieb fern. Es war nicht nur die allzu starke Bindung an sie, die sich gelockert hatte.

Ich spürte einen Mangel an Bindung zu meiner Umwelt überhaupt. Meine Berliner Freundinnen in Ehren und mit ihnen die morschen bridgespielenden Exzellenzen und die neugierigen Potsdamerinnen, denen sie mich vorgestellt hatten, die Garde-Kavallerie-Gesellschaft und die Diplomaten im Innendienst. Erst recht die Skihaserln vom Adlerspoint, die sich wacker bemüht hatten, neue Bindungen zu festigen. Alles das erlöste mich nicht von dem Gefühl, ohne sicheren Stand und Halt zu sein. Etwas war in der Luft, was die Sommerwochen des Jahres 1939 abstrakt machte. London war erst recht der Ort, mich außerhalb der Wirklichkeit zu fühlen. Um so mehr, als vieles aus meiner Kindheit mich vertraut ansprach. Verlorenes. Nie wirklich Gehabtes. Schöneres als die vorgefundene Wirklichkeit.

Der europäische Klassenkampf hatte in London noch nicht die Verwüstungen des Schlachtfelds hinterlassen wie in Wien. Selbst Paris war lotteriger, als ich mir's vorgestellt hatte: Ich trug dort lieber meine Windjacke als meinen Frack. Hier, in London, schräg gestreift von Regensträhnen, war doch immer noch die Welt der leise surrenden Rolls-Royces, denen vor Theatern, Konzerthallen, Clubhäusern und Privatresidenzen sagenhaft elegante Leute entstiegen, um von herbeieilenden Lakaien mit aufgespannten Schirmen unter die triefenden Markisen geführt zu werden. Hier war's von keinem deutschen Reichskulturministerium nahegelegt, bei Knopflochnelken und gerollten (jetzt allerdings entfalteten) Regenschirmen brachial einzuschreiten. Noch tummelten sich morgens Reiter und Reiterinnen auf der Rotten Row, und die Kinder im Park, selbst wenn sie von eisigen Gouvernanten geführt wurden, hatten das unverderbte Böse im Blick, das eine spätere gesellschaftliche Souveränität verbürgt. *No bloody middle class.* Die war noch gehalten, wo sie hingehörte: auf Kontorschemel, hinter Bankschaltern, Ladentischen, Schreibpulten.

Aber an dieser heilen englischen Welt hatte ich nicht teil. Ich entblödete mich nicht, hier den Anspruch zu stellen, ich käme noch aus einer gleich intakten. Wenn irgendwo, so war ich hier ein Tschusche. Wie jeder, der nicht zum stolzen Inselvolk der Briten gehörte, war ich *a bloody foreigner*. Ich sah nicht, welchen hohen Preis die Engländer dafür bezahlen würden, daß sie so spät erst an die Reihe kamen. Noch stand die letzte Auseinandersetzung des europäischen Klassenkriegs bevor. Noch war die Zitadelle der alten Welt – England – nicht in die Springflut gezogen. Ich zitterte beim Gedanken an Doris und ihresgleichen, die hier um Gastfreundschaft bittend angekommen waren. Schon in Paris hatte ich scheele Blicke aufgefangen, wenn auf der Straße oder in einem Gasthaus Deutsch gesprochen wurde. (Zumeist mit dem Akzent der geborenen Steffi Richter.) Hier in London waren die Blicke starr vorausgerichtet. Sie sahen nicht, was sie nicht sehen wollten. Hochmut war die Stärke des perfiden Albion.

Ich hatte keine Ahnung, wie ich Doris finden sollte, und ich fragte mich, ob es ihr guttäte, mich zu sehen und zu wissen, daß ich zurückkonnte in die Welt, die sie hatte verlassen müssen, um sie niemals mehr wiederzusehen. Selbst wenn diese Welt so anders geworden war, daß sie ohnehin nicht wiedergefunden werden konnte, war ich doch einer ihrer Zeugen und Bote ihres Untergangs. Ich wollte nicht an die heikle Lage des Gemüts meiner Freundin tasten. Juden sind sentimental. Wiener Juden erst recht. Aber ich wollte an eigener Haut erfahren, ob auch ich untergegangen war mit dem Wien, nach dem die daraus Verbannten sich sehnten. Sah man mich hier noch als Abendländer an oder schon als neuen Barbaren?

Ich kannte die Adresse eines jungen Paars, das zu Duses Freunden gehörte. Ich hatte die beiden in Bukarest und später in Salzburg gesehen und konnte mir denken, daß sie meine Beziehung zu Duse durchschauten. Trotzdem oder gerade deshalb waren sie mir mit größter Freundlichkeit entgegengekommen. Ich rief bei ihnen an. Die Freundlichkeit war die gleiche. Wie lange ich in London bleiben wolle. Bis zum Anfang der nächsten Woche. Es war Freitag. »Wir fahren zum Wochenende zu Freunden aufs Land. Wir werden sie fragen, ob sie noch ein Bett für einen Freund aus Rumänien frei haben.« Sie hatten eins frei. Also fuhr ich mit John und Pamela nach Essex zu wildfremden Leuten zum Wochenende.

Es war wie im Bilderbuch. Das *Stately Home* mit der weiten Rasenfläche davor, umrahmt von wundervollen alten Bäumen. Eine Handvoll Schafe. Pferde im Paddock. Butler und footmen an der Treppe. Ungemein höfliche Hunde. Ich wußte, daß man dem Butler nach einem Wochenende kaum weniger als ein Pfund Sterling Trinkgeld geben durfte. Damit konnte man damals in London eine Nacht verjubeln. Ich würde einen Tag weniger in England bleiben. Hausherr und Hausfrau wie von P. G. Woodhouse. Sie empfingen mich mit Herzlichkeit. Ein Mitbringsel ihrer Freunde. Ein halbes Dutzend anderer Freunde war schon angekommen. Ich machte mir keine Illusionen über die Lücke, die ich hinterlassen haben würde, wäre ich nicht mitgebracht worden. Abendessen bei Kerzenlicht. *Black tie,* selbstverständlich. Viel Austausch von Gesellschaftsnachrichten, an dem ich nicht teilnehmen konnte. Beim Port, als die Damen sich zurückgezogen hatten und ich mit viel Hilfsbereitschaft in die Sitten und Gebräuche des Handhabens der Portwein-Karaffe eingeweiht worden war, ging ein heftiges Geschimpfe auf die Regierung los. Weil mir die Sachkenntnis ebenso fehlte wie die Vertrautheit mit offenbar in Schlüsselstellungen befindlichen Personen, die hier Dick und Rupert und Tom und Vicky genannt wurden, war's mir nicht möglich zu begreifen, ob man der herrschenden Gruppe vorwarf, untätig Zeit zu verschwenden und nicht gleich über Hitler herzufallen oder mit ihm gemeinsame Sache zu machen. In einem Punkt herrschte Einhelligkeit: Bewunderungswürdig war sein Entschluß, die Juden aus seinem Land zu jagen. »*Wish we would do the same.*« Statt dessen ließ man sie in Schwärmen kommen. Arme Doris!

Das Weitere verlief weiter *highly civilized*. Nachdem man wieder mit den Damen beisammen war und feststellen konnte, daß sie ebenso betrunken waren wie die *gentlemen* nach ihrem Port, ging die Unterhaltung im allgemeinen Gähnen unter. Gottlob keinerlei Dürersches Kaninchen. Nix *ladies come and go, speaking of Michelangelo*. Die dreißiger Jahre hatten die Kultur überwunden. Es war bald Mitternacht, und man wollte früh hinaus. Auf der Treppe zu den Gästezimmern raunte Pamela mir zu: »Ich bin hier, die zweite Tür links.« »Mit John?« fragte ich naiv. »Der ist ganz woanders«, sagte sie. Meiner Phantasie war Spielraum gelassen, wo die Hausfrau und die anderen weiblichen Gäste ihre Männer unterbrachten. Ich vertauschte mein Dinnerjacket mit einem Schlafrock und schlenderte so harmlos wie möglich zur zweiten Tür links. Die schöne junge Frau in der Eleganz ihrer Erfahrung war *highly civilized*. Zum ersten Mal, seit ich begonnen hatte, allzu krampfartige Bindungen zu lockern, wurde ich gewahr, daß ich Duse die Treue brach. Es war mehr als nur physisches Fremdgehen. Ein merkwürdig lustvolles Gefühl von Schuld und Scham und verbotenem Genuß. Und von endlicher Befreiung.

Das Wochenende in Essex brachte mir auch die Erfahrung ein, die sich durch mein späteres Leben bestätigen sollte: Um in der Gesellschaft akzeptiert zu werden, mögen Geist, Wissen, Lebensart und der kleine Hase Dürers von großem Nutzen sein. Wichtiger ist zu wissen, von welcher Seite man auf ein Pferd steigt und wie eine Schrotflinte geladen wird. Das weiß Herr Sombart nicht.

Italien in der Apotheose des Fascismo. Ich hatte es schon mit Duse und ihrem Mann gesehen, damals allerdings mehr Augen für unser merkwürdiges Trio als fürs Land der blühenden Zitronen gehabt. Es soll mir nicht als politisches Bekenntnis ausgelegt werden, wenn ich sage: Es war beide Male wundervoll. Nie vorher und erst recht nie nachher war's so italienisch. Der Zöllner an der Grenze, der – um uns Passagiere zu fragen, ob wir etwas zu erklären hätten – die Abteiltür aufriß, seinen Radmantel mit großem Schwung vor Mund und Nase schlug und zwischen Mützenschirm und Mantelwulst hervorspähte wie Rinaldo Rinaldini, den Dolch im Gewande – italienischer konnte keiner sein. Und hinter ihm gereiht wahrhaftig eine Kinderschar mit schwerbehangenen Zitronenzweigen. Lauter kleine Mignons: »*Benvenuti in Italia!*« Ausgestreckte kleine ungewaschene Hände: »*Un piccolo regalo!*« Ich, der ich beinah Professor Strnads Assistent geworden wäre, hätte mir keine bessere Ausstattung für eine *Opera buffa* einfallen lassen können. Jede Menge *Carabinieri* und *Bersaglieri, Alpini* und Schwarzhemden in Zuavenhosen und Stiefeln und Hüten mit Federbüschen und Käppchen mit Troddeln und Römerblick und strotzender Jugend. Trupps der *Balila* und *Figli della Lupa* und *Avanguardisti*. Alles das von einem stolzen Ernst, der nicht ernst genommen werden konnte und so ernst auch nicht genommen wurde: Die Italiener sind ein ironisches Volk. Sie verziehen nicht die Miene, wenn sie Ernsthaftigkeit spielen. Totó macht ihnen vor, wie man sich stolz, mannhaft, heldisch gebärdet und dabei ernst bleibt. Ich blieb nicht nur ernst, ich jubelte auch beim Anblick von soviel Stolz, gleichzeitig so antik und neugeboren jung zu sein.

Es war auch Vorkriegswetter. Solides mediterranes Klima. Blitzblauer Himmel, ohne Makel durch Wochen. Ich war nie salzwassersüchtig. Das Meer zieht mich nur an, wenn es große Weite verheißt: Ich möchte dorthin gelangen, wo sich die Anden darin spiegeln. Nostromoland. Mittelmeer und Adria, Ionis und Ägäis sind zusammenhängende Binnengewässer. Schöner als die Küsten ist das Innere der Länder, die sie umspülen. Ich hatte Freunde, die mich in die Abruzzen führten. Damals trug das Landvolk noch Tracht. Es ackerte mit Ochsen. Weiße, weithornige Ochsen mit der Würde von Opfertieren, den Göttern wohlgefällig. Esel zogen Karren mit riesigen Rädern. Ein schwarzgelockter Bauernlümmel stand darin aufrecht, als lenkte er die Rosse des Diomedes.

Ich kam bis Neapel. Dort erreichte mich die Nachricht von Hitlers Theatercoup: der Pakt mit Rußland. Auf Kosten Rumäniens, das Bessarabien und die Bukowina hergeben mußte. Das hieß, daß meine Mutter in der Falle saß. (Mein Vater war längst in Siebenbürgen.)

Man beruhigte mich. Die sogenannten Volksdeutschen – ehemalige Österreicher voran – sollten umgesiedelt werden. Heim ins Reich. Ein Pakt mit Rußland bedeutete jedenfalls, daß Hitler freie Hand in Danzig hatte. Es war nur ein Schritt, die Deutschen von dort heim ins Reich zu holen und »Ordnung zu schaffen« an den Grenzen von Ostpreußen und Oberschlesien, wo die Polen angeblich die kerndeutsche Bevölkerung bitterböse drangsalierten. Mit andern Worten: Es war bloß ein Schritt zum Krieg. Ich fuhr mit der Eisenbahn von Neapel nach Berlin. Eine Reise, die kein Ende nehmen wollte. Ich dachte an meine Mutter, die nie das Bedürfnis geäußert hatte, heim ins Reich zu kommen. Hitler war mir nicht sympathischer geworden.

Die Pension Ranke hatte keinen Platz für mich. Meine beiden Gönnerinnen sagten verschnupft, sie hätten gar nicht mehr damit gerechnet, daß ich wiederkommen würde. Ich war über ein Jahr weg gewesen. Ansichtspostkarten zählten nicht. Später habe ich erfahren, daß sie Bekannte in Wien beauftragt hatten, sich nach mir zu erkundigen. Die Auskunft scheint nicht günstig gewesen zu sein. »Ein Leichtfuß, der's mit verheirateten Frauen hält.« Hielt, bitte sehr. Hielt. Es klang merkwürdig, wenn ich sagte, ich sei bereit, Duse alle Freiheit zu geben. Selbst die, mit ihrem Mann verheiratet zu bleiben.

Ich fand Unterkunft in einer andern Pension in der Wielandstraße, Pension Haxthausen. Deren Inhaber, ein Ehepaar dieses Namens, hatten bessere Tage von großem Glanz gesehen. Die Halle, in der eine Innentreppe zum darüberliegenden Stockwerk führte, war tapeziert mit Ahnenbildern. So dicht neben- und übereinander, daß nur die schmalen Rahmenleisten sie trennten, blickten langlockige, perückentragende, bemützte und behelmte, bezopfte und behaubte Haxthausen in Uniformen, Rüstungen, beknopften Wämsen und steifen Miedern von allen vier Wänden auf die noch nicht zu ihnen erhobenen Nachfahren nieder. Eine lückenlose Ahnengalerie, porträtiert bis weit vor die Erfindung der Ölfarben hin zu jenem Ahnherrn, dem Karl der Große bei der Erstürmung einer Feste zugerufen haben soll: »Hack dat Hus um!« Unter ihren Blicken beschloß ich, meine Ahnenreihe bis Petronius zurückzuführen. In der Tat sollte ich bald einschlägige Studien treiben. Denn wenig später begann meine Freundschaft mit Frank Freytag-Loringhoven, der von Beruf Genealoge war. Wir haben köstliche Stunden damit verbracht, diese Wissenschaft zu einer spekulativen zu machen.

Nach Berlin war ich aus keinem andern Grund gefahren als dem, nicht nach Wien zurückzukehren. Dort hatte ich sogar eine eigene Wohnung: eine kleine Garçonnière in der Stallburggasse. Aber natürlich war das ein Liebesnest mit Duse, teils eingerichtet mit Sachen, die ihr gehörten. Dahin wollte ich begreiflicherweise nicht. Ich hätte auch in Wien in einer Pension unterkommen können. Es gab ja dort viele Leute, die bessere Tage gesehen hatten. Meine Großmutter, zum Beispiel. Aber sie vermietete nicht, und bei ihr als Enkelkind mich einzunisten schien mir nicht mehr angebracht. Schließlich war ich ein Mann, der auf eigenen Füßen stand, Verfasser zweier Bücher und bereist. Damit war nicht nur mein neuer Stand bezeichnet. Die Veränderung ging tiefer. Überhaupt hatte ich das Gefühl, nicht mehr der zu sein, der ich gewesen war. Ohne allerdings zu wissen, in welcher Weise ich's nicht mehr war. Oder wie oder was ich geworden war. Berlin gab mir dazu keinen Anhaltspunkt. Erst recht nicht die Zeit.

Die Zeit war im Fließen. Ich spürte das körperlich. Spürte, daß jedermann es gleich mir spürte. Die Zeit floß einem Geschehen zu, das jedermann kannte. Es war nur nicht ersichtlich, wann es geschehen würde. Daß es geschehen würde, stand fest. Eine kollektive Ungeduld hielt jedermann im Griff. Niemand wünschte das Geschehen herbei und war doch satt, es zu erwarten. Es hatte zu geschehen, also sollte seine Stunde endlich kommen. Darüber gingen die Tage hin, als würden sie davon nicht berührt. In regelmäßigen Abständen kamen Meldungen aus den ewig offenen Lautsprechern. Greuelmeldungen aus polnischen Gebieten, die angeblich deutsche waren. Drohungen. Der Führer sprach. Es sprach Dr. Goebbels. Es donnerte Musik. Wagner. Männerchöre: Auf der Heide blüht ein kleines Blüüüh – melein, Und das heißßßt: Eeeehrika! Bum bumm! Niemand kümmerte sich darum, ob das Blümelein darunter schrumpfte. Die Tage gingen hin, indem die Zeit hinfloß. Der Tagesablauf war davon nicht berührt.

Ich rief mir ins Gedächtnis, was ich vom Kriegsausbruch 1914 gehört und in Zeitschriftenbildern gesehen hatte. Es war gewesen wie in Wien im März 1938. Von vaterländischer Begeisterung hingerissene Menschenmassen. Jauchzende Mütter und Bräute um junge Helden im Eichenlaub. Irgendwas der Art mußte es doch auch diesmal geben. Wo käme sonst das Gebrause der Stimmen her, wenn Reichsmarschall

Göring oder ein anderer der Paladine des großen Führers sprach? Irgendwo mußten die jungen Helden aufmarschieren, sich einfinden zum Transport ins kommende Geschehen. Indes, man sah sie nicht. Man hörte das alles nur. Es vollzog sich abstrakt in Meldungen. Eine Kriegsbereitschaft nach dem Hörensagen. Eine teilnahmslose Bereitschaft aller. Die Zeit floß der Stunde des Geschehens zu. Niemand vermochte sich ihr zu widersetzen. Geschweige denn dem Geschehenden.

An der rumänischen Botschaft war ein Mann von unbestechlicher Nüchternheit. Ich hatte mich bei ihm melden lassen, weil ich wissen wollte, wie ich – ein rumänischer Staatsangehöriger – unter den gegebenen Umständen mich zu verhalten hätte. Ich glaubte ihn mir wohlgewogen, er kannte meine Eltern. Einer von den starken Rauchern, deren Finger nikotingebeizt waren wie alter Bernstein. Nach meiner Welterfahrung also ein neurotischer Phlegmatiker. »Meine Pflicht ist es, dich nach Hause zu schicken«, sagte er und zündete eine Zigarette am Rest der vorangegangenen an. »Du kommst aus einem ehemaligen Teil Rumäniens, der jetzt zur Sowjetunion gehört. Das heißt: Es ist nicht sicher, ob du noch Rumäne bist. Zu Hause kannst du das nachgewiesen bekommen. Hier nicht. Du mußt deinen Zivilstand und deine militärische Situation klären, um sofort eingezogen zu werden. Es sei denn, du bekennst dich als Volksdeutscher und gehst mit deinem Pack Papieren zur Umsiedlungskommission. Die Volksdeutschen kehren heim ins Reich und gleich ins Massengrab. Es steht offen für alle ihresgleichen.« Ich sagte, daß ich mich nicht dazu verlockt fühlte. »Wie alt bist du?« fragte er. Ich sagte: Jahrgang 1914. »Genau richtig«, sagte er und ließ den Rauch aus seinen Lippen in zwei Schlangen in die Nasenlöcher steigen. »Das heißt, daß du in beiden Fällen, ob du nach Hause fährst oder dich als Volksdeutscher erklärst, demnächst totgeschossen wirst. Denn als Volksdeutscher kommst du sofort in die SS, als heimgekehrter Rumäne wirst du eingezogen, sowie du ein neues Regiment gefunden hast. Dein altes gibt's nicht mehr.« Er sog innig an seiner Zigarette. »Was soll ich also tun?« fragte ich. »Wie lange ist dein Paß noch gültig?« fragte er. Ich sagte: »Bis zum Ende 1940.« Er nickte. »Bis dahin würde ich an deiner Stelle gar nichts tun.« Ich verstand nicht gleich. »Du bist nichts, Mann. Du schwebst frei im Raum. Zwischen Himmel und Erde wie Mohammeds Grab. Du bist nicht Deutscher und nicht Rumäne. Aber vorderhand schützt dich dein Paß, gleichviel ob er dir noch zusteht oder nicht. Rumänien ist neutral. Ob es das bis 1941 sein wird, ist eine andere Frage.« Ich wollte wissen: »Und dann?« Er blies heftig den Rauch aus: »Dann helfe uns Gott allen miteinander.«

Am 1. September tönte die ölige Stimme Hitlers aus den Lautsprechern. Wenn ich mich recht erinnere, begann der Zweite Weltkrieg mit einem syntaktischen Fehler: »Von schweren Sorgen gebeugt, zu monatelangem Schweigen verurteilt, ist endlich die Stunde gekommen, in der ich …« Die Stunde war gekommen. Die Polen hatten den Sender Gleiwitz beschossen. »Seit heute morgen wird zurückgeschossen.«

1942 war mein Paß längst abgelaufen, und doch schützte er mich wie ein mächtiger Talisman. Allerdings hatte ich ihn aufgewertet. Ich hatte enge Freundschaft mit Frank Freytag-Loringhoven geschlossen. Er war in der gleichen Lage wie ich: Er stammte aus dem Baltikum und war eigentlich Russe. Jedem von uns brannte der Boden unter den Füßen. Wenn wir nicht deutsche Staatsangehörige wurden, war unseres Bleibens hier nicht länger. Dann wohin mit uns? In ein Lager, mutmaßlich. Ich konnte nach Rumänien abgeschoben werden, wo ich inzwischen Deserteur war. Bei gründlicher Nachforschung kamen wir auf ein bürokratisches Paradoxon: Ein Mann unseres Alters konnte nicht deutscher Staatsangehöriger werden, ohne Soldat zu sein. Um aber deutscher Soldat zu werden, mußte man deutscher Staatsangehöriger sein. Wir meldeten uns also freiwillig zu den Waffen. Eingezogen konnten wir erst werden, wenn die Einbürgerung erfolgt war – ein außerordentlich langwieriger Vorgang. Wären wir ungeduldig gewesen, stand uns der Eintritt in die SS offen. Aber dazu mußte erst recht der Ariernachweis erbracht werden. Papiere aus fernen Ländern wie dem Baltikum oder der Bukowina zu beschaffen, war kaum möglich. Dort wurde gekämpft. Wir falteten die Bestätigung unserer Freiwilligenmeldung säuberlich zusammen, legten sie in unsere Pässe ein und kicherten. Wer unsere Personalausweise sehen wollte, bekam zu lesen, daß wir – obwohl Ausländer, ja sogar Feinde – uns zu den Fallschirmjägern gemeldet hatten. Das riß die Hacken zusammen: Heil Hitler!

Es war viel geschehen seit dem September 1939, und das meiste davon war beschaffen, aus einem Erzengel einen Zyniker zu machen. Erst recht aus mir, der ich Veranlagung zum Zyniker mitbrachte. Der Wahnsinn dieses Krieges schlug um ins Groteske. Unbegreiflich war die Eigenläufigkeit des Vor-sich-Gehenden. Es wurde Krieg geführt, weil Krieg war. Das war Grund genug. Einen Sinn sah niemand mehr, suchte ihn auch nicht. Der Krieg hatte sich ausgebreitet wie ein Flächenbrand. Ganz Europa war davon erfaßt. Deutschland hatte in Blitzfeldzügen Polen und Frankreich überrannt. Danach so fleißig Griechenland, Afrika und am Ende gar Rußland angegriffen, daß es sich jetzt nach allen Seiten verteidigen mußte. Jeder Vorstoß zur Verteidigung brachte die Katastrophe näher – das wußte man spätestens nach Stalingrad. Nichts war mehr aufzuhalten. Trotzdem »ging das Leben weiter«, wie man so sagt. Es ging weiter bei Auflockerung aller laut gepredigten Moral. Man kam seinen Pflichten nach. Oder auch nicht – wie wir, zum Beispiel. Wie ungezählte andere, die aus den ihren einen Ausweg gefunden hatten. Auf irgendeine Weise war jeder, der's konnte, ein Drückeberger. Wer's nicht war, konnte sich darauf was einbilden. Man trachtete zu überleben. Man gewöhnte sich an wöchentlich schrumpfende Lebensmittelrationen, oder tat sein mögliches, um sie aufzubessern. Das Mögliche lag nicht immer innerhalb streng sittlicher Regeln. Nachbars Kaninchen waren ihres Lebens gar nicht sicher.

Es begannen Bomben auf Berlin zu fallen. Erst wenige. Dann wurde die Berliner Luft Luft Luft recht eisenhaltig. Die Volksgemeinschaft stellte sich in Luftschutzkellern her. Es stellte sich aber noch etwas her, wofür nur die deutsche Sprache ein Wort hat. Ein erzdeutsches Empfinden: Schadenfreude. Sie war innig verbunden mit Galgenhumor. Wenn die anfliegenden Feindverbände sich verspäteten, sagte man bange: »Es wird ihnen doch hoffentlich nichts zugestoßen sein.« Der Zynismus schlug hoch aus. Jede Bombe mochte Menschen töten, Häuser zerstören, Verwüstungen anrichten. Sie strafte alle, nur nicht diejenigen, welche diesen Krieg auf dem Gewissen hatten. Aber sie kürzte das Entsetzliche ab.

Auch solche gab's, die noch Führer und Vaterland die Treue hielten. Besonders unter den Frauen. Er wußte das. Er rühmte es. In einer seiner Reden – sie wurden seltener – sagte er, von der Kampfzeit sprechend: »Und wenn Sie, meine Parteigenossen, vom Argument des Gegners beinah überzeugt, schon schwankend werden wollten, dann war es die deutsche Frau, die aufgesprungen ist und den Gegner einfach niedergeschrien hat!« (Brausender Jubel) Die Frauen waren's, die dafür sorgten, daß das Leben weiterging. Auch unter den gegebenen Bedingungen. Frühmorgens kam die Stimme Fräulein von Cranachs aus dem Lautsprecher: »Und nun, liebe Kinder, singen wir alle das Lied: Wir freu'n uns, daß wir geboren sind…« und wurde unterbrochen von der Meldung: »Achtung! Achtung! Von Westen her nähert sich ein Feindverband von dreihundert Bombern der Reichshauptstadt…« Wenige Minuten später begannen die Sirenen zu heulen. Ich spürte die Schadenfreude in mir aufsteigen und wußte: Ich war nicht der einzige. Ich spürte meinen alten Haß so heftig, daß ich mich zwingen mußte, die Augen niederzuhalten, um im Luftschutzkeller meine Mitmenschen nicht zu sehen. Ihre Angst machte mir böse Freude.

Dabei ging's mir gut. Es ging mir sogar ganz vorzüglich. Kurz nach meiner Wiederkehr nach Berlin hatte Herr Wiegler mich kommen lassen, um mir zu eröffnen, daß mein zweites Buch, »Rose Manzani«, mein Talent bestätigt habe. Die Romanabteilung des Deutschen Verlags habe beschlossen, mich zur Verfassung eines Romans für die »Berliner Illustrirte« heranzuziehen. Das stellte den absoluten Gipfelpunkt der Karriere eines Unterhaltungsschriftstellers dar. Meine Vorgänger hatten Namen wie Glockenschläge: Vicky Baum! Hans Fallada! Kurt Wolf. (Nicht der Wahrsager aus Hamburg.) Die Honorare waren schwindelerregend. Bei allem stolzen Glauben an meine Sendung als deutscher Dichter konnte ich nicht wähnen, dieses große Los sei mir dank meinem vielversprechenden Talent allein zugefallen. Es mußte wohl so sein, daß andere deutsche Dichter mit den Propagandakompanien im Feld waren oder überhaupt schon totgeschossen. Die kulturelle Szene begann sich zu verdünnen. Auch Bühne, Film und Funk gaben ihr Bestes nur noch mühsam her. Wie auch immer: Es war ein stolzer Augenblick. Getrübt nur insofern, als mein Glaube an meine Sendung als deutscher Dichter stark nachgelassen hatte. Wenn ich an meine bisherige literarische Leistung dachte, schlug ich den Mantel vor's Gesicht wie der italienische Zöllner. Allerdings nicht, um mit Rinaldo-Rinaldini-Blick um mich zu spähen, sondern um meine Scham zu verstecken.

Ich hatte uferlos Zeit und nutzte sie. Ich las. Ich las mit der Gier eines Hungrigen, der an eine Schlemmertafel geraten war. Ich trauerte jeder Stunde nach, die ich in meiner verwahrlosten Schülerzeit vergeudet hatte. Mehr als ein Jahrzehnt hatte ich verloren. Hunderte von Büchern hatten mir meine Altersgenossen voraus.

Heute weiß ich, daß ich nicht nur mit der Gier eines Hungrigen fraß. Es erstaunte mich selber, wie rasch ich unterscheiden lernte, was nahrhaft und gesundheitsförderlich war an der üppigen Schlemmertafel der Literatur und was nur kulinarisch aufgeputzt oder schales Futter war. Dazu rechnete ich bald mein Selbsthervorgebrachtes. Aber ich merkte auch, wieviel es noch brauchte, bis ich's – wie Herr Sombart nach eingehenden soziologischen Studien pariserisch feinsinnig sagen würde – vom Gourmand zum Gourmet gebracht haben würde. In dieser Hinsicht war mir meine Lehrzeit beim Deutschen Verlag von hohem Nutzen.

Denn natürlich ließ man mich nicht so ohne weiteres auf einen Fortsetzungsroman für die »Berliner Illustrirte« los. Herr Wiegler überwies mich einem strengeren Betreuer aufstrebender Talente: dem Schriftsteller und nachmaligen Publizisten Erik Reger. Er hatte das dramatische Gesicht eines abgeschminkten Clowns. Eine bürgerliche Nüchternheit, in der das Abenteuerliche des Künstlertums sich wider alle Absicht eingenistet hatte, war darin wie gesprengt: eine der Ruinen, aus denen die meisten deutschen Städte bald bestehen sollten. Mit strohtrockenen Worten wies er mich in die Grundregeln der Technik des Fortsetzungsromanschreibens ein. Entscheidend war ein Anfang, der neugierig machte. Modell: Wolfs Roman »Garagan«. Er hub an mit den unvergeßlichen Worten: »Garagan kam aus dem Gefängnis und ging …« Das war spannend. Was hatte Garagan ins Gefängnis gebracht? Wer war Garagan? Wohin ging er? Jede Folge von jeweils 19 Seiten mußte diese Spannung halten. Das Ideal der Redakteure von Fortsetzungsromanen ließ sich darstellen in einem Mann, der eine Folge gelesen hat, nach Südamerika reist, einige Jahre später wiederkommt, dieselbe Zeitschrift mit der Folge eines gänzlich anderen Romans zur Hand nimmt und sie liest, als wäre es die Fortsetzung der Folge, die er vor seiner Abreise gelesen hat. Entscheidend ist die Dosierung der Spannungselemente. Ich war zugegen bei einem Gespräch zwischen den Herren Wiegler und Reger, die sich über Dostojewski unterhielten. »Den hätten wir in die Hand bekommen sollen«, hieß es. »Was hätten wir aus Raskolnikow und den Brüdern Karamasow machen können!« Augurenblick. Ich sah vor mir einen Fortsetzungsroman von einigen tausend Folgen. (Nachzulesen auch in »Greif zur Geige, Frau Vergangenheit«.)

Bevor es daranging, mich an Folge eins meines Romans zu setzen, wurde dessen Thema festgelegt. Dazu mußten meine Fähigkeiten analysiert werden. Bisher hatte ich ein gewisses Einfühlungsvermögen – in die Seelenlage von Frauen? Nein! – von Vatergestalten gezeigt. Sodann waren meine Naturschilderungen löblich erwähnt worden. Besonders Karpatenwald. Also jägerliche Vatergestalt und Fichtenhochbestand. Ein Hagestolz im Alleingang. Was noch? Es blieb so ziemlich bei dem. Mir jedenfalls fiel nichts ein. Natürlich: Eine Liebesgeschichte mußte her. Aber die gehörte zum Sohn. Eine verblühende Frau kam für den Vater dazu. Alles Weitere mußte erfunden werden, als habe das Leben es geschrieben. Ich übertreibe nicht, wenn ich sage, daß die gesamte Romanabteilung bemüht war, Folge um Folge meines Romans spannend zu gestalten. Fräulein Matthieu, Herr Rilla, vor allem der unvergeßlich amüsante Doktor Palitzsch haben alle mitgewirkt. Der Roman hieß: »Rombachs einsame Jahre«. Ich glaube, es war der Held, der im Zwang seiner Leidenschaft das Fenster »aufzerrte« und »geborstene« Lippen hatte. Genau weiß ich's nicht mehr. Ich habe alles verdrängt, was in »Rombachs einsame Jahre« vorgegangen ist. Wie auch immer: Was es auch war, es ist geschrieben und gedruckt worden und sowohl in der »Berliner Illustrirten« als auch als Buch erschienen und kann – obwohl's gottlob beim Antiquar nur selten aufzutreiben ist – von meinen künftigen Biographen zum Hohn meiner literarischen Anfänge zitiert werden. Ich, jedenfalls, habe damals geschworen, meine Helden selbst zu erfinden und sie niemals wieder nach den Regeln des Fortsetzungsromans mit geborstenen Lippen vor aufgezerrten Fenstern keuchen zu lassen.

Aber ich wurde für »Rombach« hoch bezahlt, und mir ging's gut. Unvergleichlich besser als jemals, seit mich mein Eid gebunden hat. Das Leben ging ja weiter, wie gesagt, wenngleich skandiert von regelmäßigen Einflügen von Feindverbänden. Deren Bomben machten die Stadt allmählich zahnlückig. Man geriet immer häufiger in Eimerketten und mußte mit zehn Liter Wasser Großbrände löschen helfen, bis nur noch Aschenhaufen übrig waren. Verbrachte auch viel langweilige Zeit in Luftschutzkellern. Ich führte mein Leben weiter, so elegant es ging, speiste zwar nicht regelmäßig bei Horcher, aber doch bei Peltzer, also beinah erste Kategorie, tanzte im Jockey und ritt fleißig mit Fräulein von T. aus, allerdings nicht in Potsdam, sondern im Tiergarten. Ich hatte dort mein eigenes Pferd stehen.

Auch am Kulturleben – soweit es noch bestand – nahm ich teil. Herr von Karajan, längst aus dem Dunstkreis der Wickenburggasse in die Stratosphäre der Prominenz entschwebt, dirigierte fleißig, und ich hörte ihm dabei zu. Eine angenehme Zerstreuung waren vom Auswärtigen Amt veranstaltete Vorträge, bei denen es kaltes Buffet gab, eine willkommene Kostbereicherung. In der ersten Reihe saß für gewöhnlich ein Herr in den besten Jahren mit einem Glasauge. Das hatte er scharf auf den Vortragenden gerichtet. Mit dem andern schlief er innig.

Auch die Berliner *Society* hielt tapfer durch. Die allererste Kategorie kam von den großen Gütern in Schlesien, weniger aus Pommern und der Uckermark. Herr Horstmann gab weiterhin seine renommierten Diners, aber zu denen war ich nicht eingeladen. Ich machte mir keine Illusionen über die Lücke, die ich hinterließ. Wenn ich überhaupt wahrgenommen wurde, so als recht zwielichtige Erscheinung: Ein junger Mann, von dem niemand wußte, woher er kam, wie es zuging, daß er nicht eingezogen war, der auftrat wie ein Hochstapler aus einem Vicky-Baum-Roman, der nie verriet, welcher Geistesart er angehörte – was war der? Ein Spion, ein Gestapospitzel, ein Provokateur, vor dem man sich zu hüten hatte? Oder einfach eine von jenen anrüchigen Gestalten, die der Krieg aus dem Balkan – sic! – heranspülte. Immerhin, die *Society* hatte Töchter, die Söhne waren im Feld, und die Töchter hatten keine Gespiele, da drückte man ein Auge zu. Ich aber empfand Unbehagen in meiner Rolle als Ersatz-Gespiele; und obwohl mein Zynismus von Tag zu Tag ätzender wurde, ließ mich der Gedanke nicht los, ich sei Duse doch eine Erklärung schuldig für mein jähes Verschwinden aus ihrem Leben, das mit dem meinen zu verbinden mir doch so innig angelegen gewesen war. Als ich hörte, daß sie in Wien sei, fuhr ich dorthin.

Ich brauchte ihr nicht viel zu erklären. Aber sie weinte an meiner Brust so heftig, daß ich durch die Jackenaufschläge naß war bis aufs Hemd. Ich wußte, daß nicht ich es war und unsere Liebe, die sie beweinte, sondern ihre Lebensblüte und die noch davor durchlebte Jugend. Flamme, die sich verzehrt. Ich fuhr nach Berlin zurück. Wenig später erreichte mich die Nachricht, daß sie sich hatte scheiden lassen. Die Wege Gottes und der Frauen sind unerforschlich.

Während die Bomben dichter fielen, ritt ich im Tiergarten, speiste bei Peltzer und tanzte im Jockey zu eingedeutschten Hits. Aus »*Joseph, Joseph, won't you make your mind up*« war »Sie will nicht Blumen und nicht Schokolade, sie will nur immer wieder mich« geworden, aus der »Penny-Serenade« die germanische Fassung: »Si si si schenkst du mir ein Herz voll Liebe, si si si sing ich dir ein Pfenniglied«. Stalingrad war gefallen, der Krieg trat in seine Endphase. Sie sollte noch zwei Jahre dauern.

Was mir zusetzte, war mein Haß. Er ließ sich nicht einschränken auf den Haß gegen Hitler, die Nazis, die Fanatiker aller Völker und Rassen, den Krieg. Er regte sich heftig gegen die Menschheit insgesamt, gegen die Deutschen allgemein, Frauen und Männer, die Bürger und Kleinbürger, die sogenannte *Society*, den ostelbischen Adel, die Ostmärker, die Westfalen, die Norddeutschen, die Süddeutschen und so fort. Mit einem Wort: Er wendete sich gegen mich selbst. Er ließ mich tun und sagen, was ich kurz danach als abstrus und hassenswert empfand. Bisweilen geriet ich damit in Gefahr oder, was schlimmer war, gefährdete andere. Ich gab mir Rechenschaft über meine schiefe Lage in der Welt. Ich wollte heraus aus meiner Existenz, aus meiner Haut, heraus aus Deutschland, aus Europa, irgendwohin, wo's mich nicht gab. Ich konnte keinen Schritt dazu tun. Es war nicht daran zu denken, daß ich mit meinem Paß ins Ausland kommen könnte. Nicht in ein neutrales. Erst recht nicht in eins, von dem aus ich hätte meinen Haß ausleben können. Ich war in der Falle.

Bisweilen, selten genug muß ich gestehen: immer seltener – befiel mich der Gedanke, daß ich nichts Besseres verdiente. Ich hatte mich in dieses Limbo hineinbugsiert. Ich hatte frevlerisch an der Wirklichkeit vorbeigelebt. Ich lebte auch jetzt an der eigentlichen Wirklichkeit vorbei. Ich lebte in Büchern. Ich versäumte dabei das große kollektive Erlebnis meiner Generation – zumindest des männlichen Teils davon: den »Kampf als inneres Erlebnis«. Ich konnte mir schwerlich darunter etwas vorstellen. Es gehörte vermutlich nicht mehr Heldenmut dazu, den Schädel einzuziehen, wenn man unter dem Beschuß von Stalinorgeln lag, als wenn man im Luftschutzkeller eines Berliner Mietshauses auf den nächsten Volltreffer wartete. Das Weiße im Auge des Gegners zu sehen mochte einen Mann erst wirklich zum Manne machen; meiner Ansicht nach wog es nicht monatelanges Läusekratzen in Unterständen und das Aufriechen von Kameradenfürzen auf. Aber das war Sophistik billigster Art. Drückebergerisch. Was würde ich zur Antwort geben, wenn ich – wie's in der Tat nur wenig später all zu oft der Fall war – der Frage begegnete: »Sagense mal, wo warense eigentlich im Kriege?« Was würden meine Söhne antworten müssen, wenn ihre Schulkollegen fragten: »Was war'n dein Vater im Kriege? Meiner hat's Ritterkreuz.« Pech gehabt. »Dem Hans sein Vater hat'n abbes Bein.« Fatal. »Dem Fritz sein Vater ist an der Weichsel gefallen.« Ich konnte nur bedauern. Ich war moralisch kriegsgeschädigt. Hundertprozentig. Das Leben war mir zum Ekel, aber es schmeckte mir »an und für sich«, wie man nach dem Erfinder des kategorischen Imperativs sagt, doch immer noch zu gut, als daß ich's für Herrn Hitler aufs Spiel gesetzt hätte.

Jedenfalls, um Berlin und dem Trott zwischen Peltzer und

Eimerkette, Wiegler und Reger und dem Deutschen Verlag, Flächenbränden und Jockey zu entkommen, wählte ich einen Ausweg, der meine Neigungen mit einer überzeugenden vaterländischen Kriegsleistung verband. Dank Fräulein von T., deren Verwandten-, Bekannten- und Freundeskreis weit über die Uckermark ins gesamte deutsche Reiterwesen hinausging, wurde ich einer Dame empfohlen, die im deutschen Pferdesport einen sagenhaften Rang einnahm. Frau Vicky Glahn war die *grande dame* der Springreiterei. Ihre Pferde, voran die legendäre Stute »Nordland«, hatten unter Axel Holst Olympia-Medaillen und ungezählte Pokale gewonnen. Ihr gegenwärtiger Reiter-Champion war SS-Ober- oder -Untersturmbannführer (ob ich's recht erinnere?) Fegelein. Aber Herr Fegelein, im Nebenberuf Schwager von Eva Braun, (auch das müßte nachgeprüft werden, wenn's wichtig wäre) war damit beschäftigt, auf Russen zu schießen. Frau Glahn hielt auf ihrem Gut in Pommern anderthalbhundert Pferde. Die meisten davon tummelten sich bepelzt und dreckbeschmiert auf Koppeln. Aber ein gutes Dutzend stand im Stall und war zu bewegen. (Nordland war schon tot und im Park begraben.) Das Personal war knapp und altersschwach. Junge Pferdepfleger waren kaum aufzutreiben, geschweige denn Bereiter. Für einige Monate nahm ich mich der verwaisten Gäule an. In den ersten Wochen war mein Sattel blutig. Dann wuchs Hornhaut auch über mein Gesäß. Manchmal kam Frau Glahn in die Reitbahn und gebärdete sich peitschenknallend wie ein betrunkener Zirkusdirektor. Sie war höchst beeindruckt, als ich einmal absaß und ihr sagte, ich würde erst wieder aufsitzen, wenn sie die Reitbahn verlassen hätte. Das war undeutsch; aber es imponierte ihr so, daß sie's wiederholt als Anekdote zum Besten gab. Ich fungierte auch als Herrschaftskutscher. Abends fuhr man zu Besuch auf Nachbargüter. Ich habe zeitlebens deftig getrunken. Nicht Biermengen wie zu Corpsstudentenzeiten in Leoben, sondern auch ziemlich alles andere in gelegentlichem Übermaß. In der wüsten Zeit des Krieges hatte dieser Durst um so heftiger zugenommen, als es schwierig war, an gute Getränke heranzukommen. Frau Glahn war mir stets um einige Gläser und Promille-Grade im Säuferblut voraus. Unsere Heimfahrten nach rustikalen Abendessen waren abenteuerlich.

Ich habe in dieser Lebensbeichte eine Kette von sekundären Liebesgeschichten unterdrückt. Die respektiven Damen mögen mir verzeihen. Das »sekundäre« betrifft die Dauer, nicht die Intensität. Wollte man über dreiundachtzig Lebensjahre anders als im Zeitraffer berichten, so käme ein unsäglich langweiliger Wälzer heraus. Auch sollte dieses Buch ja keine Leporello-Liste werden. Aber über eine der schillernden sentimentalen Eintagsfliegen muß ich berichten, weil sie mir einen beängstigenden Einblick in die Abgründe meines Eros verschafft hat. Und das in Pommern!

Wenngleich ich weit entfernt bin von der Idealisierung sowohl wie der »radikalen Verurteilung des weiblichen Geschlechts«, die Herr Sombart mir – überraschenderweise im Gleichschritt mit meinen balkanesischen Gesinnungsgenossen Cioran und Celan – nachsagt, muß ich gestehen, daß dieser Liebeshandel sich nicht mit einer Menschenfrau abgespielt hat. Es war auch kein Liebeshandel im konkreten Vorgang, wohl aber ein Austausch von Gefühlen und physischen Regungen, die, wenn auch nur spontan unter den komplexen Begriff »Liebe« fielen. Für ein paar Augenblicke war ich heftig verliebt in eine Stute.

Sie hieß »Nachtschatten«. Eine fast schwarze Braune von ungewöhnlicher Rassigkeit. Man hatte uns berichtet, daß sie nicht fressen wollte. Seit zwei Tagen mied sie ihre Krippe. Frau Glahn wollte den Tierarzt kommen lassen. In ihrer langen Erfahrung war ihr ein so rätselhafter Fall nicht vorgekommen. Nachtschatten war ein Vollblut von großem Wert. Ich hatte den Tag über zuviel zu tun, um zu ihr in den Stall zu schauen. Abends ging ich zu Nachtschatten in die Box. Ich fand sie höchst unruhig. Ihre Krippe war voll. Ich wollte zärtlich ihren Kopf hinwenden, aber sie riß ihn schnaubend zurück, wollte fast steigen. Ich schaute in die Krippe. Eine Maus raste im Hafer herum, sprang hoch, wenn sich was näherte, kam aber nicht über den eingewölbten Rand der Porzellanschale. Mit ihrem Springen aus dem Hafer hatte sie Nachtschatten zwei Tage lang erschreckt. Ich fing sie, knotete sie in mein Taschentuch und steckte sie ein. Dann nahm ich eine Handvoll Hafer und hielt sie Nachtschatten hin. Die Stute steckte ihre Nase hinein und blies sie leer. Ich hätte schwören können, daß sie sich lustig machte über mich, denn sie steckte gleich darauf ihre Nase in die Krippe, nahm ein Maulvoll Hafer und hob den Kopf, um mich anzuschauen. Es war ein lustiger Triumph in ihrem Schnauben, im Einverständnis mit mir, der ihr geholfen hatte, über die Maus zu siegen. Zugleich eine freudige Erregung, die Lust am Futter nach zwei Tagen Hunger. Möglich, daß ich das alles in sie hineindichtete. Aber sie sah danach aus. Ich habe niemals ein Pferd heiterer, verspielter gesehen. Sie war unglaublich schön in ihrer freien Haltung. Die spiegelnden Augen schielten aus weißen Halbmonden nach mir, als wollte sie mich beißen. Ihre Ohren, ihre Nüstern spielten erregt. Die Mähnenhaare waren leicht gesträubt. So drängte sie sich an mich heran, immer wieder ein Maulvoll Hafer genüßlich kauend – und ich merkte, daß sie rossig war, vielleicht nur für die Dauer dieses Spiels. Mächtig überkam mich der Wunsch, sie zu umarmen. Aber auch, sie hart anzufassen, ihr Schmerz zuzufügen. Was sich in meiner Hosentasche regte, war nicht nur die gefangene Maus. Ich riß mich zusammen, gab Nachtschatten einen harten Klaps an den Hals und ging ins Haus.

»Hier ist die rätselhafte Krankheit von Nachtschatten«, sagte ich, nahm das Schnupftuch aus der Tasche und band es auf. Die Maus sprang in hohem Bogen auf den Tisch, dann auf den Boden und sauste davon. »Der Wahnsinnige!« tobte Frau Glahn. »Bringt mir Mäuse ins Haus!« Ich konnte auf ihre Dankbarkeit verzichten. Ich hütete mein Geheimnis. Wenn ich daran zurückdachte, hatte ich zwei Möglichkeiten, mich ihm zu stellen: Es zu genießen als ein exquisites, etwas anrüchiges erotisches Medaillon. Oder aber preußisch nach dem Rezept des Großen Friedrich: »Das Schwein ist zur Infanterie abzukommandieren.«

In der Tat dauerte es nicht lange, und ich vertauschte meinen Sattel wieder mit den Hockern der Jockey-Bar. Zweierlei Gründe lagen dafür vor. Der erste war bedauerlich. Innerhalb weniger Tage waren Frau Glahns beide Söhne für Führer, Volk und Vaterland gefallen. Ich hatte Verständnis dafür, daß der Anblick eines kerngesunden jungen Mannes, der keine Neigung zeigte, zu einer großen Zeit sein schäbiges Scherflein beizutragen, ihr nicht zum Trost gereichen konnte. Zumal der ältere der beiden Söhne ein Auge auf Fräulein von T. geworfen hatte. Der zweite der Gründe war eben das besagte Fräulein von T. Denn was tut der Mensch in einer großen Zeit, die ihm nicht den nächsten Augenblick, geschweige denn einen ruhigen Tag der Zukunft verbürgt? Er heiratet und setzt Kinder in die Welt.

Ich muß dem Unglückswesen, das dreizehn Jahre lang meine Gattin und Mutter meiner Söhne werden sollte, einen zärtlichen, dankbaren und schuldbewußten Nachruf widmen. Nicht aus kavaliermäßiger Schonung habe ich sie bislang im halben Anonymat eines Fräulein von T. gelassen, sondern weil sie als mit mir verbandelte junge Dame der dem Adel angehörigen

Berliner Gesellschaft in Kriegszeiten in eine Kategorie fließbandgefertigter hübscher, gutgewachsener blonder heiratsfähiger Töchter bei zunehmendem Partnerschwund durch Feindeinwirkung fiel, aus der sie lediglich ihre außerordentlichen reiterlichen Fähigkeiten heraushoben. Ohne dieselben wäre sie standardisiert gewesen wie eine Barbie-Puppe. Jeder Buchstabe des Alphabets hätte – verbunden mit dem Prädikat im Gotha verzeichneter briefadeliger Häuser – auf sie gepaßt. Erst die eheliche Verbindung mit mir, in ihren Kreisen als »aus der Reihe getanzt« angesehen, verschaffte ihr den Eigennamen Priska. Es ist ihr gelungen, ihm durch unbeugsam gute Haltung den Beiklang des wetterfesten Duldertums zu geben.

Ich vermag nicht an Priska und Fräulein von T. als an ein und dieselbe Person zu denken. Was sie grundverschieden machte, war die Gesprächigkeit. Fräulein von T. plauderte. Priska war äußerst wortkarg. Es gibt allerdings eine Geschichte, die mich hätte warnen sollen. Im Backfischalter war sie aneurektisch. Ihre exzentrische Mutter schickte sie zum Psychiater. Sie hat durch einige Monate keine Silbe mit dem Arzt gesprochen, bis er selbst mit dem Geständnis seiner Seelennot schluchzend in ihrem Schoß endete. Durchgehalten hat sie diese Willensprobe dank der geduldigen Zuhörerschaft ihres Stallmeisters. Bei täglichen Ausritten mit ihm redete sie halt- und zügellos drauflos, bis ihr Bedürfnis nach menschlicher Mitteilung gestillt war. Bei den Sitzungen mit dem Psychiater schwieg sie dann eisern und ließ ihn reden, bis er zusammenbrach. Im Verlauf unserer Geschichte spielte ich den Stallmeister des Fräuleins von T. Dann, knapp nach der Eheschließung, fand ich mich in der Rolle des gescheiterten Psychiaters vor. Sie schwieg sich vor mir aus. Ich schwätzte. An die Schmach der stundenlangen Monologe, mit denen ich mich Priska zu erklären bemühte, kann ich nicht zurückdenken, ohne zu erröten.

Dieser Wandel ging Hand in Hand mit einem zwanghaften Ungeschick, das mich vor ihr verfolgte. Ihre Anwesenheit ließ schiefgehen, was immer ich unternahm. Wollte ich ihr beweisen, wie tüchtig ich in einer Sache war, so ging's ins Auge. Wurde ich angeredet, wenn sie dabei war, so stotterte ich, bevor ich eine Antwort fand, oder erwiderte rüde. Stand sie auf der Jagd neben mir, schoß ich vorbei. Tanzte ich mit ihr, trat ich ihr auf die Füße. Half ich ihr in den Mantel, renkte ich ihr den Arm aus. Ich ließ mich davon nicht einschüchtern. Im Gegenteil. Ich trat nur um so tölpelhafter auf.

Psychologen mögen das einleuchtend zu erklären wissen. Ich – ihr unbegabter Schüler – schrieb es meinem Übereifer zu, Priska zu gefallen. Logisch, daß dieser Übereifer seine Wurzel in einem schlechten Gewissen hatte. Schlechtes Gewissen – warum? Weil ich sie liebte und ihr nicht sagte, daß ich der falsche Mann für sie war. Psycho-Logik.

Auch für ihren Wandel hatte ich meine Deutung. Sie war simpel wie's Einmaleins. Fräulein von T. lachte gern. Meiner Gattin Priska war das Lachen bald vergangen. Wiewohl wir einander seit Jahr und Tag kannten, war ich eine schreckliche Enttäuschung als Ehemann. Ich war genau so windig wie zuvor. Ich behandelte sie als Kumpel wie Fräulein von T., nicht als Gattin. Vielleicht war auch der Ehestand »an und für sich« für sie eine Enttäuschung. Er war verbunden mit Einschränkungen aller Art. Obgleich der Schoß ihrer Familie durch eine Stiefmutter, die ehemalige Hausdame, arg beengt war, hatte sich's wohliger darin gelebt als in der Menage eines eingefleischten Junggesellen. Unsere Verbindung – will sagen: die mit Fräulein von T. – war zum großen Teil durch Pferde hergestellt gewesen. Pferde gab's nicht mehr. Die Ehefrau Priska war unberitten. Auch meinen Gaul im Tiergarten hatte ich aufgegeben. Die Bomben fielen zu dicht. Die Berliner schauten zu scheel. Anderes aber hatte ich nicht aufgegeben. Ich lebte weiterhin meinen wüsten Zynismus. Der Imperativ der ehelichen Treue forderte mir ein müdes Lächeln ab. Polygamia – Monogamtua. Priska fand keinen Zugang zu meiner Bücherwelt. Ich ließ sie schnöde allein. Frank Freytag war mein Zwilling. Sie mochte ihn nicht, hielt ihn für meinen Mephisto. Sie konnte auch meinen Haß nicht teilen. Es war zuviel verlangt: Ihr ältester Bruder blieb in Rußland verschollen. Als deutscher Offizier. Man investierte stolze Trauer, nicht Haß. Ich, der Hassende, spazierte gesund und kregel durch Berlin. Zu Peltzer und in die Jockey-Bar.

In Klammern muß ich dazu sagen: Ich liebte Priska ebenso wie Fräulein von T. Aber man kann sich über eigene Gefühle täuschen. Erst recht über die der anderen. Fräulein von T. mochte mich geliebt haben. Ob Priska mich liebte, weiß ich nicht. Bis heute ist's mir nicht gelungen, die sibyllinischen Worte des persischen Hellsehers zu deuten: »Sie lieb – sie aber sie liebens nix« und umgekehrt.

Wie gesagt, Priska – im Gegensatz zu Fräulein von T. – war äußerst wortkarg. Vermutlich würde es geholfen haben, hätte sie ihr Unbehagen an unserem Zustand, ihre Kritik an mir, an meinem unqualifizierten Betragen mit noch so dürren Worten mir mitgeteilt. Sie tat's – spät erst, als nichts mehr gutzumachen war – nach einer Methode, die bei der Artillerie »indirekter Beschuß« heißt. Sie sagte beiläufig: »Es ist ja schlimm, daß selbst deine engsten Freunde von dir sagen ...« Und wenn ich diese engsten Freunde stellte: »Wie könnt ihr mich so verraten?«, kriegte ich zur Antwort: »Das haben nicht wir zu ihr gesagt. Das hat sie zu uns gesagt.« Mangel an Selbstvertrauen, würden wohlwollende Psychologen sagen. Sie glaubte wohl, mir läge an der Meinung meiner Freunde mehr als an der ihren. Ich hätte Priska gern zum Freund gehabt. Fräulein von T. war mein Freund gewesen. Sie war auf der Walstatt des Ehebetts geblieben. Übrig war Priska, die Schweigsame.

Es soll nicht klingen, als wollte ich Priska ein Führungszeugnis nach musterhaften Dienstleistungen ausstellen. Sie war in der Tat eine schmückende Gattin. Mehr als einmal hörte ich's hinter unserem Rücken sagen: »Wie kommt der Kerl bloß zu so'ner Klassefrau?« Die Haltung der Reiterin – Spezialität: Dressur – verließ sie nie. Sie wirkte edel zurückhaltend, kühl, unnahbar. Nur wenn sie etwas getrunken hatte, saß sie vertrauenswürdigen älteren Herren – schwupps! – auf dem Schoß. Sie war auch eine hervorragende Mutter. Gleichmäßig liebevoll, stetig, wohltemperiert. Daß sie die Kinder – bis auf eins – verlassen hat, um zum Vetter nach Dingsda – wo war's doch? ach ja: Angola – zu ziehen, steht auf einem anderen Blatt und geht selbstverständlich voll auf mein Schuldkonto. Wie groß das ist und welche Posten es enthält, möchte ich nicht spezifizieren. Der Leser dieser Bekenntnisse mag sich sein Bild zusammenklauben. Die Liste geht vom Säufer, Hurenbock, Töchterverführer über den Schuldenmacher bis zum Namensschwindler. Bitte sich zu bedienen. Es fehlte nur der Judenknecht. Der sollte später dazukommen. Meinen Söhnen ist die Liste dank Priska lückenlos überliefert. Mit ihnen war sie gesprächig. Dem mittleren, den sie nach Angola mitgenommen hat, um ihn gleich nach Kapstadt abzuschieben, hat sie erzählt, ich habe ihn nicht bei mir haben wollen. Übergetitelt: »Mutterliebe«.

Aber ich greife zu weit voraus. Noch sind wir im Berlin der deftigsten Kriegsmitte. Die Berliner *high society* speiste bei Horcher und Horstmann. Ich immerhin bei Peltzer und im Kaiserhof. Der lag nah bei der Reichskanzlei. Man mußte mit ausländischen Besuchern rechnen. Also war dort das Volksnahrungsmittel Hummer zu haben. Der diplomatische Verkehr mit Lateinamerika und Indien blühte. Vermutlich auch mein Ruf als Spion.

Die Verschwörer des 20. Juli 1944 begannen sich zusammenzufinden. Graf Coudenhove-Kalergi gab ein Abendessen mit Haken an der Wand zum Aufhängen für die Gäste. Stalingrad war längst gefallen, Hamburg so gut wie flach. Luftschutzwarte glaubten noch an den Endsieg. Ich wurde Priska Klara Alexandrine Alpenveilchen (nach einem Rennpferd) in der Kaiser-Wilhelm-Gedächtniskirche angetraut. Vorher hatte ich selbstverständlich bei ihrem Vater um ihre Hand angehalten. Er nahm bekümmert zur Kenntnis, daß ich Schriftsteller sei. »Was tun Sie, wenn Ihnen nichts einfällt?« fragte er, ratlos an seiner Nase entlang blickend.

Diese Frage sollte mir auch das Schicksal stellen. Herr Wiegler rief mich von neuem an und teilte mir mit, der Deutsche Verlag habe beschlossen, einen zweiten Fortsetzungsroman für die »Berliner Illustrirte« bei mir in Auftrag zu geben. Das kam einer Dienstverpflichtung gleich. Die »Berliner Illustrirte« war gewissermaßen Staatsorgan. Nicht parteigebunden, aber offiziöser Meinungs- und Stimmungsträger. Das stärkte meine Situation beträchtlich. Ich war fortan mit kostbaren Dokumenten ausgestattet. Presseausweisen, Reiseerlaubnissen und so weiter. Außerdem kam wieder Geld ins Haus – und das war nötig, denn mit dem vorangegangenen hatte ich nicht haushalten können. Ohnehin Geld, mit dem ich wenig anderes kaufen konnte als die Drinks im Jockey. Priska begleitete mich nicht mehr dorthin, wo Fräulein von T. animiert mit mir getanzt hatte.

Weil die »Berliner Illustrirte« kein offizielles Propaganda-Organ war, hielt sie sich mit damenhafter Reserviertheit von allzu krasser Kritik an allem nichtdeutschen Andersartigen und Andersdenkenden zurück. Jedoch begann die eiserne Faust des Krieges härter durchzugreifen. Also war's an der Zeit, lebendig darzustellen, auf welche Weise die westliche

Gesellschaft, allen voran die angelsächsische, wiewohl im Kern dem indogermanischen Welterbe verpflichtet, durch ihr demokratisch-aristokratisch-plutokratisches Erziehungswesen korrumpiert war. Ob die Herren Wiegler und Reger sich einbildeten, ich sei in Eton erzogen worden – oder schlimmstenfalls in Rozay, Rolle oder Aigle in der Schweiz –, jedenfalls hielten sie mich für ein typisches Exemplar der *Boarding-house*-Erziehung, also auch des entarteten Geists. Es nutzte nichts, daß ich ihnen sagte, meine kurze Gastrolle in Fürstenfeld habe zur Ansicht geführt, daß Internate eher zur Heranbildung von renitenten Tölpeln, sprich Nationalsozialisten, geeignet waren als zur Erziehung von sophistischen Anti-Autoritären. Indes, die politische Botschaft sollte eingebettet sein in eine solide Romanhandlung, und ich hatte Talentproben geliefert als Schilderer schwieriger Familienverhältnisse, geographisch oder geistig abwesender Mütter und kompliziert charaktervoller Väter. Auch konnte ich auf die Mitarbeit von Fräulein Matthieu, Herrn Rilla und Dr. Palitzschs zählen. Mit dem gräßlichen Zweifel, den Herr von T., jetzt mein Schwiegervater, in mich gepflanzt hatte, nahm ich die Arbeit in Angriff.

Zunächst aber nutzte ich die Reiseerlaubnis aus und fuhr nach Wien, um meine heim ins Reich gekehrte Mutter zu sehen. Sie war mit den Bukowina-Deutschen umgesiedelt worden. Rassisch erstklassig eingestuft, sollte sie als Wehrbäuerin in den Warthegau. Ihre ruthenische Haushälterin, Frau Daniljuk, kam nach Nürnberg. Es war mir gelungen, meine Mutter nach Wien zu bringen, wo sie als Zahlmeisterin der Luftwaffe vaterländische Verwendung fand. Unser Wiedersehen verlief dramatisch: Das Gegenüberstehen von Mutter und Sohn nach Jahren der Trennung, in denen sie beide die Zeit seit seinen kurzen Hosen außerachtgelassen haben und merken, daß es auf die Weise von damals nicht weitergeht. Leider war's im Charakter meiner Mutter, erzwingen zu wollen, daß es so weitergehe. Leider hatte ich die Sperrigkeit ihres Charakters geerbt. Indes, noch trennten wir uns zärtlich.

Bei all meiner balkanesischen Skepsis hatte ich aufgeschaut zu den Herren Wiegler und Reger im Deutschen Verlag als zu geistigen Vätern. Vor allem im nüchternen Herrn Reger hoffte ich den literarischen Guru zu finden, den der Autodidakt sich herbeisehnt, um ins Geheimnis der Schreibkunst einzudringen. Dante und Shakespeare sollten mir durch ihn erschlossen werden, wenn nicht gleich Sophokles und Euripides. Das war über die gegebenen Möglichkeiten hinausgegriffen. Die gegebenen Möglichkeiten waren beschränkt auf meine verstümmelten Bildungsgrundlagen. Ich war dank meiner Jugend in den Karpaten besser imstande, aus Schafsmolke Weichkäse herzustellen als die Tragödie des Ödipus aus der Zeitungsmeldung, daß ein Sohn seinen Vater erschlagen hatte und seine Mutter liebte. Aber ich erhoffte mir eine Andeutung des Geheimnisses, wie man das macht. Mit dieser Neugier hatte ich zu lesen begonnen. Jahrelang zu spät, wie mir scheinen wollte. Immerhin mit der Aufnahmebereitschaft eines Löschpapiers. Ich war auf eigenen Gedankenwegen vorgeschritten zum Gemeinplatz, daß es für die Romanliteratur drei Wege gab: Den traditionellen, hervorgegangen aus den gesellschaftskritischen Romanen des neunzehnten Jahrhunderts von Balzac über Dickens und Thackeray bis zu den großen Russen, allen voran Väterchen Tolstoj; oder, zurückgreifend auf vorrevolutionäre Zeiten, den Vater des ironischen Romans Cervantes oder aber das wundervolle schwarze Schaf der Familie, den Begründer der Konfessionen, Jean Jacques Rousseau. Die »Berliner Illustrirte« hielt es mehr mit den Vätern der Großromane des neunzehnten Jahrhunderts. Meine Liebe galt Cervantes und Jean Jacques Rousseau.

Ich glaube übrigens nicht, daß es eine Liebe ohne die psychologischen Grundlagen der Wahlverwandtschaft war. Was ich mit dem Verfasser der »Confessions« teilte – und was wir alle, Schriftsteller des nachrevolutionären zwanzigsten Jahrhunderts mit ihm teilen war das Kaspar-Hauserische unserer Existenz. Oh, nicht das, was in der unsäglich verplatteten Form des Amerikanismus genannt wird: *The quest for one's identity*. Welches Mißverständnis! Es geht ja nicht um die *identity of your fucking person*. Es geht um die Identität des Menschen. Das aber zu erklären war's im Jahr 1943 nicht an der Zeit. Proust, Joyce und Musil, die großen Schüler Rousseaus in unserem Jahrhundert, gehörten zur entarteten Kunst – soweit sie den Kunstwarten des Dritten Reichs überhaupt bekannt waren. Mir aber waren sie bekannt. Ich verdankte diese Bekanntschaft den Lesestunden und Leseblüten-Schwätzereien mit meinem Freund Frank Freytag-Loringhoven. Gefunden hatten wir einander über der Lektüre von Karl Kraus. Daraus war eine geistige Komplizenschaft entstanden, die uns durch viele Felder der Literatur führen sollte. Meiner jungen Ehe mit Priska war sie nicht förderlich. Zum Ausgleich muß ich sagen, daß meine Ehe mit Priska dem Geistigen nicht förderlich war.

Frank Freytag war, was der deutsche Sprachgebrauch »'nen merkwürdigen Kauz« nennt. Er kümmerte sich wenig um sein Äußeres, lief mit Löchern in den Schuhsohlen und Jackenärmeln herum und verband die Frechheit eines Schnorrers mit dem Hochmut des baltischen Barons. Er war nach einer Kindheit in Rußland in Baden bei Wien aufgewachsen, wir sprachen also dieselbe Sprache, die uns von Norddeutschen nicht nur im Klang unterschied, sondern auch in ihren ironischen Zwischentönen. Er war in der Tat Genealoge von Beruf. Ein Handwerk mit goldenem Boden im Dritten Reich, das jedermann, der christlich getaufte Eltern und Großeltern nachweisen konnte, den Adelsstand des Ariers zuwies. Es war verwunderlich, wie wenigen dieser Ahnennachweis ohne viel Herumsucherei gelungen ist. Frank Freytag hat mehr als einem Nichtarier das Leben gerettet, indem er ihm zu arischen Vorfahren verhalf. Mit anderen Worten: Er war politisch im höchsten Maß korrekt – nur nicht im Sinn des damaligen Regimes. Sein Haß dagegen übertraf sogar den meinen. Ebenbürtig waren wir einander im Haß gegen den Krieg.

Unter vielen wertvollen Erkenntnissen, die ich ihm zu verdanken habe, war eine der köstlichsten die Entdeckung der Literatur als Mittel, dem hassenswerten Jetzt und Hier zu entschweben. Frank war ein unersättlicher Leser und kannte viele Seiten seiner Lieblingsbücher und unzählige Gedichte auswendig. Denn – so hatte ihm seine Mutter in Rußland gesagt, »es kann sein, daß du nach Sibirien verschickt wirst. Dort hast du keine Bücher. Wie willst du dich unterhalten?« Solchen Notvorrat an Zitaten mir anzueignen, war's zu spät. Aber im Entschweben konnte ich's Frank gleichtun. Jedes Buch war eine Montgolfière, die mich hoch hinaushob über das Berlin von 1943, die »Berliner Illustrirte«, die Herren Wiegler und Reger, die Bomben, die Jockey-Bar und die Luftschutzkeller. Leider auch über eine wortkarge, in vorbildlich reiterlicher Haltung ihre Enttäuschung tragende Priska. Sie möge mir's verzeihen, wenn sie's nicht längst hat.

Immerhin war ich einsichtsvoll genug, sie nicht in Berlin zu lassen, wo die Luftschutzsirenen bald dreimal täglich heulten. Es keimte auch in ihr unser erster Sohn. Also brachte ich sie nach Pommern. Freunde hatten uns dort in ihrem Landhaus drei Zimmer zur Verfügung gestellt. Sie taten's vermutlich nicht nur aus Nächstenliebe, sondern in Voraussicht, daß sie doch demnächst Gott weiß was für Flüchtlingsvolk aus dem rheinischen Kohlenpott ins Haus bekommen würden. Bombenflüchtlinge waren schließlich auch wir. Heimlose. Ich fand mich 1943 wieder in der Lage, in welcher ich 1914 mein Leben begonnen hatte.

Weiter, blankblauer Sommerhimmel, durch den weiße Wolken und keine Feindverbände ziehen. Wogendes Korn und Klatschmohn an den Feldrainen. Landluft, aromatisch angereichert mit Traktorenöl und Stallmist. Zwölf Stunden Ungeduld täglich: Wie lange wird's noch dauern? Der Sender meldet Hekatomben von versenkten Bruttoregistertonnen. Im Donezbecken gehen die Kämpfe weiter. Max Schmeling ist als Fallschirmjäger auf Kreta abgesprungen. Butter gibt's auf Marken auch auf dem Land nicht mehr. Echter Bohnenkaffee ist Legende. Ich hab mir niemals was aus Kaffee gemacht. Jetzt würde ich mein Seelenheil dafür hergeben.

Frank Freytag ist nach Pommern mitgekommen. Er hat eine Kate im Dorf gemietet. Sie ist voll von Büchern. Ich bin tagsüber bei ihm. Priska brütet schweigend. Sie hat keine gute Hand im Haushalt. Kartoffelschälen liegt ihr nicht. Ich kann sie nicht erheitern mit den Schicksalswendungen, denen ich die Figuren meines »Berliner-Illustrirten«-Romans aussetze. Ich schreibe daran, wie Penelope webte: Wenn ich ein Kapitel fertig habe, fahre ich nach Berlin. Dort wird es in Zusammenarbeit mit den Herren Reger, Wiegler und Rilla sowie Fräulein Matthieu wieder in seine Handlungsbestandteile zerlegt. Niemals hat man einen Autor williger daran mitwirken gesehen. Mit dem neuen Konzept fahre ich nach Pommern zurück. Manchmal hält der Zug auf freier Strecke. Aber die Geschwader ziehen hoch darüber weg. Die Bomben werden auf Wedding abgeladen.

Einmal werden Frank und ich verhaftet. Man hat uns angezeigt: Wir sollen Verteidigungseinrichtungen in ein Notizbuch eingezeichnet haben. Unter schwerer Bewachung werden wir nach Stargard gebracht. »Gerade daß Sie kein Notizbuch haben, spricht gegen Sie. Ein Notizbuch ist ein kleiner Gegenstand, der leicht zum Verschwinden gebracht werden kann.« Man konfrontiert uns mit der wachsamen Parteigenossin, die uns aufgespürt hat. »Nö, die beiden waren's nich.« Der SS-Mann, der uns vernommen hatte, sagt liebenswürdig: »Ich hoffe, da Sie Schriftsteller sind, werden Sie uns freundlich darstellen!« Gewiß. Heil Hitler!

Im November wurde in Stargard mein erster Sohn geboren. Ich werde mein Leben lang dankbar sein für die Liebe, mit der er mich in den Jahren seines Aufblühens erfüllt hat. Mit seinen beiden später geborenen Brüdern stand er im Dreigestirn über den nächsten zwei Jahrzehnten. Damals in Pommern waren wir zu zweit. Hildebrand und sein Sohn Hadubrand. Frank Freytag war ein getreuer Pate. Priska war eine wohltemperierte Mutter. Soweit die Umstände es zuließen, waren wir glücklich. Die Umstände waren leider nicht die gleichen wie die, an welche Priska als Fräulein von T. gewöhnt gewesen war. Es gab niemanden zum Windelwaschen. Ein Glücksfall, wenn es überhaupt Windeln gab. Die zugeteilten Rationen von Babynahrung und Futter für stillende Mütter waren ein schlechter Witz. Um sie aufzubessern, mußte man sich an Selbstversorger wenden: die Bauern und die Hofleute, die eigene Gärten hatten und Kleinvieh, sogar Kühe hielten. Sie waren dem zugezogenen Stadtvolk nicht wohlgesonnen. Erst recht nicht einer jungen Frau, der man ansah, daß sie einst bessere Tage gekannt hatte. Adeliges Pack. Sollte sie sehen, wie sie jetzt zurechtkam.

Was hatten wir überhaupt in Pommern zu suchen? Man kam sehr bald darauf, daß wir Staatenlose waren, Frank und ich. Ahnenforscher und Schriftsteller, »während unsere Jungs die Knochen hinhalten!« Die Herren Barone! Hinter

Büchern vergraben, während jede Hand im Kriegsdienst gebraucht wurde! Wo kam der schicke Kinderwagen her, in dem der adelige Balg durch den Park geschoben wurde? Aus Familienbesitz. Na schön. Sollense auch ihre Magermilch aus Familienbesitz holen.

Unsere Hausherren waren keine guten Bürgen für uns. Es hatte Erbstreit zwischen Mutter, Sohn und Stiefvater gegeben. Der Sohn mit scharfer Gattin hatte gesiegt, die allgemein beliebte Mutter war mitsamt dem Stiefvater ausgezogen. Das Dorf war den jungen Herrschaften spinnefeind. Sie war hochmütig, er faul und untüchtig, wegen eines Magenwehwehchens nicht eingezogen. Adeliges Pack wie wir, die Zugezogenen. Klar, daß die zuständigen Parteistellen uns näher in Augenschein nehmen wollten.

Sie kamen morgens um sieben, drei Mann hoch. Während sie unsere Dokumente prüften und meine Papiere durchzukramen begannen, fiel mir etwas ein, was mir den Angstschweiß aus den Poren trieb. Die Hebamme des Krankenhauses in Stargard, wo unser Sohn zur Welt gekommen war, hatte zahlreiche Patenkinder. Irgendwie hatte sie erfahren, daß ich zeichnete. Sie fragte Priska, ob ich ihr nicht einen Hampelmann zeichnen wollte, den sie als Vorlage aus Karton schneiden und ihren Kindern zu Weihnachten schenken konnte. Gern geschehen. Ich hatte jahrelang nicht mehr gezeichnet und der Spaß daran befeuerte mich. Es entstand neben der Vorlage für die Hebamme auch eine hervorragende Karikatur von Adolf Hitler, Führer und Oberster Kriegsherr. Er hob, wenn man am Schnürchen zwischen seinen bestiefelten Stummelbeinen zog, den rechten Arm zum Heilgruß; der linke hielt die Gürtelschnalle wie damals, 1938, auf dem Heldenplatz in Wien. Dieses Kunstwerk lag unter meiner Schreibmappe. Jedesmal, wenn einer der SS-Sbirren einen Stoß Papiere zur Hand nahm, zitterte ich, daß es zum Vorschein kommen würde. Aber den Sbirren genügte das, was sie schon hatten. Sie sagten, die Papiere würden geprüft werden. Bis zum Ergebnis der Prüfung sollte ich mich zur Verfügung halten. Sodann verabschiedeten sie sich mit knallendem Hackenschlag und einem dröhnenden »Heil Hitler!« Unheilverkündender Gruß.

Als sie abgezogen waren, taumelte ich zum Schreibtisch, holte den Hampelführer hervor und trug ihn zum Ofen, um zuzuschauen, wie er bis zum letzten Rest verbrannte. Noch die Asche zerstreute ich mit zitternden Händen. Hätten sie ihn gefunden, ich würde zu Recht im KZ vergammelt sein. Der Scherz war allzu billig. Jedenfalls wußte ich, daß ein weiterer Aufenthalt in Pommern nicht ratsam war. Was immer die prüfende Behörde – ich nehme an, es war die Gestapo – mit den konfiszierten siebenerlei Anfängen eines Romans für die »Berliner Illustrirte« anfangen mochte, es war bedenklich, ihre Aufmerksamkeit erweckt zu haben. Priska hatte eine Tante in Schlesien. Dort brachte ich sie zunächst unter. Ich für mein Teil tat wieder etwas Kriegswichtiges. Ich wurde landwirtschaftlicher Eleve auf dem Gut eines Freundes einige hundert Meilen weiter östlich. Frank Freytag kam nicht mit.

Es war wie ein Bad im Jungbrunnen. Priska blühte auf. Sie brütete in milder Seelenruhe an unserem zweiten Sohn. Wenn ich in schweren Stiefeln und mit roten Melkerhänden sie besuchen kam, strahlte sie mich an wie weiland Fräulein von T. Ihre Tante bewohnte das Schloß allein und war dankbar für Gesellschaft. Sie hatte ihre in Berlin ausgebombte Schwester und deren Gatten aufgenommen, und es fehlte nichts anderes als der vierte Partner zum Bridge. Priska war hochwillkommen und spielte Kind im Haus. Eine richtige Kinderschwester war für unseren Sohn engagiert. Kein Windelwaschen mehr. Kein Betteln um Magermilch bei Dorfweibern. Keine scheelen Blicke. Keine spitzen Fragen, was der staatenlose Gatte auf dem Land zu suchen hatte.

Der staatenlose Gatte streute Dünger auf lehmige Äcker. Familientradition, wär's westliche Kultur für östliche Völkerschaften gewesen. Die Gutsherren – ein fröhliches Ehepaar, der Mann wegen außerordentlicher Tüchtigkeit als Landwirt nicht eingezogen – spielten gleichfalls Karten. Eine Freundin aus dem Baltikum, Frau von Anrep, teilte ihre Ungeduld, einen vierten Mann zum Bridge zu finden. Obwohl ich meine jeweiligen Partner durch Ahnungslosigkeit zur Verzweiflung brachte, wurde ich willkommen geheißen. Dina Anrep büffelte mit mir die Culbertsonschen Regeln. Ohne viel Erfolg. Trotzdem: Wir hatten eine lustige Zeit. Zu den Jagden auf Nachbargütern fehlten Schützen. Desgleichen Unterhalter für die Damen. In beiden Disziplinen war ich tüchtiger als beim Bridge.

Inzwischen wurde es Mitte 1944, und der Rundfunk meldete erfolgreiche Rückzugsschlachten im Süden, Westen und Nordosten. Ansage von Feindflügen über deutschen Städten wurden nicht mehr durchgegeben. Die Städte waren ohnehin flach. Deutsche U-Boote versenkten weiterhin Tausende von Bruttoregistertonnen. Auch unsere Strecken an Feldhasen und Kaninchen waren stolz. Es fehlte uns auf dem Tauschweg nicht an echtem Bohnenkaffee. Ich mußte nicht mein Seelenheil dafür hergeben. Ich blühte wie Priska. Wundervoll war das Gefühl von Freiheit, seit der Stein des Illustriertenromans von meinem Gemüt gewälzt war. Das letzte Kriegsjahr ging wohltemperiert dem Ende zu.

Ein Unfall änderte daran nur wenig. Zu meinen angenehmen Pflichten als kriegswichtiger landwirtschaftlicher Eleve gehörte auch, die Damen herumzukutschieren. Die nächste größere Ortschaft, Rauten-Queissen, war im Pferdewagen in einer halben Stunde zu erreichen. Zu einer Fahrt dorthin präsentierte man mir ein Gespann wie Kuh und Esel: einen von der Rennbahn ausrangierten Vollblüter und einen vollkommen rohen zweijährigen Trakehner. Ich protestierte. Nix zu machen: Alle andern Pferde waren bei der Landarbeit. »Übrigens sind die Klepper zu nah an den Wagen angespannt.« Daran war jetzt nichts zu ändern, die Gutsherrin wollte nach Breslau, der Zug ging in einer halben Stunde. Dina Anrep begleitete uns. Kurz vor Rauten-Queissen geht die Straße sacht abwärts. Nicht sacht genug. Ich merkte, daß der Wagen den Pferden in die Hinterbeine rollte. Bremse hatte er keine. Und schon saß der Krümperwagen den Gäulen im Arsch, und es ergriff sie Panik. Wir sausten davon. Müßig, wie ein Verrückter an den Fahrleinen zu zerren. Herkules selbst konnte nichts ausrichten gegen zwei durchgehende Pferde.

Wäre mir das im heimatlichen Rumänien passiert, ich würde in den nächsten Acker eingebogen sein und hätte die Klepper sich in den Schollen müdlaufen lassen. Dies aber war eine gepflegte deutsche Landstraße mit tiefen Gräben zu beiden Seiten, an denen unser Gefährt zu tausend kleinen Stücken zersplittert wäre. So fuhren wir also wie die Windsbraut in Rauten-Queissen ein. Beim Marktplatz biegt die Straße ab zum Bahnhof. Diese Biegung schafften wir nicht. Wir landeten im Elektrikergeschäft von Gustav Stolze.

Ich flog gegen die Kruppe des alten Vollblüters, von dort zur Erde. Über mir zog Dina Anrep mit zwei Koffern in den Händen eine Ehrenrunde durchs Himmelblau wie aus Peterchens Mondfahrt und kam sehr unsanft nieder. Unsere Hausherrin strampelte mit dem anderen Pferd um die Wette. Gottlob war das Strampeln des Pferdes nur noch schwach. Nach einem letzten Zittern war der Zossen tot. Ich wollte aufstehen und knickte ein. Aus meinem linken Knie stach das Schienbein schräg in die Luft.

Die beiden Damen waren verbeult, aber unversehrt. Sie setzten mich am Rinnstein ab. Einige alte Rauten-Queissener – die jungen waren ja mit den Russen beschäftigt, beträchtlich näher, als wir's damals wußten – schauten verständnislos auf uns nieder. »So schnell hätten Sie nicht fahren brauchen«, sagte einer. »Der Zug geht erst in fünfzehn Minuten.« Das tote Pferd zog das lebendig gebliebene im Spaghetti des Geschirrs nieder. »Könnt ihr wenigstens das Pferd losmachen«, sagte ich. Das brachte jähes Leben in die alten Kämpen. Im Nu hatten sie Messer aus den Stiefelschäften gezogen und zerschnitten das Geschirr in kleine Stücke. Ein Samariter kam in einem Auto an. Ich wurde ins Krankenhaus gebracht. Nach einigen Stunden kam ich wieder heraus, eingegipst bis an die Ohren. Mein linkes Knie war zertrümmert. Wahrscheinlich würde ich ein steifes Bein behalten. Vorderhand lag ich in Gips und ließ mir von Dina Anrep die Culbertsonschen Regeln einpauken. Unsere Bridgepartien verrieten Süchtigkeit. Nicht nur füllten sie Abend für Abend aus. Selbst untertags, kaum hatte der Gutsherr seine Leute eingeteilt und zur Arbeit angefeuert, schaute er für einen raschen Robber herein. Wenn wir nicht spielten, mischte ich die Karten. Ich tat's mit lasziver Genüßlichkeit. Jede müßige Stunde, die ich nicht Illustrierten-Romane schreiben mußte, war ein Geschenk. Aber ich war nicht gänzlich nutzlos. Man konnte mich, warm eingepackt, in einem Handwägelchen ins Revier fahren, um auf Schwarzwild anzusitzen. Bewegen konnte ich mich gerade genug zum Schießen. Wenn's dunkel wurde, holte man mich wieder ab. Um meine Bereitschaft zum Kriegseinsatz unter Beweis zu stellen, begleitete ich meinen Freund und Gutsherrn zu Sitzungen der Kreisbauernschaft, wo ein Funktionär des Reichsnährstands einen Vortrag über den Anbau von Gummipflanzen hielt. Deutschland konnte in letzter Stunde zum Selbstversorger werden. Ich war nicht unauffällig in meinem Gips. Nach dem Vortrag kam der Herr vom Reichsnährstand zu mir. »Brav, daß Sie trotz Ihrer Verwundung gekommen sind.« Heil Hitler!

Meine vermeintliche Verwundung heilte schneller, als einem tatsächlichen Frontkämpfer lieb gewesen wäre. Nach einigen Wochen konnte ich steifbeinig hinken. Ich fuhr zu Priska, die mit ihren beiden Tanten und dem schon etwas zerstreuten Onkel Bridge spielte. Bei einer Partie, in welcher meine fehlerhafte Auslegung der Culbertsonschen Regeln mit der des alzheimerisch zerstreuten Onkels durcheinanderkam, kriegten wir einen Lachkrampf. Er war so intensiv, daß ich Priska ins Krankenhaus bringen mußte. Dort kam unser zweiter Sohn zur Welt.

Als ich mein Bein zum rechten Winkel biegen konnte, waren die Russen so nah, daß wir Geschützfeuer hörten. Die schlesische Idylle war zu Ende. Meine Freunde packten ihre Habe und rüsteten zum Flüchtlingstreck. Ich fuhr zu Priska, um sie, unsere beiden Kinder und die Kinderschwester aufzuladen. Ihre Tanten und der greise Onkel zogen ab im Treck. Wir, die wir keinen Haushalt mitzuschleppen hatten, versuchten's mit der Bahn. Es klappte über Frankfurt an der Oder bis Berlin. Mit den Bildern dieser Reise ließen sich viele Seiten füllen. Ich würde unternehmen, es zu tun, wären nicht schon sehr viele Seiten mit den Flüchtlingserlebnissen prominenterer Heimatvertriebener gefüllt. Ich hätte auch nicht das rechte Gefühl vermitteln können: Es war nicht meine Heimat, die ich verließ. Die war mir auf weniger dramatische Art abhanden gekommen. Übrigens auch die Kinderschwester. Sie blieb in Berlin. Wir wollten weiter. Ich glaubte nicht, daß die Russen vor der Elbe stehenbleiben würden.

Was uns von der Flut der Flüchtlinge unterschied, war ein festes Ziel. Priskas Vater, der Diplomat im Innendienst, hatte in weiser Voraussicht des Geschehenden einen kleinen Hof in

Schleswig-Holstein erworben. Von einem Ort im Erzgebirge, wohin das Auswärtige Amt ausgewichen war, hatte er kurz vor unserer Abreise aus Schlesien mit uns telefoniert und ausgemacht, daß wir allesamt, Priskas jüngere Geschwister inbegriffen – sollten wir die nächsten Wochen heil überstehen –, uns dort ein Stelldichein geben würden. Seine Gattin, ehemalige Hausdame, die Stiefmutter Priskas, war schon dort. Sie hatte ihm kurz zuvor einen Sohn geschenkt, den Onkel meiner Söhne, etwas jünger als sie. Die Familie würde also vollzählig beisammen sein. Das verhieß nichts Gutes. Aber wir waren auf der Flucht. Dankbar, ein Dach über dem Kopf zu haben. Wir fuhren nach Hamburg weiter, so gut es ging.

Ein Bild aus diesem Abenteuer möchte ich behalten. Irgendwo in Schlesien war der Zug, in dem wir eingekeilt bis zu Atembeschwerden in Flüchtlingsschwärme reisten, an einem kleinen Bahnhof steckengeblieben. Ich stieg aus, um unsere Thermosflaschen aufzufüllen. Das Bahnhofsrestaurant nahm sich aus wie der Schlafsaal der heiligen Brigitte. Menschheit in tiefster Not. In schrecklicher Erniedrigung. Ich war kaum eingetreten, als alle Köpfe sich zum Eingang wandten. Dort stand mit einem Mal ein Russe. Er war wie aus dem Bilderbuch: groß, stattlich in seinem schwarzen Kosakenkaftan, elastisch auf weichen Stiefelsohlen. Aufrecht und ohne nach rechts oder links zu schauen ging er quer durch den Saal bis an die Theke vor. Schweigen begleitete ihn. Offenbar war er ein Kriegsgefangener, hier zu irgendeiner Arbeit freigegeben. An der Theke angelangt, nahm er artig seine runde Pelzmütze ab. Man reichte ihm einen Teller, vermutlich gefüllt mit einer dünnen Suppe. Er nahm den Teller in Empfang, verneigte sich dankend, setzte seine Papacha wieder auf und schritt hoch aufrecht, den Teller vor sich hertragend, durch den mäuschenstillen Saal hinaus. Es war ein

Bild höchster Würde. Er mochte wissen, daß seine Kameraden in den nächsten Tagen hier sein würden. Um ihn unverzüglich zu erschießen.

Hamburg war luftig. Mein erster Eindruck war Himmelsweite. Die war auch gerahmt zu sehen durch die leeren Fensteröffnungen der Hauswände, soweit sie stehengeblieben waren. Nicht viele. Auch Türrahmen waren hier und dort noch aufrecht.

Gegen Altona zu hatten sie das Gepräge von Eingängen zu Rummelplatzbuden. Ich konnte nicht wissen, ob sie zur legendären Reeperbahn gehört hatten, oder ob's die Häuser von Seefahrern gewesen waren, sehnsüchtige Erinnerungen an ferne Hafenstädte, wo in den Eisenkörben der Balkons Frauen mit Seidentüchern um die Schultern und Blüten im lackschwarzen Haar von den Schatten sacht windbewegter Palmen gestreichelt wurden. Über einem Torbogen reichten zwei Seejungfern sich die Hände. Nicht weit davon stand einer der Luftschutzbunker im Geröll der Ruinen wie eine Stauferburg. Wir kamen gerade zurecht, als die Sirenen losheulten. In den ungezählten Angriffen auf Berlin war ich kaum jemals in einen Unterstand gegangen. Jetzt, mit meinen zwei Söhnen im Arm, der ältere zwei Jahre alt, der jüngere noch in Windeln, zitterten mir die Knie vor Angst. Priska verriet die ihre mit keiner Miene. Reiterdisziplin.

Die Elbbrücke war nicht mehr befahrbar. Wir überquerten sie zu Fuß, Kinder und Koffer schleppend. Ich hinkte. Ein Mann in Arbeiterkleidung, das Gesicht kriegsjahregrau, schenkte uns ein Ei. Im Hof des Schwiegervaters kamen wir spätnachts an. Die ehemalige Hausdame war sehr ungehalten. »Was seht ihr schmuddelig aus!« Wir baten um etwas Milch für die Kinder. Es gab ja Kühe im Hof. »Milch gibt's erst morgen früh«, wurden wir streng beschieden. Kein Zweifel, wer hier das Kommando hatte. Ich wußte, daß meines Bleibens hier nicht lange sein würde.

So war's in der Tat. Priskas Vater hatte sich durch die Flut der Flüchtlinge geschlagen und tauchte hohlwangig und mit ratloser Miene unter den Seinen auf. Um zu manifestieren, daß nun er der Herr im Hause war, gehorchte er der neuen Frau des Hauses und ließ mich wissen, daß ich nicht dazugehörte. Unser diesbezügliches Gespräch war kurz. »Was ich nicht verstehe«, sagte er, »ist dein Drückebergertum.« Weil ich hoffte, daß eine Erläuterung ihn daran erinnern mochte, wie eine Blinddarmreizung ihn an der Teilnahme am Ersten Weltkrieg verhindert hatte, bat ich darum. »Die Pflicht am Vaterland«, sagte er. Welches Vaterland? »Das kannst du dir aussuchen. Bist du Rumäne, so kämpfe für Rumänien. Bist du Italiener, so gehe nach Italien.« Ich sagte, ich sei Österreicher. »Österreich gibt's nicht mehr!« Ich sagte, daß es in wenigen Tagen auch kein Deutschland mehr geben würde. Er sagte, wenn ich dieser Ansicht sei, sollte ich das Ende nicht in seinem Haus abwarten. Daß Priska mit den Kindern nicht mit mir gehen würde, war selbstverständlich. Aber ich muß gestehen, es wurmte mich, daß sie es wortlos als selbstverständlich hinnahm.

Meine schlesischen Freunde und Dina Anrep waren in der Lüneburger Heide gelandet. Um nachzuschauen, ob auch ich mit den Meinen dort Unterkunft finden könnte, fuhr und wanderte ich hin. Wandern mußte ich die Strecken, die nicht mehr befahrbar waren. Auf den Gleisen quälten sich Transporte aus dem Osten unter häufigem Beschuß von Tieffliegern fort. Sie waren zum Bersten voll mit unsäglich ausgemergelten Gestalten, kaum zu erkennen, ob Männer oder Frauen. Unter Bewachung, versteht sich. Später habe ich herausgefunden, daß ihr Ziel das Lager Bergen-Belsen war.

Die Schlesier bewohnten eine Kate, die zu einem großen Bauernhof gehörte. Für Priska und die Kinder war kein Platz. Ich aber konnte vorderhand unterkommen. Als vierter Mann zum Bridge. Die Heidebauern waren hilfreich und gastfrei wie aus dem Bilderbuch. Ihre Freizeitgestaltung beinhaltete kein Bridge. In gut versteckten Winkeln hatten sie sich Destillieranlagen gebaut und fütterten sie mal mit Rüben, mal mit Kartoffeln. Das Ergebnis war ein Höllengetränk. Wir verzichteten dafür auf unsere Robber. Das gesellige Zusammenhocken beim abendlichen Getränk ist eine altgermanische Sitte. Es konnte in dieser wirren Zeit keine bessere Möglichkeit geben, sich »sauwohl« zu fühlen.

Wir waren mitten im Hermann-Löns-Land. Löns war einer der Sterne meiner glücklichen Knabenjahre gewesen. Hier traf ich Menschen, die ihn gekannt, mit ihm gelebt hatten, seine Freunde und Gespiele gewesen waren. Die Heidewirtin Hinrichs, die Pastorenwitwe Bode. Ich sehe sie auch heute noch goldgesäumt durch den Schleier, den der Kartoffel-Rübenschnaps über alle Dinge warf. Mein Herz war im Zwiespalt. Es hämmerte erregt, wenn ich an die Löns-Erlebnisse in meiner pusteltreibenden Pubertät dachte. Hermann Löns, ein wahrer deutscher Dichter. Swantje! Swantje, das irrwischhafte Geschöpf mit dem roten Haar, das seine Bockpirschen durchgeisterte! Die sagenhaften Böcke, an die heranzupirschen so atemberaubend war: Der Alte vom Moor und wie sie sonst hießen. Das hatte ich hier in freier Wildbahn vor mir.

Indes zog sich mein Herz zusammen, wenn ich um mich schaute. Frau Hinrichs und Frau Pastor Bode waren alte Damen. Postklimakteriale Würde und Kartoffel-Rübenschnaps-Schleier verklärten sie zwar mild, brachten sie aber nicht in die Blüte ihrer Jugendzeit zurück. Die Lüneburger Heide war schön. Aber ich hatte sie mir in den Dimensionen der Bukowina vorgestellt. Eine Pirsch auf den Alten vom Moor würde mich dort in die tiefste Einsamkeit, zur aufwühlenden Zwiesprache mit Gottes Natur geführt haben. Hier war's ein Spaziergang hinters Haus, so üppig auch das Heidekraut den Sandboden bedeckte, so hell der Ginster flammte, so köstlich der Wacholder duftete. Der Zwiespalt in meinem Herzen befeuerte den Kartoffel-Rübenschnaps in meinem Geist. Ich geriet ins Schwärmen. Ich erzählte mit bewegten Worten, wie ich zu Hause, von einer Hügelkuppe das Land überschauend, dessen Horizont sich in der Kirgisensteppe verlor, von Swantje geträumt hatte: Mein Begehren war so brennend gewesen wie die Mittagssonne, die durchs Gewölk des gewitterschwangeren Augusttags stach. Die Tafelrunde nickte beifällig. Mir gegenüber saß eine alte Vettel, Gott allein mochte wissen, wie sie zu uns gestoßen war. Graue Strähnen hingen ihr über die Säuferaugen. Mit zahnlosem Gaumen lachte sie mich lautlos an. »Was haben Sie denn?« fragte ich irritiert. Ich war's gewohnt, fremdartig zu wirken, aber manchmal ging's mir auf die Nerven. Sie erglühte. »Ich bin dem Löns sein Swantje!« krähte sie.

Frau Pastor Bode bedauerte, daß die Bemühungen der Hermann-Löns-Gesellschaft, einen Findlingsblock zum Gedenken des Heimatdichters an sichtbare Stelle zu rollen, in letzter Minute vereitelt worden waren. Man hatte die Gebeine aus dem Soldatengrab bei Langenmark gebuddelt, um sie nach Wilsede im Herzen der Heide zu bringen. Unterwegs erreichte den Transport die Nachricht, daß der Dichter des Liedes »Denn wir fahren gegen Engeland« – ein Kampflied, das der deutsche Rundfunk zur Meldung versenkter Bruttoregistertonnen durch deutsche U-Boote täglich triumphierend abgespielt hatte –, daß Hermann Löns, der Barde der Lüneburger Heide, der deutschen Jugend vorbildhaft in Flandern gefallen, Halbjude war. Fortschrittliche Ahnenforschung hatte das ans Tageslicht gebracht. Löns' Gebeine ruhen jetzt entlang der Strecke, an der sie aus dem fahrenden Transport geschmissen worden sind.

Die Russen näherten sich Berlin. Die Amerikaner dem Rhein. Deutschland löste sich auf. Was immer noch fehlerlos funktionierte, war die deutsche Post. Mit Ansichtskarte hatte ich Frank Freytag-Loringhoven meinen Aufenthaltsort mitgeteilt. Nach einer abenteuerlichen Flucht aus Potsdam, wo er nach Pommern gelandet war, kam auch er in die Lüneburger Heide. Er kam zurecht, um mich bei meinen schlesischen Freunden und den Heidebauern zu ersetzen. Ich für mein Teil ging hin, um Priska und die Kinder vom schwiegerväterlichen Hof zu einer gemeinsamen Notunterkunft in Bendesdorf zu holen. Über die Lücke, die ich in Wilsede hinterlassen würde, machte ich mir keine Illusionen. Frank spielte unvergleichlich viel besser Bridge als ich und versprach, die Heidebauern mit seinen baltischen Geschichten lustiger zu unterhalten als ich's mit meinen balkanesischen gekonnt hatte. Außerdem waren wir durch nicht mehr als eine Fahrradstunde voneinander getrennt. Wenn man sich vor Tieffliegern in acht nahm, konnte man »voisinieren«.

Schon der April 1945 war sommerlich warm. Die ersten Maitage strahlten. In Bendesdorf standen die Kirschbäume in schönster Blüte. Die Strohdächer der Heidehäuser waren darin eingebettet wie auf einem Werbefoto für Tourismus. Leider stank es. Es stank seit Tagen. Geschehen war etwas unsäglich Lächerliches. Es wucherte schon totale Anarchie. Soldatenrudel und Splitter von Flüchtlingstrecks tauchten auf, zogen durchs Dorf, versuchten Fuß zu fassen und wurden weitergeschwemmt. Darunter auch ein Sanitätszug so in Eile, daß er zwei Lastwagen mit allerlei Verpflegung und Versorgung hinterließ. Bunt bestückt wie ein vorstädtisches Warenhaus. Innerhalb von Minuten war das Volk von Bendesdorf darüber hergefallen. Fleischbüchsen, Dosenmilch und Erbswurst waren von der Vorhut weggeputzt, bevor die bedächtigeren Plünderer kamen, um Injektionsspritzen, elektrische Batterien, Pelzjacken und Schneemäntel für den Rußlandeinsatz zu erbeuten. Ein würdiges älteres Ehepaar, vom Rheinland hierher ausgewichen, er im Ruhestand, sie beständig am Radioempfänger, um die Meldungen des Werwolfs über abgeschlagene Vormärsche der Alliierten aufzufangen, hatte zwei Kisten ergattert und in die Behausung geschleppt. Wenige Stunden später begann's zu stinken. Man rätselte einen Tag lang über die Ursache. Schließlich kam das Paar halb erstickt aus einem dichten, gelben Qualm in seiner Bude hervor. Sie hatten die Kisten geöffnet und zu ihrem Horror entdeckt, daß sie voll von Präservativen waren. Ein Schatz. Schieres Bonanza. Eine der Kisten allein war im Schleichhandel mehr wert als die gesamte übrige Beute. Nicht für unsere braven Bürger aus dem Rheinland. Sie waren skandalisiert. Außer sich vor Empörung und Ekel machten sie sich daran, die anstößigen stoßfesten Gummidinger einzeln über Kerzenflammen zu verbrennen. Der Gestank fraß sich ein in die Frühlingsluft.

Solcherlei Kurzweil war selten in Bendesdorf. Wir warteten. Die Zeit ging darüber hin. Sie tat's auf ihre heimtückische Weise. Wenn wir nicht hinschauten, sozusagen hinter unserm Rücken, verging sie rasch. Nahmen wir sie wahr, so tat sie, als stünde sie still. Wahrnehmen mußten wir sie, denn wir warteten. Wartend verharrten wir wie gelähmt in der stillstehenden Zeit. Wir mußten sie betrügen, damit sie vergehe. Mit irgendeiner geisttötenden Beschäftigung. Aber Priska spielte nicht Bridge. Wir hätten auch keinen dritten und vierten Mann gefunden in Bendesdorf. Außerdem wußten wir: Kaum hätten wir die Karten aus der Hand gelegt, würde das Warten wieder begonnen haben. Wir waren zum Warten verdammt. Das Geschehende geschah mit uns über uns hinweg. Aus Morgen und Abend wurde ein Tag. Aus einem Tag ein anderer. Wir warteten auf das Geschehende. Es mochte kommen, wie es wollte. Wie jeder sich's ausmalte. Die einen, daß das Kriegsgeschick in allerletzter Stunde sich zu Deutschlands Gunsten wende, gleichviel wie. Durch eine Wunderwaffe, die wirkungsvoller wäre als die V2. Oder durch einen letzten, aufopfernd heldenhaften Einsatz unserer Jungs. Sie warteten darauf, obwohl sie erwarteten, daß ihre Söhne, ihre Väter, ihre Männer heil daraus heimkämen. Wir andern warteten, daß der Zusammenbruch möglichst bald und gewaltlos erfolge. Auf irgendwas warteten wir alle. Wir waren im Limbo. Ob wir daraus in die Hölle oder in den Himmel kommen würden, war nicht unserer Entscheidung überlassen. Wir mußten darauf warten.

Priska tat's bewunderungswürdig in völlig gleichbleibender Stimmung. Das Gleichmaß ihres Gemüts entsprach dem ihrer Gestalt. »Schlank wie ein Szepter und ausladend wie ein Thron«, wie Kollege Jens Peter Jakobsen von Frau Marie Grubbe sagt. Aus Fräulein von T. war entschieden eine Frau Priska geworden. Ich liebte sie sehr in jenen Tagen. Ich begehrte sie mehr denn je. Aber es war, als wäre auch mein Begehren ein Mittel, die Zeit zu betrügen und rascher auf das Erwartete hingehen zu lassen. Meine Liebe zu Priska füllte unseren Wartezustand nicht aus. Selbst nicht die Liebe zu unseren kleinen Söhnen. Priska war eine vorbildliche Mutter. Aber ihr beispielhaftes Pflichtgefühl täuschte nicht darüber hinweg, daß sie einen Zuwachs unserer Familie mit weiteren kleinen Rezzoris nicht wünschte. Sie entzog sich allen Ansätzen meinerseits dazu. Vergeblich, wie sich bald herausstellen sollte. Unser dritter Sohn wurde nach einem Jahr in Hamburg geboren.

Noch war's nicht so weit. Noch warteten wir in Bendesdorf auf das, was geschehen würde. Die Tage gingen hin mit Rundfunkmeldungen. Siegreiche Abwehr- und Rückzugsschlachten. Auf der Heide blüht ein kleines Blümelein, bum bumm! Unsere U-Bootwaffe hatte wieder Zehntausende von Bruttoregistertonnen versenkt. Denn wir fahren, denn wir fahren gegen Engeland. Eine Meldung kam durch, während ich in einer Warteschlange auf Milch für die Kinder anstand. Vor mir, hinter mir Weiber und alte Knacker. Ich der einzige kriegstüchtige Mann. Allerdings hinkend. Aber zur Flak hätte ich gehen können. Feindselige Mienen. Ihre Söhne, Väter, Männer hielten die Knochen hin. Und hier stand ich beinah heil und kregel. Wie kam's, daß ich nicht eingezogen war? Plutokratensau. Adeliges Pack. Aus dem Lautsprecher dröhnte Wagner. Ein Sprecher verkündete mit pathosgetragener Stimme, daß der Führer und Oberste Kriegsherr Adolf Hitler bei den Kämpfen in Berlin in seinem Bunker in der Reichskanzlei heldenhaft vor dem Feind gefallen sei. Danach Beethoven. Mein Hintermann stieß mir den Finger in die Hüfte: »Aufrücken!« Mein Vordermann war einen Schritt vorangegangen und stand vor der Abfertigung. »Milch und Haushaltskarten gibt's erst morgen wieder«, hörte ich die Milchfrau sagen. »Heute nur für Kinder unter sechs Jahren und werdende Mütter«. Abfälliges Gemurmel in der Warteschlange. Kein Wort über das Geschehene. Das Ereignis, auf das alle Welt hoffend und bangend gewartet hatte, war eingetroffen. Es erlöste uns nicht aus dem Limbo. Jetzt stand der Tag des Gerichts bevor.

Wir warteten aufs weitere Geschehen. Zu den spärlichen und wirren Meldungen des Rundfunks kamen die wirren Meldungen von Mund zu Mund. Ich war's leid, sie aufzusammeln. Die Maisonne war stechend. Ich zog mich aus bis auf die Badehose und legte mich unter einen der Kirschbäume. Mit geschlossenen Augen ließ ich mich bräunen. Ich machte die Augen auf, als ein Schatten über mich fiel. Vor mit stand ein Männlein in khakigelbem *battle-dress*, wie Robinson Crusoe behangen mit allerhand Gewaffen. Zu seinen eigenen waren die gekommen, welche er offenbar requiriert hatte: eine Schrotflinte, ein Tesching, ein Luftgewehr. Es fehlte der Schirm aus Palmblättern. Er kaute am Rattenschwänzchen eines dünnen Schnurrbarts. »*'ave you got any arms on you?*« fragte er unsicher. Ich wies auf meine Badehose. »*Where should I keep them hidden?*« Er nickte und trollte sich.

Die Stunde der Befreiung war gekommen. Das Böse war besiegt. Die Guten setzten ihm den Fuß auf den gebeugten Nacken. Wehe dem, der mit ihm mitgelaufen war. Was dem geschehen würde, war abzuwarten.

Kaiser Hirohito beim Anblick der zerstörten Stadt Hiroshima:
»Man hat den Eindruck, hier sei eine sehr große Bombe gefallen.«

Eiszeit. Trümmerjahre. Hungerjahre. Wie sie hingegangen sind, weiß ich kaum noch, obwohl Einzelheiten mir scharf vor Augen stehen. Ich sehe sie vorüberziehen wie einen schnellen Schwarm Enten über der Außenelbe. Sie sind mit einer Zeit verflogen, auf die ich nicht achten konnte. Ich hatte zuviel anderes zu tun. Ich war beim Aufbau einer Rundfunkanstalt dabei. Ich kündete die Botschaft von allem Guten, Schönen und Wahren. Ich war dabei, als über die Bösen Gericht gehalten wurde. In Nürnberg. Beim historischen Prozeß gegen die Kriegsverbrecher. Ich konnte mich nicht zu den Guten zählen, die zu Gericht saßen. Eher zu den Bösen. Ich hatte aufgehört, die Bösen zu hassen. Nach Gerichtsspruch gehörten alle Deutschen zum Bösen. Wer nicht selbst böse war, hatte das Böse geduldet. Wer's geduldet hatte, mußte einen Teil der Strafe tragen. Also auch ich. Die stumpfe Ergebenheit, mit der dies Urteil von den Deutschen selbst getragen wurde, schnürte mir das Herz ab. Mitleid ist ein Urgefühl. Wer's nicht empfindet, halte sich aus dem Schuldigsprechen Mitverschuldeter heraus. Der Fuß im Nacken des besiegten Bösen macht den Sieger nicht gut.

Ich kann von den Jahren der Eiszeit hier nicht besser erzählen, als ich's in meinem Buch »Der Tod meines Bruders Abel« getan habe. Wiewohl dieses Buch vom Autobiographischen weiter entfernt ist, als das Konfessionelle darin vermuten läßt, habe ich mein Mitgefühl und meine Teilnahme an der Bitternis der Eiszeit hinneingeschrieben. Damit auch meine Teilnahme an der verwegenen Hoffnung, die in jenen Jahren keimte. Die Voraussetzungslosigkeit ließ eine helle Zukunft offen. Daß diese Hoffnung – beinah zur Verheißung geworden – über Nacht zerschlagen wurde, gehört zu den Erlebnissen, mit denen ich nie fertig geworden bin. Ich spreche vom Anschluß Österreichs in Wien 1938 und von der Währungsreform 1948. Beide sind mir tief im Gemüt geblieben. Auf verschiedene Weise, allerdings. Obwohl sie beide mir etwas Gleiches vor die verblüfften Augen stellten: Den Umschwung der Wirklichkeit von einem Tag zum andern. Von einer Tageswirklichkeit zur andern.

An der Veränderung der Welt über Nacht vom 11. auf den 12. März 1938 habe ich die Unzulänglichkeit meiner Sprachmittel erfahren müssen. Nie ist mir's gelungen, das Gefühl des Fremdgeborenseins, des Erwachens auf einem anderen Stern, des Verlusts alles Vorangegangenen so überzeugend glaubhaft darzustellen, daß es nicht wie eine übertriebene Behauptung klang. Willkürlich. Nicht nachprüfbar. Das literarische Hochspielen eines persönlichen Betroffenseins. Daß die Einverleibung Österreichs in Hitlers Drittes Reich das Lebensgefühl aller, die es anbelangte, verändert hat, dürfte sich inzwischen herumgesprochen haben. Wie ich's schilderte, hatte es den Anschein eines metaphysischen Vorgangs, rational nicht zu erklären. Vor allem: nicht auf das Lebensgefühl der Alpenländer beschränkt. Ob ich davon besessen bin – ich halte daran fest. Eine neue Welt hatte begonnen. Für jedermann auf dem Planeten. Alles Vorangegangene war fragwürdig geworden. Für Nachzügler dauerte es freilich eine Weile, bis sie das – und die Folgen – begriffen hatten.

Etwas gänzlich anderes vollzog sich im großdeutschen Raum zehn Jahre später, 1948. Die deutsche Währungsreform. 1938 hat äußerlich so gut wie nichts verändert. Die

Wiener Wachtmänner waren von preußischen Schutzleuten ersetzt worden. Die Juden wurden massakriert und verließen das Land. Die Milchwirtschaft war in einen reichsdeutschen Engpaß geraten. Neugeborene wurden auf Namen wie Ragnhild und Beowulf getauft. Davon war das gründlich Andere der neuen Zeit nicht abzulesen. Es hatte sich mit den meisten über sie hinweg vollzogen. Wie als wäre das Licht verändert. Wie durch ein Prisma gebrochen. Als wäre die Atemluft chemisch anders zusammengesetzt. Als zöge die Schwerkraft nicht mehr so entschieden zur Erde nieder. Wie als stünden die Dinge vor dem Entschweben, obwohl größeres Gewicht auf ihnen lastete. (Hinfällige Metaphern!) Die Währungsreform von 1948 dagegen vertauschte mit einem Schlag das Konkrete der Tageswirklichkeit gegen eine andere. Alles was an Lebenswichtigem gefehlt hatte, war mit einem Mal vorhanden und zu haben. Wer im Begriff gewesen war, an Hungerödemen einzugehen, konnte sich einen Schmerbauch anfressen. Wer gestern noch in Lumpen herumgelaufen war, fand sich heute überschwemmt von Textilien. Wer sein Kind sterben gesehen hatte, weil das Medikament, das ihm das Leben gerettet haben würde, nicht für alles alte Geld und erst recht nicht für gute Worte zu haben war, kriegte das Zeug mit einem Mal für eine Handvoll Münzen in jeder Apotheke. Das hatte nichts Metaphysisches. Es war überwältigend konkret. Ganz einfach ein ungeheuerlicher Bauernfang. Eine trügerische Augenwischerei, ausgebrütet und angezettelt von einer Gattung von Großgaunern, die gar keine andere Möglichkeit hatten, als in der Logik ihrer Großgaunerei zu denken und zu handeln. Die aber zu entschuldigen waren: Denn sie hatten den Großteil der Menschheit zum Gefolge. Mit betrüblich wenigen Ausnahmen war jedermann Mitläufer des Denksystems, das einen solchen schwindelhaften Zauberakt möglich machte. Dessen Folgen waren vernichtend.

Aber ich will konkret sein und erzählen. Von Bendesdorf bis Hamburg war's eine Dreiviertelstunde. Vorausgesetzt freilich, man fand ein Vehikel und hatte das nötige Papierchen der Militärregierung, dessen jedermann bedurfte, um den legitimen Besitzer einer Zahnbürste auszuweisen und sich von einem Ort zum anderen zu bewegen. Ich weiß nicht mehr, unter welchen Umständen ich meine künftigen Freunde und Gönner kennengelernt habe: Henri und Inge Regnier und Jürgen Schüddekopf. Sie bewohnten ein noch intaktes Einfamilienhaus in einem Vorort, umgeben von ähnlichen kleinen Häusern und Gärten. Ein Idyll am Rande der Trümmerwüste. Ihre Gastfreundschaft war unbegrenzt. Ich habe sie bedenkenlos genossen. Hoffentlich nicht ohne zu zeigen, wie dankbar ich war. Jürgen Schüddekopf war Journalist, ein Schüler Paul Fechters. Zwischen Einsätzen in Propagandakompanien in Rußland und Italien, deren nachgeträumte Bilder ihn nachts schweißgebadet aus dem Schlaf rissen, war er im Deutschen Verlag gelandet. Als Büro wies man ihm ein Zimmer zu, an dessen Tür mein Name geheftet war. Hinterblieben von meiner schweißtreibenden Arbeit an »Rombachs einsamen Jahren«. Ein loses Band zwischen Verschlagenen, das sich zu großer Freundschaft festigen sollte. Seine Empfehlung brachte mich zum neuaufzubauenden Nordwestdeutschen Rundfunk, dem legendären NWDR. Damals unter britischer Kontrolle.

In der Zeit, in welcher ich fest angestellt und jämmerlich bezahlt zum Stab gehörte, habe ich verschiedenerlei Tätigkeiten vorgeschützt, um mit dem Rundfunk zu spielen. Auf ihm zu spielen wie auf einem Instrument. Ich lernte hören. Ich begriff: Der Sender trägt nicht nur den Sinngehalt der Wörter in die Welt hinaus, sondern auch deren Klang. Durchs Mikrophon gesprochen wird das Wort nicht mit dem Verstand allein empfangen. In seiner Losgelöstheit von einem

Sprechenden ist es souverän. Es zeigt sein spezifisches Gewicht. Es wirkt aufs Empfinden: kalt oder warm, gewichtig oder beflügelt, aufreizend oder schlichtend, auf jeden Fall tiefenwirkend, nah seinen Wurzeln. Rundfunkleute sollten die Musikalität von Dichtern haben, selbst wenn sie Tagesmeldungen durchsagen. Ich weiß nicht, ob's mir gelungen ist, in meinen Sendungen sprachheilbringend auf die Hörer einzuwirken. Lassen wir's dahingestellt. Wenn es der Fall war, so dürfte ich kaum auf sympathisches Empfinden oder gar Dankbarkeit gestoßen sein. Der Rundfunk erfreute sich damals nicht der allgemeinen Zustimmung. Nur die Apathie, die Lethargie der graugesichtigen Trümmerstätten- und Nissenhüttenbewohner erlaubte uns, unser Spiel zu treiben. Man nahm es uns mit zusammengebissenen Zähnen ab. Es gab kein anderes Mittel der kollektiven Verständigung. Selbst wenn wir ausdrückten, wofür wir gestern ins Zuchthaus gekommen wären, man hörte uns zu. Was wir verzapften, war alter Wein in neuen Schläuchen. In Schläuchen, die nicht mehr dicht hielten. Menschenwürde, Menschenrecht, Freiheit, Gleichheit, Brüderlichkeit, Demokratie. Was immer wir sagten, hatte einen Bart. Man glaubte uns ohnehin nicht. Wir sagten, was zu sagen uns aufgetragen war. Wir waren Sprachrohre der Sieger. Sieger, die Deutschland unbarmherzig hungern und frieren ließen. Die die Deutschen auf tausend Weisen fühlen ließen, daß sie böse waren: daß sie sich dem Bösen verschrieben gehabt hatten und nun dafür büßen mußten. Das sagten wir ihnen täglich, auch wenn wir's nicht mit diesen Worten aussprachen. Wir sagten es auf tausenderlei Weisen, mit jedem ins Empfinden eindringenden Wort. Jedes der Wörter, das von Werten sprach, die wertlos geworden waren wie das deutsche Geld, klagte an. Der Fuß im Nacken des Besiegten zwang ihn, darauf hinzuhören.

Vielleicht hätte auch ich aufmerksamer hinhören sollen,

um das gelegentliche Zähneknirschen meiner Hörer zu hören. Ich war zu vielbeschäftigt. Auch im Rundfunkhaus, unter meinen seriösen Kollegen, war mir eine Art Narrenfreiheit eingeräumt. Man nahm mich nicht allzu ernst. Ich war ein auflockerndes Element. Sozusagen der bunte Papagei auf der Schulter des Piratenkapitäns, der unser Freibeuterschiff, lichtersprühend, wortklirrend, musikscheppernd durch die Wüstenei der Hungerödemleidenden, der Mütter mit den ausgetrockneten Brüsten, der Männer mit den zerschossenen Gliedern und zerstörtem Glauben steuerte. Selbst was wir zu deren Zerstreuung taten, war frivol. Unterhaltungsmusik, während das Regenwasser von der Kellerdecke ins Kinderbett tropfte. Tucholsky-Texte, während es zu Eiszapfen gefror. Wir Burschen von der Rothenbaumchaussee hatten gut lachen: Beheizt, in der Kantine verpflegt, von den Besatzern von gleich zu gleich behandelt, behielten wir unsere Menschenwürde. Wir hatten's leicht, vom Verfall der Werte zu schwätzen.

In meiner unbekümmerten Spielfreude auf den Ätherwellen war ich bedenkenlos. Ich war immer und überall Lehrling. Gierig alles aufsaugend, was ich lernen konnte. Es war viel. Dabei schlidderte ich von einem Aufgabengebiet zum anderen. Bürokratisch nicht erfaßbar. Einer Abteilung nach der andern zugeordnet. Anfangs betreute ich das »Kabarett der Zeit«. Das heißt: Ich schrieb und produzierte ein kabarettistisches kleines Hörspiel regelmäßig mit dem spukig-genialen Kurt Reiss, einem unersetzbaren Überbleibsel aus den Zwanzigern, seit zwei Jahrzehnten zum Schweigen verurteilt und endlich wieder losgelassen. Der Berliner Expressionismus unserer Sendungen wirkte im Winter 1947 milde ausgedrückt befremdend. Danach kümmerte ich mich für eine Übergangsweile um die Abteilung »Kulturelles Wort«. Frauenfunk und Kinderfunk waren Gebiete, in denen meine Erneuerungsvorschläge auf Widerstand stießen. Mein persönliches Verhalten sprach nicht für sie. Im Landfunk hatte ich wenig zu sagen. Meine Kenntnisse als schlesischer Düngerstreuer reichten nicht aus. Aber beim Kirchenfunk verdiente ich mir Sporen: Ich ließ einen Heidepastor die Bibel auf plattdeutsch nacherzählen. Es war überwältigend. Nur Hörer mit dem Kunstsinn Sombarts fühlten sich »auf den Arm genommen«. Danach übernahm ich kommissarisch die Unterhaltungsabteilung. Dazu gehörte auch leichte Musik. Ich konnte grade so viel Noten lesen, wie mir seit meinem Geigenunterricht in Kronstadt in Erinnerung geblieben war. Eine meiner Schöpfungen im NWDR war vorübergehend die Combo meines Landsmannes Georgewitsch Janku, bis auf einen zarten Zigeunerschmelz eine perfekte Imitation des Hot Club de France. Zum nachfolgenden Abteilungsleiter schleuste ich Henri Regnier ein. Er ist's bis zu seinem Tod geblieben. Für Jürgen Schüddekopf, der das Nachtprogramm übernommen hatte, schrieb und redigierte und produzierte ich eine mit Elef Sossidi und Herbert Blank abgesprochene Sendereihe über den Nationalsozialismus. Sie hinterließ betroffenes Schweigen. Näheres kann im 1992 erschienenen »Greisengemurmel« nachgelesen werden. Um mich nicht auswuchern zu lassen, schob man mir eine süße Sinekure zu: die Leitung des unsäglich öden Geschwätzes »Um den runden Tisch«. Den hatte bislang der Star des NWDR, Axel Eggebrecht, betreut und war's offenbar müde geworden. Ich bildete mir ein – und tu's auch heute noch –, daß ich daraus eine interessante Sendung gemacht habe. Politisch im Sinn, in dem ich Politik erfasse: zivilisatorisch. Kulturdünger, würde mein Vater dazu sagen. Zu den Lichtpunkten gehörte eine Diskussion über Ernst Jünger, damals politisch hoch aktuell. Daß er über hundert Jahre alt werden und mit ihm der Bart dieser politischen Aktualität durch die deutsche Presse wachsen sollte wie der des Kaisers Barbarossa um den Steintisch im Kyffhäuser, haben wir nicht vorausgesehen. Dafür trug ich den »Runden Tisch« nach Nürnberg zum Kriegsverbrecher-Prozeß. Ständiger Berichterstatter des NWDR war dort mein enger Freund Elef Sossidi unter dem Pseudonym Andreas Günter. Als Grieche hatte er teil an der alliierten Herrlichkeit. Ich mit ihm. Als Mess-Alliierter, sozusagen. Noch war ich ja dem Paß nach Rumäne.

Ich besitze noch den schon abgelaufenen Paß. Kommt er mir unter die Hand, so bin ich versucht, ihn zu streicheln. Aus Dankbarkeit dafür, daß er mir im Krieg das Leben gerettet hat. Aber fast noch mehr dafür, daß er mir in Nürnberg die Schmach erspart hat, dort als deutscher Journalist aufzutreten. Im Dunstkreis des Gerichtshofs von Fürth konnte man alles sein: Schleichhändler, Hochstapler wie das angemaßte Oberhaupt der europäischen Presse Gaston Oulmann, Scherge, Henker – nur nicht Deutscher. Selbst nicht in Vertretung einer von den Besatzungsmächten kontrollierten Institution wie dem NWDR. Offiziell eingeladene Besucher, denen aus erzieherischen Gründen das Schauspiel des tagenden Gerichts mit Richtern, dräuenden Anklägern und hilflosen Verteidigern, Dolmetern, Sekretärinnen, Aktenwühlmäusen aller Arten und Gattungen, kriegerisch waffenbehangenen Wächtern, bärbeißigen Garden sowie den in zwei Reihen auf Sünderbänke gesetzten Angeklagten geboten werden sollte – Göring, Heß, Ribbentrop, Keitel und Konsorten, insgesamt zweiundzwanzig Mann, nach monatelanger Zellenhaft bleich wie Eingeweidewürmer – selbst solche nicht leicht einzuschüchternde Gäste (die Häupter wiederauferstehender Parteien, künftige Landesväter) wurden an jeder der unzähligen Kontrollen behandelt, wie als steckten sie mit jenen Angeklagten unter einer Decke, hatten dankbar zu sein, daß man sie nicht zu denen an den Pranger stellte.

Längst bevor es zu einem Urteil gekommen war, sollten die Deutschen spüren, daß sie schuldig waren. Schuldig, Deutsche zu sein. Das war ich nun nicht dank meinem preziösen Dokument, dem abgelaufenen rumänischen Paß. Wie wenig wert er sonst sein mochte, hier schützte er mich wieder. In schönem Freimut konnte ich meine Gäste um den Runden Tisch zusammentrommeln.

Zu schwätzen gab's genug. Zwar getraute niemand sich die grundsätzliche Rechtmäßigkeit des Nürnberger Gerichtshofes anzuzweifeln. Obwohl es dazu Anlaß gegeben hätte. Es wurde entschieden bestritten, daß er als Gericht der Sieger instituiert war. Dazu bedurfte es allerdings einer rabulistischen Argumentation. Es hieß, der Nürnberger Gerichtshof sei nicht von den Siegermächten eingesetzt, sondern von den Deutschen selbst. Leider gab es dazu keine deutsche Instanz. Die deutsche Regierung existierte nicht mehr. Durch die bedingungslose Kapitulation waren deren Geschäfte an die Alliierten abgegeben. Stellvertretend also, im Namen einer zur Zeit nicht vorhandenen deutschen Regierung als Willensorgan des deutschen Volkes, saßen die Alliierten in Nürnberg zu Gericht. Das bedeutete freilich unter anderem, daß Dönitz und Keitel, vor allem Jodl mit der Unterzeichnung der Kapitulationsurkunde ihr eigenes Todesurteil unterschrieben hatten.

Auch auf ein anderes Problem stieß die These vom deutschen Gericht in Nürnberg. Die deutsche Rechtsauffassung richtete sich nach dem Grundsatz *nulla poena sine lege*: Ohne ein gültiges Gesetz gibt's keine Straftat. Völkerrechtlich war nach der Haager Konvention von 1926 der Krieg als strafbar erklärt worden. Nicht aber die dafür Verantwortlichen. Und wer war das ohnehin? Völkerrechtlich hingen demnach Anklagepunkte wie »Verbrechen gegen den Frieden«, »Verbrechen gegen die Menschlichkeit«, »Kriegsverbrechen« und schon gar die *Conspiracy* – die verbrecherische Verschwörung – inhaltslos im Raum. Es gab dafür keine Gesetze. Also auch keine Anklagen und Angeklagten. Nicht so nach angelsächsischem Recht. Danach wirkt ein in einem rechtmäßig eingesetzten und durchgeführten Verfahren gewonnenes Urteil gesetzschöpferisch. Es hat Rechtskraft für sich. Künftige Verfahren können sich darauf berufen. Also wurde das Verfahren von Nürnberg, wiewohl angeblich ein deutsches Gerichtsverfahren, nach angelsächsischen Rechtsgrundsätzen durchgeführt. Allerdings sozusagen auf zwei linken Beinen.

Hätte es jedoch eines Beweises dafür bedurft, daß das Nürnberger Gericht als rechtmäßig aufgefaßt wurde, so war er durch das Betragen der Angeklagten erbracht. Sie spielten mit, als könnte ihr gehorsam ergebenes Auftreten ihnen mildernde Umstände einbringen. Mit Ausnahme einiger Aufmüpfigkeit Görings, die gleich als kühne Charakterdemonstrationen gelten wollten, kam eine subalterne, oft beinah liebedienerische Haltung vor der Autorität so willkürlich eingesetzter Richter zutage, die mir die Schamröte ins Gesicht trieb. Erst ein Jahr später, in den sogenannten »Subsequent Procedures«, als die erste Garnitur der Kriegsverbrecher gehenkt war und die zweite, interessantere, den Alliierten nicht mehr mit außergerichtlichen militärischen und organisatorischen Informationen dienen konnte, hatte endlich einer den Schneid zu sagen, daß da zwei unvereinbare Weltauffassungen aufeinanderstießen. Daß also auch kein Dialog über begangenes oder nicht begangenes Verbrechen herzustellen war. Wer das geradeheraus behauptete, war der Einsatzgruppenführer Hans Ohlendorf, der seinem Richter – dem hervorragenden US-Flottenrichter Musmamo – kaltschnäuzig sagte, daß er als Nationalsozialist ein nach dem bürgerlichen Gesetzbuch urteilendes Gericht nicht anerkenne. Er berief sich auf den unbedingten Gehorsam als Pflicht des Nationalsozialisten. Den hatte er bewiesen bei der Aufgabe, das Hinterland der Front im Osten vor potenziellen Partisanen zu säubern. Neunzigtausend Menschen hatte er umgebracht. In vielen Fällen hatte er freilich an seine Befehlshaber in der obersten SS-Führung Zweifel angemeldet, ob allein die Zugehörigkeit zu einer völkisch nicht einwandfreien Gruppe genüge, als gefährlich angesehen zu werden. So zum Beispiel die reiterlichen Chassaren, die – obwohl rassisch ohne Fehl – vor ein paar Jahrhunderten zur jüdischen Religion missioniert worden waren. Der Bescheid kam: Ja, sie waren zu beseitigen. Selbst gegen seine Überzeugung führte er den Befehl aus wie jedesmal in analogen Fällen. Als Musmamo ihn fragte: »Hätte man Ihnen befohlen, Ihre eigene Schwester zu erschießen, würden Sie's getan haben?«, antwortete Ohlendorf ohne zu zögern: »Jawohl.«

Der Ohlendorf-Prozeß ist ohne Publizität geblieben. Auf ein Bekenntnis dieser Art, mit dem die unvereinbaren Standpunkte von Richtern und Angeklagten zutage kamen, wartete man beim Hauptprozeß vergebens. Statt dessen gab's die Ausrede auf bürokratische Kompetenz. Die Beschuldigten hatten routinemäßig ein Dokument unterschreiben müssen, mit dem die Tötung soundso vieler Geiseln angeordnet war. Lediglich zur Bestätigung des amtsmäßigen Durchlaufs der Akten zur Weitergabe an durchführende Organe. Also ohne direkte Schuld. Mit derlei Rabulistik verteidigten sich die Großen des Dritten Reichs. Die Schädelpyramiden türmten sich nur um so höher. Das Verdienst von Nürnberg war nicht die Verurteilung der Kriegsverbrecher, sondern die Aufdeckung des Ausmaßes der begangenen Ungeheuerlichkeiten.

Es war kaum möglich wegzuleugnen, was in Lagern wie Buchenwald, Mauthausen, Bergen-Belsen beinah vor aller

Augen allein auf deutschem Heimatboden geschehen war. Wer nicht zwangsmäßig in die befreiten Lager gebracht wurde, um sich vom Massenmord zu überzeugen, war bombardiert mit Bildberichten. Hunderte bis auf die Knochen ausgezehrte Kadaver lassen sich nicht stellen. Wiewohl die deutsche Bevölkerung die dünnen Ärmchen, zackigen Becken und Blähbäuche der Überlebenden bald auch an den eigenen Kindern abmessen konnte, mußte eine gewisse Schuld zugegeben werden. Allerdings war's Krieg gewesen, und es handelte sich in der Hauptsache um Fremdvölker wie Polen, Russen, Zigeuner und ähnliches Untermenschentum. Was man aber jetzt durch Nürnberg erfuhr, machte die Trümmerbürger mundtot. Auschwitz, Birkenau, Treblinka – das hatte niemand gewußt. Die industriell organisierte Tötung war nicht an die Öffentlichkeit gekommen. Die ethnische Vernichtung. Der Völkermord: Das fiel mit neuer Wucht auf die ohnehin gebeugten Schultern der Unterlegenen. Die Juden! Man hatte sie zwar abziehen gesehen, man wußte, daß sie in die Lager kamen, aber es war Krieg, wie gesagt, und ihre Brüder in Amerika wiegelten gegen Deutschland auf. Sie verdienten es, aus dem gesunden Volkskörper ausgeschieden zu werden. Jedoch sechs Millionen Vergaster, das war zuviel. Das überstieg das Fassungsvermögen. Fabrikmäßig am Fließband umgebracht: Wer konnte den Gedanken daran ertragen? Wer konnte das glauben? Selbst wenn man's gewußt hätte, man würde es nie zugegeben haben.

Also, das ist alles Feindpropaganda«, sagte der Herr, der mir gegenübersaß. Ich hielt ihm das Mikrophon unter die Nase. »Sie wollen mich über mein Osterlebnis erzählen lassen. Bitte sehr, ich bin bereit. Du sollst nicht lügen. Das ist Gottes Wort. Ich sage: Es ist das Gebot jedes aufrechten Mannes.

Auch ohne Gott. Mein jüngerer Bruder hat wegen allem, was uns da nachgesagt wird, die Priesterlaufbahn eingeschlagen. Ich sage: Gott – ja? – Gott: Der Mann hat soviel Macht, der braucht keine Vertreter hier auf Erden. Ich kann aus eigener Anschauung bezeugen, was geschehen ist. Ich war im Winter 1943 vorübergehend Kommandant der Festung Dünaburg. Ich hatte einige Arbeiten zu verrichten, die ich meinen Leuten nicht zumuten wollte. Vor der Festung befand sich so'n Lager, mit dessen Befehlshaber ich befreundet war. Ich rief ihn an. ›Fritz‹, sagte ich, ›du hast ja in deinem Lager so Leute, nicht wahr?‹ ›Ja, Hansi‹, sagt er. ›Habe ich.‹ ›Gut‹, sage ich. ›Ich habe hier einige Arbeiten zu verrichten, die ich meinen Leuten nicht zumuten möchte. Könntest du mir dazu ein paar von deinen Leuten zur Verfügung stellen?‹ ›Schön, Hansi‹, sagt er. ›Eigentlich ist's nicht erlaubt, aber weil du's bist: Was brauchst du denn so?‹ Ich sage: ›Fritz, was hast du denn so?‹ ›Allerhand, Hansi‹, sagt er. ›Vom ungelernten Arbeiter bis zum Universitätsprofessor so ziemlich alles, was es so gibt.‹ ›Gut‹, sage ich, ›Fritz, kannst du mir ein paar von deinen Leuten zur Verfügung stellen?‹ ›Also Hansi, was brauchst du denn so?‹ Ich sage: ›Schick mir mal so'n soziologischen Schnitt.‹ ›Gut‹, sagt er, ›eigentlich ist's mir nicht erlaubt, aber weil du's bist, Hansi, will ich dir die Leute gegen Quittung geben.‹ Also, am nächsten Morgen kommen die Leute an. Ich stelle sie an die Wand und rufe: ›Guten Morgen, Leute!‹ Also, die Leute zitterten. Ich rufe: ›Habt ihr schon Kaffee getrunken?‹ Die Leute geben kein Lebenszeichen außer'm Zittern. Ich sage zu meiner Dolmetscherin: ›Mädel, sprechen die Leute nicht Deutsch?‹ Die Dolmetscherin – Ostfrau, Sie verstehen, unersättlich in der Liebe, brauchen Sie aber in Ihrer Sendung nicht zu sagen –, die Dolmetscherin sagt: ›Doch, Hansi, die Leute sprechen gut Deutsch.‹ Ich gehe also zu den Leuten hin und greife mir so 'ne Art Stammesältesten heraus, weißer Bart und Brille und so, Sie verstehen. ›Jude‹, sage ich und lege ihm die Hand auf die Schulter, ›ich bin dein Freund. Ich habe hier einige Arbeiten zu verrichten, die ich meinen Leuten nicht zumuten möchte. Diese Arbeiten werdet jetzt ihr verrichten. Dabei bleibt alles beim alten. Behandlung bleibt dieselbe, Verpflegung bleibt dieselbe, nichts ändert sich. Und jeden Sonnabendabend, verstehst du? – Sonnabend ist ja bei euch so 'ne Art Feiertag – nicht wahr –, also jeden Sonnabendabend vergesse ich hier – verstehst du mich? –, ich ver-gesse hier auf diesem Tisch für euch alle einen Laib Brot.‹ Hättense seh'n sollen, wie glücklich die Leute waren.«

Trotzdem: Ich konnte sie nicht mehr hassen. Ihre Not entwaffnete mich. Nicht allein ihr Hungern und Frieren. Es war lausig im Vergleich zu dem, was ihresgleichen – ihre Männer, Väter, Söhne – anderen angetan hatten. Aber ich war wehrlos gegen ihre seelische Not: ihr Nicht-begreifen, Nicht-begriffen-Haben. Ihre Unfähigkeit dazu. Ich war ohnmächtig gegen den fühllosen Fleck in ihrem sprichwörtlich tiefen Gemüt. In all den Jahren, die ich unter Deutschen verlebt habe, suchte ich nach dem einen grundlegenden Merkmal, das sie von den anderen Europäern unterscheidet. Damals so überdeutlich unterschied, daß man zu viele Deutungen dafür hatte. Was war ihnen als eingeborenen Makel nachzuweisen? An Mängeln menschlicher Eigenschaften eigentlich nichts. Fühlte man ihnen auf den Zahn, so waren sie weder böse noch grausam noch heimtückisch noch verlogen. Zwar sagt Kollege Nietzsche, der Name »Deutsche« kommt von »täuschen«. Mag stimmen. Sie täuschen sich über sich selbst. Zugegeben, sie sind nicht eben feinfühlig, aber weichherzig, gefühlvoll bis zur Sentimentalität. Allerdings gab's auch dabei Scheuklappen, die sie hinderten, von sich selbst weg zum andern hinzuschauen. Bei einer meiner Sendungen sprach ich mit einem Mann, der aufrichtig zugab, daß er ohne viel Gewissensbisse das Handwerk eines Henkers ausüben würde. Er hatte darin schon einschlägige Erfahrung. Als Feldgendarm habe er mehrere Verurteilte erschießen müssen. Halb entschuldigend, halb der möglichen Gewissensbelastung Rechnung tragend, räumte er ein: »Allerdings Polen.« Das »allerdings« unterschied ihn von Nichtdeutschen. Ein anderer, teuflisch offenbarender Fall war der eines seiner Kameraden, dem befohlen worden war, in einem Dorf in Frankreich einige Geiseln zu erschießen. Eine der dafür auszuhebenden Personen gehörte einer Familie mit mehreren Söhnen an. Aus Gutherzigkeit trug der Henker der Mutter an, selbst zu wählen, welchen der Söhne er dafür nehmen sollte. Gutherzigkeit bis zur Bestialität. Wenn man das in sich trägt, ist's schwer, seelischen Gleichschritt mit andern Menschen zu halten. Es ist ein toter Fleck im Gefühlsleben. Eine Art seelischer Farbenblindheit. Das ist nicht mehr als moralischer Makel zu werten. Es ist ein Schicksal. Den Deutschen von Gottes unerforschlichem Ratschluß auferlegt.

Wer aber wollte behaupten, daß alle Deutschen darunter litten? (Und sie leiden darunter, daß sie daran leiden.) Eins nur habe ich als Gemeinsames an ihnen erkannt: einen ausgeprägten Herdeninstinkt. Einen Hang zum absoluten Konformismus, der ihnen schwerlich erlaubt, anders zu handeln, anders zu denken und zu fühlen als die Mehrzahl ihrer Mitbürger und Artgenossen. Das »Volksempfinden« der Deutschen ist seismographenhaft feinfühlig und einfühlend und kann entsprechend wirkungsvoll manipuliert werden. Damals aber, in den Eiszeitjahren von 1945 bis 1948 waren völkische Eigenarten ziemlich gründlich abgeräumt. Die Not brachte das schlichthin Menschliche-Allzumenschliche zutage. Es war hinfällig zu hassen. Trotz allem, was Nürnberg an den Tag gebracht hatte. Auf die gekrümmten Buckel der Trümmerstättenbewohner war keine Kollektivschuld abzuladen. Im Gegenteil. So paradox es klingen mag: Man konnte darauf den Traum von einer gänzlich neuen, glänzlich anderen Zukunft aufbauen. Aus den Geröllhalden des Landes und der Leute wünschten wir die Utopie herbei. Die Fehler, die zu einer Katastrophe geführt hatten, sollten beim vorsichtigen Wiederaufbau vermieden werden. Der Mensch sollte in den Deutschen wiederauferstehen. Genesen am deutschen Wesen.

Wir gossen alten Wein geklärt in neue Schläuche, die nicht dicht hielten. Wir mobilisierten, was die Kulturkritik der ersten Jahrhunderthälfte unbeschädigt gelassen hatte – nämlich alle humanitären Träume von einem Menschentum der Gleichheit, Freiheit und Brüderlichkeit und der Wege, wie ein solches zu erreichen wäre. Und natürlich taten auch wir das auf die Intellektuellen angemessene Weise, nämlich träumend, spekulierend, entwerfend. Warum nicht in einer Gruppe gleichgesinnter Freunde in der Kolchose einen ehemaligen Truppenübungsplatz besetzen und tagsüber landwirtschaftlich – selbstverständlich biologisch-dynamisch – kultivieren, abends dafür zu Hegel-Kolloquien zusammenkommen? So wollten wir ein Beispiel für den Wiederaufbau setzen. Eine neue Gesellschaftsbildung. Vor allem: eine neue Elitenbildung. Wer dafür sorgen sollte, daß die andern, die nicht in Kolchosen wirtschafteten, zu essen hatten, um zu überleben, wußten wir nicht zu sagen. Es war der Volkswirtschaft überlassen. Auch unter ihnen gab es Träumer, hofften wir.

Wenn es anders kam, so war's dem Umstand zuzuschreiben, daß wir leider nur träumten und schwätzten und nichts Handfestes zur Verwirklichung unserer Visionen taten.

Dafür taten's die anderen für die ihren. Die gossen ebenso alten, weniger destillierten und süffigen, dafür konsumierbaren Stoff in die alten haltbaren Schläuche der politischen Organisation. Vor allem wir im Rundfunk bekamen das zu spüren. Die Briten begannen ihre Kontrolle an deutsche Führung abzugeben. Wir waren eine der ersten halbstaatlichen Einrichtungen. Das Piratenschiff nahm allmählich den Charakter einer Fähre an. Demokratiebeförderungsmittel. An den Kommandostellen wirkten nicht mehr frei im geistigen Raum schwebende Intellektuelle, sondern Parteimitglieder der neuentstehenden Zusammenschlüsse von künftigen Machthabern und solchen, die es werden wollten.

Vorher aber, noch in der klirrenden Eiszeit, gaben Sossidi und ich unfreiwillig der deutschen Berichterstattung vom Nürnberger Prozeß den Todesstoß. Unsere Reportage der Urteilsverkündung, bei welcher die Strafe des Erhängtwerdens über die Mehrzahl der Angeklagten ausgesprochen wurde, war eine Katastrophe, die uns hätte beschämen sollen. Allerdings waren alle Bedingungen geschaffen, sie herbeizuführen, beginnend mit unserer Verbannung in einen Käfig, von dem aus wir nichts sehen konnten, bis zu den idiotischen Anweisungen unserer amerikanischen Überwacher. Schwamm darüber. Mir ist's peinlich, daran zurückzudenken.

Auch anderes, mein Privatleben betreffend, sollte mir peinlich sein. Es war eine wüste Zeit, und ihr entsprechend benahm ich mich. Unbeschadet meiner Träume von einer edlen Zukunft. Als unser jüngster dritter Sohn geboren wurde, kam in derselben Hamburger Klinik wenige Tage später ein Mädchen zur Welt. Beide Mütter gaben im Dämmerschlaf mich als Erzeuger der neuen Erdenbürger an. Priska benahm sich vorbildlich. Sie war bereit, das Mädchen zu uns zu nehmen und gemeinsam mit unseren Söhnen aufzuziehen. Das scheiterte an der biologischen Mutter. Die hat auch in der Folge alles getan, mich von meiner natürlichen Tochter fernzuhalten. Unter Strafe war's mir von der Jugendbehörde verboten, das Kind zu sehen. Später, als Herangewachsene, kam meine Tochter in unser Haus, von mir und den Brüdern mit offenen Armen aufgenommen. Zu spät, um sich in unserer Wohnung zurechtzufinden. Priska war schon ihrer Wege gegangen. Aber ich greife zu weit vor.

Es war nicht recht ersichtlich, warum's uns vorkam, als wären die ausgehenden Eiszeitjahre in Norddeutschland bitterer zu ertragen als im deutschen Süden. Zwar hieß es, in der amerikanischen Zone ließe sich's besser leben. Großzügigere Lebensmittelzuteilung. Bessere Schwarzmarktmöglichkeiten. Priskas Vater hatte in einem seiner Anfälle von verfehltem Geschäftssinn den Hof in Schleswig-Holstein verkauft und war nach Bayern gezogen. Priska selbst hegte bayerische Jugenderinnerungen. Selbst in jenen mageren Jahren hatte München den Ruf, eine menschlichere Stadt zu sein als andere. Wir verließen Bendesdorf. Nach kurzem Aufenthalt in einem von Bomben halbierten Haus in München fanden wir ein Unterkommen in Franken, im Pfefferkuchenschlössl einer Baronin Gebsattel, wenige Meilen nah von Rothenburg ob der Tauber. Zwar nicht in Bayern, aber im alten Bereich des Heiligen Römischen Reichs, jenseits des Limes. Dort sind unsere Buben durch ihre Kinderjahre glücklich aufgewachsen. Für Priska war's eine Verbannung in ländlich provinzielle Abgeschiedenheit.

Mich zog die gelegentliche Arbeit am Rundfunk zurück nach Hamburg. Ich sage »gelegentlich«, denn ich war aus dem Verhältnis des Festangestellten ausgeschieden. Allerdings wurde meine Tätigkeit nur um so intensiver. Schüddekopf leitete das Nachtprogramm. Williger als jeder andere räumte er mir Narrenfreiheit ein. Ich durfte mich über Jagd und Mythologie, Karl Kraus und Marcel Proust und Kraut und Rüben ausbreiten. Vermutlich zu sehr auf meine Weise, um dem Geschmack der Hörer zu entsprechen. Einmal aber traf ich ins Schwarze. Es war zu einer Lücke im Programm gekommen. Schüddekopf füllte sie damit auf, Stegreifgeschichten erzählen zu lassen. Davon hatte ich soviel auf Lager, wie jeder Altösterreicher an Witzen, Anekdoten, östlichen Volksweisheiten, Eulenspiegeliaden und ähnlichem mit sich schleppt. Ich knetete das zusammen zur Berichterstattung aus einem imaginären Land, in welchem unsere abendländische Welt sich in einem schlitzohrigen Orient spiegelt. Diese »Maghrebinischen Geschichten« sollten für mich schicksalsträchtig sein.

Inzwischen freilich trachtete ich, im Gleichschritt mit meinen Freunden und Kollegen soviel wie möglich von unseren politisch nicht festgelegten Utopien einzuschleusen. Das politisch immer fester zementierte Programm der Umerziehung von ehemals bösen Deutschen zu harmoniebewußten Mitwirkenden am Wiederaufbauwerk des Guten und zum friedlichen Beisammenleben mit den anderen europäischen Nationen. Grundlegende Einsichten dazu lieferte mir Wilton Park. Indes, bevor noch die Zeichen einer Demokratisierung im Geist der britischen Labour Party an den Trümmerdeutschen abzulesen waren, kam der aus ideologisch weitaus weniger abstrakten Quellen gespeiste Eingriff der Amerikaner: die Währungsreform von 1948. Mit ihr veränderte die Wirklichkeit sich mit einem Schlag. Über Nacht, von einem Abend zum nächsten Morgen. Ich erwachte in einem neuen, von aller Vergangenheit losgelösten Tag. Mit meiner sperrigen Eingewöhnung daran erwachte wieder mein alter Haß.

Ich hege keinen Zweifel, daß mir jede Menge politische Strudelköpfigkeit und historische Ungenauigkeit nachzuweisen ist. Die hier vorliegende Lebensbeichte ist abgefaßt in der unmittelbaren, nicht nachgeprüften und nicht nachprüfbaren persönlichen Vergegenwärtigung der Epochen, die durchlaufen zu haben ich mir einbilde. Mit möglichst wahrheitsgetreuer Darstellung meiner geistigen Verfassung in den jeweiligen Zeiten. Dieser Verfassung war keine ruhige Entwicklungsmöglichkeit gegeben. Genealogen, allen voran mein unvergeßlicher Freund Frank Freytag, der mich durch jene Jahre belehrend begleitet hat, sprechen von der »retarded evolution« der Mitglieder erlauchter Häuser, zum Beispiel der Coburgs. Obwohl ich so blaues Blut nicht nachzuweisen habe, war mein Heranreifen diesem Schema der Verzögerung angepaßt. Man ist ein so vielversprechendes Kind, daß man das Kindesalter nur äußerst unwillig verläßt. Mit sechzehn Jahren verhält man sich wie ein Neunjähriger; mit einundzwanzig wie ein Frühpubertärer; mit dreißig nähert man sich den Zwanzigern. Dann aber kommt ein plötzlicher Sprung, und man ist so alt wie der normal Entwickelte von gleicher Lebensdauer. Und ebenso vertrottelt. Zumindest bei den Coburgs ist das der Fall. Ob mir der Sprung jemals gelungen ist, habe ich Anlaß anzuzweifeln. Ich bin als heute Dreiundachtzigjähriger weit davon, mich als Erwachsener zu fühlen und aufzuführen.

1948 war ich vierunddreißig. Ich hätte können zurückschauen auf die Lebenszeit eines Mannes an der Schwelle seiner besten Jahre, der die Saat zu einer nun heranreifenden Ernte ausgestreut hat und vorausschaut auf die Arbeit, sie weise einzubringen. Entsprechend meiner steckengebliebenen Ausbildung als landwirtschaftlicher Lehrling in Schlesien war ich übers Düngerstreuen nicht hinausgekommen.

Zwar hatte ich auch meinen Samen wacker ausgestreut, aber leider nicht in dem metaphorischen Sinne einer zu erwartenden reichen Lebensernte. Mit allen meinen Equilibristenstücken am Nordwestdeutschen Rundfunk und »Flamme, die sich verzehrt« und »Rombachs einsame Jahre«, die in mildtätige Vergessenheit gesunken waren, galt ich nicht viel unter meinesgleichen. Davon hatten allzu viele meiner Altersgenossen mir die Ehre voraus, totgeschossen zu sein. Von den Übriggebliebenen blickten diejenigen, die dazu ihre Knochen hingehalten und zufällig heil behalten hatten, aus dem Glimmern ihrer Tapferkeitsmedaillen mit kaum verhohlener Geringschätzung auf mich Drückeberger nieder. Zumal mir's nicht einmal gelungen war, wie tüchtigere Drückeberger mir eine Stellung aufzubauen, von der aus ich in der neuerstandenen Wirklichkeit der D-Mark und des Wirtschaftswunders mir die Achtung aller hätte verschaffen können.

Ich sagte, die Reform der deutschen Währung – der Salto mortale von der schundigen R-Mark zur klingenden Deutschmark – habe eine neuerliche gründliche Veränderung der Wirklichkeit herbeigeführt. Jedenfalls in Deutschland selbst. Schlagartig, wie im deutschen Märchen mit einem Augenaufschlag, von gestern auf heute war die Welt mit allen ihren Um- und Zuständen eine andere geworden. Zumindest in der Möglichkeit ging's vom Hunger in die Völlerei; vom Kohlesammeln auf Eisenbahngleisen zum beheizten Swimmingpool der Bungalow-Villa; vom Schlangestehen vor Zuweisungsstellen zum Gruppentourismus nach Ibiza. Während die Wirklichkeitsveränderung vom 11. auf den 12. März 1938 in Wien äußerlich nicht erkennbar, dabei tiefergreifend gewesen war, schien sie jetzt umgekehrt sich vollzogen zu haben; alles Äußere war sozusagen auf den Kopf gestellt. Wobei der Inhalt der Köpfe sich keineswegs mit den alten, verlorengegangenen Vorstellungen wieder auffüllte. Beide Male war Vergangenheit endgültig vergangen. So wie 1938 die vorangegangene Zeit der keineswegs unbeschwerten Freiheit zur Sage geworden war, so erschien jetzt, nach dem Stichtag von 1948, die zwölfjährige Geschichte des Dritten Reichs mitsamt Krieg und Nachkriegszeit ein Alptraum gewesen zu sein. Seinem stimmungsbedrückenden Nachwirken trachtete alle Welt sich zu entziehen. Es ist oft genug anerkannt und gerühmt worden, mit welcher Tüchtigkeit die Deutschen den Wiederaufbau in Angriff genommen und das Wirtschaftswunder herbeigeführt haben. Mit den Träumen der Utopisten war's freilich vorbei. Wie's ja auch mit den Träumen der Utopisten aus den zwanziger Jahren mit Adolf Hitlers Aufstieg zum Führer der Deutschen zu Ende war. Wir Träumer von 1945 bis 1948 behielten einen bitteren Nachgeschmack im Gemüt. Bei aller überdeutlichen Veränderung und Verbesserung schien uns das Wunder nicht ganz lupenrein zu sein. Zu schweigen von den verlorenen Chancen, aus der Situation der Deutschen eine Lehre zu ziehen für eine universale Zukunft.

Es kam uns vor, als hätte der Wiederaufbauwille etwas von der Energie der Schleichhändler der R-Mark-Zeit und einiges von deren Geist und Methoden weiterentwickelt. Ein Witz, der damals im Umlauf war – nicht salonfähig wie die meisten guten Witze –, war der folgende: Es ist 1947. Ein abgehärmter Spätheimkehrer sieht sich von einem klapprigen Volkswagen mit rotem Winkel überholt und erkennt den Fahrer: Es ist ein alter Kumpel, jetzt forsch herausstaffiert, Borsalino auf dem pomadisierten Kopf, eine Camel in der Schnauze. Durch Zeichen hält er ihn an und gibt sich zu erkennen. »Dir scheint's aber gutzugehen. Was tust du denn so? Schleichhandel?« Empörte Ablehnung. »Ich bin Erfinder einer Sache, die guten Absatz hat.« Erfinder? »Ja. Ich habe ein Pulver erfunden, das streut man sich auf den Schwanz, dann schmeckt er nach Bananen.« Es vergehen Jahre, auch 1948. In den Fünfzigern geht der ehemalige Erfinder ziemlich abgelottert über die Straße und wird beinah von einem Mercedes 300 überfahren. Darin sitzt sein alter Kumpel, der Spätheimkehrer, von Dietl eingekleidet, eine Zigarre schmauchend. »Wie geht's dir? Du siehst ja prosperös aus.« »Ja, danke, ich habe eine Erfindung gemacht, die mir Wohlstand einbringt.« Erfindung? »Ja, ein Pulver, das streut man auf Bananen, dann schmecken sie nach Schwanz.«

In dieser neuen Ordnung der Dinge habe ich nie einen rechten Platz gefunden. Ich war seit jeher aus den wechselnden Wirklichkeiten hinausgeschleudert ins Niemandsland des Traumwandlers. Jetzt freilich nicht mehr von der goldenen Zukunft der Menschheit träumend, sondern abgewandert in eine Unwirklichkeit meinerseits, die sich dieser Welt mitsamt deren Wandeln und Händeln entzog. Nicht mehr im Sinne von »Flamme, die sich verzehrt«, womit ich mich der Wirklichkeit von 1938 entzogen hatte, als existierte sie nicht. Sondern durch eine Auffassung der herrschenden Um- und Zustände, als gingen sie niemanden unmittelbar an, wären bloß ein Schattenspiel, ein amüsanter, lehrreicher Vorgang, an dem zwar jedermann teilhatte, aber ohne wahrhaftig an den Puppenspielfäden zu ziehen, so persönlich er auch am Spiel beteiligt und davon betroffen war. Mit anderen Worten: Ich entzog mich der Welt durch literarische Auffassung. Das ist eine Methode, die ich wärmstens empfehlen kann. Vor allem denen, die sich's leisten können. Mit mir war das nicht der Fall. Ich hätte mir über die Nachteile einer literarischen Auffassung der Wirklichkeit im Schattenspiel des deutschen Wiederaufbauwunders Rechenschaft geben müssen. Die Rolle eines Schriftstellers war darin äußerst untergeordnet. Erst recht meine.

Um es in schlichten Worten auszudrücken: Ich war nichts, ich konnte nichts, ich hatte keinen Beruf, kein Dach über dem Kopf, man wußte nicht, wer ich war, woher ich kam, ich hatte keinerlei Gewährsmann, keinerlei Verbindungen, geschweige denn Geld. Mein Geschwätz im Rundfunk änderte daran kaum etwas. Schriftsteller? Na schön. Was täte ich, wenn mir nichts mehr einfiele? Ich war ein Herangewehter. Spreu im Zeitwind. Nicht einmal darin war ich was Besonderes. Höchstens noch unwillkommener, als es Flüchtlinge ohnehin waren. Im Deutschland der Nachkriegsjahre waren einige Hunderttausende von Flüchtlingen in gleicher und ähnlicher Lage. Gewiß, es waren Deutsche. Brüder aus dem Osten. Aber Stiefbrüder. Sie mochten ihre Heimat, ihr angestammtes Stück Erde, ihr Haus, ihre Habe verloren haben; sie waren immer noch unter Deutschen. Völkisch zu Hause. Allerdings als Zweitrangige. Als Parias. Erst recht so jemand wie ich. Die Ostflüchtlinge trugen ihr Los mit Tapferkeit. Gemeinsam mit den Ortsverbliebenen krempelten sie beide Ärmel zum Wiederaufbau Deutschlands auf. Ich aber war ganz und gar ein Fremdkörper, der dabei überhaupt nichts zu sagen hatte. Ein Tschusche, wie meine österreichischen Schulkameraden mich genannt hatten. Für Hanseaten gar ein Schlitzauge, ein Schlitzohr vom Balkan. Ich brachte Steppenwind auf den Jungfernstieg. Was ich den ostelbischen Flüchtlingen in der Tat voraushatte, war von vornherein ein noch schlechterer Ruf.

In Hamburg ist ein solcher auch leicht erworben. Die Bürger dieser schönen Stadt sind untereinander eng verwoben. Der königliche Kaufmann ist ein Vetter des Ewerführers. Der Kultussenator Schwager des Oberkellners von Schümanns Austernstuben. Jedermann weiß alles von jedermann, und die Phantasie hält der Neugier die Waage. Mit mimosenhafter Empfindlichkeit wird alles wahrgenommen, was dem

Hamburger Mythos nahekommt und in Frage stellen könnte. Es ist der Mythos eines Patriziats der Gesamtbevölkerung. Jeder Hamburger von Hein und Fietje bis zu Klein-Erna ist umflossen von der weltoffenen, weltweiten Aura des kühnen Seefahrer- und Handelsherrentums von Störtebeker bis Ballin, von den braven Guano-Importeuren der Kaiserzeit bis zum Norddeutschen Lloyd der dreißiger Jahre. Selbstverständlich ebenbürtig den gleichfalls seefahrenden Engländern und anerkanntermaßen ebenso hoch entwickelt in Zurückhaltung und Eigendünkel. Ausgestattet also mit allen Eigenschaften der englischen *middle class,* wie sie die britische Epoche des ausgehenden neunzehnten Jahrhunderts in alle Welt, also auch ins Bismarck-Reich, getragen hatte. Duldsamkeit gegenüber Tschuschen ist darin nicht vorgesehen. Nicht einmal Aufmerksamkeit. Es sei denn, sie gäben der Empörung übers Skandalöse Nahrung.

Was mich betrifft, so habe ich's daran nicht fehlen lassen. Ich hatte keine feste Bleibe. Ich wohnte einmal hier und einmal dort bei Freunden oder in Etablissements wie der »Insel«, die sich Künstlerclub nannte, aber eigentlich eine Tanzbar war. Ich kümmerte mich offenbar nicht um die Meinen. Ich hatte sie in die Ferne Süddeutschlands abgeschoben und machte mich inzwischen über die Töchter der Hansestadt her. Ich lebte von der Hand in den Mund, nämlich von meiner Gelegenheitsarbeit am NWDR, ohne mir viel den Kopf zu zerbrechen, wie das weitergehen sollte. Die bange Frage, die dereinst mein Schwiegervater gestellt hatte – »Was ist, wenn dir nichts mehr einfällt?« –, schlug ich in den Wind. Denn eins hatte ich meinen heimatvertriebenen Schicksalsgenossen und allein Daheimgebliebenen voraus: Ich hatte keine Lebensangst. Ich faßte mein Leben literarisch auf. Ich wußte: Ich hatte es ohnehin nicht in der Hand. Es lebte mich über mich selbst hinweg. Also beteiligte ich mich auch nicht am

Streben nach der Wurst, um die's fortan nach 1948 ging. Ich lebte weiter, als wäre nichts geschehen. Meinem Wesen, meinen Narreteien folgend. Unbekümmert um einen guten oder schlechten Ruf. Ich war ohne Lebensangst und daher auch unbekümmert um die Meinung, die andere von mir hatten. Daß sie schlecht war, kam ja zum guten Teil auch daher, daß ich mich darum nicht kümmerte. Neid ist eine deutsche Erzeigenschaft.

Ich begann wieder zu schreiben. Nun aber nicht mehr mit dem milden Sinn des Fräuleins von Rezzori, Verfasserin von »Flamme«, »Rombach« und »Rose Manzani«. Sondern befeuert von meinem Haß. Ich nahm Rache. Rache an der Ungeheuerlichkeit der menschlichen Existenz. Rache an der Dummheit, die uns beherrscht. An deren Folge: der Niedrigkeit. Rache an mir selbst in meiner Ohnmacht. Was mich zum Schreiben trieb, war der Haß des Moralisten. Aber auch der stand über sich selbst. Mein Haß war von der besonderen Art: Er war gut gelaunt. Er ließ mich lachen und lachen machen. Er war deshalb nicht weniger beißend. Ich kam gut mit ihm aus.

Es war aber auch Eitelkeit im Spiel. Ich hatte eine Welt gelernt. Mir waren die Augen aufgegangen. Gleichviel, ob ein persönliches Motiv ausschlaggebend war: Ich glaubte, nicht nur mir selbst schuldig zu sein, daß ich einen Fehler gutmache. Man hatte mich im Reich der Literatur mit der Feder in der Hand und verbundenen Augen herumtaumeln lassen wie den Tölpel beim »Blinde-Kuh«-Spiel. Bei aller menschlichen Zuneigung für die Herren Wiegler und Reger im Deutschen Verlag, ehemals Ullstein, nahm ich ihnen übel, daß sie »Flamme, die sich verzehrt« und »Rombachs einsame Jahre« nicht nur zugelassen, sondern noch gefördert hatten. Ich zog vor zu glauben, daß sie gegen ihr besseres Wissen gehandelt hatten, eher als anzunehmen, sie hätten's nicht besser gewußt. Schlimm war's in jedem Fall. Ein Verrat an etwas, was der Menschheit heilig sein sollte: das geschriebene Wort. Die Schrift.

»Büschen hochgegriffen«, würde Priska gesagt haben. Ich gebe zu: Der Sprung zu den Höhen des Gilgamesch war mir nicht zuzutrauen. Jedenfalls aber der über mich Bisherigen hinaus. Ich begann an »Ödipus vor Stalingard« zu schreiben. Man geht nicht fehl, wenn man die Erlebnisse, Fährnisse und Bedrängnisse des Herrn von Jassilkowski als eine Darstellung meiner eigenen liest. Aber sie sind deren Projektion in eine gänzlich andere Umwelt: die deutsche. So ist auch das Problem meines Buchhelden nicht meines. Herrn von Jassilkowskis Herkunftsgeschichte ist nicht die meine. Selbst wer eine Vorstellung von einer ehemaligen Provinzhauptstadt in Mitteleuropa hat wie Herr Sombart, wird zugeben müssen, daß es dort nicht das Leiden an Klassenunterschieden gab wie in Ostpreußen. Mag auch der Fliegenfänger über dem Eßtisch hängen, man kniff bei uns nicht den Arsch zusammen, wenn die Mutter keine »geborene« war. In Berlin jedoch tat man das. Und daß man's auch 1938 tat (und vielleicht heute noch tut) – das war's, was ich darstellen wollte. Ich wollte zeigen, wie noch der Spuk einer Gesellschaft, die längst untergegangen ist, Schicksale bestimmt. Wie dieser Spuk weiterbesteht, ohne den Spuk der herrschenden Wirklichkeit zu beeinträchtigen. Ich wollte auch zeigen, wie tief verwurzelt in jener Gesellschaft das kleinbürgerliche Spießige war und ist. Die Leiden des jungen Jassilkowski an der fröhlichen Vergangenheit seiner Auserwählten stehen als Beispiel für die Wurzel alles zu eng gefaßten Gesellschaftlichen. Sie reichen tief ins Erotische.

Daß sich das nicht auf die Vergangenheit beschränkt, liegt

auf der Hand. Das parallele Nebeneinanderherlaufen von Wirklichkeiten ist ein Thema geblieben, das mich zeitlebens beschäftigt hat. Das Phänomen, dem ich den Namen »Epochenverschleppung« gegeben habe, ist überall zu entdecken. Es ist eine erzeuropäische Erscheinung. Auch eine spezifische Erscheinung des zwanzigsten Jahrhunderts, mit der die europäischen Nationen mehr oder minder heftig sich herumzuschlagen haben. In Deutschland aber grenzt es ans Wunderbare, wenn dort nach den Jahren des Nationalsozialismus, des totalen Krieges, der Trümmer- und der Wiederaufbauzeit die Konflikte der Duodezfürstenzeit (Werthers Leiden: der junge Mann, der sich erschießt, weil er zur adeligen Abendgesellschaft nicht zugelassen war) in ungeminderter Virulenz neben dem Problem der Integrierung von Gastarbeitern herlaufen. Leider bediente ich mich nicht des Mittels einer wissenschaftlichen Darstellung und Analyse dieses Gegenstandes, sondern der ironischen Erzählung. Für den deutschen Durchschnittsleser der beste Weg, die Absichten des Autors zu verhüllen.

Und es sollte noch eine Weile dauern, bis das Buch erschien. Ich schrieb sehr unregelmäßig. Teils weil ich doch gelegentlich für den Rundfunk arbeitete, teils aus Mangel an Disziplin. Man diszipliniert sich nicht leicht, wenn man kein eigenes Dach über dem Kopf hat. Nach Gebsattel, wo die Meinen in ländlicher Idylle hausten, fuhr ich nur, wenn ich einen Fang gemacht hatte: genügend funkverdientes Geld, um für die nächsten Wochen frei zu sein. Es waren glückliche Wochen für mich. Ob sie's auch für Priska und die Kinder waren, weiß ich nicht. Heute hege ich Zweifel an meinen Qualitäten als Familienvater. Manchmal machte ich mich daran, irgendwie Spielzeug für die Buben herzustellen. Ich war geschickt als Bastler. Aber ich frage mich heute, ob es nicht *mein* Spiel war, wenn ich stundenlang in eine Bastelei versunken war, während die Buben überm Zuschauen eingeschlafen waren. Immerhin war's besser, als wenn sie angehalten waren, auf Zehenspitzen zu gehen, weil »Papi arbeitet« – das heißt: auf dem Sofa lag und grübelte. Wahrscheinlich ein häufiges Erlebnis für die Kinder von Schriftstellern und ähnlichen Geistesfürsten.

In der Tat arbeitete ich mit großer Lust am »Ödipus«. Den schnoddrigen Tonfall einer meist aus Schlesien stammenden Berliner Adelswelt ins Literarische zu sublimieren, war einige Mühlsal wert. Ich übertreibe nicht, wenn ich sage, daß ich jede Seite jenes Buches mindestens zehnmal geschrieben, umgeschrieben und wiedergeschrieben habe. Einmal war ich von Freunden aufgefordert worden, den Anfang vorzulesen. Weil ich das Manuskript vergessen hatte, schloß ich die Augen und sagte die ersten dreißig Seiten auswendig auf. Eines Tages in Gebsattel war mir das Schreibpapier ausgegangen. Rothenburg ob der Tauber war der nächste Ort, wo ich neues bekommen hätte. Bis dorthin war's ein Spaziergang von wenigen Meilen. Aber ich war zu eifrig am Schreiben. Ich nahm das nächstbeste schon beschriebene Blatt zur Hand und schrieb meinen Text auf der Rückseite weiter. Dies sollte bestimmend werden für meine Zukunft im deutschen Dichterreigen.

Voraus muß ich berichten, daß ich schon einigen Vorschuß für »Ödipus« eingeheimst hatte. Nie genug, um eine stetige Arbeit daran zu tun. Auch meine Gelegenheitsarbeiten für den Runkfunk reichten nicht aus, um Frau und Kinder zu ernähren. Um das mehr schlecht als recht zu können, tat ich damals vielerlei. Ein Arbeitsfeld, das mir weitaus mehr an grotesken Erlebnissen als an Geld einbrachte, war meine Mitarbeit am Wiederaufbau des deutschen Films. Was darüber im

»Tod meines Bruders Abel« nachzulesen ist, scheint Satire zu sein, ist aber schlichte Tatsachendarstellung. Bisweilen hatte ich also Geld in der Tasche. Ich konnte damit nicht umgehen. Zu meinen Bedürfnissen gehörten schöne Sachen dringlicher als die Sicherheit des täglichen Brots. Daß ich annahm, Priska denke und empfinde ebenso, war ein Irrtum, dessen ich mich anklagen muß. Ich kann ihr eine gewisse Verbitterung nicht verdenken, wenn ich mir vergegenwärtige, daß ich damals auf so großem Fuß lebte wie eh und je, mit Filmsternen wie Irene von Meyendorff und Margot Hielscher in der »Insel« tanzte, während sie in ihrem Kuhnest dem Gerichtsvollzieher beim Aufkleben auf neuerstandene, noch unbezahlte Queen-Anne-Möbel zuschauen mußte. Die Schande! Die Schmach! Ich bitte heute noch vergebens um Vergebung.

Der Arbeit am »Ödipus« war ich indes treu. Bei der Lesung, die ich ohne Manuskript mit geschlossenen Augen wie ein blinder Seher gehalten hatte, war auch Ernst Rowohlt zugegen gewesen. Er war die imposanteste Figur unter den deutschen Verlegern. Eine Säule jener Zeit des Wiederaufbaus auch der deutschen Literatur. Gemäß der Papierknappheit – leider, wie sich herausstellen sollte, nicht zeitgemäß – verlegte er die großen Romane der Weltliteratur in Zeitungsform. Im Rotationsdruck wie eine Tageszeitung hergestellt, kosteten sie nicht viel mehr als eine solche. Man konnte die »Wahlverwandtschaften« wie ein Sportblatt lesen, typographisch allerdings aufs Gepflegteste herausgebracht. Leider, sage ich, war der Zeitgeist des Wiederaufbaus bei aller seiner Gestik der aufgekrempelten Ärmel auch der phönixhaft wiederauferstehende Geist des deutschen Spießers. Der wollte seine Bücher säuberlich gebunden in der Heimbücherei untergestellt haben, anstatt sie zu lesen. So sind von Rowohlts Rotationsromanen nur wenige Exemplare erschienen. Mit ungebrochener Energie wandte Ernst Rowohlt sich dem

Taschenbuch zu. Schwierigkeiten hatte er mit der Finanzierung.

Es fügte sich, daß ich einen Herrn kannte, der großen Grundbesitz in Westfalen hatte. Im Verlauf einer Grenzbereinigung hatte er davon ein Stück Land an Holland abgeben müssen. Er war dafür entschädigt worden und verfügte – unglaublich in den Tagen knapp nach der Währungsreform – über 150 000 flüssige Mark. Er fragte bei mir an, ob ich ihm rate, das Geld in einen Film zu stecken. Ich warf die Arme hoch. Besser hätte er mir das Geld geschenkt oder gleich in den Gully geschmissen. Dann aber fiel mir ein, daß Rowohlt im Begriff war, für 40 000 Mark in eine Kommandit-Gesellschaft einzutreten, die eine Schlinge um seinen Hals gewesen wäre. Ob ich es übernehmen wolle, die Verbindung zwischen Rowohlt und ihm herzustellen, fragte mein vermögender Freund. Nichts lieber.

Der Rowohlt Verlag hauste damals in einer ehemaligen Bürgerwohnung von drei Zimmern. Im ersten saß eine Sekretärin, die Auftrag hatte, mich sofort hinauszuschmeißen, wenn ich um neuen Vorschuß für mein Buch einkommen sollte. Denn nach der ominösen Lesung ohne Manuskript hatte Papa Rowohlt mit Handschlag alle Rechte auf das fertigzustellende Buch erworben, ich aber die Freiheit, von Zeit zu Zeit einen Vorschuß dafür zu fordern. Die Sekretärin tat emsig ihre Pflicht. »Herr Rowohlt ist nicht im Haus«, sagte sie ohne Umschweif. »Erzähl mir nichts, Herzchen. Ich hör' ihn im nächsten Zimmer brüllen.« Sie blieb hilflos berufsmäßig. »Worum handelt es sich?« Ich sagte sehr laut: »Um Geld.« Aus dem Nebenzimmer kam Ernst Rowohlt geschossen: »Retschori, es gibt keinen Vorschuß mehr. Ich hab kein Geld, und selbst wenn ich welches hätte …« »Gemach«, sagte ich. »Du meine Seele, du mein Papachen!« (Zitat aus seiner wunderschönen Ausgabe von Gogols »Toten Seelen«.) »Ich will kein Geld von dir. Ich will dir welches bringen.« So fügte sich's, daß ich Rowohlts Taschenbücher finanzieren half. Hätte ich damals die Stirn gehabt, ein Promille Provision zu verlangen, ich wäre bald ein reicher Mann geworden.

Statt dessen schenkte mich Rowohlt seinem unehelichen Sohn Heinrich Maria Ledig-Rowohlt. Gewissermaßen als Morgengabe. Er hatte ihn vor kurzem erst anerkannt. Denn Heinrich Maria, der auf eine lupenreine politische Vergangenheit zurückblicken konnte, war der eigentliche Lizenzträger des Rowohlt Verlags. Papa indessen war Blockadebrecher: im Krieg aus Südamerika ins Reich zurückgekehrt. Die Alliierten waren zimperlich in dieser Hinsicht. Sie gaben die Lizenz dem Sohn, der im alten Verlag mitgearbeitet hatte. Papa Rowohlt schloß ihn in die Arme: »Herzensjunge!« Bis dahin hatte er sich nicht als Vater zu erkennen gegeben.

Heinrich Maria hatte davon einige seelische Tics zurückbehalten. Er suchte es seinem biologischen Vater in Originalität und Exzentrizität gleichzutun, fraß Glas wie dieser, wenn er gesoffen hatte, soff wie dieser, obwohl der Alte ein Riese war und er ein Nervenbündel. Wenn der Alte dröhnte, krähte er, um die gleiche Lautstärke bemüht, blieb aber meistens in einem Anfall von nervösem Raucherhusten stecken. Den zu unterdrücken gelang ihm unter vielerlei Gezische und Gebrodel, Rotz und Tränen in herzergreifender adernsprengender Anstrengung. Bei allen seinen Mätzchen und Marotten war er ungemein liebenswert. Es hätte nicht seiner Clownereien bedurft, um ihm Sympathien einzutragen. Das alberne Purzelbaumschießen bei jeder Gelegenheit an jeglichem geeigneten oder ungeeigneten Ort und vor jedem Auditorium hat er bis ins hohe Greisenalter beibehalten.

Damals, in jenen Jahren strotzender Mannesblüte, in der wir alle prangten, war er eben erst aus Amerika zurückgekommen. Er hatte sich den Schädel kahlrasiert und trug gescheckte Sportjacken wie der Dumme August eines Wanderzirkus. Das Hamburger Nachtleben war äußerst flott. Es bestand ein gewisses Nachholbedürfnis, das auf der Reeperbahn gestillt werden konnte. Als Heinrich Ledig in seiner unvergleichlich geschraubten Weise zu mir sagte: »Also, lieber Krischan, du weißt ja, weil ich mich ja nun um dein Buch zu kümmern habe, würdest du mir da vielleicht einen Einblick geben – ich meine: mir etwas daraus vorlesen, sagen wir morgen früh um elf bei dir?«, wußte ich, wie diese Lesung – diesmal mit Manuskript – vor sich gehen würde. Auch ich war zu solcher Stunde nicht immer taufrisch. Er sagte denn auch in der Tat, kaum daß er eingetreten war: »Es macht dir doch offenbar nichts aus, lieber Krischan, wenn ich mich, während du vorliest, hier auf dieses Sofa lege«, und ich wußte, daß er in den nächsten fünf Minuten felsenfest eingeschlafen sein würde. Ich sagte ihm, daß ich Grischa gerufen wurde – Grischa wie der Sergeant von Zweig; oder wie Rasputin. Keinesfalls aber Krischan. Legte ihm ein Kissen unter den Kopf und begann zu lesen. Aber es geschah etwas Wunderbares: Er wachte auf. Er richtete sich auf und verlangte einzelne Stellen wiederholt zu hören: »Wie war das doch? Noch mal – lies noch mal den ganzen Absatz.« Er hatte sich in »Ödipus« verliebt. Ich war *sein* Autor. Ich wurde sein Liebling, sein Augapfel. Ich wollte, ich hätte all das Geld, das wir in den kommenden Jahren gemeinsam verjubelt haben. Unter anderem den Fontane-Preis in einer Nacht.

Mit dem Taschenbuch-Verlag war Rowohlt über das Drei-Zimmer-Büro hinausgewachsen. Es gab jetzt auch einen Cheflektor in Person von Curt Marek, der unter dem Pseudonym Ceram den ersten großen Bestseller jener Jahre geschrieben hatte: »Götter, Gräber und Gelehrte«, den Roman der Archäologie. Auch er wollte einen Blick in den entstehenden »Ödipus« tun, und ich übergab ihm das Manuskript, soweit es fertig war. Eine Kopie hatte ich nicht angefertigt. Wozu auch? Ich kannte es ja auswendig. Beim Original des Manuskripts waren auch die Blätter, deren Rückseiten ich in Gebsattel beschrieben hatte. Wie sich's herausstellte, waren es die handgeschriebenen Vorlagen für die Stegreifgeschichten, die ich im Nachtprogramm erzählt hatte. Marek fragte: »Was da auf den Manuskriptseiten steht, ist ja schön und gut. Aber das andere – das auf den mit Bleistift beschriebenen Rückseiten – warum machst du nicht daraus ein Buch?« Ich brauchte Geld. Ich sagte: »Das kannst du in zwei Wochen haben.« So ist es gekommen, daß die »Maghrebinischen Geschichten« noch vor dem »Ödipus« erschienen sind. Sie schlugen ein. Sie wurden ein deutscher Klassiker. Ich als ihr Autor war ein für allemal abgestempelt zum »Maghrebinier«, wie immer man das auffaßte: ob mit augenzwinkerndem Wohlwollen oder auf Herrn Sombarts Weise. Dieser Art von neidisch-bösartigen Spießern gab's und gibt's in Deutschland leider allzu viele. Für sie war ich moralisches Freiwild. Jeder Schnösel konnte sein Mütchen an mir kühlen.

Es gab und gibt auch anderes in Deutschland. Mir wurde damals eine ungemein segensreiche Freundschaft zuteil. Es hatte sich gefügt, daß ein hochbegabter, reicher und träger Mann trotz anmutiger Frau und schönen Kindern auf seinen Liegenschaften in Schleswig-Holstein und Dänemark sich bis zum *taedium* vitae langweilte. Er lud mich einmal übers Wochenende ein, und ich blieb die nächsten Jahre. Ich muß gestehen, daß eine so weidliche Ausnutzung von Gastfreundschaft mir nicht so skandalös erscheint, wie das bei korrekt denkenden und handelnden Menschen der Fall sein mag. Schon gar nicht damals, als viele Tausende von Heimatlosen auf derlei Gastfreundschaft angewiesen waren. Überdies komme ich bekanntlich aus einem östlichen Land, wo man auch in dieser Hinsicht großzügig ist. Es war nicht ungewöhnlich, daß irgendein Hereingeschneiter – ein Freund im Unglück, ein verarmter Verwandter – in die Familie aufgenommen wurde. Es herrschte das schöne Prinzip: »Wer hat, der gibt.« Niemand dachte geringschätzig von dem, der nahm, was man ihm gab.

Was man mir gab in den schönen Jahren um 1950, war eine epochenverschleppte Herrlichkeit. Sie lief unbekümmert neben dem hektischen Alltag der Wiederaufbauer anderer Epochenverschleppungen her. Im aufgeregten Gewässer neoliberaler Neo-Demokraten von festzementierter Überlieferung lag sie als Insel aristokratischer Souveränität. Es waren Tage absoluter Freiheit von meskinen Bedrängnissen, Bedürfnissen, Belangen. Sie hoben an mit dem wohligen Aufstöhnen unter der Bürde der baronalen Existenz an einem reichgedeckten Frühstückstisch und öffneten sich sonnig den angenehmen Zerstreuungen des Müßiggangs. Nicht Uhren diktierten den Rhythmus ihres Ablaufs, sondern das Zeremoniell der Mahlzeiten. Womit die Zwischenzeit zu füllen war, oblag den Neigungen und Launen der einzelnen. Ich für mein Teil, ein liebevoll umhegter Gast, schrieb den »Ödipus« fertig, mobilisierte zum großen Vergnügen meiner Gönner meine eingemotteten zeichnerischen Fähigkeiten und schuf die Illustrationen für die »Maghrebinischen Geschichten«, versäumte dabei nicht, am Spaß der andern teilzuhaben. Das lustige Karnickeljagen in Holstein und die himmelhohen Fasane in Dänemark, die pfeilschnell zwischen Seen und Fjord streichenden Enten an eiskalten Wintermorgen und das Anpirschen von Damwild unter dem rostbraunen Laub von Buchenbeständen stehen in meiner Erinnerung nicht allein als Gipfelhöhen der Weidmannslust. Sie haben heraldische Bedeutung – jede ein Medaillon der mühelosen Lebenserfüllung vom Charakter der Devise: »So soll das Leben sein.« Wer das diskutieren will, hat meinen Segen. Ich hab's genossen ohne wenn und aber und gönne es allen, die's weiterverschleppen können.

»Ödipus« erschien nicht ohne den fatalen Eingriff des Verlegers Ledig. Um die Verkaufskraft des Titels zu erwägen, war eine Sitzung einberufen worden. Fünf der leitenden Angestellten des Rowohlt-Verlags stritten sich einige Stunden um die Frage, ob »Ödipus *vor* Stalingrad« – ohnehin schockierend – zeitlich oder räumlich aufzufassen wäre. Ledig schaffte das Rätsel aus der Welt, indem er salomonisch den Titel »Ödipus *siegt bei* Stalingrad« diktierte. Diese Verschlimmbesserung allein kostete dem Buch Scharen von Lesern. »Ödipus *trotz* Stalingrad« wäre noch hingegangen, hätte auch dem Sinn eher entsprochen. Aber der Mißerfolg war der Enttäuschung zuzuschreiben, daß ein solches Buch vom Autor der »Maghrebinischen Geschichten« kam. Die waren das erste Buch der Nachkriegsliteratur gewesen, über das man hatte lachen können. Der Erfolg kam aus der Befreiung. Endlich einmal war man erlöst von der peinlichen Mischung aus Kollektivschuld und Blut und Boden, die den meisten literarischen Produkten der Epoche den Tonfall gab. Es war auch die theoretische Befreiung von moralischer Heuchelei. Der Zynismus der Geschichten, erträglich gemacht durch deren Komik, gab dem verdeckten Zynismus der wiederauferstandenen Spießer sozusagen einen Freibrief. Sogar über die Juden durfte man sich lustig machen, ohne scheu nach rechts und links zu schauen, ob man sich nicht zu sehr bloßstellte. Das war willkommen. Nicht aber, daß man vom selben Mann einen Spiegel vorgehalten bekam. Auch dann nicht, wenn er sich dabei als Eulenspiegel gab. Dazu waren Balkanesen nicht berechtigt. Bezeichnend dafür ist, daß der erste Verriß von »Ödipus« im »Spiegel« stand.

Meine glückliche Zeit in Holstein war mir freilich nicht umsonst geschenkt. Ich hatte dafür zu zahlen. Nicht nur mit der endgültigen Festigung meines Rufs als gewissenloser Habenichts, Schmarotzer und adelssüchtiger Tellerlecker. Das konnte ich leichter verwinden als die Entfremdung von Priska und, ich fürchte, auch von meinen Söhnen. Ich war Familienvater in Abstraktion. Dem Namen nach; und es war ein Name, den Priska nicht mit Stolz trug. Ich gab mir darüber sehr nüchtern Rechenschaft. Ich hätte vielleicht manches Kommende wenden können, wenn ich ihr gesagt haben würde, daß ich in meiner immer tieferen Verstrickung in die Literatur eine Abstraktion von mir selbst lebte. Es war eine sublime Verschuldung: Ich faßte mich literarisch auf. Ich nahm's für selbstverständlich hin, daß man wußte und mir glaubte, ich trüge meine kleine Familie als Ikone in mir, Inbegriff all dessen, was ich liebte und was mich mit Stolz erfüllte. Das einzige, was mir Maghrebinier heilig war. Gleichzeitig erwartete ich auch bedingungsloses Verständnis dafür, daß es mein angestammtes Recht war, als geistig Schaffender sozusagen auf Gemeindekosten zu leben, allen lästigen Notwendigkeiten der bürgerlichen Existenz aus dem Weg zu gehen und vom Leben zu fordern, was es an Gutem und möglichst Besten zu bieten hatte. Ich gebe zu, das einzusehen war viel verlangt. Es lag abseits von Priskas Vorstellungen einer gesitteten Welt. Übrigens wär's auch hinfällig gewesen, es ihr zu erklären. Sie hörte meinen Monologen längst nicht mehr zu.

In Kollege Goethes Leben setzt meistens eine Krankheit oder ein spontan aus der Krise gefaßter Entschluß den Wendepunkt für eine neue Lebensepoche. Bei mir war's die Krankheit. Ich war zu Ostern nach Gebsattel gekommen. Beim Osterspaziergang nach Rothenburg befiel mich Frösteln. Es hielt mit hohem Fieber so hartnäckig an, daß der Arzt gerufen werden mußte. Er stellte eine Rippenfellentzündung fest. Der folgte eine Lungenentzündung. Der wieder eine Rippenfellentzündung. Das ging über zwei Monate und begann monoton zu werden. Ich traute den Diagnostizierfähigkeiten meines guten Landarztes nicht. Ihm zufolge hatte ich Lungenkrebs. Zumindest schwere Tuberkulose. Ich erklärte, nach München zu müssen. Dort an der Klinik rechts der Isar wirkte mein Freund Thure Üxküll, Sohn des berühmten Jakob. »Sie kommen dort nicht lebend hin«, sagte mein Landarzt. Der Arme ist einen Monat später selbst gestorben. Ich kam – allerdings doch mehr tot als lebendig – in München an. Üxküll ließ die Walze der klinischen Untersuchung über mich gehen. Bei Schichtaufnahmen meiner Lunge zählte ich jedesmal, wenn die Röntgenkamera über mich hinfuhr: »Sechzig Mark, hundertzwanzig Mark, hundertachtzig, zweihundertvierzig ...« Ich hatte gar kein Geld. Das wußte auch Üxküll. »Dich in ein Einzelzimmer zu legen, geht nicht ohne Geld. Ich will dich auch nicht in den Saal zu den anderen Männlein in gestreiften Kitteln und mit Nachttöpfen unterm Bett legen. Wir Ärzte haben da ein spezielles Zimmer für Sonderfälle. Dort wirst du allein und ruhig sein.«

Ich erzähle davon ausführlich, weil's mir eine Lehre einbrachte wie dereinst in Berlin die meines ticbelasteten Tischgenossen: »Machen Sie sich keine Illusionen über die Lücke, die Sie hinterlassen.« In der Tat blieb ich nicht lange allein in dem speziellen Zimmer, das leer war bis auf mein Bett und ein Kruzifix an der Wand hinter mir. Ich war gegen Mittag dorthin gebracht worden und dämmerte in tiefer Erschöpfung vor mich hin. Gegen zwei Uhr nachmittag wurde ein anderer Patient zu mir gekarrt. Er lag bewegungslos und mit geschlossenen Augen unter seinem Leintuch. Sein friderizianisch scharfes Profil starrte zur Zimmerdecke auf. Gegen fünf Uhr nachmittags sagte er plötzlich: »Waren Sie mal in Moskau?« Ich verneinte erschrocken. »Ich war mal in Moskau«, sagte er. »Ich habe dort auch die Mumie von Lenin gesehen. Der Mann liegt ja einbalsamiert in seinem Mausoleum, erbaut nach den Plänen des Königs Mausolos. Also, er ist ja natürlich scharf bewacht, zu Seiten stehen Soldaten, die Waffe gesenkt zum Zeichen der Trauer. Trotzdem kann man nah an ihn herantreten. Ich habe mir den Mann gründlich angesehen. Er trägt ja Bart, Teile des Gesichts sind also verdeckt. Aber man sieht ganz deutlich: gar nicht raubgierig oder so. Das Gesicht eines intelligenten, energischen Ma …« Er brach seinen Satz jählings ab. Das Kinn fiel herab und blieb so stehen. Ich sah, daß er tot war.

Es gab keinen Nachttisch in dem speziellen Zimmer, also auch keine Klingel, mit der ich hätte eine Schwester rufen können. Ich verlegte mich auf rufen und pfeifen. Endlich kam eine der religiösen Schwestern in der vollen Takelage ihrer Flügelhaube hereingesegelt. »Ja?« sagte sie mit mildglücklichem Lächeln. »Der ist tot«, sagte ich, auf meinen Nachbarn deutend. »Ja!« sagte sie mildglücklich lächelnd. Sie trat einen Schritt ans Nachbarbett heran und schloß mit einer einzigen routinierten Handbewegung Kinn und Augen des Hingegangenen. Sie machte ein Kreuz über seiner spitzen Nase und wandte mir ihr mildglückliches Lächeln zu. »Na und?« sagte ich. »Was jetzt? Bleibt er etwa hier? Bringen Sie ihn nicht ins Sterbezimmer?« »Sie sind im Sterbezimmer«, sagte sie.

Mich befiel eine große Heiterkeit. Die Symbolik war allzu banal. Wir sind ein Leben lang im Sterbezimmer. Ich hatte das seit eh und je gewußt, und ich hatte keine Angst. Ich lachte über Üxkülls Euphemismus, ein »Zimmer für Sonderfälle« zu nennen, was in Wahrheit das Sterbezimmer war.

Ich trug nicht bei zur Erfüllung dieser Funktion. Ich blieb noch über einen Monat in der Klinik, in einem andern Zimmer, unbelästigt von Mausoleumsbesuchern. Eines Tages kam Thure Üxküll und trug mir auf, mich anzuziehen und zum Abendessen zu ihm nach Harlaching zu kommen; und ich, der ich eine halbe Stunde brauchte, um aus dem Bett zu krauchen, erhob mich wie Lazarus und zog flugs meine Kleider an und stieg zu Thure ins Auto und fuhr mit ihm nach Harlaching und kriegte einen Schnaps und eine Zigarette und war überm Berg. So wünschte ich mir vierzig Jahre später meine Altersärzte. Damals blieb ich immerhin noch so lange im Krankenhaus, bis man die Ursache meiner rätselhaften Krankheit gefunden hatte. Der Assistenzarzt, ein gewisser Doktor Puls (naheliegenderweise), teilte mir's strahlend eines Morgens mit: »Wir haben's! Es waren Askariden.« Ich hatte bisher nur von treuen Askaris auf großer Safari gehört und von den Männern des Stammes Asra, die an der Liebe sterben. Aber es handelte sich um Parasiten, die man mit dem Salat ißt. Sie geraten mit dem Speichel in die Atemwege, bauen sich in der Lunge ein Nest und gehen dann nach vollbrachtem Zyklus mit dem Stuhlgang wieder ab. Danke sehr. Ich war begierig, Näheres über ihren Abgang aus meinem Gastkörper zu erfahren. (Endlich konnte auch ich einmal Gastherr sein.) Der Abgang werde durch ein sehr kräftiges Wurmmittel gefördert, sagte Doktor Puls. Allerdings habe es wenig Sinn, in meinen Faeces nach den Spuren meiner Gäste zu forschen, denn das Mittel, das sie tötete, löste ihre Epidermis auf. Ebensogut hätte ich Kierkegaards Reines Nichts in meinen Faeces suchen können. Ich verließ die Klinik rechts der Isar als Wiederauferstandener. Aber es war, als hätte ich mit meinen Askariden auch eine vorangegangene Lebensepoche hinter mich gebracht.

Was blieb, war die große Heiterkeit aus dem Sterbezimmer. Sie verließ mich nicht, auch wenn ich unglücklich war. Ich war's zunehmend in den kommenden Jahren. Die große Heiterkeit in mir bewahrte mich davor, mich meinem Unglück hinzugeben. Sie rückte mich davon ab. Ich sah mir dabei zu. Ich wußte, daß ich Absurdes trieb, wenn ich nicht mit mir selbst in Einklang war. Das meiste Absurde, das Menschen treiben, kommt daher, daß sie nicht mit sich selbst in Einklang sind. Ich sah's an meinem Freund und Verleger Heinrich Maria Ledig, mit dem ich damals viel und eng zusammen war. Er schoß seine Purzelbäume, um von sich loszukommen. Wenn er auf seinen Vater zu sprechen kam (dem er jetzt auch im Masochismus nacheiferte), geriet er in eine Art von Krampf. Sein Gesicht verzerrte sich. Es flog auseinander wie das eines Testpiloten in der Hochdruckkammer. Wenn ich mich dabei ertappte, daß ich Absurdes trieb, gegen mein besseres Wollen und Wissen, gegen mein eigentliches Sein, gewissermaßen krampfverzerrt, so wußte ich, daß ich unglücklich war. Nicht umgekehrt. Ich kam mir auf mein Unglücklichsein immer erst im nachhinein. Dank der großen Heiterkeit, die mich auch im Unglück nicht verließ, nahm ich's mit Gelassenheit hin. Ich schleifte nicht meine Seele hinter mir her.

Ich weiß, das klingt kraus und paradox. Aber es erklärt auch, daß ich lustig und guter Dinge war, obwohl ich unglücklich war und mein Haß mir an der Leber fraß. Ich lag quer in Deutschland. Jedes Wort, jede Geste der Menschen um mich her ging mir gegen den Strich. Das konnte ich nie verbergen. Es löste die Gegenwirkung aus. Mit jedem Wort, mit jeder meiner Gesten forderte ich die Ablehnung, den Haß der andern heraus. Das schränkte meine hochgemute Laune nicht ein. Aber es machte sie giftig. Was ich damals trieb, wäre bösartige Satire geworden, hätte ich's nicht zu Ironie gezügelt. Allerdings: Ironie verletzte mehr als geradeheraus geäußerter Haß. Ich lag auch literarisch quer in Deutschland.

Es war nicht Deutschland – Norddeutschland! – allein, was den Haß in mir schürte. Ich hatte es mit der Menschheit insgesamt. Die Dummheit, die Niedrigkeit der Triebe dieser Affenabart war drauf und dran, den Planeten zu zerstören. Jede Plastiktüte, die das Weltwirtschaftswunder auf den Markt warf, kostete einer Fliederblüte, einen Vogelsang das Leben. Dabei zitterte das Menschengeschmeiß unter der Bedrohung seiner eigenen Erfindungen. Jede Pille, die es gegen Kopfweh fraß, konnte die Enkel ohne Arme und Beine und mit zwei Köpfen zur Welt kommen lassen. Das sind nicht nur Weisheiten dieses Jahrhundertendes. Das wußte man damals, in den Fünfzigern und Sechzigern so gut wie heute.

In Deutschland herrschte damals der fiebrige Geist des Wiederaufbaus. Schon hatte Deutschland eine eigene Regierung. Schon erwarb dieser und jener Bundeskanzler sich und seiner Ost-West-Politik internationale Beachtung. Schon brachte die Wirtschaftsblüte das Land ins Zusammenspiel mit anderen Nationen. Bald würde es auch den Ansatz zu einer Bundeswehr zur Selbstverteidigung haben. (Die Stimmung im Land faßte ein Satz während einer der damals noch vergleichsweise spritzigen Mainzer Karnevalssitzungen zusammen: »Solle mer wolle oder müsse mer derfe?«) Es war offensichtlich, daß es einer Bundeswehr bedurfte. Deutschland – das heißt: die eine, immer noch von den Alliierten besetzte westliche Hälfte – war von der östlichen, von den Russen kontrollierten bedroht. Die Teilung Deutschlands in zwei Hälften war nicht nur dem Zerwürfnis der ehemals Verbündeten zu verdanken. Der Zwiespalt der Ideologien ließ die Nationen auseinanderklaffen. Hier die braven Demokraten, dort die schlimmen Totalitären. Wieder zerfiel die Welt in

Gute und in Böse. Nirgendwo anders mit ähnlicher Verbitterung wie in Deutschland. Aus verschiedenen Besatzungszonen waren zwei feindliche Staaten, zwei haßerfüllte Völker geworden. Jedes sah im andern den gefürchteten Gegner: Hier die kapitalistischen Imperialisten, dort die kommunistischen Bolschewiken. Eins hielt das andere mit gefletschten Bajonetten in Schach. Über beiden hing wie Gottes bevorstehender Richtspruch die Atombombe.

Sie war ein starker Quell meiner haßerfüllten Heiterkeit. Die Vorstellung, mit dieser Menschheit brüderlich vereint in der ungeheuerlichen Glut eines Atomblitzes ins Nichts gestäubt zu werden, erfüllte mich mit böser Freude. Endlich hätte die tote Erde Ruhe vor diesem Gezücht. Ich hatte es satt zuzuschauen, wie es sich kleinweis gegenseitig umbrachte. Mit tätiger Unterstützung der Guten ebensowohl wie der Bösen fraß die eine Hälfte von Korea die andere auf. Hier schürten Böse ebenso wie Gute den Haß der beiden Hälften Deutschlands gegeneinander. Neuerlich wurde der Welt das Schauspiel deutschen Kadavergehorsams vor den einen wie vor den anderen geboten. Ohlendorf, der Held der *subsequent procedures* von Nürnberg, war als Kriegsverbrecher hingerichtet. Er hatte freimütig zugegeben, daß er auf Befehl seine eigene Schwester erschossen haben würde, so wie er auf Befehl neunzigtausend potentielle Partisanen hatte erschießen lassen. Ein bundesdeutscher Soldat würde kaum einen Augenblick gezögert haben, den Befehl eines Nato-Offiziers auszuführen und seinen Bruder aus der DDR zu erschießen. Der Sprung vom braven Soldaten bis zum Kriegsverbrecher war ein rein quantitativer. Ohlendorf hatte eben übertrieben. Aber es war von einem Deutschen schwerlich zu erwarten, daß er ein Gefühl für Maß habe.

Was, zum Teufel, wollten sie alle noch voneinander? Der große Kampf war ausgekämpft. Weltweit hatte der kleine

Mann mit seiner fetten Frau gesiegt. Die Nivellierung war hergestellt. Das sogenannte »Bessere« war beseitigt. Es gab keine »bessere« Gesellschaft mehr. Man konnte sich Fiktionen davon aufbauen. Sie täuschten übers Kleinbürgerliche des Ganzen nicht hinweg. Das war endgültig erreicht. Dort im Namen des entketteten Proleteus, hier in dem des entfesselten Konsums gab's nur noch Gute und Böse. Ich haßte sie allesamt von Herzen.

Ich haßte vor allem ihre Scheinheiligkeit. Den Fanatismus, mit dem sie gut und böse waren. Böse immer nur aus der Sicht der jeweils anderen Guten. Immer strebend nach dem Ideal. Die Nazi-Kinder, die zur Wiedergutmachung in Israel in Kibbuzim arbeiteten. Die Söhne und Töchter von Finanzspekulanten, die zu den Ashrams Indiens wanderten. Ich haßte mich mit meinen Verallgemeinerungen. Ich war kreuzunglücklich in jener Zeit. Meine monatelange Krankheit war wie Rjip van Winkles Schlaf. Die Welt hatte von mir fortgelebt, während ich meine Askariden ausbrütete. Zwar empfingen mich meine holsteinischen Freunde wie den heimgekehrten Verlorenen Sohn. Aber ich spürte, daß es doch keine echte Heimkehr war. Eine bösartige Intrige kam bald dazu. Später hat sich das wieder eingerenkt. Aber es war nie wieder gänzlich gutzumachen. Ich war auch unzufrieden mit mir selbst. Weil ich Geld gebraucht hatte während meiner Krankheit (als hätte ich's als Gesunder nicht gebraucht!), hatte ich eine Sammlung von ursprünglich für den Rundfunk verfaßten Texten zu einem kleinen Buch zusammengefaßt. Es hieß »Männerfibel« und hat meinen literarischen Ruf nicht zu den Sternen erhoben. Ich konnte mir das geringschätzige Achselzucken der deutschen Intelligenzija vorstellen. So schlimm wie »Flamme, die sich verzehrt« war das neue Werk jedoch nicht. Aber es verriet einen maghrebinischen Mangel an literarischem Ethos. »Der Rezzori schreibt für Geld.«

Allerdings. Ich brauchte immer welches. Ich konnte nicht haushalten. Mit Geld noch weniger als mit anderem.

Priska hatte unterdessen die Fesseln der versklavten Gattin gesprengt. Unterstützt war sie dabei von meiner Mutter. Meine Mutter war nach den obligaten Wanderungen der Heimatlosen in Rothenburg ob der Tauber gelandet. Mit der besten Absicht, einer anderen Mutter Hilfe zu leisten, war sie Priska zur Hilfe gekommen und hatte mit ihrer nervösen Fahrigkeit Unruhe und Unfrieden ins Haus gebracht und war nicht müde geworden zu predigen, daß Gebsattel ein Ort der Verbannung sei, an dem Priska – wie dereinst sie selbst unter der Knute meines Vaters (?) – die besten Jahre ihres Lebens vergeude. Priskas Vater, der Diplomat im Innendienst, jetzt im Ruhestand, hatte sich in Bad Tölz angesiedelt. Durch seine Vermittlung fand Priska Unterkunft für sich und die Kinder in einem Kleinbürger-Reihenhaus am Stadtrand dort. Zeitgeistgemäßer hätte ich's mir nicht vorstellen können. Ich fürchte, auch auf Priskas Erwartung, sie könne die Verbannung nach Gebsattel gegen eine rauschende Mondänität in Bad Tölz eintauschen, habe sich bald der Mehltau der Enttäuschung gelegt. Eines Tages erklärte sie, sie müsse dem Vetter aus Dingsda – wo war's doch? Angola! –, sie müsse ihrem Vetter, der dort Pflanzer war, für ein Jahr den Haushalt führen. Er war nach Europa gekommen, um eine Braut zu freien, hatte sie auch gefunden; aber die Braut war erst nach einem Jahr abkömmlich. Bis dahin solle sie, Priska, dem Tropenkultivator zur Hand gehen. Ich ließ mich nicht darüber aus, daß es ungewöhnlich war, die Mutter von drei Söhnen im zarten Alter von neun, acht und sieben Jahren aufzufordern, daß sie ihr Reihenhaus verlasse und nach Angola ziehe, um einem Junggesellen den Haushalt zu führen. Statt dessen schilderte ich ihr die Sonnenuntergänge von Angola, die heißen Dschungelschreie, die nackten Pflanzerknie, die schwüle Einsamkeit dort, und ihre mutmaßlichen Gefühle nach einem so reicherfüllten Jahr, wenn die eigentliche Braut ankam und sie mit Handschlag und einem herzlichen »Dankeschön« für geleistete Dienste verabschiedet werden würde. Vielleicht weil das literarisch anschaulich war, leuchtete es ein. Sie wurde nachdenklich und sagte, sie wolle ihren Vater um Rat fragen. Der ehemalige Diplomat im Innendienst, ein Herold preußischen Pflichtgefühls, blickte an seiner Nase entlang und sagte, eine solche Chance, Angola zu sehen, werde einem selbst im Außendienst nur selten geboten. Sodann fand er eine diplomatische Lösung von salomonischer Weisheit: Priska solle nur für ein halbes Jahr dorthin gehen.

Mir gingen die Augen auf für den existentiellen Fehlgriff, dessen ich mich schuldig gemacht hatte. In so was hatte ich hineingeheiratet. Deutlicher konnte sich nicht offenbaren, wie erzverschieden von dieser monumentalen Selbstgewißheit ich in meiner losen, alles in Zweifel ziehenden Machart war. Der Maghrebinier mußte die Waffen strecken. Niemals wär's mir gelungen, aus einem moralischen Dilemma mich mit ähnlich unbehelligter Miene herauszuwinden. Ich sah zu, wie Priska ihre Koffer packte. Wie es von Stürzenden heißt, daß sie im Fallen ihr Leben vorüberziehen sehen, lebte ich unsere Geschichte von Fräulein von T., der verwöhnten Tochter aus Charlottenburg mit Reitpferden in Potsdam, bis zu Priska in der Tölzer Reihensiedlung durch und lud sie mir aufs Gewissen. Das »Mädchen aus gutem Haus«, das »man« heiratet. Das Mißverständnis lag an mir. Ich hätte es besser wissen sollen. Sie und die Ihren waren nicht imstande, über ihres Vaters lange Nase hinaus zu sehen. Ich aber war durch Doris' Schule gegangen und hätte dem Spießer in mir nicht folgen dürfen. Nach ihren Lehren existierte er in mir nur noch in Überbleibseln spießiger Lebensregeln. Zum Beispiel, daß »man« ein »Mädchen aus gutem Haus« heirate. Und ihr

Leben ebenso versaue wie's eigene. Als nicht mehr intakter Spießer hatte ich Priska enttäuscht. Sie verdiente einen ganzen. (Sie hat ihn gefunden.) Zu spät sah ich das ein. Ich kam damit zum Schluß, als sie mich bat, mich auf einen der Koffer zu setzen, der ohne Gewalt nicht zuzukriegen war. Wahrscheinlich enthielt er zu viele Erinnerungen, die jetzt nur noch bitter waren. Ich sah, daß sie allzeit sehr unglücklich gewesen war. Jetzt war ich's. Das machte nichts wett. Welch traurige Folge eines Mißverständnisses! Ich wünschte ihr ein glückliches Angola mit einem Vollblutspießer.

Der Wunsch ist in Erfüllung gegangen. Allerdings nicht mehr in Angola. Sie ist mit ihm heim ins Reich der Bundesrepublik gekehrt. Sie führt ihm jetzt ganzzeitlich den Haushalt. Um so bewundernswerter, als sie zu den Hausfrauen gehört, die wie der Läufer von Marathon mit dem Aufschrei »Sieg!« und einem verkohlten Schnitzel in den Händen zusammenbricht. Aber sie ist dabei zufriedener als mit mir.

Es hat zu meinem Spielen gehört, Theorien über das Verliebtsein aufzustellen. Unumstößlich schien mir's zu sein, daß es zum Befall einer Art von vorausgehender Inklinationszeit bedürfe. Man verfällt der Liebe nicht Hals über Kopf auf den ersten Blick, wie's die Ammenmärchen glauben machen wollen. Es geht eine Zeitstrecke voraus, in der man dazu bereit ist. Unterbewußt sucht man das Objekt der Leidenschaft. Wenn man Pech hat, trifft's mit der Falschen ein. Ich spreche nicht von Verliebtheiten, die spätestens nach dem ersten Beischlaf vorüber sind. Was ich meine, ist die Krankheit der leidenschaftlichen Liebe. Die Besessenheit der *amour passion*. Die Liebe, die an der Leber frißt. Die den davon Befallenen aus den Delirien der Glückseligkeit ins tiefste Unglück der Verzweiflung stürzt – und so weiter, man kennt es ja aus ungezählten wahren, der Literatur nachvollzogenen Schilderungen. Was ich ununtersucht gelassen hatte, waren die Umstände, welche die Anfälligkeit hervorrufen. Meine eigenen Erfahrungen sind zu mager für wissenschaftlich exakte Folgerungen. Die große Passion hat mich zu selten befallen. Wenn, dann allerdings bis zur totalen Verdummung. Gottlob vorübergehend.

Das war der Fall, kurz nachdem Priska zum Vetter nach Dingsda – nach Angola abgezogen war. So kurz freilich auch wieder nicht. Aus den unverfänglichen sechs Monaten, die Priska dem Vetter den Haushalt führen sollte, war doch beinah ein Jahr geworden. Der Haushalt in Tölz war inzwischen meiner Mutter überlassen. Jesus! Es war denn auch eine Zumutung, der vielgeprüften alten Dame die Bändigung von drei wilden Buben aufzubürden. Um sie ein wenig zu entlasten, brachte ich den Ältesten, der die Grundschule hinter sich hatte, in ein Internat in Holland. Ich hatte es für alle drei vorgesehen. Es war eine Quäkerschule, in der die Kinder von holländischen Freunden erzogen worden waren. Sie hatten mich von den Qualitäten der Schule überzeugt. Außerdem liebte ich Holland. Es hatte in vielem noch den Charakter der heilen Welt. Es sollte meine Söhne so prägen wie das meriansche Stadtbild von Rothenburg ob der Tauber ihre Kindheit geprägt hatte. Nicht um sie zu Romantikern zu erziehen, sondern zu Europäern. Ihre Generation schien auf den wiederaufgebauten Trümmern Deutschlands bedenklich in eine Amerikanik zweiter Hand einzuwachsen.

Damit das Chaos in Tölz nicht überhandnahm, war ich öfter dort, als ich's zu Priskas Herrschaft gewesen wäre. Ich kostete *les plaisirs du foyer* unter der flackernden Nervosität meiner Mutter, so gut ich konnte. Lange aber hielt ich's nicht aus. Auch meine Mutter nicht. Ihr Flackern flammte bald lichterloh auf. In Hamburg hatte ich mir eine kleine Wohnung eingerichtet. Es ergab sich auch ein Umstand, der mein Tun und Lassen seit jeher bestimmte: Ich brauchte Geld. Mit Wehmut dachte ich zurück an die »Berliner Illustrirte«, bei der ich mit jedem Beitrag einen kräftigen Schluck aus der Pulle getan hatte. Rundfunkhonorare und bei Rowohlt veröffentlichte Bücher brachten einen Bruchteil davon ein. Die illustrierten Blätter der Nachkriegszeit waren gänzlich anders, als es die der Vorkriegs- und Kriegsjahre gewesen waren. Der Reporter ersetzte den Feuilletonisten. Anstelle des Fortsetzungsromans trat der Tatsachenbericht. Ich hatte wenig Chance, einen Vorabdruck zu erzielen. Außerdem fehlte mir ein Thema. Aber die Anwesenheit meiner Mutter hatte vielerlei Erinnerungen an meine frühe Kindheit hochgebracht. Allmählich reifte in mir der Roman meiner Heimatstadt Czernowitz.

Aus alledem läßt sich die Anfälligkeit für die große Liebe kaum erklären. Meine wahre große Liebe gehörte ohnehin meinem Sohn, der jetzt in seinem holländischen Internat sich von mir abzunabeln begann. Für den akuten Befall der *amour passion* war ich trotzdem anfällig. Er präsentierte sich in Gestalt einer jungen – für mich viel zu jungen Amerikanerin.

Von Beruf war sie – wie konnte es anders sein! – *fashion model.* Ihr Bild war in den Modeteilen der Glanzpapierzeitschriften weltweit zu sehen. Sie war wunderschön und närrisch wie ein Pferd. Später, als meine Leidenschaft für sie und die dazugehörige Leidensgeschichte ausgestanden waren, sagte ein großer Freund und Gönner, der Philosoph Ernesto Grassi, zu mir: »Wir alle haben dich für ebenso verrückt gehalten wie sie. Wie konntest du dieses zellophanverpackte Konfektionsgeschöpf anziehend finden? Wie konntest du so etwas Künstliches lieben? Jede Art von Narretei für sie begehen? Jetzt begreifen wir, daß du sie die ganze Zeit mit geradezu grausamer Schärfe gesehen und beobachtet hast. Es ist zum Erschrecken.« Ich mußte mir erklären lassen, wovon er sprach. Mein Buch »Ein Hermelin in Tschernopol«, der Roman meiner Heimatstadt, den ich inzwischen teils doch wieder in Tölz, teils in Hamburg und Paris geschrieben hatte, war herausgekommen. Eine entscheidende Rolle darin spielt am Ende ein kleines Hürchen mit dem schönen, aber seltenen Namen Mititika Pjowartschjuk. Sie wird in ihrem Milieu »die Amerikanerin« genannt. In einigen ihrer Züge wollte Grassi das Porträt meines *fashion models* – nebenbei: sie hieß Gloria – erkannt haben. Ich sagte Grassi nicht, daß ich Gloria einen Tag nach Fertigstellung dieses Kapitels kennengelernt hatte. Er würde mir solches Hellsehertum kaum geglaubt haben.

Was übrigens seine rhetorische Frage betraf, wie ich »so etwas Künstliches« hatte lieben können, so hätte ich erwidern müssen, daß es eben das Künstliche war, was ich an Gloria liebte. Mein Freund und Verleger Heinrich Ledig, mit dem ich weiterhin viel beisammen war, äußerte sich über die Exzentritäten seiner Gattin Jane mit den Worten: »Es ist ja eine Frau, die ich liebe. Eine Frau mit allen Launen und Marotten – nicht Kamerad Schnürschuh.« Glorias Exzentrizitäten waren freilich nicht die Blüten kapriziöser Fraulichkeit, sondern die Splitter und Scherben, die bei ihrem Toben gegen sich selbst abfielen. Das Klischeebild, das sie von sich selbst als alle klassischen Klischees des amerikanischen *career girls* verkörperndes *top model* in sich trug, hatte verzweifelt zu kämpfen gegen die Dämonen ihrer verschatteten, gelegentlich aber grell aufflackernden Intelligenz. Sie stellte ihr vor Augen, wie plattfüßig banal ihre Selbsteinschätzung war, wie fiktiv vor allem die Welt, in der sie Bestätigung suchte und fand. Darüber verzerrte sich alle Wirklichkeit, wurde zum Schattenspiel, das durchzuckt wurde von den Blitzen unnennbarer Bedrohungen und spontaner Beglückungen. Ich konnte sie zeitweise erobern, indem ich dieses Schattenspiel für so wirklich nahm, wie's ihr selbst vorkam. Aber ich gehörte ihm nicht an. Ich agierte nicht mit seinen anderen Figuren. Ich war da, um sie, Gloria, zu begleiten bei der Höllenwanderung durch ihre Existenz. Ich ging auf jedes Schwanken ihrer Stimmung ein, teilte ihre Jubellaune und suchte sie herbeizuführen, wartete ruhig ihre Depressionen ab. Ich nahm jedes ihrer Worte ernst, erfüllte ihr jeglichen Wunsch, auch den verrücktesten, erst recht, wenn sie mich damit auf die Probe stellen wollte. Ich bestärkte sie in jedem Überschwang. Sie war kaum zweiundzwanzig Jahre alt, aber hinter ihrer Jugend türmten sich Äonen der Bedrohung und Zerstörung. Ich ließ sie jung sein und bewahrte sie davor, daß das Alter der Welt auf sie niederstürze. Ich lehrte sie lachen. Lachen vertreibt Dämonen, sagte ich immer wieder. Die Augenblicke, in denen sie handzahm wurde, waren ergreifend wie die der Hingabe eines wunden Tieres.

Die Hektik ihrer mediengesteuerten Existenz hatte mich nach Paris befördert. Ich fand mich gewissermaßen ohne mein Zutun dort mitgerissen vom Betrieb des Modewesens und ihrer Sucht, darin Erfüllung im Erfolg zu finden. Dabei war's ein Erfolgserlebnis zweiter Hand. Ihr – und weil ich mich als ihr Schutzgeist uneingeschränkt mit ihr identifizierte –, unser Geschick war bestimmt von einer Handvoll stigmatisierter Päderasten, die im voraus aus dem Zeitgeist witterten, was der modische Trend der kommenden Saison sein würde. Ihre visionäre Willkür schleuderte uns – das *fashion model* und ihren total überflüssigen, wenngleich diskreten, nicht störenden anhängslerischen Begleiter – von Defilée zu Defilee und von Fotograf zu Fotograf. Ihre Auftritte beim einen wie beim anderen halfen einen völlig fiktiven Bereich der Wirklichkeit aufzubauen, in dem die Phantasie der Zeitschriftenleser des Abendlandes ebensowohl Nahrung wie

Stillung fand wie das Morgenland in den Märchen der tausendundeinen Nächte Scheherezades.

Ich kann nicht behaupten, jene Jahre in Paris – es waren deren drei – hätten mir als *Leçon de sociologie* gedient. Doch sie eröffneten mir Einsicht in das Zusammengewebtsein der Wirklichkeit aus Abstraktionen, an dem beispielgebend mitzuwirken ein geradezu genetischer Auftrag der Franzosen zu sein scheint. Nirgendwo wird das so deutlich wie im Modischen. Das Wechselspiel des Modebetriebs vollzieht sich mit der Regelmäßigkeit von Gezeiten und beschränkt sich keineswegs auf die Variationen der Kleidung. Mit dem von den Couturiers vorausgewittertem (oder bestimmten?) Saisontrend ändern sich nicht nur die Akzente, die dem kommenden Modischen die Physiognomie geben, sondern auch der Typus der Frau, der sie am überzeugendsten trägt. Die Französinnen antworten auf diese Forderung mit einer Bereitwilligkeit, als verfügten sie über einen unerschöpflichen Fundus, aus dem der jeweilige Frauentyp auf Abruf hervorzuholen wäre. Diesen Vorreiterinnen folgen dann alle anderen. Handlanger dieser Metamorphosen sind die Medien und deren Knechte, die Fotografen, die dank dem Aberglauben, daß die Fotografie die reine Wirklichkeit vermittle, die dokumentarischen Belege dafür liefern. Es gehören ein von aller Skepsis keimfrei gehaltener Charakter und ein aufs Gegebene fraglos eingeschworenes Weltbild dazu, die konkrete Lebensnähe dieses Spiels für ein Zeugnis tatsächlichen Lebens zu halten. Wer wie Gloria zwölf Stunden am Tag dafür Staffage stehen mußte, verliert den Glauben daran. Sie war für ihren Beruf nicht dumm genug. Aber sie war nicht gescheit genug, den amerikanischen Ethos der beruflichen Erfolgsverpflichtung zu durchschauen. Sie mußte zu den *top models* gehören. Eins stand fest: In keinem anderen Beruf – es sei denn dem der Filmschauspieler – war Erfolg eklatanter vor Augen gestellt. Ich lebte das schwierige Leben des Begleiters eines Stars.

Ich hütete mich weislich davor, zu ihren Konflikten Stellung zu nehmen. Ich hatte alle Hände voll damit zu tun, Pfleger, Irrenwärter, Unterhalter und Liebhaber eines *top models* von Weltformat zu sein. Ich war pausenlos damit beschäftigt, ihr zu versichern, daß sie schön war. Sie war's auf eine ergreifende Weise: Noch so jung, daß sie alle Frauenschönheit gewissermaßen noch verknospt, noch nicht zur Blüte entfaltet, noch als Möglichkeit in sich trug. Das hatte den Effekt, daß man unwillkürlich meinte, sie schon zu kennen, sie schon in dieser oder jener Form gesehen zu haben. Die großen Schönheiten der Filmgeschichte wechselten in ihrem Gesicht mit dem Ausdruck, den es im Sprechen, im Lachen, in der Freude, im Kummer annahm. Die fatale Dramatik ihrer Namensvetterin, der jungen Gloria Swanson, war darin noch nicht zum Charakter erhärtet, ebenso wie das Tragische im Lächeln der Greta Garbo, die helle Sinnlichkeit der Jean Harlow, die dunkle Glut der Pola Negri. Aber all das lag sozusagen auf der Lauer.

All das überraschte. Man erwartete, es im nächsten Augenblick hervortreten zu sehen, und war doch noch auf nichts festgelegt. Glorias Jugend hielt die erwachsene Frau in Bereitschaft. Das unterschied sie von ihren heutigen, übers Gardemaß langgezogenen Kolleginnen. Deren Knabengesichter enthalten keine spätere Frau, verheißen keinen von Erfahrungen erweiterten Charakter. Sie altern wie schrumpfende Kinder. Vom Alter nicht gereift, sondern verwüstet wie die Bardot. Gloria gehörte noch in die Zeit der großen Herolde von Frauenschönheit: Fotografen wie Horst, wie Blumenfeld, wie Beaton, wie Penn. Sie schien das zu wissen. Ihre Angst, nicht schön zu sein, kam aus dem unterbewußten Bewußtsein, daß sie ein Zipfelchen Epochenverschleppung zu sein drohte. Die schöne Frau, zu der sie sich entschließen würde, wäre nicht mehr in Mode.

Solange sie nur die Möglichkeiten dazu in sich trug, konnte alles in sie hineingedichtet werden. Ich tat es mit Inbrunst. Es half mir, meine Rolle als Beschützer, als Knecht, als Blindenführer zu spielen, sie davor zu bewahren, daß sie mir nicht bei Rotlicht in die vorübersausende Blechlawine des Pariser Straßenverkehrs lief, drei Tage lang hungerte, um dann auf einen Sitz acht rohe Eier zu fressen, mit der angezündeten Zigarette in der entzückenden Schnauze im Bett einzuschlafen oder auf dem Laufsteg plötzlich wie angewurzelt stehen zu bleiben und in tiefes Nachdenken zu verfallen, aus dem sie erst nach scharfem Anruf erwachte. (Was ihr, nebenbei, spontanen Applaus der Zuschauer einbrachte.) Ich schnauzte den *maître d'hôtel* im Tour d'Argent an, auszuführen, was sie wünschte, wenn er zögerte, ihre Bestellung von einem Kalbshirn in salzlosem Wasser gekocht mit nix dazu und darumherum als genießbare Speise zu servieren. Ich fiel ihr in den Arm, als sie drauf und dran war, einer Coiffeuse, die ihr Haar zu kurz geschnitten hatte, das Gesicht zu zerkratzen. Ich tröstete sie, als sie – wie Nietzsche in Turin – einem Droschkengaul schluchzend um den Hals fiel. Na, und so weiter. *Never a dull moment.*

Darüber hatte ich nicht Muße, mir Rechenschaft zu geben, daß ich nicht mehr in Deutschland war, entlassen aus der Verbannung dort, befreit von den Phantomen, die mich dort plagten, an erster Stelle ich selbst in meinen Phobien und Idiosynkrasien. Ich war in Paris, als wäre ich nie anderswo, immer nur dort gewesen, würde für immer dort bleiben. Ich war dort ohne Frage nach woher und wohin, folglich auch ohne Absicht, meine Erfahrungen wie ein Tourist unter dem Aspekt des Fremden, Anderen, Ungewohnten zu sichten und zu sammeln. Paris war für mich kein Studienobjekt, und Gloria war's erst recht nicht, wiewohl das eine wie das andere mir zu vielerlei wertvollen Einsichten verhalf. Denke ich zurück, so kommt mir die Pariser Zeit nicht nur wie ein Kulissenwechsel vor, sondern wie die Übernahme einer neuen Rolle in einem neuen Stück. Ich war nicht mehr identisch mit dem, der ich gestern gewesen war. Heute weiß ich, was mich von mir Gestrigem unterschied: Mein Haß hatte mich aus seinem Griff gelassen. Im Abenteuer meiner Liebe zu Gloria und meines Zusammenseins mit ihr war meine Existenz über sich selbst hinausgesteigert. Ich sah die Welt, das Leben, mich selbst als Absurdität, als Irrationales, mit dem Verstand nicht zu Erfassendes. Ich konnte nichts mehr gänzlich ernst nehmen. Was mir gegen den Strich ging, konnte mich ärgern, zornig machen. Letzten Endes tat ich's mit einem Achselzucken ab. Haß war ein zu aufwendiges Gefühl für mich geworden. Die psychologische Erklärung für diesen Wandel mögen Fachleute nachliefern.

Jedenfalls war auch das, was inzwischen mit meiner ehemaligen Existenz geschehen war, von mir entrückt. Irgendwann war Priska aus Angola heimgekommen, freilich mit der Absicht, wieder zum Vetter nach Dingsda zurückzugehen. Die Braut war entweder nie angekommen, oder der Vetter hatte angesichts des von der Marathonläuferin Priska perfekt geführten Haushalts die Annahme verweigert – wie auch immer: Er wartete nun im Tropenhelm mit nackten Pflanzerknien bei heimeligen Affenschreien auf sie. Bei der Scheidung nahm ich alle Schuld auf mich und beging die sentimentale Eselei, mir nicht alle drei Söhne zusprechen zu lassen. Es erschien mir zu grausam, Priska vom mittleren, der ihr erklärter Liebling war, zu trennen. Der Tölzer Haushalt wurde aufgelöst. Den Jüngsten steckte ich zum Ältesten ins holländische Internat. Erst als ich erfuhr, daß Priska ihren Liebling nach Kapstadt abgeschoben hatte, sah ich meine Torheit ein. Als ich ihn zwei Jahre später von seinem Bruder heimholen ließ, mußte ich bitter dafür bezahlen. Aber das ist vorgegriffen. Vorderhand war ich noch um Gloria in Paris. Ich schrieb dort – Gott allein mag wissen, in welchen ruhigen Stunden – mein Buch »Ein Hermelin in Tschernopol« zu Ende. Es geschah das Wunder, daß es doch einen Vorabdruck erlebte: Die »Frankfurter Allgemeine Zeitung« veröffentlichte es im Romanteil »unterm Strich«. Selige Zeiten meines Freundes Karl Korn, dem damaligen Chefredakteur der FAZ. Ich war beglückt, stolz und dankbar. Heinrich Ledig kam nach Paris und verhökerte die Rechte der Übersetzung ins Französische an Gallimard. Leider unter dem idiotischen Titel »L'hermine souillée«. Der besudelte Hermelin. Was sich die Herren Verleger dabei gedacht haben, bleibt rätselhaft.

Ein anderer großmütiger Freund war viel um mich her: Jürgen Schüddekopf. Ich hatte ihn im Verdacht, er wolle mich in meiner Pariser Narretei studieren, um meinen Fall in einer »Pathologie der Liebe« zu zitieren. Er hat sie leider nicht geschrieben, obwohl wir uns stundenlang darüber unterhalten haben. Was immer er darin für Theorien entwickelt haben würde, sie wären zuschanden geworden an seiner Verblüffung, als eines schönen Tages meine Krankheit geheilt war. Über Nacht und ohne die geringste Nachwirkung. Verflogen und der gelassensten Heiterkeit gewichen. Ohne Leid und Pein. Wie als ob der ganze Zirkus nie stattgefunden hätte. Einiges darüber kann, literarisch aufgearbeitet, im »Tod meines Bruders Abel« nachgelesen werden.

Beim Landhaus, in dem ich seit bald dreißig Jahren hier in der Toskana glücklich lebe – ich werde davon zur rechten Zeit erzählen –, habe ich für eine Weile zwei Schweine gehalten. Sie hießen Inky und Pinky. Inky, die Schwarzgefleckte, als hätte man sie mit tintenbekleckten Fingern aus dem Ferkelstall geholt, wurde bald aufgegessen. Pinky wuchs weiter heran. Ich konnte es lange Zeit nicht über mich bringen, sie zu Wurst zu machen. Sie hatte eine wahre Leidenschaft für mich entwickelt, kam jedesmal, wenn ich an ihrem Koben vorüberging, mit freudigem Grunzen über der Verschlagwand hoch wie die aufgehende Sonne, nahm Leckerbissen aus meiner Hand und wuchs. Sie wuchs weit über die Größe eines Hausschweins hinaus. Ich mußte sie aus ihrem Koben lassen, weil er zu eng für sie wurde, und sie folgte mir auf Schritt und Tritt. Das brachte doch einige Unordnung in Haus und Garten. Kurzum: Es kam auch für Pinky der Tag, den Weg allen Schweinefleischs zu gehen. Der Schlachter kam. Er kam mit einer höllisch wirkungsvollen Pistole, die einen tödlichen Bolzen in Pinkys Stirn schoß. Ich sah ihren brechenden Blick auf mich gerichtet und mußte mich tränenden Auges abwenden. Der Schlachter, ein trockener Toskane, ergriff meinen Arm und sagte: »Schaffen Sie sich sofort ein anderes Schwein an.«

Es könnte scheinen, als hätte ich, fünfunddreißig Jahre früher, diesen von alters her bei allen Liebesgeschichten bewährten weisen Rat befolgt, als ich mich nur wenige Monde nach der Trennung von Gloria mit der Malerin Hanna Axmann ehelich verband. Dem war nicht so. Vielmehr war's Weihnachten geworden, und ich fuhr mit meinen beiden aus Holland abgeholten Söhnen und deren französischem Freund Pascal von einem Alpenort zum andern, um Schnee zum Skilaufen zu suchen. Es gab keinen. Fanden wir welchen, so gab's keine Unterkunft in den überbesetzten Hotels. Das Wetter war gräulich: warm und regnerisch. Ich war am Verzagen. Drei Buben in den besten Flegeljahren sind nicht geduldig, wenn's um etwas geht, was man ihnen versprochen hat. Während wir durch die Regensträhnen über Gebirgspässe fuhren, fiel mir ein, daß Hanna mich zu Weihnachten ins Haus ihrer Mutter bei Marburg eingeladen hatte. Hanna war eine Münchener Bekanntschaft, die hauteng geworden war. Ich war damals viel in München. Ich schrieb für Illustrierte wie »Quick«. Auch Hanna war schön und lustig überdies. Ich rief sie an. »Wo steckst du? Wir warten auf dich.« Ich wandte zögernd, bebend vor Hoffnung ein: »Ich bin behangen mit einer Traube von Kindern.« In der Tat kam die Antwort: »Um so besser. So haben meine Neffen und Nichten Gesellschaft über die Feiertage.« Ich stieg auf den Gashebel, das Steuer Richtung Marburg.

Mit ihrer Mutter und ihren zwei Schwestern waren's vier mütterliche Weiblichkeiten, die uns empfingen. Die Buben wurden wie auf Kugellagern in den Familienbetrieb befördert. Unterwäsche kam in die Waschmaschine, Socken wurden auf Löcher untersucht, Hemden gebügelt, die Eigner vor Schachbretter und Fernsehempfänger gesetzt. Ich bekam Tee und Hauspantoffel. Wir blieben eine Woche. Pascal wurde den Seinen in Paris zurückerstattet (eine der Schwestern Hannas lebte in Frankreich). Ich brachte die Meinen in ihr Internat nach Holland zurück. Als wir bei der Abfahrt um die Ecke bogen und die Abschied Winkenden aus dem Blickfeld verloren, begannen meine Knaben im Wagen zu tanzen. »Papi, wirst du sie heiraten?«

Der Entschluß dazu wurde durch Mißgeschick gefördert. Ich hatte einen Zyklus von Gedichten verfaßt, die Boris Blacher für den Hamburger Sender in Musik setzte. Blacher und ich waren einander sehr zugetan. Nach gemeinsamem Genuß einer Flasche Wodka fuhr ich von Blankenese, wo er vorübergehend wohnte, zurück in die Stadt in mein Junggesellenheim. Unterwegs verlor ich die Richtung und hielt bei einem Schutzmann an, um danach zu fragen. Ich hätte die Fensterscheibe früher niederdrehen sollen. Weil ich das nicht getan hatte, traf ihn der volle Schwall von Wodkadunst. Er konnte mit letzter Kraft in eine Trillerpfeife blasen. Seine Helfer, die schwarmgleich herbeigeeilt kamen, ließen mich in ein Meßgerät blasen, das beinah zersprang. Am nächsten Tag, als ich ausgeschlafen hatte und empört auf der Polizeistation meine konfiszierten Autoschlüssel zurückforderte, sagte ein väterlicher Beamter zu mir: »Bleiben Sie bloß ruhig, Mann. Mit Ihren Promilles wäre ein anderer umgefallen. Es war erstaunlich, wie Sie auf dem Kreidestrich laufen konnten. Aber merken Sie sich eins: Wenn der Polizeiarzt zu Ihnen sagt, bei geschlossenen Augen an die Nase greifen!, so meint er Ihre eigene Nase und nicht seine.«

Die Strafe war hart. Ich wurde meinen Führerschein für ein Jahr los. Hanna und Geschwister schickten unverzüglich einen Schofför, der mich über das Haus bei Marburg nach München brachte. Als ich zu Hannas Mutter Andeutungen machte, es könnte sich vielleicht eine engere Verbindung zwischen mir und ihrer jüngsten Tochter ergeben, sagte sie weise: »Ich weiß nicht, ob das eine glückliche Idee ist. Sie wird versuchen, dir auf der Nase herumzutanzen, und du siehst mir nicht danach aus, daß du dir das auf die Dauer gefallen lassen wirst.« Ich dachte an die diversen Schnitzelpolkas, die Gloria auf meiner Nase aufgeführt hatte, und sagte, ich sei ein geduldiger und nachsichtiger Mensch, und es werde schon gutgehen mit uns beiden.

Das war ein Irrtum. Ich war alles andere als geduldig und nachsichtig mit Hanna. Wir feierten Hochzeit in einem maghrebinischen Restaurant im Haus der Kunst. Unter reger Teilnahme ihrer Freunde, von denen ich nur einen Bruchteil kannte. Ich hätte gewarnt sein sollen. Zu spät. Margot Hielscher beschenkte sie mit einem Brautkranz aus Knoblauchzehen. Anspiel auf den Maghrebinier. Es war alles recht launig und peinlich öffentlich. Freilich machte mir's Spaß, die

Spießer zu schockieren. Im Privatbereich war's weniger unterhaltend. Ich verlor die Nerven. Das begann damit, daß ich mich gegen einen von Hannas besten Zügen auflehnte. Sie war ein gesellschaftliches Genie. Nicht, indem sie in der sogenannten *society* eine glänzende Rolle gespielt hätte (was mich ohnehin nur wenig begeistert haben würde). Sondern indem sie einen dichten und überaus lebendigen Kreis von Freunden um sich scharte. Das waren meistens Künstler wie sie selbst und deren Anhang, sowie der Anhang des Anhangs und dessen Anhang. Sie gingen zu jeder Stunde bei ihr aus und ein. Öfters mehr ein als aus, so daß ich mich tagaus, tagein im Kerntrupp Schwabings vorfand, keineswegs als dazugehörig angesehen, sondern als ein steifer, krawattentragender Philister (ehemaliger Corpsstudent), der sich lächerlich aufregte, wenn er den Kamm in der Butter stecken sah. Dabei war meine Langmut engelhaft. Was mich an diesem wimmelnden Umgang störte, waren weniger die überfüllten Aschenbecher und angeschissenen Klodeckel als vielmehr der Einfluß, den sie auf Hannas Kunstauffassung nahmen. Hanna hatte ein Talent von fast männlicher Kraft. Frühe Landschaften und Porträts von ihr erinnerten an Kokoschka. Den Lehren eines Gurus von der Kunstakademie folgend, hatte sie diese Weise, ihr poetisches Inneres auszudrücken gegen kindhaft primitive, dafür um so innigere Madonnenbilder mit Apfelsinenköpfen und gelben Sowjetsternen darüber ausgetauscht und fauchte den zaghaftesten Ansatz zu Kritik daran mit der Energie einer ihre Jungen verteidigenden Pantherin an. Ihre kunstsinnigen Freunde versuchten vergebens, mir die metaphysische Dimension dieser Kompositionen aufzuschließen. Ich erwarb mir in Kürze den Ruf eines unbelehrbaren Banausen.

Übrigens auch den eines erlesen grausamen Menschen. Letzteres vielleicht mit Recht. Ich machte mich eines Vergehens schuldig, für das es keinen Freispruch gibt. Ich nahm Hanna nicht mehr ernst. Was ich anfangs spaßig gefunden hatte, erschien mir bald platterdings albern. Ich machte mich schonungslos lustig über sie. Zwei ihrer Qualitäten ließ ich gelten: ihre Freßlust und ihre erotische Aura. Die Freßlust war leichter zu beschwichtigen. Ich hatte ein kleines Haus in Grünwald bezogen. Es hätte unser eheliches Heim werden sollen, aber Hanna fand es zu weit außerhalb der Reichweite ihrer Freunde. Sie behielt ihr Atelier in der Stadt. Sie haßte den winzigen Garten ums Haus in Grünwald. Er war dunkel von Tannen. Sie sagte, er zeige ihr meine sinistre Seite: Es sähe um mich aus wie in Draculas Karpaten. Die Nachbarn waren Schickeria von Bühne, Film und Funk. Als tierliebende Wirtschaftswunderdeutsche verfütterten sie Hunderte von Mark an Vögel. Spatzen wurden so dick wie Tauben, Tauben wie Puter. Wenn sie sich vollgefressen hatten, kamen sie in meine Wildnis und schnarchten in den Tannenzweigen. Hanna weigerte sich, über Nacht zu bleiben. »Sie werden ins Haus geflogen kommen und sich auf meine Brust setzen«, sagte sie. Aber zum Essen kam sie. Ich kochte wuchtige Eintöpfe für sie, sott und schmorte Kalbskeulen und Schweinsköpfe, Gänse, Enten, baute mittelalterliche Festmahlplatten auf und schaute zu, mit welchem genüßlichen Heißhunger sie sich durch die bundesdeutschen Üppigkeiten fraß. Sie hatte im Krieg karge Zeiten überstanden. Die weise Mutter war nicht arisch. Als Halbjüdin hatte Hanna sich verstecken müssen. Die Geschichten, die sie aus jener Zeit erzählte, schnürten mir das Herz ab. Eine davon fand ich besonders grausam. Irgendwo im Allgäu, auf einer Alm, die entlegen genug schien, um sich dort zu verkriechen, wachte sie morgens auf und fand die Hütte, in der sie hauste, von Zelten umstellt. Ein Sturm von SS-Männern hatte sich dort niedergelassen. Beim Versuch, sich heimlich davonzumachen, wurde sie abgefangen. Der SS-Häuptling stellte sie vor versammelter Mannschaft auf einen Tisch. »Seht euch das Mädchen an, Leute!« So frisch und prall soll ein deutsches Mädchen aussehen!«

Sie war in der Tat entzückend anzuschauen. Selbst herangereift bewahrte sie noch eine ungemeine Frische. Anders als Gloria und im Widerspruch zu ihrer Kindlichkeit, die ich künstlich, manieriert und albern fand, war sie nicht die Kindfrau mit allen Möglichkeiten in Verheißung, sondern entschieden ausgewachsen ein lebensvolles Weibsbild. Sinnlichkeit umwitterte sie golden wie ein Bienenschwarm. Das war's, was ich ihre erotische Aura nannte. *A chemical message* wie ein Duft. Sie hatte ihn nicht unter Kontrolle. Er brach aus, wenn irgendein Mann in ihre Nähe kam, auf den sie ansprach. Sie war nicht wählerisch. Um sie erotisch anzusprechen, genügte es, Mann zu sein. Ich, als ihr jüngst angetrauter Gatte spürte es in meiner Hörnergegend jucken, wenn die chemische Zwiesprache mit irgendeinem Kerl begann. Es war kaum jemals ein Monolog. Ich konnte nicht umhin festzustellen, daß sich nicht nur Nüstern blähten. Dagegen konnte ich nichts tun, ohne mich lächerlich zu machen. Hahnrei wird, wer sein Geweih nicht mit Würde trägt. Ich hatte sechs Monate Zeit, mir darüber Rechenschaft zu geben. So lange dauerte unsere Ehe. Danach brauchten wir vier Jahre, um gesetzlich geschieden zu werden.

Es war auch das nicht eine Zeit, die ich glücklich nennen könnte. Ich fand zwar Trost bei jemandem, der ich auch heute noch so verbunden bin, daß ich mich scheue, von uns zu sprechen. Die Umstände erlaubten uns nicht, uns zu vereinen. Hanna widersetzte sich der Scheidung. Sie kämpfte dagegen mit allen Mitteln. Das wirksamste schien der Griff in meinen Geldbeutel zu sein. Ich rächte mich mit ausgesuchten Bösartigkeiten. Es gibt aus jener Zeit einige Anekdoten, die allmählich abgegriffen werden. Unter anderem die Geschichte von einem halbierten Jaguar. Unterhaltender kommt mir die ihrer Dackelhündin Bessy vor. Die war das Angebinde eines ihrer Verehrer. Er war Erfolgsarchitekt, der sich mit der Gestaltung von Speisehäusern im Stil ungarischer Csardas auszeichnete. Ich gehörte nicht zu seinen Bewunderern. Wem in den Originalen von Pusztakneipen die Wanzen aus dem Strohdach ins Gulyas gefallen sind, wird sich nicht für Imitationen in München begeistern. Jedenfalls beschenkte er Hanna mit einem Dackel. Sie hatten das Unglückswesen aus einer Dackelzucht geklaubt, eine Art Aschenbrödel unter seinen Artgenossen, von sämtlichen anderen verbissen und bis zu epileptischen Anfällen eingeschüchtert. Das arme Tier wackelte noch an der Leine so ergreifend her, daß Hanna mehrmals beschuldigt wurde, es zu mißhandeln. Eines Tages sah's mich und sprang mir aufschluchzend in den Schoß. Zum Unterschied vom Riesengewächs der Fürstin Hohenlohe in Salzburg hatte es mich auf den ersten Blick zu seinem göttergleichen Herrn und Meister erwählt. Wenn ich Zeit hatte, führte ich's in den Englischen Garten spazieren. Wenn ich mich von ihm trennte, schrie es wie am Spieß. Der Herr Architekt wußte nichts von dieser Leidenschaft. Hanna verschwieg sie ihm. Wenn ich an ihrem Haus vorbeikam und seinen Wagen davor geparkt sah, pfiff ich kurz. Ich habe für meine Hunde einen speziellen Pfiff. Er kippt mehrmals um wie ein Jodler. Einmal genügte, um bei Hanna die Hölle zu entfesseln. Der Architekt, der Bessy zu beruhigen versuchte, wurde heftig gebissen. Es versteht sich von selbst, daß ich möglichst oft an Hannas Haus vorbeikam. Ich hoffe, er liest diese Zeilen und erklärt sich endlich das rätselhafte Benehmen des sonst so bedrückten Hundes. Aber vielleicht lebt er gar nicht mehr. Schade. Er könnte sich heute noch geärgert haben.

Zweierlei in meiner Biographie Erwähnenswertes hat sich in jenen Jahren – vom Ausgang der Fünfziger bis zu den ersten Sechzigern – zugetragen. Das eine war mein Erscheinen auf einem Titelblatt des »Spiegel« und dessen Auswirkungen. Das andere war die Zerschneidung des Bandes, das bis dahin meine Söhne und mich in enger Zuneigung und bedingungslosem Vertrauen zusammengehalten hatte.

Das erste war die Folge einer Radio-Serie, die ich für Schüddekopfs Nachtprogramm geschrieben habe. Sie lief unter dem Titel »Idiotenführer durch die deutsche Gesellschaft« und war aus sieben Einzelsendungen zusammengesetzt: Hochadel, Adel, Schickeria, Prominenz, Spießer, Boofkes, Halbstarke. Das mag überraschen. Ich bin kein Soziologe. Aber ich brauchte Geld, und das Thema schien mir reizvoll zu sein. Immerhin hatten auch mein Pariser Aufenthalt und die Bekanntschaft mit verschiedenen Milieus – wie man in analogen Fällen zu sagen pflegt – zu gesellschaftsanalytischen Einsichten geführt, wenn auch nicht gleich mit so tiefgreifenden Ergebnissen wie Herrn Sombarts Synopsis dreier sehr heterogener südosteuropäischer Literaten an einem Fliegenfänger über dem Eßtisch. Aber an gewissen undeutschen gesellschaftlichen Verhaltensweisen – zum Beispiel dem französischen Mangel an sozialem Masochismus – konnte ich mir das Bild der deutschen vervollständigen; und daraus ergab sich die Groteske, die zur Arbeitshypothese meiner Untersuchungen geworden ist: Was immer seit Anfang des Jahrhunderts bis zu dessen anbrechender zweiter Hälfte an sozialen Umschichtungen vor sich gegangen war, hatte die gesellschaftliche Schichtung in Deutschland von 1914 *im Prestige* intakt gelassen. Nichts war an seinem ursprünglichen Ort geblieben. Alles war drunter und drüber geschaufelt. Die gesellschaftliche Geltung eines Adels- oder

Doktortitels blieb jedoch unangetastet. Ein Prinz versetzte einen Bürgerlichen in katatonische Starre.

Zu verdanken war das dem Konservatismus, der den Deutschen so in den Knochen sitzt, daß er weicheren Substanzen wie zum Beispiel dem Hirn keinen Einfluß auf die Psyche einräumt. Der europäische Bürgerkrieg war ausgefochten. Nicht die Proletarier aller Völker und Länder, sondern die Kleinbürger der Sieger sowohl wie der Besiegten waren vereint im Geist, daß die Gestaltung der Welt fortan in ihren Händen liege. Der letzte Austrag des Kampfs darum – der Zweite Weltkrieg – hatte nichts übriggelassen von der alten Klassenordnung. In Deutschland allerdings die Überbleibsel des alten Kastenwesens. Der deutsche Wiederaufbau übergab sie unverändert dem romantischen Volksempfinden. Wie der Zahnarzt bei Herstellung einer Brücke sich noch vorhandener Stummel als Stütze bedient, so wurde auch die deutsche Gesellschaft aus den Brocken ihrer Überreste wieder hergestellt. Trümmerverwertung. Der deutsche Kleinbürger mit dem Gartenzwerg im Gemüt konnte sich unter »Gesellschaft« nichts anderes vorstellen als die Klassentrennung. Allerdings räumte er sich bei der Wiederherstellung die Möglichkeit zu ungehindertem Klettern aufwärts bis zu den höchsten Höhen ein. Was der Graf Ferdinand Czernin vorausgewittert hatte – die Amerikanisierung Europas durch Adolf Hitler und seinesgleichen –, war Tatsache geworden. Dabei bot sich dem Aufstiegswilligen selbst noch im Trümmerfeld von Deutschland ein ungemein reiches Feld an fiktiven Erfolgsstationen an. Die Amerikaner hätten neidisch werden können. Was von hochadeligen Häusern diesseits der Elbe (es waren die meisten) übriggeblieben war, hauste immer noch in Schlössern und auf Burgen. Der bodenständige Adel, ungemein bereichert um den herbeigeflüchteten ostelbischen, schnarrte auch noch im Schnorren so forsch, daß der Spießer – unwillkürlich an den Barras erinnert – die Hacken zusammenriß. Der Akademiker ließ dem Ungebildeten allein durch eine Sprache, die jenem unverständlich war, seine Überlegenheit bis zur körperlichen Pein spüren. Die Frage »Das wissen Sie nicht?« schlug wie ein Hammer zu. Waren das früher Kalvarienstationen des gesellschaftlichen Aufstiegs gewesen, die's zu durchleiden galt, so erwiesen sie sich jetzt als Stufen, die man genüßlich unter sich treten konnte, wenn man das Wirtschaftswunder im eigenen Bankkonto geschehen ließ. Ich hatte den Eindruck, die Restauration der überlieferten gesellschaftlichen Werturteile sei nicht nur dem Konservierungsgeist entsprungen, sondern auch eine Art Racheakt gewesen. Was in der neuen bundesdeutschen Gesellschaft mit dem alten Prestige auftrat, wirkte lächerlich epochenverschleppt. Man konnte daran sein Mütchen kühlen.

In meinen Sendungen war die Botschaft ironisch verbrämt. Sie erreichte die Hörer trotzdem. Lieb war sie ihnen nicht. Der »Spiegel« schlug zurück, indem er mich zum Gegenstand einer Titelgeschichte machte. Sie war verfaßt von einem Mann namens Busse, verehelicht mit der Journalistin Christa Rotzoll, die ich noch ein Jahrzehnt lang wie eine Zecke in meine Haut verbissen spüren sollte. Gegenstand des Artikels war nicht – wie angekündigt – der »Idiotenführer« mitsamt den darin aufgestellten ironischen Thesen, sondern meine Person. Unter einem neuen Aspekt. Der Maghrebinier war außer acht gelassen. Aufgedeckt wurde der Snob. Was immer ich tat – auch literarisch –, zielte darauf, mich in den deutschen Adel zu bugsieren. Wie jedes Kind weiß, geht eine solche Ambition psychologisch auf ein Gefühl des Mangels zurück. Herr Busse, der sich sowieso ungehemmt meiner Formulierungen bediente, räumte mir in meinem »Kampf ums Dabeisein« nur geringe Chancen ein. Es gelang zwar nicht, mir das bescheidene »von« vor meinen Namen abzusprechen, das ja – da der uckermärkische Uradel auch nichts Besseres aufzuweisen hatte – gleichsam als eine Brechstange zum Einlaß in die Zitadelle des edlen Geblüts zu benutzen war. Aber der Name selbst war fragwürdig: Mein Vater hatte ihn mit einem Z geschrieben: Rezori. Ich selbst hatte noch zu Zeiten von »Flamme, die sich verzehrt« und »Rombachs einsame Jahre« so gezeichnet. Plötzlich schrieb ich mich mit zwei Z: Rezzori. Das war nicht nur verdächtig. Das war der Nachweis meiner Skrupellosigkeit. Jedes Mittel war mir recht, mein Hochziel zu erreichen. Selbst der Namensschwindel. Weil aber das nichts half, rächte ich mich, indem ich mich mit einem »Idiotenführer« über die Gesellschaft – voran den Adel – lustig machte.

Nicht nur war ich damit zum Hochstapler gestempelt, sondern auch zum Nestbeschmutzer und Denunzianten des höchsten deutschen Standes, der wie kein anderer dem Vaterland Blutopfer gebracht hatte. In Leserzuschriften, die auf den Artikel folgten, wurden mir Prügel angedroht. Freunde wurden gewarnt: »Mit so jemand verkehrt man nicht.« Die Frage nach der Herkunft des zweiten Z in Rezzori wurde von den Behörden aufgenommen. Ich hätte erklären können, daß es die ursprüngliche italienische Schreibweise des Namens war. Der Herkunftsort in Sizilien heißt Rizzori: Noch mein Urgroßvater hatte sich so geschrieben. Ich hätte auch vorbringen können, daß ein Name ja nicht nur eine Buchstabenfolge ist, sondern auch einen Klang bewahren soll. Und daß ich's leid war, Resori gerufen zu werden. Es wäre mir entgegnet worden, daß ich das hätte mit einer deutschen Schreibweise erreichen können, nämlich Retzori. Das zweite Z war ein Akt der Willkür und der Eitelkeit. Und so war es auch. Rezzori sieht einfach besser aus. Darum hab ich's mir angemaßt. Aber ich habe dafür zahlen müssen. Unter anderem mit der Lossage meines jüngsten Sohns, der sich von einer Verwandten mütterlicherseits adoptieren ließ, um »endlich 'nen anständigen Namen« zu haben. Die deutsche Mutter hat durchgeschlagen.

Das war einer der Vorgänge, die mir die Erinnerung an meine letzten Jahre in Deutschland trüben. Den anderen löste ich durch besondere Torheit aus. Zu meinen diversen Fehlern gehört auch, daß ich gelegentlich von Sentimentalität befallen werde. Wiewohl mich die Erfahrung lehrt, daß es unweigerlich ins Auge geht, wenn ich ihr nachgebe, bin ich nicht immer charaktervoll genug, der Stimme meines Herzens »Schnauze!« zuzurufen. Ich war zum holländischen Internat meiner beiden Söhne gefahren. Ein Fest war im Gang, als ich ankam. Die Jugend sprang herum und tanzte. Der ältere meiner Söhne war mit irgendwelchen Mädchen im Gebüsch des Parks. Den jüngsten suchte ich, bis ich ihn auf seiner Stube im Dunkeln schluchzend fand. Ich fragte erschrocken, was ihm zugestoßen war. »Ich hab so Sehnsucht nach Mami.«

Die war nun leider nicht herzuschaffen. Aber den dritten der Brüder konnte ich zu uns holen. Ich setzte meinen Ältesten auf ein Flugzeug nach Angola. Priska, die Pflanzerin, schien abgestumpft zu sein am Prunk tropischer Sonnenuntergänge. Wenn die Affenschreie aus der sinkenden Dunkelheit kamen, setzte sie sich an ein Fläschchen und wurde im gleichen Maß gesprächig, wie das Fläschchen sich leerte. So jedenfalls berichtete mein Sohn nach seiner Heimkehr. Über den Inhalt ihrer Plaudereien ließ er sich nicht aus. Seine Zurückhaltung war beinah feindselig. Ich konnte mir den Reim darauf machen: Ich wußte, wie meine Mutter über meinen Vater sprach. Allerdings hatte das meine Verbundenheit mit ihm nur gefördert. Aber er war ja auch nicht öffentlich als Namensschwindler angekreidet. Ich jedoch war's; und aus dem Mund der Mutter die Bestätigung zu hören, förderte die

Sohnesliebe nicht. Auch mein Ältester rückte von mir ab. Es hinderte weder ihn noch die Mutter, den mittleren in meine Obhut zu geben. Immerhin war auch der dritte meiner Söhne jetzt mit uns vereint, und ich steckte ihn zu seinen Brüdern ins holländische Internat. Ich aber hatte, wie man so sagt, die Nase von Deutschlands Klassengeist voll. Ich packte meine Siebensachen und übersiedelte nach Rom. Noch ein Jahr länger, und ich wäre erstickt.

Allerdings gelang's mir nicht, meine Söhne gänzlich abzunabeln vom deutschen Geist. Das Tropenleben in Angola war nicht mehr so lauschig wie in den vorangegangenem Jahren. Priska und der Pflanzervetter fanden die Liste der Peinigungen und Verstümmelungen, die ihre Hausboys sich für den Fall des Losschlagens für sie vorgenommen hatten. Auch sie packten ihre Sachen und kamen zunächst nach Bonn. Die Beschäftigung, die der Pflanzervetter dort bei der Hilfe für Entwicklungsländer gefunden hatte, schien ihn intellektuell nicht auszulasten. Er durchstöberte die deutsche Presse und schnitt jeden abfälligen Artikel über mich sorgfältig aus – es waren damals nicht wenige –, um ihn meinen Söhnen zu schicken. Sie schienen Gefallen daran zu haben.

Ich hatte ein Haus auf der Via Aurelia Antica, im letzten Zipfel des Piccolominiparks, gefunden. Wenn ich aus dem Fenster schaute, lag die Kuppel von Sankt Peter zu meinen Füßen. Der Abhang, der mich davon trennte, war Bauernland. Heute steht dort eine Pilzkultur von Zementhochhäusern. Wenn ich morgens erwachte, schlug ich die Augen nicht gleich auf. Ich atmete erst eine Weile römische Luft. Pinienduft noch damals. Kein Geräusch außer dem Zwitschern der Vögel ringsum. Ich öffnete meine Poren für die einsetzende Hitze. Anstatt daß sie mich ermattet hätte, machte sie mich beweglich wie die Geckos, die an meinen Wänden entlanghuschten. Ich, der ich niemals betete, hielt bei geschlossenen Augen Andacht in Dankbarkeit für jeden Augenblick, den ich jetzt verleben durfte. Einer nach dem andern waren meine Söhne, nachdem sie in Holland ihre Prüfungen gemacht hatten, zu mir nach Rom gekommen. Unser Haushalt war – wie hätte es anders sein können –, milde gesagt, unbürgerlich. Ich war zu ungeschickt, eine Haushälterin aufzutreiben. Zur Hilfe hatten wir einen »cameriere« – einen Trunkenbold mit Namen Casanova. Er soff mein Kölnisch Wasser und kochte ausschließlich mit Zimt. Ich wußte, daß genaue Berichte über die geringsten Unzulänglichkeiten unserer Lebensführung an Priska gingen. Ich ließ es geschehen und tat, als wisse ich's nicht. Ich wußte, daß jeglicher Versuch, meine Söhne für mich zu gewinnen – wiederzugewinnen –, hinfällig war. Ich hütete mich davor, ihnen »reinen Wein einzuschenken«, wie das ihre Mutter tat. Ich konnte mir ihre seelische Verfassung vorstellen. Es war gelungen, ihnen die erste große Enttäuschung ihres Lebens zu bereiten. Ihre unbedingte Liebe zu mir war umgekippt in eine Verachtung, die sie selber schmerzte, an der sie litten. Sie haßten mich durchaus nicht, aber sie nahmen Rache an meinem Bild in ihnen. Ich tat nichts dazu, es zurechtzurücken. Ich hoffte, der Segen italienischer Humanität würde auf die Dauer auf sie wirken. Ich habe sie später nach Frankreich und England gebracht; auch das war aufklärend und heilend. Immerhin hat es zwei, drei Jahrzehnte gedauert, bis alles vernarbt und wieder beim alten war. Wir gehen heute zärtlich miteinander um.

Damals ging's hart auf hart. Die Zufuhr von Haß und Häme ließ nicht nach. Es kam auch die natürliche Tochter aus Hamburg dazu. Zunächst als neutralisierendes Element, wie ich gehofft hatte. Aber die Rolle des vernachlässigten Kindes war unwiderstehlich, obwohl sie am allerwenigsten Grund gehabt hätte, sie zu spielen. Bald hatte ich mich meinen Kindern wie einem Gremium von Inquisitoren zu stellen. Es kam auch eine Portion Zeitgeist hinzu. Damals war's Jugendmode, seine Eltern zu verlassen. Väter vor allem. Es gehörte zu *blue jeans* und *T-Shirts*. Ich spielte nur schlecht mit. Die Tochter schickte ich zurück, wo sie herkam. Den Söhnen entzog ich mich durch Gleichmut. Ich war gewappnet in der inneren Kälte, die einer meiner Hauptzüge ist. Ich kann sentimental sein, aber nicht wehleidig.

Obwohl ich jeden Schritt in Rom genoß – und schon damals begann das im römischen Verkehr schwierig zu werden –, war ich viel in Paris. Zu meinen Freunden dort gehörten Louis Malle und die Gruppe seiner Freunde und Mitarbeiter. So kam es, daß ich ins legendäre Unternehmen »Spoleto« verflochten war. In Spoleto wurde die letzte Phase des Films »Vie privée« mit Brigitte Bardot gedreht. Der Film war in Genf begonnen worden. Louis Malle hatte sich ausgedacht, mich die Rolle von Brigittes Stiefvater, einem Prototyp aus »Europe Centrale«, spielen zu lassen. Obgleich mein Part in Genf abgedreht war, ging ich mit nach Spoleto. Wie und warum die Drehzeit dort für unser Grüppchen legendär geworden ist, wußte eigentlich niemand genau zu sagen. Tatsache ist, daß sie uns allesamt als besonders intensiv erlebt in Erinnerung geblieben ist. Neben der Freundschaft, die ich damals mit Brigitte pflegte, war herzerfrischend auch die Kameraderie mit Marcello Mastroianni. Ihm verdanke ich einige Einsichten in die italienische Ironie, die ohne Häme ist. Spoleto ließ uns alle freundschaftlich zusammenwachsen – bis auf das unvereinbare Protagonistenpaar Brigitte Bardot – Marcello Mastroianni. Was alle Welt erwartete – nämlich daß die beiden unverzüglich eine große Affäre begännen –, traf nicht ein. Sie gingen einander aus dem Weg, Brigitte mit einem oder dem anderen ihrer austauschbaren Freier (allesamt vom Typus Samy Frey), Marcello im souveränen Gleichmut des erstklassigen Professionisten, dem's lediglich daran gelegen ist, seine Aufgabe in bester Weise und Laune hinter sich zu bringen. Er war hier zu Hause. Uns andere hat Spoleto fünf Jahre später in Mexiko zu »Viva Maria« zusammengeführt.

Ich weiß, daß eine der Beschuldigungen Priskas mein Geldgebaren war. Eine Achillesferse, die ich jedem Angriff darbot. Priska mag übersehen haben, daß es nicht einfach ist, mit einem Kugelschreiber als einziges Instrument des Geldverdienens drei Söhne in Rom, Paris und später London zum Teil auf teuren Schulen heranzuziehen. Daß ich dabei nicht Zeichen des aufopfernden Darbens gegeben habe, hatte zu der Anschauung geführt: »Er frißt Austern und hält uns in Not«. Es war nicht ganz so. Ich habe mich damals um Kopf und Kragen geschrieben. Mit unsäglichen Banalitäten für den neu aufgeblühten deutschen Zeitschriftenmarkt, »Stern« und »Quick« an der Spitze. Ich hatte ja keinen Ruf zu verlieren. Und meine bedenkenlose Prostitution machte sich belohnt. Herr Hagen, der für eine Weile in der »Quick« das Sagen hatte, kaufte mich mit einem Exklusiv-Vertrag ein. Chefredakteur war ein Herr Prinz, dem ich ein Dorn im Auge war. Ich habe drei Jahre lang ein deftiges Gehalt bezogen, ohne eine Zeile dafür zu schreiben. Herr Prinz wußte es zu verhindern. Einmal in London, war ich beim deutschen Botschafter, Herrn von Etzdorff, zu Gast. Er erzählte mir nebenbei die Profumo-Affäre, bevor etwas davon an die Öffentlichkeit gekommen war. Daß das nicht unabsichtlich war, lag auf der Hand. Mir gefiel's nicht, englische Skandalgeschichten aufzurühren. Aber um meinem Gastfreund, der seine Gründe haben mochte, zu Diensten zu sein, und mehr noch aus Pflichtgefühl gegenüber meinem Brötchengeber »Quick« rief ich in München an und erzählte den Hergang der Affäre. »Na und?« kam's zurück. Ich sagte aufgebracht: »Der englische Verteidigungsminister hat das Parlament belogen!« Antwort: »Wer ist schon der englische Verteidigungsminister!« Zwei Tage später war eine fünf Mann starke Delegation in London und erwarb für zweihunderttausend Mark die Rechte, die Geschichte zu publizieren. Irgendwann bin ich für die »Quick« zu Haile Selassie nach Äthiopien gefahren. Mein Reisebericht hat Herrn Prinz nicht gefallen. Danach war mein Gewissen beruhigt, daß ich Geld fürs Nichtstun annahm.

Dann geschah's noch einmal: *Love bade me welcome*. In Paris. Ob dem eine Inklinationszeit vorausgegangen war, weiß ich nicht. Mein Unglücklichsein kann ich nicht so deuten. Vielleicht war ich's Paris schuldig, daß ich zeitweilig einer Pariserin verfiel. Mit Gloria hatte ich's gewissermaßen betrogen. Rom, wo ich immerhin noch festen Wohnsitz mit meinen Söhnen hatte, war ungefährlich. Dort spielte ich – zugegeben mehr schlecht als recht – Hausvater. Außerdem war Rom für mich der Schauplatz von Männerfreundschaften. Die beiden Frauengestalten, die wie Schildträger zu beiden Seiten dieser Galerie von ausgezeichneten Persönlichkeiten stehen, Irene Brin und Livia de Stefani, dienten zu Schmuck und Zierde. Die Protagonisten meiner römischen Zeit waren »Gibo« Barzini, der bedeutende Publizist. Paolo Milano, nicht minder bedeutender Literaturkritiker. Auch Giancarlo Vigorelli förderte meinen Ruf als Schriftsteller. Gelegentlich kam Indro Montanelli nach Rom, ein anderer meiner literarischen Paten. Wertvoll war Hans Becker, der Vertreter – nicht Christi – sondern Christie's in Rom. Mit ihm die Antiquitätenhändler abzuwandern oder ihm bei Auktionen zuzuschauen, war überaus lehrreich. Federico Zeri, der Kunsthistoriker, der kürzlich in die Academie Française aufgenommen worden ist, kannte ich noch aus Spoleto. Ein Spaziergang durch die Stadt mit ihm war ein kunst- und kulturhistorisches Seminar. Er führte mich auf die Appia Pamphili zum Besitz von Verwandten. Einige hundert Schritte vom Haus, schon in einer Landschaft, in der man unwillkürlich im Geiste Kollegen Goethe hingelagert von Tischbein sah, stand ein zur Kapelle umgebauter Tempel der graziösesten Architektur. Andere hundert Schritte weiter, verborgen im Gestrüpp des Geländes, lag versteckt im Efeugeranke die Grotte der Ninfa Egeria, so geheimnisvoll, wie sie heilig gewesen war. Und noch einmal tausend Schritte gegen die Stadt Rom zu setzte die erste Welle der Zementhochbauten an und schien auf das Heiligtum zuzubrausen. Nichts hätte mir das ewige Rom in seiner unbekümmerten Grausamkeit näherbringen können.

Und auf alles das verzichtete ich leichthin mit einem Mal. Nicht etwa um des kulturellen oder gesellschaftlichen Vorzugs von Paris willen. In der Villa Medici residierte Balthus, Conte de Rola für jedermann, der ihm auch einen Fürstentitel gern zugesprochen hätte. Er gab die exquisitesten Diners. Der Damenflor war dabei auserlesen. Von römischen Prinzen lernte ich ein Italienisch, das in seiner Vulgarität meine Trattoria-Wirte von Trastevere verblüffte. Zur deutschen Kolonie von Rom hatte ich weniger Zugang. Über ihr thronte ein Botschafter, der ein Cousin von Priska war. Aber die Via Veneto war noch so belebt, daß Fellinis »Dolce Vita« geradezu den Charakter des Dokumentarfilms hatte. Kurzum: Es ging nicht langweilig zu in Rom, und warum es gerade bei einem vorübergehenden Aufenthalt in Paris geschah, daß mich wieder die Erkrankung an Liebe befiel, kann ich mir heute nicht erklären. Irgendeine psychische Vorbereitung muß ich aufgewiesen haben, denn das Liebesobjekt war mit alltäglichen Kriterien nicht zu verkraften. Oft und vielfach habe ich versucht, ästhetische Metaphern dafür aufzufinden. Zum Beispiel die bäuerliche Kraft einer *grande dame* des französischen sechzehnten Jahrhunderts, schwergliedrig fest und apfelfrisch, ein edler Kaltblüter mit Temperament; oder die Glut eines Samowars in geröteten Wangen und die Stärke einer Krake in den wuchtigen Armen. Überflüssig zu sagen, daß ich zu alledem auch die obligate Verletzlichkeit der kindhaft gebliebenen Seele entdeckte. Kein Wunder, daß sie zwei Jahre lang nach Lust und Laune mit mir Schlitten fahren konnte.

Ich fürchtete, daß es diese für den Normalverbraucher unverständliche Leidenschaft war, die mich den letzten Rest von Achtung meiner Söhne für mich kostete. Zum Mißverständnis bot sich mein mondäner Lebenswandel an. Madame trug einen großen Namen, und es blieb der gelegentliche Umgang mit den Rothschilds nicht aus. Allerdings auch Szenen der Verzweiflung und Empörung, wenn man einmal zu einem Ball, einem Empfang, einem Wochenende nicht eingeladen war. Dann wieder Triumphe, wenn auf der Gästeliste eines Hauses der *vieille France* der Name gleich nach dem Botschafter von Großbritannien stand. Indem ich wie ein *accessoire* Madames, gleichsam ein Schoßhund, überall mitgenommen wurde, lernte ich kennen, was Balzac und Proust zu albern vorgekommen wäre, um's mehr als nur anzudeuten. Herr Sombart hätte damit seine *Leçons de sociologie* über die platte Prominenz hinaus erweitern können. Auch ich sammelte fleißig. Manches hat schon Anwendung gefunden und wird's auch noch weiter tun.

Bin ich meinem Pariser Zwischenspiel nicht doch ein Wort mehr der Anerkennung schuldig? Gewiß. Madames Intelligenz war sublim. Ihr Sinn für Humor köstlich. Ihr Geschmack unfehlbar. In weltlicher Hinsicht konnte mir nichts besser Erzieherisches zustoßen. Madame persönlich nahm dabei die Hauptrolle ein. Ihr Charakter war teuflisch. Ihre Feinfühligkeit die eines Metzgerhundes. In beiden letzteren Qualitäten gaben wir einander nichts nach. Zwei volle Jahre war ich so in ihrem Bann, daß ich für nichts anderes Augen und Ohren hatte.

Inzwischen war vor sich gegangen, was vom Vorangegangenen vorbereitet gewesen war. Meine Söhne hatten sich zerstreut. Der Älteste wollte Bildhauer werden und ging nach Bayern zu einem Freund und Meister, um zu lernen. Der Zweite verzog sich nach Dublin, um Biologie zu studieren. Der Dritte entsagte der Welt und trat in einen Orden ein. Entsagte dann dem Orden, ließ sich protestantisch adoptieren, hatte nun also »endlich 'nen anständigen Namen«, studierte Theologie und wurde evangelischer Pastor. Erster christlicher Akt war, seinen Vater zu verleugnen. Aber er entsagte dann auch dem Bäffchen und wurde Radioredakteur. Heute verstehen wir uns bestens. Mit den beiden anderen auch. Bei allen dreien ging eine Weile des Zögerns und Suchens nach der eigenen Identität voraus. Ich konnte ihnen dabei nicht helfen. Bestimmt nicht als Vorbild. Meine Identität war von der deutschen öffentlichen Meinung und der aktiven Zeugenschaft der Mutter Priska so eindeutig festgelegt, daß sie bestenfalls abschreckend wirken konnte.

Das focht mich nun gottlob nicht mehr an. Das Geschehene war geschehen. Es hatte sich mit mir über mich selbst vollzogen – das heißt natürlich: Ich hatte ein weiteres Stück Leben überlebt und war gewärtig, weiter gelebt zu werden. (Dem Leser drängt sich sicherlich das Bild der Marionette an den Fäden des Schicksals auf.) Das Haus an der Via Aurelia hatte ich aufgegeben. Meine Verpflichtung zu väterlicher Fürsorge war aufs Ausstellen von Monatswechseln beschränkt. Ich lebte jetzt gänzlich allein und muß sagen, daß es ein wonniger Zustand war. Der Ort war schön. Er hieß Punta Rossa und lag auf dem Zipfel des Kap Circero, einem vorspringenden Bergstock gegenüber der Insel Ponza, halbwegs zwischen Rom und Neapel. Ein Hotel, in dem die Mitglieder des römischen Corps diplomatique ihre Familien zum Wochenende abschoben oder ohne Familie mit wechselndem weiblichen Anhang zu Kurzaufenthalten kamen, stellte seinen Gästen kleine Bungalows zur Verfügung. Einen davon hatte ich gemietet. Es paßte mir wie ein Handschuh. Ein Salon, ein Schlafzimmer, eine winzige Küche und ein geräumiges Badezimmer schlossen sich um einen kleinen Patio. Über die Fenster an der Front hingen Glyzinien. Trat ich zwischen Lorbeer und Bougainvillea zum Vorgärtchen hinaus, so überschaute ich hinter dem sattgrünen Buschwerk des Abhangs die Bläue des Ionischen Meers, bis es mir vor den Augen flimmerte. Ich lebte ein köstliches Einsiedlerleben, bekochte mich selbst mit dem, was ich von den Fischern vor San Felice Circeo morgens aus den kaum eingebrachten Netzen kaufte, schrieb viel, hielt meine Siestas im Schatten des Patio, schwamm und graste dabei theoretisch ab, was an wohlgestalteten neuen Hotelgästen auf dem Badesteg auslag, gab eitle Vorstellungen meiner Künste als Wasserskiläufer und war dankbar für jede Minute, die ich in Italien leben durfte. Meine Gehässigkeit, meine unablässig herausgeforderte Abwehrbereitschaft, mein Unwille, meine Ungeduld gegen eine Umwelt von Gefühlstauben, die mir in beinah zwei Jahrzehnten Deutschland ins Gemüt gewachsen und vom sperrigen Umgang mit französischer Selbstüberschätzung nicht ausgeschwemmt worden waren, fielen von mir ab wie Schorf von vernarbten Wunden.

Noch einmal wurde diese Heilung unterbrochen, als Louis Malle im Freundeskreis seiner Mitarbeiter, die mich ins Herz geschlossen hatten, mir anbot, ihn zur Verfilmung eines Projekts von geradezu nationalfranzösischer Bedeutung nach Mexiko zu begleiten. Der nationalfranzösische Belang war durch die Besetzung der Hauptrollen mit Brigitte Bardot und Jeanne Moreau gegeben. Hollywood und damit ganz Amerika war herausgefordert. Dazu konnte ich nicht nein sagen.

Mir war – um meine Teilnahme zu berechtigen – die Rolle eines alten Zauberkünstlers in einem Wanderzirkus zugedacht. Außerdem konnte ich mir das Unternehmen dadurch finanzieren, daß ich regelmäßig Berichte über die Dreharbeiten für ein Pariser Boulevardblatt schrieb. Sie sind in Deutschland, Italien, Spanien und – sonderbarerweise – Finnland unter dem Titel »Die Toten auf ihre Plätze« herausgekommen. Nicht in Frankreich. In Frankreich habe ich mir damit – vorübergehend, gottlob!, nur während der Veröffentlichung im Boulevardblatt – eine Ächtung eingeheimst, als hätte ich die Trikolore besudelt.

»Die Toten auf ihre Plätze« war ein Kommando, das während der Dreharbeiten wiederholt gegeben wurde. Der Film, herausgekommen unter dem Titel »Viva Maria«, erzählt die Geschichte zweier Frauen – eben den französischen Weltstars Brigitte Bardot und Jeanne Moreau, beide mit Vornamen Maria –, die mit einem Wanderzirkus in Mexiko in eine Revolution geraten sind und – wie vermöchte es anders zu sein! – den armen, aber stolzen Revolutionären zum Sieg verhelfen. Es wird dabei emsig gekämpft. Das Gelände ist bestreut mit Toten. Wenn die Mittagspause kam, durften sie aufstehen und sich laben. Wenn danach weitergedreht wurde, mußten sie zurück, wo sie gelegen waren. Die Toten auf ihre Plätze. In meiner Sicht waren diese Kampfhandlungen längst nicht so spannend wie der stumme, dafür um so erbittertere Krieg, der zwischen den beiden Weltstars ausgetragen wurde. Sie waren aneinandergeraten nicht nur in der Rivalität um die Spitzenstellung im französischen Film, sondern geradezu als Vertreterinnen zweier feindlicher schauspielerischer Prinzipien: Brigitte Bardot, das Naturtalent, das durch seine schiere animalische Ausstrahlung den Beschauer in Bann zwingt, und Jeanne Moreau, die große Mimin, die mit ihrer tragischen Miene alle Register der Schauspielkunst zieht, um das gleiche zu erreichen. Was noch dazukam an Gegensätzlichkeiten, braucht gar nicht erst aufgelistet zu werden. Es genügt allein der Wettstreit, wer mehr publizistische Aufmerksamkeit auf sich zieht, um zwei Französinnen von Rang einander spinnefeind zu machen. Schon in den ersten Tagen in Mexiko war unser Filmteam in zwei Lager gespalten.

Meine Freundschaft mit Brigitte Bardot war alten Datums. Sie stammte aus Genf und Spoleto. Aber es war eine äußerst lockere Bindung. War Brigitte schon dort von ihren Satelliten eng umgeben, so erst recht in Mexiko. Platzhirsch war ein gewisser Bob Zagouri aus dem wahren nordafrikanischen Maghrebinien; und darum her wimmelte es von *copains* aller Sorten und Rassen. Offenbar war's ebenfalls, daß die Mehrzahl der Teilnehmer der französischen Equipe Brigittes Fahne hochhielten. Jeanne Moreau dagegen hielt sich in *splendid isolation* abseits. Sie hatte ihre Coiffeuse mitgebracht und beschäftigte sich in den Drehpausen mit der Pflege ihres sehr schönen, rötlich blonden Haars. Von Zeit zu Zeit empfing sie in ihrem Wohnwagen prominenten Besuch – zum Beispiel den Modeschöpfer Pierre Cardin, ein Flirt, wie es hieß, der aber inzwischen reumütig zur Päderastie zurückgekehrt zu sein schien. Auch andere Flirts wechselten einander ab. Jeanne machte keinen Hehl aus ihrer Promiskuität. Im Gegenteil. Es schien ihr Spaß zu machen, daß sie in souveräner Libertinage auftrat, während Brigitte, die angeblich männermordende, geradezu kleinbürgerlich ihrem Bob Zagouri die Treue hielt. Jedem das seine: Polygamia, monogamtua!

Vier Monate kreuz und quer durch Mexiko in Gesellschaft von rund vierzig Franzosen und Französinnen ist kein reines Honigschlecken. Franzosen sind kritisch, vor allem in bezug auf ihre Bequemlichkeit. Küchenschaben in der Suppe lösen eine Eloquenz aus, der man nicht entfliehen kann. Ich schrieb fleißig meine Berichte. Sie erschienen zunächst nicht. Dann tat ich einen Schritt vom Weg: Ich freundete mich mit Jeanne Moreau an. Damit hatte ich Verrat an Brigitte begangen. Sie stellte mich zur Rede. Brigitte Bardot im Zorn ist ein eindrucksvoller Anblick. Bevor ich sie beschwichtigen konnte, platzte die Bombe. Meine Artikel waren erschienen. Ich hatte mich nicht an die gute Regel gehalten »*Chacque verité n'est pas bonne à dire*«. Besonders was die Feindseligkeit der beiden Stars betraf, war ich gesprächig. Außerdem, stellte sich heraus, war in der Redaktion des Boulevardblattes der Textbearbeiter ein erklärter Feind Louis Malles. Er hatte meine Berichte so zusammengestrichen, daß sie nur noch aus bösartigen Formulierungen bestanden. Ich war ein übler, heimtückischer Nestbeschmutzer. Man ließ mich's merken. Ich hätte in mich gehen und darüber nachgrübeln sollen, ob nicht mein deutsches Image doch einer trüben Wahrheit entsprach. Statt dessen ging ich nach Punta Rossa ins italienische Heilbad.

Was ich an Italien liebe, sind die Italiener. Weniger das Land. Pinien und Zypressen, efeuumwuchertes antikes Mauerwerk, Mediceer Villen und formale Gärten wie Stickereivorlagen haben hart zu kämpfen gegen Zementhochbauten und die Pest der *architettura del geometra* – die Wohnkunstbauleistungen kleinbürgerlicher Bauherren. Die Weingärten jauchzender Winzer und behäbig im Joch schreitende Ochsen mit den ausladenden Hörnern sind Autobahnen und Industrieanlagen gewichen. Italien ist in den letzten fünfzig Jahren von einem der schönsten Länder dieser Erde zu bald einem der häßlichsten geworden. Aber die Italiener haben noch nichts von ihrer Liebenswürdigkeit verloren. Aus einem Volk von Landarbeitern und Kleinbauern ist eine Industriegesellschaft geworden. Ein Rudel von Politikastern, beliebig austauschbar in jeglicher administrativen Funktion, ununterscheidbar in ideologischer Ausrichtung, meisterhaft eingespielt in einer alle Lebensbereiche umfassenden Korruption, steuert das Land von einer Krise zur andern. Das Volk reagiert emotionell. Streik ist ein nationaler Sport geworden. Die Humanität der Italiener bleibt von alledem unberührt. Sie haben alle Tugenden und Fehler der menschlichen Gattung. Ihre Fehler stechen ins Auge. Aber sie sind gemildert durch unmittelbare Menschlichkeit; durch ein verständliches Nicht-anders-Können, das jedes Vergehen zu einem Fall allgemein menschlicher Schwäche und Unzulänglichkeit macht. Der ärgste Schuft ist immer noch ein Menschensohn. Die Tugenden der Italiener sind verborgen im Treiben und Getriebenwerden des Lebens. Sie äußern sich nicht in großen Taten, sondern im Kleinen, Gelegentlichen, Spontanen. Über allem herrscht Mitleid, Mitgefühl, die Einsicht in die Unvollkommenheit der Welt, die Grausamkeit der Existenz. Man lebt unter Menschen in Italien.

Weil ich die Italiener liebe, haben sie mich liebevoll aufgenommen. Kein Lächeln war je verschwendet, kein freundliches Wort unerwidert gelassen, keine Bitte um Hilfe unerfüllt. Ich weiß, daß ich als ein Fremder die Privilegien der Gastfreundschaft genieße. Auch wenn ich nicht mehr fremd bin, steht mir sorgfältigere Behandlung zu. Ich kann mir Extravaganzen leisten. Mir ist Narrenfreiheit eingeräumt. Mein moralischer Kredit ist unbegrenzt. Es würde nicht erstaunen, wenn ich ihn mißbrauchte. Auch mir ist menschliche Schwäche zugestanden. In den ersten Jahren in Italien habe ich bisweilen an einem Befremden, einem Zurückweichen, Ausweichen erkennen müssen, daß ich manches von den rohen Umgangsweisen, dem Hochfahren, der Ungeduld, der Rücksichtslosigkeit meiner in Deutschland hingebrachten Lebenszeit behalten hatte. Nicht lange. Es bedurfte keiner großen Lehren, um die Stacheln, die ich wie ein Igel gegen meine Umwelt gesträubt hatte, manierlich zu striegeln. Meine Zivilisierung ging kaum merklich, aber stetig durch Gewöhnung an einen höheren Zivilisationsstand vor sich.

Auch die Idylle von Punta Rossa währte nicht ewig. Während sie währte, ging ein entschiedener Wandel in mir vor. Abgesehen von der zivilisatorischen Milderung meiner Manieren. Ich rückte meine Auffassung von mir in der Welt zurecht. Das Aufsehen, das ich in Deutschland teils durch meine literarischen Arbeiten, teils durch mein privates Auftreten erregte, fiel hier weg. Ich hatte mich nicht mit einem Bild von mir in der öffentlichen Meinung herumzuschlagen. Es gab kein öffentliches Bild von mir in Italien. Schon gar nicht das eines Mannes, den bei allem, was er tut, das Skandalöse umwittert. Mein Roman »Ein Hermelin in Tschernopol« war glänzend übersetzt herausgekommen und auf einen Schlag ein gründlicher Erfolg. Gründlich, weil nicht allein das Literarische gewertet wurde, sondern auch die politische Dimension des Buchs: die Frage nach dem Wesen von Ordnung; nach der Neuordnung Europas seit dem Jahrhundertanfang und nach der kulturellen Rolle der Juden darin. Statt einem Image hatte ich über Nacht einen Namen in Italien. Meine Person verschwand hinter diesem Namen, sie war von seinem Prestige in Schutz genommen, konnte sich also frei bewegen, war nicht beladen mit einer anrüchigen Geschichte. Natürlich wies mich das auch darauf hin, mir bewußt zu werden, was an dieser Geschichte anrüchig war oder als anrüchig aufgefaßt werden konnte. Es lag gewiß nicht an einer Trübung des Spiegels allein, wenn mir mein deutsches Spiegelbild nicht lauter entgegenblickte. Sicherlich war mein Verhalten nicht gänzlich stubenrein gewesen. Ich hätte manches anders tun oder vermeiden können. Diese Einsicht brachte mich nicht dazu, in aufrichtiger Zerknirschung Besserung zu geloben. Sie warnte mich lediglich. Vor mir selbst und vor der Möglichkeit, Mißverständnisse heraufzubeschwören. Ich fand mich in der schönen Unschuld des noch unbeschriebenen Blattes und begann, meine Zeichen mit Vorsicht darauf zu setzen.

Es war – wie soll ich sagen? – eine unbefangene Vorsicht. Ich hatte nicht den Eiertanz um die neuralgischen Zonen meiner Umwelt aufzuführen. Über die Rolle Italiens in der Geschichte der beiden Kriege und der Vor- und Zwischen- und Nachkriegszeit konnte man verschiedenerlei Ansicht sein. Wie immer die auch ausfiel, die Italiener selbst nahmen sie mit Gelassenheit hin. Weder gaben sie sich in selbstquälerischem Genuß mit einer hinfälligen Vergangenheitsbewältigung ab, noch suchten sie ihr Mitspiel am Grauenhaften zu beschönigen. Nach Deutschland lebte ich frei atmend in einem Volk ohne historisches Gewissen. Ich brauchte mich an nichts zu messen und meinen Abstand zu verantworten. Auch nicht den zur kleinbürgerlichen Moralauffassung.

Der europäische Bürgerkrieg ward auch in Italien ausgefochten. Auch hier waren schon weitgehend aus bäuerlichem Land- und bürgerlichem Stadtvolk homogene Kleinbürger geworden. Der Klassenkampf wurde weitergeführt. Erbitterter sogar als anderswo. Gewaltsamer. Fundamentalistische Fanatiker wie die *Brigate rosse* hielten das Land in Atem. Sie waren gegen das gerichtet, was den Bürgern, den typischen Spießer, politisch charakterisiert: das Kleinkapitalistische. (Auch moralisch.) Die meskine Eigensucht. (Auch moralisch.) Die Unfähigkeit, über die eigene Nase hinauszublicken. Aber sie warfen dazu auch das liberale Bürgertum in einen Topf. Sie ließen sich nicht bluffen von *radical chic* der Oberklasse. Bourgeois war und blieb Bourgeois. Was im Kampf dagegen auf der Strecke blieb, war die Arbeiterklasse.

Italien hatte die größte kommunistische Partei Europas. Sie brachte die vorwiegend christlich-soziale Regierung in arge Bedrängnis. Niemand sah ein, daß gerade der Klassenkrieg es war, was aus den Proleten am Fließband Spießbürger herstellte.

Erst recht die große Politik war nicht imstande, das zu sehen. Die Welt war überschattet vom Kalten Krieg. Charismatische Windeier wie weiland der ermordete Präsident Kennedy und seine Gegenspieler drohten einander mit Atombomben, während es jenseits aller Ideologien doch nur darum ging, ob es für eine Handvoll von Groß-Profiteuren gewinnbringender war, die Spießer am langen Zügel des Klein- (und Groß-)Kapitalismus zu halten oder die Knechte der ideologischen Dogmen am kurzen Zügel des Staatskapitalismus. Das Problem der Abfütterung war das gleiche. Es sollte sich in der Folge herausstellen, daß der unkontrolliert freie Wettbewerb um die Futterstellen der sichere Weg zum Zusammenbruch aller Ideologien ebensowohl wie aller wirtschaftlichen Systeme war. Mit dem Klassenkampf hatte das längst nichts mehr zu tun. Der Triumphzug des Spießers war eingeleitet und weit fortgeschritten und würde erst an seinem katastrophalen Ende sein, wenn er die letzten Reste der alten Klassenordnung beseitigt – das heißt: sich einverleibt hätte.

Ich will jetzt nicht zur Frage stellen, ob diese Weltansicht richtig oder falsch ist. Ich weiß nur, daß ich sie als Grundstimmung meines politischen Wesensteils seit jeher in mir hatte und meinen Tag in einem Magma aus Skepsis, zynischer Resignation, Schadenfreude an der menschlichen Dummheit umd dem Glücksgefühl persönlicher Unberührbarkeit hinbrachte. Was konnte mir passieren? Ich gehörte keinem Stand mehr an. Ich war bettelarm. Mich berührte von dem, was geschah, lediglich das, was in mein Privatleben eingriff. Der Zeitgeist war mir nicht eben hold. Väter hatten kaum Chancen, sich als Väter zu manifestieren. Woran mir am innigsten gelegen war, nämlich das Verhältnis zu meinen Söhnen – ganz zu schweigen vom Traum einer in Geist und Willen vereinten Sippe –, war auf ein seelisches Abstellgleis geschoben. Ich hänge nicht gern Verlusten nach. Für den Rest war ich frei.

Mir wurde bewußt, daß ich mein fünfzigstes Lebensjahr überschritten hatte. Für den Normalverbraucher an Eigengefühl ist das bekanntlich eine Lebensschwelle. Man zieht Bilanz. In meinem Fall war das höchst einfach. Ich hatte es in meinem Leben zu nichts gebracht, was mir nach Herkunft und Grunderziehung unter ungestörten Verhältnissen vorgezeichnet gewesen wäre. Weil die Verhältnisse nicht ungestört geblieben waren, war ich ein Konditionalfall. Wäre das kaiserlich-königliche Österreich nicht nach dem Ersten Weltkrieg zusammengebrochen, würde ich jetzt vermutlich als Sektionschef im Ministerium für Hörner und Hufe oder ähnlichem meiner Pensionierung in Graz entgegenblicken. Hätte nicht der Zerfall der alten Welt in Tschuschenländer zu meiner Inhaberschaft eines rumänischen Passes geführt, ich würde in einem unbezeichneten Soldatengrab bei Stalingrad verrotten. Als ein Überlebthabender war es mir nur durch eine Art Trick – nämlich durch das Fingerfertigkeitsspiel der Literatur – gelungen, nicht im Morast der Spießer unterzugehen. Wirtschaftlich ging es mir erträglich, obwohl ich nichts besaß. Es mangelte mir an nichts. Selbst in Hinsicht auf meine Beziehungen zu den Mitmenschen konnte ich beruhigt sein. Weib und Kinder waren zwar vorderhand abgeschrieben. Aber da waren Freunde. Leider waren einige davon tot. Doris war tot. Ich hatte sie zum letzten Mal gesehen, als ich in Wilton Park gewesen war. Hans Becker in Rom war tot. Nikolas Nabokov in Paris war tot. Ledig-Rowohlt war Groß-

Verleger geworden und von seiner Gattin dem Jet-set nah- und seinen Autoren und alten Freunden ferngebracht. Schüddekopf hatte der Kombination von Beruhigungs- und Aufputschmitteln im Alkoholbad nicht widerstanden. Mein Bruder im Geist Frank Freytag schickte sich zum Sterben an. Der intelligenteste, witzigste von allen – Elef Sossidi – verblödete. Fern wußte ich einige Wohlmeinende wie Dina Anrep, die sich in London mit Leonid Lieven verheiratet hatte. Von meinen Lesern mochte es außer denen, die den »Spiegel« gelesen hatten und mir die Fresse einschlagen wollten, einige geben, denen die »Maghrebinischen Geschichten« Freude bereitet hatten. In Hamburg wußte ich jemand, der mir eng verbunden war, obwohl ich ihr Schmerz bereitet haben mochte. An neuen Freundschaften – nicht solchen, die sich in schulterklopfendem Beisammensein erschöpften, sondern auf einer Gemeinsamkeit der Auffassung des Wesentlichen beruhten – war mir seit Spoleto und »Viva Maria« Louis Malles Assistent Volker Schlöndorff ans Herz gewachsen. Blutjung, begabt, humorvoll, welteinsichtig. Um Brigitte Bardots Freundschaft tat es mir leid. Ich hoffte, sie würde die Mißhelligkeiten von »Viva Maria« und meine Indiskretionen vergessen. In Rom wußte ich noch »Gibo« Barzine in getreuer Freundschaft und Paolo Milano, den überragenden Kritiker, sowie Livia di Stefani, die Schriftstellerin, mir gewogen. Ist das nicht genug?

Ich war am abschüssigen Teil meiner Lebenshälfte angelangt. Daß sie glücklicher verlaufen sollte als die erste, arbeitsamer, eingeordneter in meine Umwelt, wohlwollender darin aufgenommen, reicher an Freundschaften und Anerkennung, verdanke ich meiner Wahl von Italien zum zweiten Heimatland. Auch einer dritten, glücklicheren Gattinnenwahl.

Eine sporadische Freundschaft habe ich zu nennen vergessen: Giangiacomo Feltrinelli, den Verleger und politischen Strudelkopf, der sich beim Versuch, den Mast einer Hochspannungsleitung der Mailänder Stromversorgung zu sprengen, in die Luft befördert hat. Er war mit Inge Schönthal, der Journalistin und begnadeten Tratschweberin, nicht eben verheiratet, aber engstens bestückt und hat ein glückliches Verlegerdasein bei gründlicher Ausnutzung der Autoren seiner politischen Narretei geopfert. Sein erster verlegerischer Erfolg war Pasternaks »Doktor Schiwago«. Zu seinen umfangreichen Besitzungen gehörte auch ein Haus am Gardasee. In den letzten Tagen der Salò-Regierung hatte es Mussolini requiriert gehabt. Giangiacomos Mutter, eine formidable einäugige Dame, die der faschistischen Sache ursprünglich nicht eben ferngestanden war, fand diese Schmach unerträglich und hielt das Haus abgeschlossen. Es war Inges Verdienst, es wieder aufzumachen. Bei der ersten Gelegenheit, bei der die Familie vereint am Seeufer beim Tee zusammensaß, fuhr ein Touristenboot mit Schaulustigen beladen wie ein Heuwagen vorbei. Eine durchs Megaphon verstärkte Stimme rief: »Hier rechts die Villa Mussolini, jetzt bewohnt von Doktor Schiwago.«

Inge ließ sich davon nicht abschrecken. Anläßlich irgendeines Firmenjubiläums gab sie dort ein Sommerfest, zu dem alles herbeigeströmt kam, was Rang und Namen hatte oder zum Gefolge der Prominenz gehörte. Unter den Gästen war auch Beatrice Monti della Corte, Inhaberin und Leiterin einer hochrenommierten Kunstgalerie, der Galleria dell'Ariete in Mailand. Und ich. Ich könnte jetzt diesen Lebensbericht mit den Worten schließen, die Winston Churchill ans Ende seiner frühen Memoiren, »Weltabenteuer im Dienst«, gesetzt hat: »*And then I got married and everything was all right.*« Es ging nicht ganz so schnell. Geheiratet haben wir erst anderthalb Jahre später in Dallas, Texas. Bis dahin lebten wir, wie es in Polizeiberichten heißt, in »wilder Ehe«. Teils in Mailand, teils in Amerika. Zwischendurch in Beatrices schönem Haus in Griechenland. Adieu Punta Rossa. Es hatte immerhin zu Anfang unserer wilden Ehe, als es noch Schwierigkeiten gab, zum Versteck gedient.

Die Schwierigkeiten ergaben sich aus dem Als-ob, als welches in katholischen Ländern das gesellschaftliche Dasein sich abspielt. Solange man tut, als ob man dem gesellschaftlichen Comment gehorche, wird man in Ruhe gelassen, gleichviel, was man tut. Beatrice war kein Backfisch mehr, der bei Vater und Familienchef um Erlaubnis zu einer Eheschließung einzukommen brauchte. Sie war seit Jahr und Tag in jeder Weise selbständig. Ihre Mutter war früh gestorben, der Vater ein zweites Mal verheiratet. Es gab eine Stiefschwester, die zwanzig Jahre jünger war und an der patriarchalische Autoritätsgelüste sich nach Herzenslust austoben konnten. Ich, vor allem, war alles andere als der Typ des Bräutigams, der mit einem Blumenstrauß in den schwitzenden Händen um die nicht minder feuchte seiner Auserwählten anhalten muß. Dennoch blieb mir das nicht erspart.

Es spielte sich freilich sehr gepflegt ab. Nach einem Mittagessen im Stammpalazzo der Monti della Corte in Nigoline bei Brescia, streng überwacht von wappengezierten Ahnenporträts an den Wänden (die mich allerdings seit weiland der Pension Haxthausen in Berlin nicht ins Bockshorn jagen konnten), bat ich, den Park besichtigen zu dürfen. Il barone Alessandro willigte ein, ihn mir zu zeigen. Dort, lustwandelnd auf knirschenden Kieswegen im Schatten jahrhundertealter Zedern, breitete ich vor meinem Gastherrn meine Absicht aus, die ältere der Töchter des Hauses als meine Gattin heimzuführen, und setzte auch hinzu, was ich ihr als Gatte anzubieten hatte: einen schlechten Ruf, den Fluch enttäuschter Lebenswegstreckengefährtinnen, keine Spur von Vermögen, zweimal geschieden, einige unmündige Kinder am Hals, keinen Beruf, sondern eine obsessive Beschäftigung, die uns gelegentlich etwas Geld einbrachte, verhältnismäßig robuste Gesundheit und ein sonniges Gemüt. Il barone nahm das in graziöser Ruhe in sich auf und sagte, es sei wohl so, daß seine Tochter diese Qualitäten kenne und trotzdem einer Verbindung mit mir nicht abgeneigt scheine. Was jedoch ihn betreffe, so sehe er ein Hindernis in meiner ersten Ehe beziehungsweise deren ungenügender Scheidung. Zwei Scheidungen, flocht ich korrekterweise korrigierend ein; *eine* Scheidung, beharrte er, nämlich die von der mir kirchlich angetrauten Priska. (Die arme, nur standesamtlich legitimierte Hanna schob er einfach weg.) Diese eine Scheidung aber, sagte er, sei als solche nicht anzuerkennen. Die erste Ehe sei also immer noch gültig. Ein arger Haken, es sei denn, ich wendete mich an die Sacra Rota in Rom und ließe meine Ehe mit Priska nach dreizehn Jahren Zusammenleben und drei Söhnen für nicht vollzogen, also ungültig erklären. Was er tun könne, um mir dabei zur Hand zu gehen, sei leider nicht viel, der Heilige Vater Paolo VI. stamme zwar aus Brescia und kenne die Familie Monti della Corte, werde aber kaum in den Prozeß eingreifen wollen. Bis der nicht zu meinen Gunsten entschieden sei, könne er, il barone Alessandro Augusto, unmöglich seine Einwilligung zu meinem Ansinnen geben. *Sorry*. Wir schieden als Freunde.

Ich weiß nicht, ob meine Gegenüberstellung mit ihrem sittenstrengen Vater nicht ein erzweibliches Manöver von Beatrice war, Zeit zu gewinnen. Eine so einschneidende Entscheidung wie die zur Ehe durfte nicht überstürzt herbeigeführt werden. Ich für meinen Teil sah auch keinen Anlaß zur Ungeduld. Aus schierer Neugier erkundigte ich mich über die voraussichtlichen Kosten eines Annullierungsverfahrens meiner Ehe mit der einsilbigen Priska durch die Sacra Rota. Allein die Anwaltshonorare – ohne Garantie für einen günstigen Ausgang – überstiegen sämtliche meiner Einkünfte aus all meinem literarischen Schaffen bisher. Im Einverständnis mit Beatrice nahmen wir Abschied davon, an diesem in die Feudalgesellschaft zurückgreifenden Spiel der Epochenverschleppung teilzunehmen, und führten mit blanker Stirn unsere wilde Ehe weiter.

Mailand war damals – vor der ausbrechenden Panik seit den Kindesentführungen und Knieschüssen durch die *Brigate rosse*; auch vor der kalten Übernahme der Stadt durch die alles überwachende Mode – ein höchst angenehmer Aufenthaltsort. Wenngleich nicht ganz so erlebnisreich wie zu Stendhals Zeiten, so doch von der aufgeschlossenen und gastfreien Einwohnerschaft in einer glücklichen Mischung von Groß- und Kleinstadt gehalten. Unsere wilde Ehe wurde mit großzügiger Toleranz hingenommen. Die Mailänder Gesellschaft gefiel sich im *radical chic*. Das setzte eine gewisse moralische Unvoreingenommenheit voraus. Überdies hatte Mailand den Vorteil seiner Lage: In geringer Zeit war von dort aus – vorausgesetzt, der Nebel ließ es zu – jeder andere Ort zu erreichen.

Beatrice hatte sich diesen Vorteil seit jeher zunutze gemacht. Sie war zwei Drittel des Jahres anderswo. Ich begleitete sie getreulich. Das bedeutete auch, daß ich's deftig mit der bildenden Kunst zu tun bekam. Was meine Einstellung zur avantgardistischen Gegenwartskunst betraf, so verhielt ich mich – keineswegs aus prinzipiell kritischen Gründen, sondern aus geistiger Trägheit – nach der Regel »Kavalier folgt der Mode zögernd«. Aber ich hatte die Gabe, mir die ausführenden Künstler zu Freunden zu machen, besonders die jüngeren; und das war für Beatrice Grund genug, mich auch beruflich gern um sich zu haben. Einmal allerdings, in New York, sträubte ich mich, tagaus, tagein zehn Stunden in Galerien zuzubringen, und setzte mich im Hotelzimmer mit der Absicht fest, einen Beitrag für den »New Yorker« zu schreiben. Ich bewunderte die Zeitschrift enthusiastisch. Nach einigem Grübeln fand ich auch ein Thema, das mir für sie geeignet erschien.

Wir wohnten im vierzehnten Stock des inzwischen leider eingegangenen Hotels 14, in der 60. Straße zwischen Madison Avenue und Fifth Avenue. Gegenüber wurde ein Hochhaus gebaut. Jeden Morgen schritt ein offenbar schwindelfreier Bauarbeiter – man sagt, es seien Rothäute, die über diese Qualität verfügen – auf einem Stahlträger ins Nichts hinaus und begann mit einem Schweißgerät andere aus dem Nichts ihm zuschwebende Träger damit zu verbinden. Jeden Morgen wartete ich darauf, daß er herunterfalle. Inzwischen schrieb ich. Ich schrieb regelmäßig durch seinen achtstündigen Arbeitstag und verdanke ihm die Fertigstellung des Kernstücks eines Buches, das mich vier Jahre später in Amerika bekannt machen sollte, die »Denkwürdigkeiten eines Antisemiten«. Vorderhand kamen sie unter dem Titel »Memoirs of an Anti-Semite« – auf englisch geschrieben – im »New Yorker« heraus.

Mit der Veröffentlichung im »New Yorker« als Blüte im Knopfloch meines literarischen Habitus erlangte ich einige Selbstsicherheit. Ich war seit Jahr und Tag mit dem Gewölk eines Romans im Geiste umgegangen. Nicht nur sollte es das große Romanwerk meiner literarischen Karriere werden, sondern gleich ein Buch, das noch nicht geschrieben war, nämlich der Roman des Romanschreibens. Ich hatte schon in Rom damit begonnen und in Paris die Arbeit daran fortgesetzt. Dann aber zerschlug Vladimir Nabokov mein ursprüngliches Konzept: In seinem »Pale Fire« fand ich mein

Buch geschrieben. Besser konnte ich's nicht tun. Ich ließ die Absicht fahren. Der Wurm saß weiter in mir. Ich will nicht daran denken, wie viele verstrudelte Theorien ich wie vielen neuen Konzepten zugrunde gelegt habe. Wie auch immer: Das Manuskript – die Manuskripte, der Berg von Ansätzen, Versuchen, Skizzen, Entwürfen, Notizen, Aufzeichnungen, Anmerkungen – wuchs und wuchs, und wären nicht die Zuschriften an den »New Yorker« gewesen, die meinem – und vermutlich auch Beatrices – Glauben an meine schriftstellerische Mission straffe Miederstangen einzogen, ich hätte mich zu den bedauerlichen Gestalten der präsumptiven Genies zählen müssen, die ihr Leben lang am Windei eines epochemachenden Werkes brüten, ohne daß daraus jemals etwas schlüpft. Ein guter Teil der sechziger Jahre war bedroht durch das, was Balzacs »Un chef-d'œuvre méconnue« fatal ähnelte. Ich war nah daran aufzugeben.

So war's vor allem Beatrice, die darauf bestand, daß ich am »Tod meines Bruders Abel« weiterarbeitete. (Der Titel war ziemlich das einzige, was daran feststand.) Sie sprach mich auch los von der Notwendigkeit, mit journalistischen Arbeiten zwischendurch mein tägliches Brot zu verdienen. Der »Abel« verdankt seiner Fertigstellung der avantgardistischen Bildkunst, der ich so skeptisch gegenüberstand. Aber ich schrieb auch an den »Denkwürdigkeiten eines Antisemiten« weiter. Um die eine Kerngeschichte im »New Yorker« entstanden vier neue andere. Ich übersetzte den »Ödipus« ins Italienische. Es entstand überdies meine Lieblingsnovelle »Der Schwan«. Das alles, während ich getreulich nach Beatrices beruflicher Agenda zwischen Mailand und New York, New York und Paris, Paris und London, London und Rom und wieder Mailand herumkutschierte. Bisweilen tauchten auch Buffalo und Los Angeles, Düsseldorf und Amsterdam, Dublin und Barcelona in der Agenda auf. Es gibt für diese Art von Existenz im Sprachgebrauch gehobener österreichischer Kreise den Ausdruck »Wie ein Furz auf der Wachsleinwand«.

Irgendwann war Dallas, Texas, auf der Agenda. Unsere Freunde dort nahmen als echte Puritaner Anstoß an unserer wilden Ehe. »Warum macht ihr sie nicht zu einer zahmen?« Unsere Ausflüchte waren lahm. Beatrice schob ihren Vater und die Sacra Rota vor, ich meinen leidigen Zustand als Staatenloser. Nichts davon wurde gelten gelassen. Wir erhielten den Segen eines texanischen Friedensrichters sowie den eines eingeschüchterten Priesters in Tampico, Mexiko, und ließen uns im Brautkleid und mit Kamelienblüten in Schläfenhaar und Knopfloch für Papa Monti fotografieren. *And from then on everything was all right.* Ein wenig mußten wir freilich noch daran arbeiten. Es war segensreiche Arbeit.

1966, im Jahr der großen Flut, die viel Unheil in Florenz anrichtete, erstanden wir ein verlassenes Pächterhaus – eine sogenannte *casa colonica* – auf einem der Hügel des *Val d'Arno*, am Fuß des Bergstocks des Saltino, unterhalb von *Vallombrosa*. Es stand in der Wildnis jahrzehntelang vernachlässigter Weingärten und Olivenhaine, von Brombeerlianen umschlungen und von Efeu überwuchert, das Dach bekleistert von Hunderten von Schwalbennestern. Unser Freund Marco Zanuso, Stararchitekt, machte sich daran, es innen umzubauen. Kuh- und Schafställe, Schlafkammern und Dreschböden wurden zur wohnlichen Einheit vereint. Außen ließen wir's, wie's war. Einige Dutzend Schritte davon entfernt steht der Stummel eines Wehr- und Signalturms aus dem vierzehnten Jahrhundert. Als wir das große Haus bezogen, wohnte im Turm weltfern wie in Grimms Märchen eine kleine Familie. Wir nahmen die Frau in Dienst. Um uns her Wein und Oliven, Ginster, Brombeergeschlinge, Zypressen und Linden. So ist mit mageren Worten ein Lebensgeschenk umrissen, für das ich meinem Schicksal früh, mittags und abends dankbar bin. Sein Segen hat meine Arbeit gedeihen lassen. Vermutlich auch meine Reife. Ich bin ein besserer Mensch geworden, seit ich hier lebe. Auch dafür habe ich meine Dankbarkeit nicht zurückgehalten. Sie wird mir belohnt. Ich habe viele italienische Freunde. Das Bild des anrüchigen Maghrebiniers, Namensschwindlers und Kindesvernachlässigers löst sich von mir. Es ist nicht mehr kongruent mit dem Mann, der beliebt und geachtet in Italien lebt und dort sowie in England, Frankreich und Amerika einen guten Ruf als Schriftsteller hat.

Letzteren mußte ich mir allerdings verdienen. Unser Haus und das bedächtige Leben, das ich hier führe, war dafür von unschätzbarem Wert. In dreißig Jahren – mehr als ein Drittel meines langen Lebens – habe ich ein halbes Dutzend Bücher geschrieben, volle Dutzende von kleinen Feuilletons auf italienisch für das »Giornale« meines Freundes Indro Montanelli, ungezählte Artikel für deutsche Zeitschriften, Kurzgeschichten für den »Playboy«, zwei Jahre lang eine monatliche Kolumne für »Elle«, ziemlich regelmäßige Beiträge für das Magazin des »Kurier« in Wien. Diese »journalistische Prostitution« ist mir in Deutschland übelgenommen worden. Sie sei eines seriösen Schriftstellers nicht würdig, hieß es. Gottlob bin ich in diesem Sinne kein seriöser Schriftsteller, sondern ein Dilettant. Immerhin hat Michael Ignatieff mein Buch »The Snows of Yesteryear« (deutscher Idiotentitel »Blumen im Schnee«) in England zum Buch des Jahres 1988 erklärt und Eli Wiesel den »Tod meines Bruders Abel« in der »Washington Post« ein Meisterwerk genannt. (Was ihm übrigens die französische Kritik nach der Übersetzung ins Französische nachgemacht hat.) George Steiner ist weiter gegangen. Von den »Denkwürdigkeiten eines Antisemiten« hat er gesagt, es gehöre zu den wenigen Büchern, die von der deutschen Nachkriegsliteratur übrigbleiben würden. Aber in der offiziellen Liste deutscher Autoren bin ich nicht genannt. Leser dieses Berichtes werden mich vergeblich darin suchen.

Indes, der Imagewechsel vollzog sich. Mit fortschreitendem Alter werde ich »der Grandseigneur«, der Whiskykenner und Spezialist in Schusterschuhwerk, nebenbei auch Amateurkoch und Mopszüchter genannt. Der Namensschwindler darf sein zweites Z behalten. Weil mein (inzwischen leider verewigter) Schwiegervater, Papa Monti della Corte, als einer der Präsidenten der Heraldischen Gesellschaft und berühmter Genealoge nichts an mir auszusetzen fand, ja sogar bei Nachforschungen bis tief nach Sizilien vorstieß und eine Baronie entdeckte, die er mir in Verbindung mit seinem Namen von Seiner (inzwischen auch verewigten) Majestät im Exil, König Umberto II., bestätigen ließ, war nur noch schwerlich etwas zu bemängeln. Die Bestätigung der Baronie wurde *matrimonii causa* erteilt. Meinen Wunsch, darum nicht den Titel *barone*, sondern *baronessa* zu führen, lehnte Papa Monti als frivol ab.

Er hatte sich übrigens auch mit der ungeklärten Situation meiner von der Sacra Rota nicht annullierten ersten Ehe abgefunden. Dallas, Texas, und Tampico, Mexiko, waren weit, und das Brautkleid seiner Tochter auf dem Foto fügte sich anmutig in die festliche Aufmachung anderer Familienmemorabilia auf der Kommode im Salon des Palazzo Monti in Nigoline ein. Freunde und Verwandte fanden mich akzeptabel. Ich glaube, er war mir zugetan. Wir gingen familiär herzlich miteinander um. Er nahm regen Anteil an meiner schriftstellerischen Karriere, hat aber deren Höhepunkte – wie zum Beispiel mein Bild im »Time Magazine« anläßlich der Veröffentlichung der Buchausgabe von »Memoirs of an Anti-Semite« (vermutlich Herrn Sombarts Nachweis von Weltruhm) nicht mehr erlebt. Es hat sich ergeben, daß er in meinen Armen gestorben ist.

Andere Beziehungen und Bindungen sind im Laufe dieser Jahre auf der Strecke geblieben. Unter anderem meine Freundschaft mit Heinrich Ledig-Rowohlt. Sein gigantisch anwachsender Verlag sowohl wie auch sein immer weltweiteres, mit immer mehr international namhafterer Prominenz bestücktes Leben, schließlich sein Ausscheiden aus dem Verlagsbetrieb und seine Abwanderung in die Schweiz haben uns gänzlich auseinandergebracht. Ich fürchte, ich war nicht der einzige seiner alten Freunde, die Herrn Kissinger und Lord Weidenfeld weichen mußten. Bei mir kam auch noch der Abfall von seiner Autorenliste dazu. In den Zeiten, in denen ich blindlings am »Abel« schrieb, hätte ich dringlichst eines Geschäftspartners bedurft, um aus dem Gestrudel meiner Ideen den Weg zu einer Form zu finden. Er zeigte einen derartigen Mangel an Interesse, daß ich wie eine vernachlässigte Geliebte einem anderen Verleger in die Arme fiel. Es war dies eine der Eintagsfliegen, mit denen der Bertelsmann-Verlag seinen Verlagsleitersessel sporadisch besetzt. Er war ungemein arbeitsam und interessiert, über einsneunzig groß und hieß Herr Hopf. Mit Geschenken beladen wie einer der heiligen drei Könige kam er bei mir in der Toskana an und machte sich mit solchem Eifer über meine Kisten und Kästen voll Manuskripte her, daß ich ihm in die Arme fiel und sagte, ich müsse da erst einmal etwas Ordnung hineinbringen. Es war eine Art Notwehr, aber ein Windstoß in der Flaute. Durch rücksichtslose Striche kam wahrhaftig Ordnung in beinah siebenhundert Seiten. »Der Tod meines Bruders Abel« war fertig. Allerdings steht ein zweiter, endgültiger den Aufbau beschließender Band noch aus. *Pazienza*, wie man hier sagt. Geduld! Demnächst (nach zwanzig Jahren) soll er fertig werden. Inzwischen bin ich mit allen meinen neuen Büchern zu

Bertelsmann gegangen. Es war spannend, immer wieder mit einem neuen Verlagsleiter zu tun zu haben.

Die deutsche Buchkritik hat mit dem »Abel« nichts anzufangen gewußt. Herr Busse verriß ihn im »Spiegel«. Seine Gattin, Frau Rotzoll, wies mir nach, daß ich versuchte, mich in den Hochadel hineinzuschreiben. (Der Erzähler des Buchs macht Andeutungen, daß unter den Herren, die seine Väter sein könnten, auch ein rumänischer Fürst genannt wird. Offensichtlich untergeschobenes autobiographisches Element.) Aber die deutsche Buchkritik war längst aus meinem Aufmerksamkeitskreis geglitten. Gelegentliche Blüten erbauten mich. So zum Beispiel zu meinen »Denkwürdigkeiten eines Antisemiten«: Es handele sich nicht um »echten« Antisemitismus. Gewiß, in Deutschland kennt man echteren. Es wurde auch bemängelt, daß vom Holocaust nicht die Rede ist. Eine besondere Dummheit, weil das Buch die sublimen Anfälligkeiten eines programmierten Antisemiten und dessen allmähliche Einsicht in die Barberei seiner Haltung beschreibt. Nichts anderes. Ein Bekenntnis war mir wertvoll: Ein Buchbesprecher hatte seiner ausnahmsweise lobenden Kritik den Satz hinzugefügt. »Wer's gewohnt war, von Rezzori mit Seichterem bedient zu werden, wird hier …« und so weiter. Auf die Anfrage, welche »seichteren« Arbeiten er von mir kenne, mußte er eingestehen, daß er niemals ein anderes Buch von mir gelesen hatte. Eine andere Stimme endlich beschenkte mich mit dem Satz, der vollendet ausdrückt, wie in Deutschland das Wesen eines Schriftstellers verstanden wird: »In bezug auf Menschlichkeit hat Rezzori keine Konkurrenz zu befürchten.«

In der Tat, ich fürchte keine Konkurrenz. Ich stehe nicht im Wettbewerb mit andern Schreibenden. Gewiß nicht mit deutschen. Ich schreibe (unter anderem, aber hauptsächlich) auf deutsch, weil das die Sprache ist, die ich liebe und am besten beherrsche. Ich weiß, daß ich mich ihrer bediene wie einer Fremdsprache. Meine Mentalität ist undeutsch. Aus mir wird niemals ein populärer deutscher Autor werden. Nur in den »Maghrebinischen Geschichten« habe ich den Ton getroffen, den man von mir erwartet. Zudem: Ich habe zwar keinen anderen Beruf. Ich bin Schriftsteller, aber Amateur. Trotzdem: Ich sehe andere Schriftsteller als Verbündete an. Nicht, wie Herr Sombart meint, als Verbündete im Bauernfang, »um den Leser zu verschaukeln und auf den Arm zu nehmen«. Sondern als Verbündete der Auflehnung gegen die Herdentier-Existenz. Wer schreibt, will sich befreien. Er tut's, auch wenn er dabei plattfüßig in der Herde steckenbleibt. Befreit wird, wer tanzen kann.

Je besser einer schreibt, desto inniger ist er mein Bruder. Selbst wenn er in einer Sache schreibt, die nicht meine ist. Meine Sache ist angeblich Menschlichkeit. Okay. Man kann es so nennen. Weil ich in bezug auf Menschlichkeit keine Konkurrenz zu fürchten habe, kenne ich auch keinen Neid. Neid spielt im deutschen Leben eine fatale Rolle. Auch Pariser Lehr- und Studienjahre in Soziologie merzen ihn nicht aus. Das Unerlöste der Deutschen, das Bewußtsein schwerer Plattfüßigkeit, das sich peinlich hinter aggressive Selbstüberheblichkeit verkriecht, hat ja seine Ursache eben darin, daß in bezug auf Menschlichkeit Konkurrenz befürchtet wird. Die Deutschen leiden unter ihrem Gewissen. Ihr Neid umfaßt alle, die mit dem ihren leichthin fertigwerden. Alle Tänzer und Equilibristen. Einer der Sätze, die mich von Kindheit auf herzerwärmend begleiten, stammt von Chesterton: »Die Engel können fliegen, weil sie sich leicht nehmen.« Was sich leichtnimmt, zwingt keinen jüdischen Nachbarn dazu, mit einer Zahnbürste den Gehsteig zu schrubben.

Aber ich muß mich vor Sentenzen hüten. Ich muß mich vor allem hüten, über das Deutsche, Deutschland und die Deutschen Ansichten von mir zu geben. Ich bin befangen. Meine Sicht ist verschoben. Der betrübliche Umstand, daß ich dort nicht hingehöre und, solange ich dort lebte, mit meiner Sperrigkeit gegen's deutsche Wesen und meinem Hang, über die Stränge zu schlagen, die Geduld meines Gastvolks und meine eigene härtesten Prüfungen ausgesetzt habe, gibt keine Gewähr für eine objektive Einstellung. Im Gegenteil: Ich bin verleitet, Ursachen und Wirkungen zu verwechseln. Manchmal kommt's mir vor, ich benähme mich wie einer, der infolge einer Zangenquetschung bei seiner Steißgeburt einen schiefen Schädel behalten hat und dafür seine Mutter verantwortlich macht. Freilich hat Mutter Deutschland mich meine Steißlage fühlen lassen.

Mutter immerhin: die Sprache. Ich kann nicht leugnen, daß ich als Österreicher im deutschen Geist erzogen worden bin. Zwar in einer Abart; und ob die in bezug auf Menschlichkeit vorzuziehen ist, steht dahin. Es hilft, wenn man zu den Tschuschen gehört. Ich verdanke meiner Heimatstadt Czernowitz, sowenig ich auch dort gelebt habe, die Fähigkeit, mich leichtzunehmen. Mehr noch davon verdanke ich Bukarest und dem Rumänien vor Ceauşescu. Ich habe mein erstes Heimatland zu seiner Zeit und unmittelbar nach ihm und seither besucht und unter den Trümmern der Vergangenheit und dem Neuerstandenen das Rumänien meiner Zeit ebensowenig gefunden wie das Haus meiner Kindheit in Czernowitz. Aber ich hab's in mir. Beidem verdanke ich, daß ich hier in Italien nicht als Deutscher aufgefaßt werde.

Beatrice spricht nicht Deutsch. Unsere Umgangssprache ist

Italienisch. Es vergehen oft Monate, ohne daß ich ein deutsches Wort höre. Ich träume meistens auf italienisch; in New York auf englisch. Ich zähle nicht mehr auf deutsch, sondern in der Sprache, die ich gerade spreche. Ich will mich nicht verstecken. Es machte mir nichts aus, wenn man in mir den *Tedesco* sähe. Nur würde es nicht der Wahrheit entsprechen. Nicht der vollen. Sehe ich einem Fußballmatch zu, bei dem eine deutsche Mannschaft mitspielt, so bin ich unwillkürlich auf deren Seite. Das Trauma meiner Lebenszeit in Deutschland fällt von mir ab. Was mir noch an alter Häme entgegenweht – Überreste meines deutschen Images –, läßt mich ungeschoren. Ebenso die siebzehnte Wahl des Herrn Kohl zum Bundeskanzler. Aber mein Blut wallt, wenn ich sehen muß, wie spezifisch deutsche Fehler immer wieder die Früchte bester deutscher Eigenschaften zunichte machen.

Als die Mauer fiel, schlug mein Herz höher. Das hat sich abgespielt unter dem ungeheuerlichen Vorgang des Zusammenbruchs des Kommunismus. Es war so aufregend, daß ich beinah wieder in den törichten Romantizismus meiner Utopien von 1945 verfallen wäre. Damals war das verzeihlich gewesen. Ein epochenverschlepperischer Rückfall in den utopistischen Geist der zwanziger Jahre. Ausgelöst von den Erschütterungen des letzten großen Krieges. Wer den überstanden hatte, fühlte sich für das Wohl der Menschheit ebenso abstrakt verantwortlich wie die Überlebenden des ersten. Inzwischen war aber fast ein halbes Jahrhundet hingegangen, das die Verzückten hätte überzeugen müssen, wie wenig wohnlich ihre Wolkenkuckucksheime für die Sieger beider Kriege gewesen wären. Keine Heimstätten für konsumgesättigte Kleinbürger, die eine neue Gesellschaft nach dem Modell der alten ständestaatlichen aufbauten. (Mit dem kleinen Unterschied freilich, daß eine geschäftliche Pleite oder ein krimineller Bankrott die Zugehörigkeit zur Elite nur so lange suspendierte, wie zur Rehabilitation des Bankkredits nötig war.) Zwar blubberte es wie in vulkanischem Gelände geysirhaft hier und dort dagegen auf. Die Baader-Meinhof-Gruppe und die *Brigate rosse* des Renato Curcio in Italien schossen scharf, und der *radical chic* der Mailänder Gesellschaft gipfelte in der Himmelfahrt Giangiacomo Feltrinellis bei der Sprengung eines Hochleitungsmasts.

Die Wellen dieses letzten Aufbegehrens gegen das Nirwana des konsumbetriebenen Wohlfahrtsstaats plätscherten bis an meine toskanische Weltabgeschiedenheit. Einer von Beatrices prominenten Malern war des politischen Radikalismus beschuldigt und mußte untertauchen. Ich nahm ihn mit Freuden bei mir auf. Vorgegeben wurde, daß er Belgier sei und kein Italienisch spreche. Als Monsieur Georges lebte er für Wochen friedlich bei mir, unbehelligt vom Räuber-und-Gendarm-Spiel der Fahnder, die ihn mühelos gefunden haben könnten, hätten sie's ernstlich gewollt. Aber diesmal waren die Helden bald müde. Auch die Achtundsechziger, die noch ein wenig frischen Wind in die moralische Flaute der Speckbürger zu bringen versucht hatten, waren pensionsberechtigt ins Berufsleben integriert. Und dann geschah das Unerwartete. Herrn Gorbatschows Perestroika holte den Roten Teufel von der Wand, an die wir ihn ein Leben lang unheildräuend gemalt hatten. Zu unserer tiefen moralischen Befriedigung entpuppte er sich als ein armer Teufel. Welcher Augenblick welthistorischer Selbst- und Anderer-Erkenntnis!

Die Welt erwachte wie aus einem bösen Traum. (So jedenfalls läßt sich's poetisch ausdrücken.) Fast ein Jahrhundert lang waren Ost und West einander so feindlich gegenübergestanden, daß man tagein, tagaus gewärtig sein mußte, sie würden übereinander herfallen und sich gegenseitig mitsamt der gesamten Zivilisation vernichten. (Den Deutschen ist der

Versuch dazu beinah gelungen.) Nun war die Bedrohung aufgehoben. Das Gelände der Zukunft lag frei. Der Welt, wie gesagt, gingen die Augen auf. Sie erkannte, welchen Chimären sie nachgejagt war. Ideologien fragwürdigster Art. Von Narren aufgestellte Utopien. Schlagworte zum Schweinefüttern. Begriffe, deren Inhaltsleere sich mit jedem Schwachsinn füllen ließ. Lautfetische, für die Schädel eingeschlagen, Märtyrer gekreuzigt, ganze Völkerschaften vernichtet wurden. Wie war das möglich gewesen? Hatten wir wahrhaftig über uns selbst hinweggelebt – besser: Waren wir all die Zeit gelebt worden, wie es einer unbekannten überirdischen Macht beliebte, uns tanzen zu lassen? Mit einem Mal war die Vernunft über uns gekommen. Der Demiurg hatte sein Spiel unterbrochen. Er hatte sein Ziel erreicht. Wie es von regelmäßigen Zeitungslesern erwartet wird, fühlten wir uns alle, jeder einzelne, für das Wohl der Welt verantwortlich. Kleinbürger aller Welt, vereint euch! Die Mauer fiel unter Jubel. Deutschland konnte wieder das eine Reich eines Volkes unter einem braven Führer sein. (Zumal dessen Ehrgeiz, sich als Vereiniger in die Geschichte einzuschreiben, so groß ist wie sein Bauch.) Die Geschichte vollzog sich. Der urdeutsche Traum der überwundenen Zersplitterung ging wieder einmal in Erfüllung. Diesmal war's nicht die brünnestrotzende Germania, die einem Halderbuam in Lederhosen über den niedergetretenen Grenzbaum hinweg die Hand reicht wie 1938, sondern die Zusammenführung vorübergehend feindlicher Schwestern. Sie konnte nicht ungeschickter durchgeführt werden. Die schlimmsten deutschen Eigenschaften feierten dabei unfröhliche Urständ: Unduldsamkeit, Überheblichkeit, Plumpfingrigkeit, Neid, Gier, Gehässigkeit verdarben, was gut hätte werden können selbst aus dem vermeintlich Bösen. Die zwei feindlichen Schwestern wurden vereint zu einem siamesischen Zwillingspaar, das einander gar nicht liebte, sondern gegenseitig belästigte, reizte, behinderte und schädigte. Ich sah dem zu aus meiner toskanischen Einsiedelei, und es schmerzte mich. Denk ich an Deutschland in der Nacht, so muß ich feststellen: Ich bin ein leidender deutscher Patriot.

Sich selbst auf der Spur sein ist ein riskantes Unternehmen. Es kommt dabei so manches hoch, das man vor sich selbst versteckt gehalten hat, geschweige denn vor anderen. Sich's selbst einzugestehen ist peinlich genug. Der Anstand verbietet, es vor den anderen zu tun. Was ich von Dostojewski zurückbehalten habe, ist eine höchst lehrreiche Episode in einem seiner Bücher. Ich weiß nicht mehr, wo sie bei ihm steht, ich habe ihn aus schlechtem Gewissen über meine Unbelesenheit zu einer Zeit gelesen, in der ich versuchte, die hundert Autoren der berüchtigten Hundert Bücher der Weltliteratur, die jeder gelesen haben muß, in meine Bildungslücken einzufügen. Ihn, den Genossen Fjodor Michailowitsch, der ja zu den beachtetsten davon gehört, habe ich gleich lückenlos und auf einen Sitz konsumiert, und es mag mir verziehen werden, wenn es mir nicht gelingt, aus dem russischen Salat, der mir davon in Erinnerung geblieben ist, die Bröckchen mit genauer Herkunftsangabe herauszuklauben. Die Episode ist jedenfalls die folgende: Bei einer der stereotypischen Zusammenkünfte unausgegorener Geister, wie seine Helden gewöhnlich sind, wird beschlossen, daß jeder der Teilnehmer aufrichtig, ohne die geringste Beschönigung, die niedrigste Tat seines Lebens bekenne. Hintereinander sollten alle Masken fallen und das Beschämendste im Leben eines jeden einzelnen zutage kommen. Zweck der Übung sollte sein, das allzu Menschliche des russischen Menschen als das menschlich zutiefst Verbindende darzustellen. Einer fängt also an und erzählt eine ziemlich lausige Geschichte, die ihm offenbar schwer auf dem Gemüt gelegen ist. Kaum ist das peinliche Schweigen, das seiner Beichte folgt, von ihm ausgestanden, erheben sich die andern wie ein Mann und erklären, mit einem solchen Schwein wie ihm wollten sie nie wieder etwas zu tun haben. Nasdarowje.

Ein seltsames Zeugnis von – spätem, aber noch rechtzeitigem – kollektivem Anstandsgefühl. Seelische Entblößungsakte verletzen das heikle Gerüst der Übereinkunft, daß wir alle trotz allem ehrenwerte Menschen seien. Ein jeder hat was am Kerbholz. Wenn's herauskommt, ist's *his problem*. Es anderen unter die Nase zu reiben, ist obszön.

Fürchterlich war in Nürnberg die selbstanklägerisch aufgerissene Brust des Gouverneurs von Polen, Frank. Ich war zugegen, als er beinah schluchzend eingestand, was er alles gegen sich selbst vorzubringen hatte und wie leid ihm das tue. Es war nicht mehr und nicht weniger, als was alle Welt gegen ihn vorzubringen hatte, und es gehörte zum Verächtlichsten, das einer sich zuschulden kommen lassen konnte. Das auch noch öffentlich reuevoll zu berichten, war widerlich. Was mich hätte erschüttern sollen, hat nichts anderes in mir ausgelöst als Ekel. Ein Schuldbekenntnis muß Würde haben. Auf die Frage: »Haben Sie das getan?«, sollte die Antwort heißen: »Ja!« – und damit basta. Wer die Bilder aus den deutschen Vernichtungslagern vor Augen hat, ist nicht imstande, sich vorzustellen, was in denen, die diese Ungeheuerlichkeit auf dem Gewissen hatten – von den obersten Befehlshabern bis zu den niedrigsten Henkersknechten –, vorgegangen ist. Vermutlich nichts. Es kann ihnen nicht die Absicht zum Bösen aufgeladen werden. Erst recht nicht Reue. Kein menschliches Gewissen könnte es ertragen. Ich habe – wie's auf neudeutsch heißt – versucht, es nachzuvollziehen. Jedermann sollte es tun. Das gemeinsam durchlebte Jahrhundert verpflichtet dazu. In Augenblicken perverser Selbsteinsicht, wenn man so selbstzerfleischend ist wie ein Dostojewskischer Student, kommt man ganz schön tief. Unmöglich mir selbst zuzutrauen, daß ich hätte etwas von dem tun können, was da geschehen ist. Möglich allerdings, daß ich's hätte hingehen lassen, ohne dagegen einzuschreiten. Eins wußte ich: Wer's zu tun imstande war und behauptete Reue zu empfinden, log. Er mochte sich selbst belügen. Das sei ihm zugestanden. Andere mit seinem Gewissen zu beladen, ging zu weit.

So hat sich denn auch der deutsche Patriot in mir dagegen aufgelehnt, daß den Deutschen ein kollektives schlechtes Gewissen abzufordern sei. Allerdings ist dieser Patriot in mir zusammengebrochen, als ich durch Auschwitz wanderte. Die leeren Baracken dort kann man sich mit Bildern füllen; man hat ja einige gesehen. Was alle Vorstellung überschreitet, ist in große Kästen und Behälter gestapelt. Tonnen von Schuhen, Hunderte von Handkoffern, Tausende von Handtaschen, Portemonnaies, Börsen, Brieftaschen. Alles für sich aufgeschichtet, numeriert, registriert. Und Brillen, Zahnprothesen, Gehörhilfen. Und Haare. Riesige Behälter voll von Haar. Menschenhaar wie die Schur von Schafen. Eine Musterrolle Stoff, der daraus gewoben wurde. Das ist entsetzlicher als alle Marter, Pein, Erniedrigung. Diese gewissenhafte Nutzung, peinlich ordentliche Lagerung und Sichtung rückt die Täterschaft in eine Dimension, die mit Moralbegriffen nicht erfaßbar ist. Mord und Totschlag auch an ganzen Völkerschaften, Folter, Grausamkeit sind alt wie die bestialische Menschheit, die diesen Planeten zuschanden macht. Auch Raub an aller Habe, das Abfleddern der Opfer: Das alles ist schon dagewesen. Dies nicht. Nicht diese Kleine-Leute-Ordnungsliebe im Vernichtungstrieb. Nicht diese metikulöse Überlegung, welcher Vorteil aus dem Verbrechen zu ziehen sei. Der deutsche Patriot in mir mußte sich gestehen: Das macht kein anderes Volk uns nach. –

Zu den schlimmen Bildern, die uns alle aus jener Zeit verfolgen, gehört auch das des gemeuchelten Mussolini, der wie ein *prosciutto* über dem Piazzale Loreto von Mailand pendelt. Schweigen wir von seiner Geliebten Clara Petacci an seiner Seite. Ein grauenhaftes Zeugnis für die Bestialität, die Menschen innewohnt. Trotzdem hatte jene Bluttat eine läuternde Wirkung: den Losspruch der Italiener von schlechtem Gewissen. Der Tyrannenmord befreit die Seelen der Unterdrückten, auch wenn sie so unterdrückt gar nicht gewesen waren. Blut wäscht den Haß rein. Es ist die antike Weise der Vergangenheitsbewältigung. Der Prozß von Nürnberg hatte diese heilsame Wirkung nicht. An seiner Notwendigkeit, seiner Berechtigung, seiner völkerrechtlichen Bedeutung und korrekten Durchführung war nicht zu zweifeln. Für die Deutschen aber war's ein abstrakter Vorgang. Seine humanitäre Botschaft erreichte die darbenden Bewohner von Trümmerstätten und Nissenhütten nicht. Nicht mit der Hinrichtung von rund zwei Dutzend Kriegsverbrechern, *subsequent procedures* einbezogen. Ich habe die Fotos der Gehenkten im »Life Magazin« gesehen. Jeder Gehenkte sieht aus, als hätte er sein Los verdient. Die Nürnberger Gehenkten schienen sich dagegen zu sträuben. Eine fürchterliche Galerie von haßverzerrten Biedermännern, denen man Unrecht antat. Entsetzlich daran war, daß dieser Ausdruck dumpfer Rebellion in jenen Jahren ein nationales Merkmal war.

Die Lehre von Nürnberg ist beherzigt worden. In den ersten Tagen von 1990 war ich in Bukarest. Nur sehr Eingeweihte kannten den Ort, an dem der Conducator Ceauşescu und sein Weib verscharrt waren: Zwei unbezeichnete, frisch bedeckte Grabbeete, einige Meter voneinander entfernt in einem großbürgerlichen Friedhof beherbergten angeblich die irdischen Reste dieser Friedensverbrecher, die ihren deutschen Kollegen in nichts nachgestanden waren und gleichfalls einen Schauprozeß verdient hätten. Sie haben ihn gehabt. Er hat nicht ganz zwanzig Minuten gedauert und auch in ihrem Fall zu Todesurteilen geführt. Vorsichtshalber hatte man sie aber schon vorher erschossen. Der rumänische Patriot in mir mußte sich eingestehen: Das macht uns auch so bald kein anderes Volk nach.

Ich schreibe diese letzten Seiten nieder am 13. Mai 1997, meinem vierundachtzigsten Geburtstag. Nach einem bitterkalten Frühjahr wird's endlich sonnig. Dank der streng jagdlichen Erziehung durch meinen hochseligen Vater habe ich all meine Lebenszeit vom Wetter nichts gespürt. Weder boreale Kälte noch tropische Hitze haben mir etwas ausgemacht. (Nebenbei: Auch nicht die Futterknappheit der Kriegs- und Nachkriegszeit, nur das schlechte Essen deutscher Hausmütter, Priska inbegriffen.) Jetzt sind meine alten Knochen dankbar für jedes bißchen Wärme. Mein schönstes ist ein Nachmittagsschläfchen – *un pisolino* auf italienisch –, in weiche Decken eingehüllt, meinen ältesten Mops auf dem Magen. Das mögen Altersgewohnheiten sein. Es gibt auch die Gebrechen von Alternden. Kürzlich stellte ich Schwierigkeiten beim Lesen und Schreiben fest. Die hatte ich zwar schon durch all meine vernachlässigte Jugend gehabt. Inzwischen waren sie durch viel Übung überwunden. Letztlich jedoch kamen sie wieder. Nicht mehr psychischer – das heißt: durch Trägheit bedingter –, sondern schier mechanischer Natur: In mein Sehfeld hatte sich etwas eingenistet, was an das kleine Krokodil an Lacoste-Leibchen erinnerte. Es rannte meinem Blick voraus und fraß die Zeilen auf, bevor ich sie ganz entziffern konnte. Bei denen, die ich schreibe, war das nicht schlimm. Aber ich lese gern. Ich bin meiner Kollegen bester Leser. Ich begab mich nach Florenz zum Augenarzt. »Nichts

Ernsthaftes«, sagte er. »Eine Alterserscheinung.« Was nimmt er sich heraus? Ernst Jünger und Zsazsa Gabor sind viel älter als ich und offenbar gänzlich unbehelligt von Monsieur Lacostes kleinem Krokodil. Die Lebensgüter sind von meiner Tante Hermines »Weltgeist« und Herrn Hitlers »Vorsehung« höchst ungleichmäßig verteilt.

Ich will mich nicht dagegen auflehnen. Aber ohne Protest hinzunehmen, was dieses große Arschloch, in dem alle Glaubensseligen Einlaß finden, der Allwissende, Allvoraussehende, Allgerechte über mich beschlossen hat, liegt mir auch nicht. Ich weiß, bis zu welchem Grad ich über mich selbst hinweggelebt worden bin. Peinlicherweise noch dazu mit allen meinen Zeitgenossen. Ich weiß aber auch, welchen Tenor ich diesem gelebten Leben mit der Stimmgabel meines Ichs angegeben habe. (Aber war dieses Ich wahrhaftig ichbestimmt oder nicht schon von vornherein in den Pfoten des Allmächtigen? Soviel zum Thema Willensfreiheit.) Leider kann ich als Mitverantwortlicher an meinem Schicksal jener vielzitierten Macht nicht alles aufpelzen, was mein Leben von harmonischer Vollkommenheit ferngehalten hat. (Andererseits sind mir genügend triftige Ausreden dafür zur Verfügung gestellt.) Leibliche Gebrechen, jedenfalls, gehen nicht auf mein persönliches Konto. Der Schöpfer in seiner unerforschlichen Weisheit hat sie in mich eingebaut. Wäre ich ein frommer Mensch, ich würde sagen: »Um mich die Wonnen des Alters nicht zu sehr genießen zu lassen.«

Ich bin, was man so nennt, ein rüstiger Greis. Die meisten Besucher hier schlagen die Hände über dem Kopf zusammen vor Verwunderung, wie geistig rege ich noch bin. Ich nehme Anteil an den Geschehnissen um mich her. Ich lese ziemlich regelmäßig die Tageszeitung. In holden Morgenstunden, wenn ich's in Hinblick auf meine fortgeschrittenen Lebensjahre mir gestatte, nicht gleich turnerisch aus dem Bett zu springen und stracks mit der Arbeit zu beginnen, sondern dem hereinbrechenden Schwall der Tageszeit noch ein Weilchen Müßiggang abzapfe, beschäftige ich mich mit einem Spiel, das soviel Scharfsinn erfordert wie die Lösung der Schachaufgaben im Feuilleton: der Entwirrung der italienischen Politik. Täglich wächst meine Bewunderung für das Kunsthandwerk der Parteipolitiker, die hinter der dramatischen Scheinwirklichkeit des wackeren Kampfes um die *res publica* eine Wirklichkeit des Gerangels um die Macht zusammenweben, die weder mit dem Wohlergehen des Staates noch dem des Volkes etwas zu tun hat, aber dazu dient, die Mannschaften der einzelnen Parteien proportional an die Futterkrippen zu bringen. Überdies die Macht so zu abstrahieren, daß sie zwar nicht zum Nutzen, aber auch nicht zu noch mehr Schaden an der allgemeinen Sache angewendet werden kann. Das gibt mir Hoffnung für die Zukunft, an der ich nicht mehr teilhaben werde. Ein Musterbeispiel der Demokratie. Die Zöglinge von Wilton Park hätten hier in die Lehre gehen sollen. Ich, jedenfalls, brauche keine Utopien mehr zu träumen.

Indes, es nutzt nur wenig, wenn ich zur Zeitung greife wie zu einem Anhalt, der mich vom Abdriften in die Apathie des Altenteils bewahrt. Ich kann mir das Schicksal der Welt nicht mehr aufs Gewissen laden. Ich schleppe zuviel Vergangenheit mit mir, sosehr ich mich deren zu entledigen versuche. Meiner Ironie entledige ich mich nicht. Im Gegenteil. Altern ist ein verführerischer Vorgang. Der segensreiche Abstand, den ich zum Geschehen rings um mich gewinne, schließt mich selbst ein. Mit demselben sarkastischen Grinsen, das mir die Tagesereignisse in ihrer grotesken Widersprüchlichkeit entlocken, schaue ich meinem abgleitenden Interesse daran zu. Ich werde nie ein guter Zeitungsleser werden. Müßte nicht das Zustandekommen der Europäischen Union aus einer schieren bürokratischen Konstruktion mich um so mehr verwundern, je deutlicher ich sehe, wie die Nationen eine nach der andern in immer heftiger Autonomie fordernde ethnische Gruppen zerbröseln? Signor Bossi ruft den Freistaat Padania aus. Die Serenissima Venedig strebt Selbstverwaltung an. Die Waliser lösen sich von England, nachdem's die Schotten längst getan haben. Und Herr Waigel ruiniert die deutsche Wirtschaft, um die einheitliche Währung des Ecu herbeizuführen. *Mon cul.* Sollte mir's nicht verstörteres Kopfschütteln abverlangen, daß die amerikanische Nation es gelassen hinnimmt, wenn ihr Präsident wie ein meskiner Kleinbürger mit den Lobbys (die chinesische einbegriffen) packelt, aber vor Empörung aufbraust, wenn er seine Sekretärin in den Hintern kneift? Ernst zu nehmen ist doch nur die Rubrik des Pitaval: Mord und Totschlag. Immer mehr Jugendliche damit befaßt. Jung müßte man sein! Die kleinen Alltagstragödien: Arbeitsloser bringt aus Verzweiflung Frau und Kinder um. Das ist wirklichkeitsnäher als die bange Frage, ob es gelingen wird, Signor Andreotti gerichtlich das nachzuweisen, was seit fünfzig Jahren jedermann über ihn zu wissen scheint.

Immer größer wird der Abstand zwischen mir und der Gegenwart. Ich stehe vor einem Computer wie der Ochs vorm neuen Scheunentor. Genosse Kasparow ist im Schachspiel von einem Hirnrobot geschlagen worden. Eine Maschine, die in einer Sekunde ich weiß nicht wie viele Millionen Rechenaufgaben löst. Bravo! Es wird damit leichter, die Explosivkraft der Kobaltbombe zu berechnen. Oder die Möglichkeit des Klonens von präsumptiven Eisenmännern. (Wie meine vielgeliebte Puppe »Der deutsche Bruder« mit der schwarzweiß-roten Kokarde an der Rekrutenmütze.) Oder was ähnliches. Was mich persönlich mehr betreffen sollte, ist der Untergang der abendländischen Kultur im Strudel der westlichen Zivilisation. Bedaure. Ich weiß: Vor dem Fernsehen hoppelt Dürers kleiner Hase resigniert davon. Ich weine ihm nicht nach. Ich habe mich genug mit Kultur befaßt. *J'en ai soupé.*

Ich muß meinen zeitgemäßen Barbarismus vor Beatrice verstecken. Sie gehört zu den nicht wenigen, die mir das Flaggensignal der Kunst vor der Nase herumwedeln. Schwierige Verständigung in der Hochsee der Auktionsergebnisse. Je höher der Zuschlag, desto hoffnungsvoller entfernt von der Gegenwartsleistung. (Als gäbe es die: Die Zeitlosigkeit des Kunstwerks!) Neo-Konservatismus der Kunstinvestoren. Während die Kunstkonsumenten sich zum abstrakten Konsumieren bei Vernissagen zusammenrotten. Der Endwert des Konsumierten wird auf Versteigerungen festgelegt. Auf Gespräche dieser Art darf ich mich aus matrimonial psychoprophylaktischen Gründen nicht einlassen. Es genügt, wenn ich in anderer Hinsicht einsichtsvoll und gehorsam bin. Jede Menge Indien, zum Beispiel. Natürlich habe ich als Zeitgenosse auch meinen Anteil am Welttourismus gehabt. Bruce Chatwin war ein Freund. Wir sind zwar niemals mit ihm gereist, haben aber die Reiseabenteuer aller seiner Vorgänger mit so verwirrenden Namen wir Richard Burton bis Robert Byron sehr aufmerksam in uns aufgenommen. Herausgekommen sind Sightseeing-Touren von Äthiopien bis Alaska, von Japan bis Kaschmir, bevor auch dort geschossen wurde. Die Welt war lauschiger ohne die Schädelpyramiden in Kambodscha und im zerschossenen Afghanistan. Weniger Autobusverkehr in Katmandu. Folkloristisch bunter. Kaum jemals mehr war die Welt zu meiner Zeit noch das, was sie vor meiner Zeit gewesen war. Die Zebraherden der Serengeti waren hundertfach zahlreicher gewesen, der Himmel über Kyoto nicht versmogt. Dafür trage ich ein anderes Gefühl von Kollektivschuld in mir herum.

Ich liebe meine Rasse nicht: die weiße Rasse, die am meisten schuldig ist, was unsere Zeit zur Lebensunzeit macht. Jede Menge Zivilisation. Dürers kleiner Hase darin erstickt. Allerdings: Der Haß ist mir abhanden gekommen. Ich sehe meine armen jüngeren Zeitgenossen zusammengeduckt unter dem Hagel der Informationen, die ihnen vor Augen halten müßten, daß ihr Ende naht. Verdient oder unverdient, selbst herbeigeführt – was heißt das? Wir werden gelebt. Der Herr Zebaoth wird schon seine Absicht dabei haben. Was mich betrifft, so bin ich ein Epochenverschlepper. Ich begnüge mich mit einem kleinen Leben à la Biedermeier. Ich liebe dieses Haus in der Toskana. Ich liebe meine Beatrice. Sie ist mit mir zusammengewachsen zu einer hoffnungsfrohen Zukunftsvision: Wir beide sehen freudig meinem nächsten Buch entgegen: Endlich eine wirkliche Biographie.